Les amants de Louisiane

Une passion interdite

NORA ROBERTS

Les amants de Louisiane

Passions

éditions HARLEQUIN

Collection : PASSIONS

Titre original : HER MOTHER'S KEEPER

*Traduction française d'*AGATHE PASSANT

Photos de couverture

Couple : © STEVEN CHEE/BAUER SYNDICATION/OREDIA
Paysage : © LISA KYLE YOUNG/GETTY IMAGES

Réalisation graphique couverture : E. COURTECUISSE (Harlequin SA)

83-85, boulevard Vincent-Auriol, 75646 PARIS CEDEX 13.

Service Lectrices — Tél. : 01 45 82 47 47
www.harlequin.fr

ISBN 978-2-2802-8329-8 — ISSN 1950-2761

- 1 -

A l'arrière du taxi qui se faufilait vers la sortie de l'aéroport, Gwenivere soupira. La chaleur de la Louisiane pesait sur ses épaules, et elle sentait, à travers son chemisier ivoire, le siège coller désagréablement à son dos. Elle s'écarta. Malheureusement, son répit ne fut que de courte durée. Elle se tourna vers la fenêtre.

Son taxi, évitant le centre de La Nouvelle-Orléans, se dirigeait vers le sud. Le soleil de juillet n'avait pas changé, se dit-elle, les yeux plissés par la lumière. En deux ans d'absence, peu de choses avaient changé. A part elle. La mousse espagnole pendait toujours aux branches des arbres, et ses longs fils, pâles et enchevêtrés, conféraient des allures irréelles même à cet après-midi d'été inondé de soleil. Il flottait dans l'air le même parfum lourd et enivrant des fleurs, et l'atmosphère gardait cette indolence facile qu'elle avait presque oubliée pendant ces deux années passées à Manhattan.

Oui, songea-t-elle en tordant le cou pour apercevoir une partie du bayou, la seule à avoir changé, c'était elle. Elle avait grandi.

Elle avait quitté la Louisiane, à vingt et un ans, naïve et pleine de rêves. Aujourd'hui, à vingt-trois ans, elle se sentait mûre, confiante, avec les deux pieds sur terre. Assistante du rédacteur en chef mode du magazine *Style*, elle avait appris à gérer les délais impossibles, les humeurs versatiles des mannequins, et même à se ménager une vie personnelle malgré l'exigence et le rythme effréné de son travail. Loin de chez elle et des siens, elle avait surtout appris à se débrouiller toute seule. Le mal du pays qui l'avait rongée durant ses premiers mois à New York était oublié. Et avec lui, son sentiment d'insécurité et la peur panique de sa solitude avaient également disparu. Gwenivere Lacrosse n'avait pas seulement survécu à sa transplantation radicale des magnolias au béton, elle avait le sentiment d'avoir triomphé. La petite provinciale du Sud n'était plus une novice, elle était désormais autonome et capable de s'assumer. Et heureusement, se dit-elle avec une pointe de défi, parce qu'elle ne rentrait pas chez elle pour un été sabbatique. *Elle avait une mission.* Elle croisa les bras avec détermination.

Dans le rétroviseur, le chauffeur jeta un regard sur sa passagère. Son visage ovale, auréolé d'une cascade de boucles caramel, ne manquait pas d'élégance. Mais ses traits étaient fermés, ses grands yeux bruns absorbés dans une réflexion déterminée, et sa bouche pulpeuse n'affichait pas l'ombre d'un sourire. Elle avait l'air sévère, jugea-t-il, mais elle semblait aussi bien jeune. Il décida qu'il avait surtout affaire à une battante.

Ignorant l'examen dont elle faisait l'objet, Gwenivere poursuivait sa réflexion. Le paysage familier s'effaça avant de disparaître.

Comment, se demandait-elle, une femme de quarante-sept ans pouvait-elle se montrer aussi naïve ? Sa mère avait toujours été rêveuse et idéaliste, mais à ce point ! Elle devait complètement se ridiculiser. Tout était sa faute *à lui*, fulmina-t-elle. Son regain de colère creusa le pli qui barrait son front, et une légère rougeur s'imprima sur son teint crème. Lui, *Luke Powers* — la simple évocation de ce nom lui faisait grincer des dents — romancier et scénariste à succès, célibataire en vue, grand voyageur.

Et *sinistre crapule*, ajouta-t-elle en serrant les mains sur son sac comme si elle avait pu l'étrangler. Un scélérat de trente-cinq ans. Eh bien, M. Powers, poursuivit-elle silencieusement menaçante, votre petite aventure avec ma mère est terminée ! Elle, Gwenivere, avait franchi ces milliers de kilomètres pour lui faire plier bagage. Et, quoi qu'il lui en coûte, elle allait y parvenir.

Elle s'adossa, repoussa d'un geste déterminé la frange de boucles qui dansait devant ses yeux, et contempla avec satisfaction l'agréable perspective de chasser Luke Powers de la vie de sa mère. Il prétendait faire des recherches pour un nouveau roman, persifla-t-elle méprisante. Eh bien, il n'aurait qu'à chercher ailleurs ! Les derniers courriers de sa mère lui revinrent à l'esprit. Depuis trois mois, à longueur de chacune des pages du papier à lettres parfumé à la violette qu'elle recevait régulièrement, il était question de Luke Powers ; Luke qui l'aidait à faire le jardin, Luke qui l'emmenait au théâtre, Luke qui plantait des clous, bref, Luke qui se rendait indispensable.

Au début, elle n'avait pas pris garde à ces références constantes à ce nouveau venu dans la vie de sa mère. Elle avait l'habitude des coups de cœur de celle-ci, de son extrême sociabilité, de ses conceptions romantiques et généreuses de l'existence et de son style fleuri. Pour être honnête, se reprit-elle dans un soupir, elle n'y avait pas trop prêté attention, car elle était elle-même accaparée par ses propres soucis. Ses pensées glissèrent sur Michael Palmer — le rationnel, le brillant, l'individualiste et si sérieux Michael. Elle se rappela, un peu abattue, la façon dont elle avait lamentablement fait échouer leur relation… Il méritait mieux que ce qu'elle était capable de lui offrir, se dit-elle tristement. L'incapacité dont elle avait fait preuve à s'investir dans leur histoire — corps et âme, comme Michael l'aurait voulu — lui fit monter les larmes aux yeux. Qu'elle n'ait pas su ou pas voulu s'engager aussi loin, elle ne lui avait donné aucun des deux.

Refusant de céder au découragement qui la gagnait, elle se rappela qu'en dépit de l'échec de sa relation avec Michael, elle réussissait brillamment sa carrière.

Pour la plupart des gens, l'univers de la mode était un monde fascinant, avec des gens merveilleux et élégants qui passaient gaiement d'une fête à l'autre. L'absurdité de cette représentation faillit lui arracher un éclat de rire. Il s'agissait bien plus, comme elle l'avait appris, d'un travail frénétique, éreintant, auprès d'artistes lunatiques et de mannequins capricieux, dans des délais impossibles à tenir. Elle savait pourtant maîtriser toutes ces contraintes, se rappela-t-elle en redressant les épaules. Gwenivere Lacrosse ne redoutait ni le travail ni les défis.

Ses pensées, du même coup, revinrent sur Luke Powers. Sa mère parlait trop souvent de lui dans ses lettres, et avec beaucoup trop d'affection. Tant et si bien qu'au cours des trois derniers mois, sa vigilance avait fini par se réveiller. Sa suspicion s'était muée en inquiétude, puis son inquiétude en anxiété, jusqu'au moment où elle s'était sentie obligée d'intervenir. Elle s'était donc arrangée pour prendre un congé sabbatique. C'était à elle, avait-elle décidé, de protéger sa mère de Luke Powers, séducteur notoire.

Elle n'était pas intimidée par sa réputation, que celle-ci concerne l'écriture ou les femmes. Il pouvait passer pour un expert des deux, elle savait se défendre et, si nécessaire, saurait défendre sa mère. Tout le problème, avisa-t-elle, était que sa mère accordait bien trop facilement sa confiance. Anabelle ne voyait que ce qu'elle voulait voir. Et elle n'aimait pas voir les défauts.

Un sourire naquit sur ses lèvres, illuminant son visage

d'une beauté stupéfiante. Elle allait la protéger, se dit-elle confiante, comme elle l'avait toujours fait.

Le chemin qui conduisait à la maison de son enfance était bordé de magnolias. Alors que le taxi s'y engageait, traversant les nappes d'ombre odorantes, elle sentit les premiers frissons d'un véritable plaisir la traverser. Le parfum des glycines lui parvint, puis au détour du chemin, la maison lui apparut telle qu'elle avait toujours été : blanchie à la chaux, ses deux étages élégants pourvus de grandes portes-fenêtres et de balcons de fer forgé. Une véranda s'étirait le long de la façade avant. C'était sur ses poteaux que la glycine, de chaque côté, grimpait librement. La construction n'était pas aussi ancienne ou raffinée que la plupart des maisons construites en Louisiane avant la guerre de Sécession, mais elle possédait le charme et la grâce si typiques de cette époque. Au fond, se dit-elle en la voyant, elle correspondait parfaitement à sa mère. Elles étaient aussi fragiles, irréelles et attachantes l'une que l'autre.

Comme le taxi arrivait au bout de l'allée, elle leva les yeux vers le deuxième étage. Ses quatre petits appartements soigneusement aménagés accueillaient les « hôtes » d'Anabelle. A ce terme qu'affectionnait sa mère, Gwenivere préférait celui, beaucoup plus juste selon elle, d'« étrangers ». Ces visiteurs, grâce à leur contribution financière, avaient permis à la maison de rester dans la famille et d'être régulièrement entretenue. Gwen, qui avait grandi avec eux, les acceptait comme on accepte un léger désagrément. Les yeux sur l'étage qui leur était réservé, elle se disait qu'un des appartements abritait maintenant Luke Powers. Plus pour longtemps, se jura-t-elle en descendant du taxi, menton relevé.

Elle réglait sa course quand un bruit sourd et régulier attira son regard. Elle se tourna pour découvrir, sur le côté de la maison, juste derrière un camélia en fleur, un homme en train d'abattre un chêne mort depuis des lustres. Il était torse nu, son dos et ses bras musclés luisaient de sueur. Son jean bas, serré sur ses hanches étroites, laissait entrevoir la marque de son bronzage. Ses cheveux bruns, ondulés, étaient parcourus de mèches plus claires révélant, comme son bronzage, une préférence pour le grand air et le soleil. Humides de transpiration, ils retombaient maintenant sur sa nuque et son front.

Ses pieds étaient solidement ancrés au sol, et ses mouvements souples et aisés respiraient l'assurance. Elle ne voyait pas son visage, mais elle devinait le plaisir qu'il prenait à la tâche : énergique et habile, il semblait goûter la chaleur, la transpiration, l'effort, le défi. Alors que le taxi s'en allait, elle resta sur le chemin, admirant l'arrogante dextérité et la puissance virile de ses gestes. La hache plongea au cœur de l'arbre avec une violence pleine de grâce. Elle s'aperçut tout à coup qu'à l'exception des joggeurs bien civilisés de Central Park, elle n'avait pas vu depuis une éternité un homme pratiquer une véritable activité physique. Elle regarda, sourire aux lèvres, la hache se soulever et s'abattre, les muscles se tendre et se relâcher. L'outil, l'arbre et l'homme, constata-t-elle, ne faisaient qu'un, un tout élémentaire et magnifique. Elle avait oublié combien la simplicité pouvait être belle.

L'arbre frémit, grinça, sembla hésiter un instant, puis s'écroula dans un souffle d'air et un bruit sourd. Elle réprima son envie puérile d'applaudir.

— Vous n'avez pas crié « attention », lança-t-elle tout de même.

L'homme, en s'essuyant le front du bras, se tourna vers elle. Aveuglée par les rayons du soleil qui brillait derrière lui, Gwenivere ne distinguait pas son visage. Elle ne voyait que sa silhouette, ferme, élancée, et le contour de ses cheveux bouclés découpés par la lumière. Il ressemblait à un dieu, se dit-elle impressionnée, un dieu viril et primitif. Elle le regarda poser sa hache contre le tronc et venir à sa rencontre. Sa démarche, tout en souplesse, était celle d'un homme plus habitué à évoluer sur du sable ou de l'herbe que sur du béton. Se sentant, de façon un peu absurde, menacée, elle attribua son frisson au fait qu'elle ne distinguait pas ses traits. Sans visage, il semblait l'incarnation de l'homme, un parangon de force et d'assurance réunies. Elle s'abrita les yeux de la main.

— Vous l'avez très bien abattu, dit-elle en lui souriant.

Elle s'apercevait tout à coup combien elle en avait assez des costumes trois pièces et des mains lisses.

— J'espère que le compliment ne vous dérange pas.

— Non. Peu de gens sont capables d'apprécier un arbre bien abattu.

Sa voix, remarqua-t-elle, ne s'attardait pas sur les voyelles, son accent n'était pas celui de la Louisiane. Mais elle était surtout saisie, maintenant qu'elle le voyait, par la force de son visage. Ses traits étaient ciselés, l'ombre d'une fossette se devinait sur son menton. Il n'était pas rasé, et sa barbe naissante accentuait encore sa virilité. Ses yeux clairs, bleu-gris, brillaient d'une saisissante intelligence, et son regard profond — une profondeur pleine de sagesse — était captivant. Il exprimait la confiance en lui d'un homme qui se connaissait, ainsi que la franchise. Bien qu'intriguée par ce regard, elle ne tarda pas à se sentir mal à l'aise. Elle avait l'impression qu'il pouvait lire ses pensées.

— Vous avez un talent certain, lui dit-elle.

Elle le sentait sur la réserve, mais une réserve qui n'avait rien de froid ou de dédaigneux. Il était chaleureux, jugea-t-elle, même s'il ne semblait pas accorder sa confiance à la légère.

— Je n'ai jamais vu d'arbre tomber avec autant de grâce, poursuivit-elle en lui offrant un généreux sourire. Mais il fait bien chaud pour manier la hache aujourd'hui.

— Vous êtes trop couverte, répliqua-t-il simplement.

Il glissa les yeux sur son chemisier, sa jupe, ses jambes nues, puis revint à son visage.

Son regard n'était pas agressif, constata-t-elle, seulement curieux. Elle le soutint, priant pour ne pas faire quelque chose d'aussi ridicule que se mettre à rougir.

— Ma tenue est plus adaptée aux voyages en avion qu'à l'abattage des arbres.

Son intonation légèrement pincée le fit sourire. Elle se baissa pour prendre ses valises, mais sa main rencontra celle qu'il avait déjà posée sur une poignée. Elle fit un bond en arrière, comme si un serpent l'avait mordue. Une onde de chaleur, jaillie de ses doigts, semblait exploser dans tout son corps. Elle leva sur lui un regard stupéfait, puis sentant la confusion la gagner, se redressa. Sa réaction était idiote, se dit-elle en s'efforçant de calmer l'affolement de son pouls. Complètement idiote.

L'inconnu, de son côté, avait vu la stupeur, la confusion, puis la contrariété se succéder sur le visage tourné vers lui. Si les yeux étaient le miroir de l'âme, ceux qui le considéraient étaient d'une limpidité admirable. Plus transparents que le cristal, ils reflétaient chacune des émotions qui les traversaient.

— Merci, dit-elle en retrouvant son assurance, mais je ne veux pas vous détourner de votre tâche.

— Il n'y a pas d'urgence.

Il souleva ses lourdes valises sans le moindre effort, puis s'éloigna sur le chemin dallé. Elle lui emboîta le pas. Même en talons hauts, elle lui arrivait tout juste à l'épaule. Elle leva les yeux pour voir le soleil jouer sur ses mèches blondes.

— Vous êtes ici depuis longtemps ? lui demanda-t-elle tandis qu'ils grimpaient l'escalier de la véranda.

— Quelques mois.

Il posa ses valises, et la main sur la poignée de la porte, prit le temps de l'examiner avec soin. Elle se sentit sourire, sans aucune raison.

— Vous êtes beaucoup plus belle que sur les photos, Gwenivere, déclara-t-il subitement. Plus chaleureuse, plus vulnérable aussi.

D'un geste vif, il ouvrit le battant et reprit ses valises.

Sortant de sa transe, elle le suivit à l'intérieur et l'attrapa par le bras.

— Comment connaissez-vous mon prénom ?

Son commentaire la laissait perplexe. Elle n'aimait pas qu'un inconnu en sache autant à son sujet.

— Votre mère ne cesse de parler de vous, répondit-il en posant ses valises dans la fraîcheur du vestibule. Elle est très fière de vous.

Il lui souleva le menton, et elle, trop surprise pour protester, le laissa faire.

— Votre beauté est très différente de celle de votre mère. La sienne est plus douce, moins exigeante, plus réconfortante aussi. Je doute que vous inspiriez le réconfort à un homme.

Il la contemplait. Fascinée, elle ne faisait pas un geste. Elle sentait presque sa chaleur l'envelopper.

— Elle s'inquiète de vous savoir toute seule à New York.

— On ne peut pas être tout seul à New York, répliqua-t-elle machinalement avant de froncer les yeux. Elle ne m'a jamais dit qu'elle s'inquiétait.

— Bien sûr, vous vous inquiéteriez de son inquiétude.

Elle décida d'ignorer la sensation agréable que lui procuraient ses doigts et son sourire.

— Vous semblez bien connaître ma mère, dit-elle en même temps qu'un soupçon la gagnait.

Son sourire lui rappelait quelqu'un. Il était charmant, presque irrésistible, et…

L'évidence s'abattit sur elle tout à coup.

— *Vous êtes Luke Powers* ! lâcha-t-elle, accusatrice.

— Oui.

D'abord surpris par sa virulence, il la considéra une seconde avant de pencher très légèrement la tête, comme s'il lui venait une idée.

— Vous n'avez pas aimé mon dernier livre ?

— C'est celui en cours que je désapprouve, répliqua-t-elle sèchement en détournant le visage.

— Oh ?

— Je désapprouve que vous l'écriviez ici, expliqua-t-elle devant son air interrogateur et amusé, dans cette maison.

— Est-ce une désapprobation morale, Gwenivere ?

— Je doute que vous connaissiez quoi que ce soit à la morale, rétorqua-t-elle le regard noir. Et ne m'appelez pas Gwenivere, seule ma mère m'appelle de cette façon.

— Quel dommage, c'est un prénom si romantique ! Mais peut-être n'aimez-vous pas non plus le romantisme ?

— Quand il s'agit de ma mère et d'un Casanova de comédie de douze ans son cadet, je n'appelle pas ça du romantisme.

Les joues rouges de colère, elle regarda, satisfaite, toute trace de bonne humeur quitter le visage de Luke Powers. Il enfonça les mains dans ses poches.

— Je vois, dit-il. Pourriez-vous me dire le terme que vous emploieriez ?

— Je ne vous ferai pas l'honneur de qualifier votre conduite. Contentez-vous de savoir que je ne la tolérerai pas plus longtemps.

Elle lui tourna le dos.

— Vraiment ? reprit-il froidement alors qu'elle s'en allait. Et votre mère n'a pas voix au chapitre ?

Elle fit volte-face.

— Ma mère, rétorqua-t-elle furieuse, est bien trop généreuse, trop confiante et beaucoup trop naïve. Je ne vous laisserai pas la ridiculiser.

— Ma chère Gwenivere, répliqua-t-il d'une voix suave, vous vous ridiculisez parfaitement toute seule.

Un bruit de talons sur le plancher l'empêcha de répondre. Elle fit demi-tour et, tâchant de retrouver son calme, traversa le vestibule pour aller à la rencontre de sa mère.

— Maman.

Elle étreignit la douce silhouette et son parfum lilas.

— Gwenivere ! s'exclama sa mère de sa voix basse et caressante. Que diable fais-tu ici, ma chérie ?

— Maman, répéta Gwen en s'écartant pour la regarder.

Sa mère, en deux ans, n'avait pas changé. Elle contempla la peau crémeuse à peine marquée par l'âge, les yeux ronds couleur bleu de Chine, le nez droit, la bouche rose et souple et les minuscules fossettes sur les joues. Sa beauté douce et son charme attendrissant lui donnaient l'impression que leurs rôles auraient dû être inversés.

— Tu n'as pas reçu ma lettre ? lui demanda-t-elle en repoussant avec tendresse une mèche de ses cheveux blonds derrière son oreille.

— Si, bien sûr, protesta sa mère, tu disais arriver vendredi.

Gwen sourit et l'embrassa tendrement.

— Nous *sommes* vendredi, maman.

— Oui, en effet, nous sommes vendredi, mais je croyais que tu parlais de vendredi *prochain*, et… Oh ! chérie, est-ce vraiment si important ?

Anabelle repoussa son embarras d'une main légère.

— Laisse-moi te regarder, reprit-elle en reculant pour poser sur sa fille un regard attentif.

Sa stupéfiante beauté et sa taille haute lui rappelaient le lointain souvenir de son jeune mari. Veuve depuis plus de vingt ans, Anabelle pensait rarement à lui, sauf quand elle voyait sa fille.

— Tu es maigre, déclara-t-elle d'un ton de reproche avant de soupirer. Tu ne manges donc rien là-bas ?

— Si, de temps en temps, répliqua Gwen en posant les yeux sur les belles courbes de sa mère.

Comment pouvait-elle avoir presque cinquante ans ? se demandait-elle, partagée entre la fierté et l'admiration.

— Tu es superbe, maman, murmura-t-elle, comme tu l'as toujours été.

Anabelle éclata d'un rire gai, plein de vitalité.

— C'est le climat, ma chérie, répliqua-t-elle en tapotant la joue de sa fille. Ici, pas de pollution, ni de cette horrible neige que vous avez là-bas.

Pour sa mère, nota Gwen, New York serait toujours « là-bas ».

— Oh ! Luke ! s'exclama Anabelle en l'apercevant.

Gwen nota le sourire radieux qui illuminait les traits de sa mère.

— Avez-vous rencontré ma Gwenivere ?

Il croisa le regard de Gwen et hocha imperceptiblement la tête.

— Oui, dit-il avec un sourire qu'elle jugea provocateur. Gwen et moi sommes pratiquement de vieux amis.

— En effet, répliqua-t-elle sèchement, nous avons déjà fait ample connaissance.

— Merveilleux, lança Anabelle en serrant la main de sa fille. Je veux que vous vous entendiez bien tous les deux. Tu veux faire un brin de toilette, chérie, ou tu préfères une tasse de café d'abord ?

— Un café sera le bienvenu, répondit-elle, furieuse de voir le sourire persistant de Luke.

— Je vais monter vos valises, lui offrit-il.

— Oh ! merci, Luke, s'empressa de répondre sa mère avant qu'elle puisse refuser. C'est très gentil, mais tâchez d'éviter Mlle Wilkins. Tous ces muscles risquent de lui donner des étourdissements. Mlle Wilkins, expliqua-t-elle à Gwen en l'entraînant vers la cuisine, est l'une de mes hôtes. C'est une artiste. Une jeune personne timide qui peint à l'aquarelle.

— Hum, répliqua Gwen en jetant un regard en arrière.

Luke, les cheveux et son bronzage auréolés de soleil, les regardait partir.

— Hum, répéta-t-elle distraite.

La cuisine était exactement comme dans son souvenir : grande, ensoleillée et d'une parfaite propreté. Et Tillie, la cuisinière habile et taciturne, était aux fourneaux.

— Bonjour, miss Gwen, lui lança-t-elle sans se retourner. Le café est prêt.

— Bonjour, Tillie, répondit Gwen en venant humer l'arôme chaleureux qui se dégageait près d'elle. Ça sent bon.

— Jambalaya cajun, répliqua Tillie.

— Mon plat préféré, murmura Gwen en levant les yeux sur le visage ingrat, mais plein de charme. Je croyais que je n'étais pas attendue avant vendredi prochain.

— C'est le cas, grommela Tillie, ses épais sourcils roux froncés qu'elle remuait consciencieusement.

Gwen sourit et se pencha pour déposer un baiser sur la joue revêche.

— Et comment va la vie, Tillie ?

— Comme ci, comme ça, ronchonna la brave femme en rosissant de plaisir.

Elle se tourna alors vers Gwen et l'observa quelques secondes.

— Tu es maigre, déclara-t-elle.

— Il paraît, concéda Gwen sans se formaliser.

Elle savait que Tillie ne flattait jamais personne.

— Tu as un mois pour me faire grossir.

— N'est-ce pas merveilleux, Tillie ? s'exclama Anabelle en posant un sucrier et un pot de crème en porcelaine de Delft sur la table. Gwen reste un mois entier ! Nous devrions peut-être organiser une fête. Nous avons trois hôtes en ce moment à la maison, chérie. Luke, bien sûr, Mlle Wilkins et M. Stapleton. C'est aussi un artiste, mais il peint à l'huile. C'est un jeune homme très talentueux.

— Luke Powers passe aussi pour un jeune homme talentueux, répliqua Gwen en saisissant l'occasion de souligner la jeunesse du bellâtre.

Sa mère versa le café, et Gwen s'assit en face d'elle.

— Luke *est* remarquablement talentueux, précisa Anabelle avec fierté. Tu as certainement lu quelques-uns de ses livres, ou vu un de ses films. Ils sont formidables. Ses personnages sont tellement vrais, si vivants. Et ses scènes d'amour sont d'une beauté et d'une intensité à couper le souffle.

— Il y a une femme nue dans un de ses films, fit observer Tillie dans un grommellement indigné. Entièrement nue.

Anabelle éclata de rire.

— Pour Tillie, Luke est entièrement responsable du déclin moral de la culture, glissa-t-elle à Gwen, les yeux rieurs au-dessus de sa tasse.

— Nue comme un ver, renchérit Tillie scandalisée.

Gwen était convaincue que Luke Powers n'avait aucune moralité, mais elle garda son commentaire pour elle.

— Son succès est considérable, se contenta-t-elle de

dire d'une voix détachée. Un chapelet de best-sellers, une série de films populaires… et il n'a que trente-cinq ans.

— Ce qui prouve bien que l'âge n'a aucune importance, répliqua Anabelle sereinement.

Gwen parvint tout juste à réprimer sa grimace.

— Et le succès ne lui monte pas du tout à la tête, poursuivait sa mère. C'est l'homme le plus gentil, le plus agréable que j'aie jamais rencontré. Il est si généreux de son temps et de lui-même.

Ses yeux brillaient d'émotion.

— Tu ne peux pas savoir le bien qu'il m'a fait ! Je me sens une autre femme.

Cette fois, Gwen s'étrangla avec son café. Anabelle gloussa tandis que Tillie lui assenait une bonne claque dans le dos.

— Est-ce que ça va, chérie ?

— Oui, ça va.

Elle prit plusieurs inspirations, se préparant à dire sans mâcher ses mots tout ce qu'elle pensait de l'infâme Luke Powers, mais devant les yeux ingénus de sa mère, elle opta pour une retraite temporaire.

— Je crois que je vais monter défaire mes valises.

— Je vais t'aider, lui proposa aussitôt sa mère.

— Non, non, ne t'inquiète pas, répondit-elle en lui posant une main sur l'épaule. Ce sera vite fait. Je vais prendre une douche et me changer, j'en ai pour une heure.

Une heure au bout de laquelle elle espérait avoir retrouvé toute son autorité. Les yeux sur le doux visage confiant de sa mère, elle soupira. Elle avait l'impression, tout à coup, d'avoir cent ans.

— Je t'aime, maman.

Sur cette déclaration, elle déposa un baiser sur sa joue et se leva.

Elle allait devoir réévaluer sa stratégie, se dit-elle en

traversant le vestibule. Sa mère, de toute évidence, ne saisissait pas ses allusions. L'éclairer sur la véritable nature de sa liaison avec Luke Powers n'allait pas être facile. Elle allait devoir parler franchement… Elle chercha, en montant l'escalier, le terme adéquat pour décrire sa conduite. Malheureusement, aucun ne lui paraissait assez abject.

- 2 -

La chambre de Gwen était inondée de soleil. Le papier à fleurs aux motifs délicats était de la même teinte que les rideaux coquille d'œuf, eux-mêmes assortis à la couleur du couvre-lit. Comme toujours lorsqu'elle entrait dans sa chambre, Gwen ouvrit la porte-fenêtre en grand. Les odeurs du jardin fleuri de sa mère montèrent aussitôt jusqu'à elle. Un grand cyprès chauve, plus vieux que la maison et couvert de mousse gris-vert, se dressait de l'autre côté de la pelouse. Traversée par les rayons du soleil, sa magnifique silhouette dessinait sur le sol un entrelacs d'ombre et de lumière. Le chant des oiseaux se mêlait au bourdonnement des abeilles, et derrière un épais rideau de chênes, elle devinait le mystère du bayou. D'ici, les rues animées de New York lui semblaient irréelles. Elle avait choisi cette ville pour ses défis, mais son retour dans sa maison d'enfance lui faisait l'effet d'un délicieux dessert après un bon repas. Son goût, s'apercevait-elle, lui avait manqué. Elle le savoura longtemps puis, l'esprit infiniment plus léger, retourna dans sa chambre. Attrapant son peignoir blanc, elle se dirigea vers la salle de bains.

Sa mère était une incorrigible romantique, se dit-elle en laissant la douche emporter la fatigue du voyage. Elle ne comprenait tout simplement rien aux hommes. *Parce que c'est ton cas ?* lui souffla une petite voix, tandis que ses pensées glissaient importunément sur Michael. Oui, riposta-t-elle en offrant fièrement son visage au jet de la douche, elle les comprenait. Elle les comprenait même très bien. Et elle ne laisserait pas Luke Powers faire du mal à sa mère ni la tourner en ridicule. Riche et célèbre, séduisant, il avait sans doute l'habitude d'arriver à ses fins. Qu'à cela ne tienne : elle avait affaire à des gens riches, célèbres et séduisants tous les jours, et elle savait parfaitement comment s'y prendre avec eux.

Sa douche terminée, et toute son assurance retrouvée, elle s'essuya les cheveux en chantonnant. Laissant ses boucles humides rebondir sur son front, elle enfila son peignoir et retourna dans sa chambre.

— *Vous* ! s'exclama-t-elle en découvrant Luke Powers à côté de sa commode. Que faites-vous dans ma chambre ?

Elle frémissait de rage. Mais, au lieu de répondre, il prit le temps de l'examiner calmement. Son peignoir révélait, jusqu'à hauteur des cuisses, des jambes fines et élancées, et sa simplicité accentuait la minceur, presque enfantine, de sa silhouette. Ses yeux dépourvus de maquillage étaient immenses, sombres et lui semblaient, malgré leur fureur, curieusement doux. Il regarda ses boucles humides, agitées par son mouvement de tête outragé, rebondir autour de son visage.

— Anabelle pensait que vous apprécieriez ceci, dit-il enfin en désignant le bouquet de roses jaunes fraîchement cueillies sur la commode.

Sa main avait fait le geste, mais ses yeux étaient restés sur elle. Elle se renfrogna.

— Vous auriez pu frapper, répliqua-t-elle de mauvaise grâce.

— Je l'ai fait. Vous n'avez pas répondu.

Il franchit la distance qui les séparait et posa la main sur sa joue.

— Votre peau est d'une incroyable beauté. On dirait le velouté d'un pétale de rose après la pluie.

— Non !

Elle recula.

— Ne me touchez pas !

— Je touche toujours ce que j'admire.

— Je ne veux pas que vous m'admiriez.

Une lueur d'amusement traversa son regard, le rendant encore plus séduisant.

— Je n'ai pas dit que je vous admirais, Gwenivere, j'ai dit que j'admirais votre peau.

— Eh bien, abstenez-vous de la toucher, répliqua-t-elle agacée par la chaleur que ses doigts avaient laissée sur sa joue. Et ne touchez pas ma mère.

— Où allez-vous chercher que j'ai posé les mains sur votre mère ?

Il avait pris un des flacons de parfum sur sa commode et l'examinait avec attention.

— Ses lettres sont assez explicites.

Elle lui arracha le flacon des mains et le remit à sa place.

— Elle ne parle que de vous depuis des mois. Luke par-ci, Luke par-là. Vos sorties au théâtre ou pour faire les magasins, la façon dont vous avez réparé sa voiture, pulvérisé les pêchers. Et surtout comment vous donnez un nouveau sens à sa vie.

Elle prit son peigne, d'un geste excédé, et le reposa, tout aussi agitée. Son regard direct, imperturbable, lui tapait sur les nerfs.

— Et cela vous a suffi, dit-il en brisant le silence, pour conclure qu'Anabelle et moi entretenions une liaison.

— Oui, bien sûr, répliqua-t-elle, troublée, un instant, par son intonation.

Etait-ce de l'amusement ? se demandait-elle fascinée par l'ombre du sourire qui flottait sur ses lèvres. Sa bouche, ainsi hésitante, était superbe… Furieuse de se laisser distraire, elle redressa le menton.

— Est-ce que vous le niez ?

Il glissa les mains dans ses poches, mais au lieu de répondre, se mit à déambuler dans sa chambre. Il s'arrêta devant la fenêtre et regarda le jardin.

— Non, je ne crois pas que je vais le nier, dit-il enfin. Je vais seulement vous dire que ce ne sont pas vos oignons.

— Pas mes…

Elle s'étrangla.

— Pas mes oignons ? reprit-elle scandalisée. C'est ma mère !

— C'est aussi une femme, lâcha-t-il sèchement.

Il se retourna.

— Ou ne l'avez-vous jamais considérée sous cet angle ?

— Je ne crois pas que…

— Non, vous ne l'avez probablement jamais regardée comme une femme, la coupa-t-il. Il est peut-être temps que vous commenciez. Dites-moi, Gwenivere, lui demandez-vous sa permission, ou même son avis, pour choisir vos amants ?

Elle sentit une vive rougeur lui monter aux joues.

— Ce n'est pas du tout la même chose, rétorqua-t-elle en avançant sur lui. Et je n'ai pas besoin de votre avis sur ma mère. Vous pouvez vous afficher avec toutes les actrices et les célébrités que vous voulez, mais…

— Merci, la coupa-t-il encore, c'est gentil de me donner votre autorisation.

— Mais je ne vous laisserai pas vous afficher avec ma mère, acheva-t-elle les dents serrées. Vous devriez avoir honte, ajouta-t-elle frémissante, de séduire une femme de douze ans votre aînée.

— Ce qui serait bien sûr tout à fait acceptable si j'avais douze ans de plus qu'elle, riposta-t-il aimablement.

— Je n'ai pas dit ça.

— Vous semblez trop intelligente pour nourrir de tels préjugés, Gwenivere. Vous me surprenez.

La suavité de sa voix était plus qu'exaspérante.

— Ce n'est pas du tout ce que j'ai dit !

Elle n'était pas rétrograde, et n'aimait pas passer pour telle, mais elle n'avait aucune raison de se justifier devant cet odieux personnage. Aussi pinça-t-elle les lèvres dans une moue revêche et dédaigneuse.

Elle le regarda baisser les yeux sur sa bouche et la fixer.

— C'est une expression très provocante, affirma-t-il pensivement. Je m'en suis fait la remarque la première fois que je l'ai vue. Elle m'a surpris, et continue de m'intriguer.

D'un geste vif, il la prit dans ses bras. Son hoquet de stupeur et de protestation le fit sourire.

— Je vous ai dit que je touche toujours ce que j'admire.

Elle essaya de se libérer, mais il la bloquait, et elle ne put, impuissante, que regarder son visage descendre vers le sien.

Il fit courir ses lèvres le long de sa mâchoire. Leur douceur, tout à fait inattendue, la prit complètement de court. Ses bras étaient forts, ils la maintenaient solidement, mais sa bouche était douce, tendre. Désarçonnée, elle le laissa parcourir son visage. Elle sentait, à travers son peignoir, toutes les lignes de la silhouette pressée contre la sienne. Leurs corps semblaient… se reconnaître, comme s'ils étaient… faits l'un pour l'autre. Une onde de chaleur la traversa ; une onde soudaine, surprenante, aussi irrésistible que la bouche qui se promenait, paresseuse, sur son visage. Et ses propres lèvres, qu'elle sentait palpitantes, attendaient, appelaient, *désiraient* même son baiser ! Un gémissement lui échappa. Malgré elle, elle glissa les mains dans ses cheveux, impatiente de le voir tenir la promesse qu'il faisait planer au-dessus d'elle. Ses lèvres enfin se posèrent sur les siennes, pour les effleurer d'abord, les presser ensuite, puis les dévorer brusquement.

Traversée par une vague de plaisir insensé, elle se hissa sur la pointe des pieds pour lui répondre avec ardeur. Son baiser s'approfondit, décuplant des sensations brûlantes que la rugosité de sa barbe ne faisait qu'accroître. Une brise ténue entrait par la fenêtre, mais sa fraîcheur n'était d'aucun effet sur le brasier qui maintenant la consumait. Il glissa les mains dans son dos, l'étreignit fermement, puis la saisit par les hanches.

Elle leva vers lui un regard sombre et voilé. Son cœur battait à tout rompre. Aucun baiser, se disait-elle, ne l'avait troublée à ce point ; jamais, elle ne s'était sentie aussi ravagée par la fièvre, le besoin. Ses lèvres encore humides frémissaient de désir, de convoitise, et l'étendue du plaisir qu'elle sentait à sa portée allait au-delà de sa compréhension.

Il passa la main dans ses boucles, lui tira légèrement la tête en arrière et déposa un dernier et bref baiser sur sa bouche.

— Vous êtes aussi délicieuse que vous en avez l'air.

Elle se souvint brusquement de qui elle était et de l'endroit où elle se trouvait. Sa fureur éteignit aussitôt les brandons de la passion.

— Oh ! s'exclama-t-elle en le repoussant des deux mains sans parvenir à mettre plus de quelques centimètres entre eux. Comment osez-vous ?

— Ce n'était pas très difficile.

Elle secoua la tête, envoyant des gouttelettes d'eau danser dans les rayons du soleil.

— Vous êtes ignoble !

— Pourquoi ? lui demanda-t-il avec un grand sourire. Parce que je vous ai fait perdre la tête un moment ? Vous m'avez fait la même chose.

Cette confession semblait le ravir.

— Je ne vous invective pas pour autant.

— Je ne… C'est vous qui…

Elle s'interrompit, victime de la colère qui lui obstruait la gorge.

— Tâchez au moins d'être cohérente, lâcha-t-il amusé.

— Laissez-moi, parvint-elle à articuler. Lâchez-moi ! répéta-t-elle en se débattant.

— Certainement, convint-il enfin avec obligeance.

Il repoussa, d'une main attentionnée, les boucles désordonnées tombées devant ses yeux.

— Vous savez, reprit-il souriant, que vous pourriez devenir la femme qu'est votre mère.

— Oh ! lâcha-t-elle pâle de fureur. Vous êtes immonde.

Il éclata de rire, un rire franc, plein de joyeuse virilité.

— Gwenivere, je ne parlais pas de votre exceptionnelle sensualité !

Il se calma, puis hocha la tête.

— Anabelle est la seule personne que je connaisse à chercher le meilleur chez les autres et à le trouver. C'est la plus belle de ses qualités.

Son regard avait retrouvé sa profondeur.

— Je vous suggère, durant votre séjour, de prendre le temps d'apprendre à la connaître. Vous risquez d'être surprise.

— Je vous répète, répliqua-t-elle en se retranchant derrière la froideur, que je n'ai pas besoin de votre avis sur ma mère.

— Ah bon ?

Il sourit, haussa les épaules et s'en alla vers la porte.

— Dans ce cas, peut-être vais-je prendre le temps de vous faire découvrir celle que vous êtes, Gwenivere. A tout à l'heure, pour le dîner.

Il ferma la porte sur ses furieuses invectives.

*
* *

Le grand salon, à l'avant de la maison, avait la couleur et le parfum des roses. Il était également meublé dans le style accueillant et délicat d'Anabelle. Les fauteuils étaient bas, élégants, les coussins moelleux, les lampes en porcelaine excessivement fragiles, et les tapis anciens. Même lorsque Anabelle n'y était pas, sa présence était perceptible.

Gwen écarta le rideau rose pâle de la fenêtre afin de regarder le coucher du soleil. Sa mère, derrière elle, bavardait gaiement. Le ciel, qui avait lentement pris les teintes pastel du crépuscule, s'enflammait d'or et de rouges triomphants. Sa formidable incandescence correspondait bien plus à l'humeur de Gwen que le doux confort de la pièce dans son dos. Elle posa la paume sur la vitre, comme pour toucher l'explosion de la nature. Le brasier qui l'avait consumée quelques heures plus tôt, dans les bras d'un inconnu, continuait de couver en elle. Des étincelles, de temps à autre, la traversaient de leur fulgurance.

Cela ne signifiait rien, se répéta-t-elle pour la centième fois. Fatiguée par son voyage, préoccupée par sa mère, elle s'était tout bêtement laissée surprendre ; une grande partie de ce qu'elle avait éprouvé relevait de son imagination. Elle était vulnérable, donc sujette à l'exagération, voilà tout. A titre de vérification, elle hasarda le bout de sa langue sur ses lèvres. L'exagération, se répéta-t-elle, satisfaite de ne rien sentir de la lourdeur dont elle se souvenait.

— Un mois d'absence, c'est long pour ton travail, fit observer Anabelle en triant un panier de fils à broder.

Gwen haussa les épaules.

— Je n'ai pas pris plus d'un grand week-end de congé en deux ans, se justifia-t-elle.

— Oui, chérie. Je le sais. Tu travailles trop.

Elle leva les yeux vers sa fille. Le bleu céruléen de sa robe lui allait parfaitement, mais elle ne put s'empêcher de constater, une fois plus, combien sa fille était mince. Elle était grande aussi, et tendue comme une baguette. Les dernières flammes du soleil jouaient dans ses cheveux et donnaient à ses boucles l'allure d'une cascade rose doré. *Dire qu'elle a maintenant vingt-trois ans !* songea-t-elle étonnée, avant de revenir à ses fils.

— Tu as toujours été exceptionnellement douée. Tu dois tenir cette qualité de ton père. Sa mère a eu deux fois des jumeaux, tu sais ? Si ce n'est pas du talent !

Gwen, en riant, posa le front contre la fenêtre. La vitre était aussi rafraîchissante que les coq-à-l'âne de sa mère.

— Oh ! maman, je t'adore.

— Moi aussi je t'aime, répondit sa mère en comparant les teintes de deux fils verts. Tu ne m'as encore rien dit du jeune homme que tu fréquentes, un avocat. Michael, c'est ça ?

— C'est ça.

L'obscurité tombait sur le jardin, et l'effacement des couleurs s'accompagnait d'un silence étrange, presque révérencieux envers la nuit qui s'annonçait. Elle soupira. Le crépuscule était le moment le plus fragile, le plus fugace de la journée. Celui, peut-être, qu'elle préférait. Le chant des premiers grillons la sortit de sa rêverie.

— Je ne vois plus Michael.

— Oh ! chérie, s'exclama Anabelle, peinée. Vous vous êtes disputés ?

— Oui, à maintes reprises. J'ai bien peur de ne pas être la compagne idéale pour un avocat d'affaires.

Elle regarda sa grimace se refléter sur la vitre.

— Je manque beaucoup trop de sophistication pour lui. J'avais surtout besoin de prendre l'air.

— J'espère que vous vous êtes séparés bons amis.

Gwen ferma les yeux et réprima le sourire douloureux que lui inspirait leur scène de rupture.

— Nous échangerons nos vœux chaque année.

— Tant mieux, murmura Anabelle en enfilant son aiguille. Les vieux amis sont les plus précieux.

Gwen se tourna vers sa mère. Mais son sourire, en découvrant Luke sur le seuil, se fana instantanément. Elle croisa son regard et, de nouveau, se sentit frémir. Il s'était changé et avait passé un pantalon beige foncé et un T-shirt rouille. Le résultat était à la fois élégant et décontracté. Elle ne voyait pourtant pas de grande différence entre l'homme bien vêtu et rasé de près qui se tenait devant elle et le solide bûcheron qu'elle avait croisé le matin même. Un coup de rasoir et une tenue civilisée n'altéraient en rien son insolente virilité.

— Deux femmes aussi jolies pour moi tout seul, je suis un homme comblé.

— Luke ! s'exclama Anabelle en levant les yeux, radieuse de plaisir. Quel incorrigible flatteur, mais c'est si agréable d'être flattée ! N'est-ce pas, Gwenivere ?

— Très agréable, fit-elle mine d'acquiescer en posant sur Luke le plus glacial de ses sourires.

Il traversa la pièce et, comme s'il était chez lui, prit une carafe en cristal sur la commode Hepplewhite qui avait jadis appartenu à la grand-mère de Gwen.

— Un cherry ? proposa-t-il.

— Merci, très cher, répondit Anabelle. Luke a acheté le plus exquis des cherries, expliqua-t-elle à sa fille. Je crains qu'il ne me gâte un peu trop.

Et comment ! fulmina Gwen en décochant un regard, cette fois meurtrier, au coupable.

Luke se contenta de lui sourire. Ce qui eut le don d'enflammer sa fureur.

— Il ne faut pas traîner, reprit Anabelle ignorante

de la guerre qui se jouait près d'elle. Tillie a préparé un dîner spécial pour l'arrivée de Gwenivere. Elle l'adore, vous savez, Luke, mais elle ne l'avouerait pour rien au monde. Je crois que ma fille lui a manqué autant qu'à moi, ces deux dernières années.

— Il lui manque surtout quelqu'un contre qui rouspéter, protesta Gwenivere. A ses yeux, je suis toujours la petite sauvageonne que j'étais à dix ans.

— Tu auras toujours dix ans pour Tillie, concéda Anabelle. J'ai moi-même le plus grand mal à me dire que tu as plus de deux fois cet âge.

Avisant le verre qu'il lui tendait, Gwen se tourna vers Luke.

— Merci, lui dit-elle, d'un ton corrosif.

Elle but une gorgée.

— Dites-moi, monsieur Powers, reprit-elle, déçue de constater que le cherry était en effet excellent, auriez-vous l'intention de me gâter, moi aussi ?

— Oh ! je doute d'y parvenir, Gwenivere, répondit-il en lui prenant la main.

Elle tenta de se dégager, mais il l'en empêcha et la fixa, les yeux rieurs au-dessus de leurs doigts enlacés.

— J'en doute fermement.

- 3 -

Le dîner donna à Gwen l'occasion de rencontrer les deux hôtes supplémentaires d'Anabelle. Bien qu'ils soient tous les deux artistes, et peintres de surcroît, elle constata qu'ils n'auraient pu être plus différents l'un de l'autre. Monica Wilkins était petite, pâle, aux cheveux châtains sans relief. Elle s'exprimait d'une voix douce, en respirant bruyamment, et faisait tout son possible pour éviter de croiser les regards. Elle portait une robe ample, informe, que Gwen soupçonnait d'appartenir à une vaste collection, portée en toute saison et sans le moindre style. Son art, pour l'essentiel, consistait à illustrer des livres de botanique. Avec une pointe de compassion, elle remarqua que ses petits yeux vifs, aussi alertes que ceux d'un moineau, se posaient fréquemment sur Luke avant de s'envoler ailleurs, effrayés et timides.

Bradley Stapleton quant à lui était grand, dégingandé, vêtu d'un pull dépenaillé, d'un pantalon large et de vieilles baskets. Son visage était avenant, mais ne possédait aucune particularité marquante ; sa voix en revanche était d'une rare beauté. Il posait sur ses contemporains un regard d'une insatiable curiosité et peignait pour l'amour de l'art. Il aspirait à la célébrité, mais la modestie de son sort, affirmait-il, lui convenait.

Gwen profita pleinement du dîner. Non seulement le jambalaya de Tillie était excellent, mais elle trouvait les deux artistes curieusement passionnants. Séparément, ils devaient être ennuyeux, mais ensemble, les défauts de l'un mettaient en valeur les qualités de l'autre.

— Ainsi, vous travaillez pour *Style*, lâcha Bradley en prenant une seconde et généreuse portion du jambalaya de Tillie, mais vous n'êtes pas mannequin. Pourquoi ?

Elle songea aux mannequins, continuellement tendus, frénétiques, angoissés, et à leur splendide beauté.

— Je ne suis pas du tout faite pour ça, répondit-elle en souriant. Je suis bien meilleure côté cour.

— Côté cour ? répéta Bradley, intrigué.

— L'essentiel de mon travail se passe dans les coulisses.

Elle lui sourit encore, soulagée que sa mère l'ait assise à côté de Luke et pas en face. Elle aurait eu du mal à passer un repas entier sous son regard et ses sourires narquois.

— J'organise, j'apaise les tensions, je surveille les délais, je rappelle à l'ordre, énuméra-t-elle. Les mannequins ont tendance à se servir de leurs jolis ongles comme de griffes. Quelqu'un doit les en empêcher et leur rappeler les aspects pratiques de l'existence.

— Gwenivere a toujours eu un sens pratique extrêmement développé, affirma Anabelle. Ce qui est un mystère pour moi, qui le suis si peu ! C'est drôle, poursuivit-elle en souriant à sa fille, en fait, elle a mûri bien avant moi.

— Le pragmatisme ne vous irait pas du tout, Anabelle, avança Luke, d'un ton affectueux.

Anabelle, rayonnante de plaisir, se tourna vers sa fille.

— Tu vois comme il me gâte.

— En effet, répondit Gwen en prenant son verre pour faire passer le nœud qui l'étranglait. Je vois.

— Vous devez poser pour moi, Gwen, déclara tout à trac Bradley.

Parfaitement consciente que le seul moyen de rester civilisée était d'ignorer Luke, elle tourna toute son attention vers le peintre.

— Vraiment ?

— Absolument.

Ses couverts suspendus, il plissa les yeux sur elle.

— Fabuleux, n'est-ce pas, Monica ? Un sujet vraiment splendide, enchaîna-t-il sans attendre la réponse de la jeune femme. Sous un certain éclairage, la chevelure est de la couleur immortalisée par Titien, sous un autre, elle est plus douce, plus subtile. Mais ce sont les yeux, n'est-ce pas, Monica ? Certainement les yeux. Si grands, d'un brun si soyeux. La structure du visage, bien sûr, est parfaite et la peau sublime, mais ce sont les yeux qui me fascinent. Les cils sont véritables, qu'en penses-tu, Monica ?

— Oui, répondit la jeune femme alors que son regard quittait vivement le visage de Gwen pour se reposer sur son assiette, on ne peut plus véritables.

— Elle les a hérités de son père, expliqua Anabelle. C'était un si bel homme. Gwenivere lui ressemble énormément. Il avait exactement ces yeux. Je crois que c'est à cause d'eux que je suis tombée amoureuse de lui.

— Ils ont beaucoup d'allure, reconnut Bradley avec un hochement de tête à l'égard de son hôtesse. Leur dimension, leur couleur, leur forme. Beaucoup d'allure.

Il revint à Gwen.

— Vous allez poser pour moi, n'est-ce pas, Gwen ?

— Peut-être, répondit-elle avec un sourire candide.

A la fin du dîner, tandis que les artistes se retiraient dans leurs appartements, Luke s'attarda, mais il ne tarda pas à monter lui aussi. Après son départ, à la question désinvolte que lui posa Gwen, Anabelle répondit qu'il « travaillait tout le temps ». Elle était un peu surprise qu'une femme aussi romantique que sa mère ne prenne pas ombrage de voir son compagnon l'abandonner pour la soirée, mais elle se tut.

Anabelle, occupée à broder une taie d'oreiller, bavardait de choses et d'autres. Gwen l'observait quand une question lui traversa l'esprit. Sa mère semblait-elle plus heureuse ? Avait-elle l'air plus enjoué ? Si c'était le cas, réfléchit-elle, et que Luke en soit responsable, devait-elle l'en remercier ou le maudire ? Elle regarda sa mère étouffer un bâillement. Le maudire, se dit-elle aussitôt envahie d'un brusque élan protecteur. Sa mère avait besoin d'être protégée, et c'était exactement pour cette raison qu'elle était venue.

Pourtant, un peu plus tard, Gwenivere n'arrivait pas à dormir. Elle avait abandonné son livre et se retournait dans son lit. Il était tard. La brise soulevait les rideaux de la fenêtre. Attirée par son souffle tranquille, elle se leva, enfila sa robe de chambre et descendit dans le jardin.

La nuit était chaude, baignée par le clair de lune, et l'air embaumait la rose et la glycine. De temps à autre, le cri solitaire et inquiétant d'une chouette troublait le chant des grillons ; les feuillages frémissaient, agités par les mouvements des oiseaux ou des animaux nocturnes qu'ils abritaient. Ici et là, le vol des lucioles dessinait de courtes traînées lumineuses.

Elle prit une profonde inspiration et s'étonna de sentir, avec les parfums de la nuit, une paix inattendue l'envahir. L'agréable obscurité du jardin et sa douce tranquillité se rappelaient à elle comme des amies d'enfance. Depuis deux ans, elle ne pensait qu'à sa carrière. L'indépendance et la réussite étaient ses seuls objectifs. Elle avait travaillé dur, et les avait atteints tous les deux. Alors pourquoi, se demanda-t-elle en cueillant un bouton de rose, n'était-elle pas heureuse ? Non, se reprit-elle en humant le parfum de la fleur à peine éclose, elle était heureuse, seulement, elle ne l'était pas autant qu'elle aurait dû l'être. Le front plissé, elle fit tourner la tige entre ses doigts. *Comblée*, se dit-elle subitement. Oui, c'était ça, elle ne se sentait pas comblée.

Elle soupira et leva les yeux vers le ciel. Elle contemplait les étoiles, lorsqu'elle sentit un rire naître dans sa gorge. Elle le laissa s'envoler, libre et léger dans le silence de la nuit.

— Attrape ! cria-t-elle à l'immensité en lançant la fleur dans les airs.

Elle eut un hoquet de surprise en voyant une main intercepter la rose avant qu'elle tombe sur le sol. Luke apparut, surgi de nulle part. Il fit tourner la rose entre ses doigts et la huma.

— Merci, dit-il d'une voix profonde. C'est la première fois qu'on me jette une rose.

— Elle ne vous était pas destinée, répliqua-t-elle en serrant vivement les pans de sa robe de chambre sur sa poitrine, ce qui le fit sourire.

— Ah bon ? A qui la lanciez-vous alors ?

Vexée de se sentir ridicule, elle haussa les épaules et se détourna.

— Je croyais que vous travailliez.

— C'était le cas. Mais ma muse s'en est allée, alors j'ai décidé de m'arrêter pour cette nuit. Le jardin est magnifique au clair de lune.

Il se tut.

— J'ai toujours pensé que c'était aussi valable pour les femmes, ajouta-t-il sur le ton de la confidence.

Il s'était approché d'elle, et la caresse de sa voix effleurait ses épaules. Elle se retourna, prête à lui répondre, mais il la surprit en glissant la rose dans ses cheveux.

— Vous avez des yeux fabuleux, vous savez ? Bradley a parfaitement raison.

Il l'avait prise par le menton, et elle sentait naître un

frisson à l'endroit où ses doigts la touchaient. Elle recula prudemment.

— J'aimerais que vous arrêtiez de faire ça.

Elle aurait aussi préféré parler d'un ton plus ferme.

Il lui adressa un sourire étrange, amusé, presque tendre.

— Vous êtes singulière, Gwenivere. Je ne vous ai pas encore tout à fait cernée ; je suis intrigué par l'innocence.

Elle se raidit et rejeta ses cheveux en arrière.

— Je ne vois pas de quoi vous parlez.

Elle vit son sourire s'élargir ; ses yeux semblaient capter le clair de lune.

— Votre verni new-yorkais ne la dissimule pas tout à fait. Elle est dans vos yeux, Gwenivere. Bradley ne sait pas pourquoi ils sont si beaux, et je ne vais pas le lui dire. Mais c'est à cause de l'innocence et de la promesse qu'ils contiennent.

Elle plissait le front, mais ses épaules s'étaient détendues.

— Je vois une innocence cristalline sur ce merveilleux visage et une chaleur annonciatrice de passion. C'est un équilibre ténu.

Ses propos et sa voix lui inspiraient un frémissement qu'elle n'arrivait pas à contrôler. Toute la tranquillité de la nuit s'était envolée, chassée par une pulsation brûlante, instable, qui semblait s'être répandue dans l'atmosphère. Tout à coup, elle eut peur.

— Je ne veux pas que vous me disiez des choses pareilles, murmura-t-elle en reculant davantage.

— Vraiment ?

Son intonation profonde et amusée semblait agir sur elle comme un charme : alors qu'elle voulait s'en aller, toute retraite lui semblait vaine et ridicule.

— Michael ne vous a jamais séduite par des mots ? C'est peut-être pour cela qu'il a échoué.

— Michael ? Que savez-vous de…

Sa conversation avec sa mère dans le salon, juste avant le dîner, lui revint tout à coup à la mémoire.

— Vous écoutiez ! s'écria-t-elle tirée de sa torpeur. Vous n'avez pas le droit d'espionner les conversations ! Aucun homme bien élevé n'écoute aux portes !

— Ridicule, riposta-t-il calmement. Tout le monde le fait si l'occasion se présente. Et la porte n'était pas fermée.

— Vous aimez forcer l'intimité des gens ?

— Les gens m'intéressent, tout comme les émotions. Et je n'ai pas à m'en excuser.

Elle le regarda, partagée entre la colère que lui inspirait son arrogance et l'admiration suscitée par son assurance.

— De quoi vous excusez-vous, Luke Powers ?

— De très peu de choses, en fait.

Incapable de résister, elle sourit. Il était vraiment odieux.

— Ça valait le coup d'attendre, murmura-t-il en la dévisageant intensément. Je me demande si Bradley est capable de vous rendre justice. Faites attention, la prévint-il, il va tomber amoureux de vous.

— C'est comme ça que vous avez séduit Monica ?

— Je la terrifie, corrigea-t-il en stabilisant la rose dans ses cheveux.

— Quel fin observateur de l'humanité vous faites, railla-t-elle.

Cédant à l'agacement qui la gagnait, elle chercha la rose et entreprit de la déloger. La fleur, malmenée par ses mains nerveuses, tomba à terre. Ils se penchèrent en même temps pour la ramasser. Sentant ses cheveux caresser la joue de Luke, elle tourna les yeux vers lui et fit un bond en arrière, comme s'il l'avait brûlée. Mais avant qu'elle puisse lui échapper, il l'attrapa par le bras.

Il se releva lentement, sans la lâcher, puis l'attira contre lui. Elle frissonna. Un seul de ses regards, se disait-elle, un simple contact suffisait à déclencher en elle une passion dont elle ignorait l'existence. Ses mains remontaient sur ses bras, glissaient sous les manches amples de sa robe de chambre et lui caressaient les épaules. Vacillante, elle se laissa aller contre lui et, affaiblie, posa les lèvres sur les siennes.

Il s'empara aussitôt de sa bouche, avec une telle fougue qu'elle crut qu'elle allait étouffer, mais elle n'eut pas le temps de s'en inquiéter : toutes ses sensations, balayées par le plaisir, explosaient. Une myriade d'étincelles éclatait derrière ses paupières closes. Ses lèvres, portées par un élan plus ancien que le temps, étaient avides de prendre, d'être prises, de donner. Sous ses paumes, elle sentait les muscles fermes et tendus de son dos. La force qu'il dégageait, associée à la brusque conscience de sa propre fragilité, la fit frémir. Mais même sa faiblesse, découvrait-elle émerveillée, possédait un pouvoir, une puissance, qu'elle n'avait jamais goûtée ni explorée.

Ses mains sur elle allumaient des brasiers, lui révélaient des secrets ignorés, soulevaient dans leur sillage un tourbillon aussi enivrant que la fièvre de son baiser. Et elle, malléable entre ses bras, désireuse sous ses lèvres, se laissait ravir, emporter. Il était comme drogué, noyait sa volonté, ses pensées. Seule une once de résistance surnageait, qui tentait de se faire entendre. Quand elle prit le dessus, lentement, Gwen eut l'impression qu'on la tirait d'un songe. Saisie par l'horreur de ce qu'elle était en train de faire, elle commença à se débattre. Lorsqu'elle parvint enfin à s'arracher à leur étreinte, ce fut pour éprouver la flèche, douloureuse, de la séparation. Elle l'ignora.

— Non, dit-elle en portant les mains à ses joues brûlantes, non !

Luke, silencieux, la regarda s'enfuir et disparaître dans la maison.

- 4 -

Le ciel était brumeux, lourd, comme les pensées de Gwen. A sa fenêtre, elle contemplait l'aube naissante, sa lumière grise et incertaine, et l'étendue de sa désolation.

Comment avait-elle pu ? se demandait-elle encore et encore.

Avec un gémissement douloureux, elle s'effondra dans son fauteuil. Elle l'avait embrassé. Elle avait embrassé *Luke Powers*. Son honnêteté foncière l'empêchait d'ignorer ce qu'elle considérait comme une faute, sinon un crime. Cette fois, elle ne pouvait pas prétendre avoir été prise au dépourvu. Elle savait ce qui allait se passer et, pire, elle y avait pris du plaisir.

Comment avait-elle pu ?

Elle se leva et, en proie à la consternation, se mit à arpenter sa chambre. Elle avait fait des milliers de kilomètres pour chasser Luke Powers de la vie de sa mère, et elle se retrouvait à l'embrasser dans le jardin au beau milieu de la nuit. Quel genre de personne était-elle ? Quel genre de fille ? Pas un instant, la nuit dernière, elle n'avait pensé à sa mère. Qu'à cela ne tienne, se ressaisit-elle, elle allait le faire aujourd'hui. Ouvrant le tiroir de sa commode, elle prit un short vert olive. Elle avait un mois pour mettre Luke Powers à la porte, et c'était exactement ce qu'elle allait faire.

Devant son miroir, elle boutonna vivement sa chemisette kaki. Terminé le jardin au clair de lune, se dit-elle avec détermination. Inutile de s'exposer une fois de plus à l'égarement d'une nuit d'été. Car c'était un égarement, n'est-ce pas ? Les yeux sur sa silhouette, elle passa une main nerveuse dans ses cheveux. Une autre explication semblait vouloir s'interposer. Refusant de s'y arrêter, elle termina de s'habiller et descendit au rez-de-chaussée.

A cette heure matinale, même Tillie n'était pas dans la cuisine ; la pièce, faiblement éclairée, baignait dans un calme agréable. Heureuse de cette tranquillité, Gwen prépara le café. Elle sirotait sa première tasse lorsqu'elle aperçut les nuages qui s'amoncelaient dans le ciel. La pluie, se dit-elle sans déplaisir. Le ciel l'annonçait, son parfum flottait dans l'air et sa promesse donnait à la paresse du jour naissant un frémissement alerte. Il allait y avoir du tonnerre, des éclairs, des bourrasques. Cette perspective, curieusement, la mit de bonne humeur, et ce fut en chantonnant qu'elle commença à fouiller les placards. Sa mauvaise nuit était oubliée.

— Qu'est-ce que tu trafiques ?

Elle se retourna sur Tillie qui, les mains sur ses hanches osseuses, la considérait d'un air sévère.

— Bonjour, Tillie, répondit-elle avec bonhomie et la rudesse coutumière de la cuisinière.

— Qu'est-ce que tu fabriques dans ma cuisine ? réitéra Tillie, suspicieuse. Tu as fait le café ?

— Oui, avoua-t-elle l'air navré, mais les yeux pétillants de malice. Il n'est pas si mauvais.

— C'est moi qui fais le café, répliqua Tillie. C'est toujours moi qui fais le café.

— Je sais, et il m'a manqué ces deux dernières années. Quels que soient mes efforts, le mien n'est jamais aussi bon que le tien.

Elle lui versa une tasse.

— Tiens, goûte, lui offrit-elle, tu pourras peut-être me dire ce que je fais mal.

Tillie accepta la tasse et prit une gorgée.

— Tu le laisses trop infuser, décréta-t-elle, renfrognée avant de repousser d'une main rude les boucles qui glissaient sur les yeux de Gwen. Tu ne te coifferas donc jamais ? reprit-elle en grommelant. Tu veux porter des lunettes ?

— Non, Tillie, répondit-elle.

C'était une vieille question et un geste familier. Touchée par la tendresse qui se cachait derrière les mots brusques et les doigts rapides, elle sourit.

— J'ai préparé le petit déjeuner de maman, dit-elle en se retournant pour terminer son plateau. Je vais le lui monter, elle a toujours aimé que je lui fasse cette surprise.

— Tu ne devrais pas déranger ta mère à cette heure, bougonna Tillie.

— Oh ! mais il n'est plus si tôt, répliqua-t-elle en prenant son plateau. J'ai laissé un peu de bazar, ajouta-t-elle avec l'insouciance de la jeunesse. Je rangerai tout à l'heure.

Elle s'esquiva avant que Tillie puisse répondre.

Devant la chambre de sa mère, elle glissa son plateau sur une main et tourna la poignée de l'autre. Stupéfaite de voir la porte lui résister, elle secoua la poignée, incrédule. Jamais, d'aussi loin qu'elle se souvienne, sa mère n'avait fermé sa chambre à clé !

— Maman ? appela-t-elle en frappant. Maman, tu es réveillée ?

— Comment ? répondit la voix claire, mais distraite d'Anabelle. Oh ! c'est toi, chérie ! Un instant, j'arrive.

Gwen écouta, inquiète, une série de bruits étouffés se succéder derrière la porte.

— Maman, répéta-t-elle, tout va bien ?

— Oui, oui, chérie, une seconde.

Le calme revint juste avant que la porte s'ouvre.

— Bonjour, Gwenivere, lui dit sa mère en souriant. Elle était en robe de chambre, ses cheveux étaient tout ébouriffés, mais son regard était vif.

— Que m'apportes-tu là ?

Encore déconcertée, Gwen baissa les yeux sur son plateau.

— Du chocolat et des beignets. Je sais que tu les adores. Maman, reprit-elle en même temps qu'elle retrouvait ses esprits, qu'étais-tu…

— Comme c'est gentil ! la coupa sa mère en l'attirant dans sa chambre. Tu les as faits toi-même ? Quelle surprise ! Viens, allons sur le balcon. J'espère que tu as bien dormi.

— Je me suis réveillée tôt, éluda-t-elle pour éviter un mensonge, et j'ai décidé de tester mon souvenir de la recette des beignets de Tillie. Maman, tu n'as jamais fermé ta porte à clé.

— Vraiment ? s'étonna Anabelle en s'installant dans un fauteuil de fer forgé blanc. Ce doit être une nouvelle habitude. Tiens, on dirait qu'il va pleuvoir. Mes roses vont être contentes.

La porte fermée laissait Gwen désemparée et contrariée. Ce détail lui rappelait sans ménagement qu'Anabelle Lacrosse n'était pas seulement sa mère, mais une personne libre et indépendante. Elle ferait peut-être mieux de s'en souvenir, se dit-elle silencieusement. Elle posa son plateau sur la table et se pencha pour embrasser sa mère.

— Tu m'as beaucoup manqué, maman. Je ne crois pas te l'avoir encore dit.

— Gwenivere, répondit sa mère en lui tapotant la main avec un beau sourire, je suis si heureuse de t'avoir à la maison. Tu as toujours été un tel bonheur pour moi.

— Même quand je mettais de la boue sur les tapis ou que je semais mes grenouilles dans le salon ?

Elle s'assit, souriant de sa taquinerie, et servit le chocolat.

— Chérie, répondit Anabelle dans un soupir, certains souvenirs méritent d'être oubliés. Je n'ai jamais compris comment j'ai pu élever un tel vandale ! Pourtant, même quand j'étais au désespoir de faire de toi une jeune fille sage et posée, je n'ai jamais pu m'empêcher d'admirer ta liberté. Même indomptable, ajouta-t-elle en goûtant son chocolat, tu n'as jamais été méchante, menteuse ou lâche. Et quelles qu'aient été tes bêtises, tu ne les as jamais faites par dépit, et tu les as toujours reconnues.

Gwen éclata de rire. Ses boucles dansaient autour de son visage.

— Pauvre maman ! J'en ai donc fait tellement ?

— Eh bien, disons, tempéra gentiment sa mère, que tu en as fait un peu plus que ta part. Mais te voilà devenue une jeune femme, et c'est si difficile à accepter pour une mère. Dis-moi, Gwenivere, est-ce que ton travail te plaît ?

Sa réponse, spontanément affirmative, se figea sur ses lèvres. Pouvait-elle vraiment parler de plaisir ?

— C'est curieux, répondit-elle, je n'en suis pas du tout certaine.

Elle posait sur sa mère un regard déconcerté.

— Mais j'en ai besoin, poursuivit-elle, pas seulement pour le salaire. J'ai besoin d'assumer la responsabilité qu'il implique, j'ai besoin de me sentir investie.

— Oui, tu as toujours été comme ça… Oh ! ces beignets ont l'air délicieux.

— Ils le sont.

Les deux coudes sur la table, elle posa le menton sur ses paumes.

— J'ai préféré goûter avant de te les offrir.

— Tu vois, répliqua sa mère en souriant, j'ai toujours dit que tu étais sensée.

Gwen la regarda prendre un des beignets aux formes excentriques posés dans l'assiette.

— Délicieux ! proclama Anabelle dès sa première bouchée. Aussi bons que ceux de Tillie, mais cela doit rester entre nous.

Gwen laissa la conversation se poursuivre jusqu'au moment où elle versa la deuxième tasse de chocolat.

— Maman, demanda-t-elle alors d'un ton prudent, combien de temps Luke Powers a-t-il l'intention de rester ?

— Rester ? répéta sa mère en essuyant le sucre de ses doigts. Eh bien, je ne sais pas exactement, Gwenivere. Cela dépend, j'imagine, de la progression de son livre. Je crois qu'il ne prévoit pas de rentrer en Californie avant d'avoir écrit le premier jet.

— Je suppose, avança Gwen en remuant son chocolat, qu'il n'aura aucune raison de revenir après.

— Oh ! détrompe-toi, affirma Anabelle en souriant. Je suis sûre qu'il reviendra. Luke adore cette région. J'aimerais pouvoir te dire ce que sa venue a représenté pour moi.

La voyant poser un regard rêveur sur le jardin, Gwen sentit aussitôt son inquiétude décupler.

— Il m'a tant donné, reprit sa mère. J'aimerais que tu passes un peu de temps avec lui, chérie, et que tu apprennes à le connaître.

Gwen se mordit profondément la lèvre. Complètement désemparée, elle regarda sa mère sourire aux anges, puis fulmina contre cet homme ignoble. Comment pouvait-il faire ça à sa mère ? Elle baissa les yeux sur le fond de sa tasse et se sentit brusquement accablée. Comment pouvait-il lui faire ça, *à elle* ? Malgré tous ses efforts, elle était incapable d'oublier la brûlure de ses lèvres sur les siennes. Cette sensation persistait, railleuse et tentatrice, et lui inspirait un sentiment tenace, un tourment qui lui était complètement étranger, un désir qu'elle ne pouvait pas plus identifier que comprendre. Elle secoua la tête. Luke Powers n'était un problème que tant qu'il restait en Louisiane, se dit-elle. L'objectif était de le renvoyer sur la côte Ouest et de le décourager de ne jamais revenir ici.

— Gwenivere ?

— Mmm ? Oui, maman ?

Repoussant ses réflexions confuses et les images troubles que Luke Powers lui inspirait, elle croisa le regard intrigué de sa mère.

— Je disais qu'une tarte aux myrtilles serait parfaite pour le dîner. Luke les adore. Je pensais que tu pourrais aller ramasser des myrtilles pour Tillie.

Elle envisagea brièvement l'attrayante perspective de parsemer d'arsenic la part de Luke, avant de la rejeter.

— Oui, avec plaisir, murmura-t-elle.

La pluie menaçait lorsque Gwen, chargée d'un grand panier, partit chercher des baies sauvages. Gratifiant le ciel gris d'un bref regard et d'un haussement d'épaules, elle raffermit le pas. Elle avait décidé de courir le risque d'être rattrapée par la pluie. Sa cueillette était l'occasion idéale pour élaborer le plan d'attaque destiné à renvoyer Luke Powers dans l'Ouest. Son panier à bout de bras, elle traversa la pelouse et le jardin bien soignés et franchit la ligne ombragée des arbres qui séparaient sa maison du bayou. Là débutait un autre monde. Un monde bien différent de la maison coquette de sa mère. Un monde sauvage et primitif, empli d'infinis secrets et d'insondables mystères. Ce monde avait été le refuge de son enfance, son île personnelle. Elle se rappelait chacun de ses détails. Passé l'abri des arbres, elle s'arrêta pourtant pour contempler son admirable beauté.

Une nappe de brume flottait sur la rivière paresseuse. Au-dessus, en quête de l'invisible soleil, perçaient les têtes marron et sombres des épis des roseaux. Ici et là, un cyprès dressait sa silhouette majestueuse. Le bras d'eau lui-même étirait son fin ruban devant elle pour disparaître dans un lacet sinueux. Elle se souvenait de tous ses méandres, de ses courbes, des endroits où il s'élargissait. Au-dessus du chemin qui le longeait, les branches des arbres chargés de mousse formaient une voûte naturelle. L'eau était silencieuse, son courant imperceptible, mais elle entendait les oiseaux et le plongeon occasionnel d'une grenouille. Ce calme, elle le savait, n'était qu'apparent. Sous la surface, une vie sauvage, parfois cruelle, toujours effervescente, régnait en maître. Aujourd'hui comme par le passé, elle sentait son appel.

Elle s'engagea, confiante, sur la rive et se mit en quête des baies rebondies. La quiétude et la simplicité de sa tâche ne tardèrent pas à l'apaiser. Les années s'effaçaient, elle redevenait l'adolescente d'hier, une jeune fille dont le plus grand rêve était de s'installer dans une grande ville. A l'abri du bayou, elle avait imaginé l'excitation, les mystères de la vie citadine ; elle s'était figuré le formidable défi d'y tracer sa propre voie. Son travail acharné, sa détermination et sa vivacité d'esprit lui avaient permis d'avancer très vite. Elle avait décroché un poste à responsabilités, s'était constitué un cercle d'amis intéressants. Or, très récemment, elle avait développé un sentiment tenace d'insatisfaction.

Il était dû au surmenage, décida-t-elle en gobant une myrtille, dont le jus se répandit dans sa bouche, sucré et plein de souvenirs. Au surmenage et, bien sûr, à Michael. Le front soucieux, elle jeta une poignée de baies dans son panier. Qu'elle ait pris l'initiative de leur rupture ne l'empêchait pas de ressentir la souffrance et le regret qui allaient de pair avec la fin d'une histoire. Il y avait aussi les reproches qu'il lui avait faits... Le pli qui barrait son front se creusa davantage, et sans s'en apercevoir, elle se mit à grignoter sa récolte. Il lui avait dit qu'elle était froide, insensible et immature... Elle prit, en soupirant, une poignée de myrtilles qu'elle goba les unes après les autres. Elle n'avait pas dû être amoureuse de lui. Si elle l'avait été, elle aurait eu envie qu'il lui fasse l'amour.

Elle n'était ni froide ni insensible. Il suffisait de voir comment elle réagissait à Luke ! Elle se figea, une myrtille suspendue devant la bouche, et se sentit brusquement rougir. Ce n'était pas du tout la même chose, se rassura-t-elle rapidement. Pas du tout. Elle goba la myrtille. Avec Luke, c'était physique, ça n'avait rien à voir avec les sentiments. C'était de la chimie, une interaction hormonale. Enfin quoi, c'était pratiquement scientifique !

Prise d'une subite inspiration, elle envisagea la possibilité de le séduire... Elle pouvait flirter avec lui, le provoquer, l'encourager, bref, le rendre fou et le faire tomber amoureux d'elle. De cette façon, Anabelle mise hors de danger, elle n'aurait plus qu'à se débarrasser de lui. Ce ne devait pas être très difficile, se dit-elle songeuse. Elle avait vu assez de mannequins faire ce qu'elles voulaient des hommes qu'elles voulaient. Il suffisait parfois d'un claquement de doigts. Elle baissa les yeux sur les siens et s'aperçut, un peu coupable, qu'ils étaient tout barbouillés de myrtille.

— On dirait que vous venez de vous faire pincer par le FBI !

Elle tournoya pour découvrir, confortablement adossé au tronc d'un gros cyprès, Luke Powers, qui l'observait. Il portait un jean usé et un T-shirt délavé. Ses yeux, aujourd'hui plus gris que bleus, semblaient tenir leur couleur du ciel.

— Etes-vous toujours obligé de me surprendre ?

Agacée de sentir son pouls s'emballer, elle poursuivit sur le même ton mordant :

— Vous faites une habitude de vous trouver où vous n'êtes pas désiré.

— La colère accentue votre côté Belle du Sud, répliqua-t-il, imperturbable. Vos voyelles ont une fluidité magnifique.

Elle se raidit.

— Que voulez-vous ?

— Vous aider à cueillir des myrtilles. Vous semblez les manger plutôt que les récolter.

Elle allait lui faire savoir qu'elle n'avait nul besoin de son aide, lorsqu'elle se rappela son idée de l'entortiller autour de ses doigts barbouillés. Adoucissant adroitement la fureur qui plissait ses yeux, elle imprima un sourire charmeur à ses lèvres.

— C'est très aimable à vous.

Son changement de ton lui fit dresser le sourcil.

— Je suis d'une amabilité légendaire, répliqua-t-il. Vous l'ignoriez ?

— J'ignore beaucoup de choses à votre sujet.

Sans cesser de sourire, elle lui tendit son panier.

— En tout cas pour l'instant.

Il s'écarta lentement de son arbre, la rejoignit et, sans la quitter des yeux, lui prit le panier des mains. Déterminée à ne pas se laisser déstabiliser, elle afficha un air détaché. Mais elle avait le plus grand mal à respirer normalement.

— Comment avance votre livre ? lui demanda-t-elle, le temps de retrouver son souffle.

— Il avance.

Il la regarda se détourner pour reprendre sa récolte.

— Comme ce doit être fascinant, reprit-elle en lui glissant un regard qu'elle espérait aussi aguichant qu'irrésistible. J'espère que vous ne m'en voudrez pas si je vous avoue être une de vos fans. J'ai tous vos livres.

Cette dernière remarque avait été plus facile, parce qu'elle était vraie.

— Les compliments sont toujours agréables.

Enhardie, elle posa la main sur la sienne. Malheureusement, l'éclat qui traversa aussitôt ses prunelles engloutit tout son courage. Lui arrachant le panier des mains — et maudissant sa lâcheté —, elle reprit sa cueillette avec un intérêt passionné.

— Vous aimez la vie à New York ? lui demanda-t-il en venant l'aider.

— New York ?

Un instant déroutée, elle se concentra sur sa stratégie.

— C'est une ville très excitante, répondit-elle d'une voix suave. Et si sensuelle, vous ne trouvez pas ?

Elle déposa, pleine d'aplomb, une myrtille sur sa lèvre. Elle n'avait pas eu le temps de s'exercer devant le miroir, mais elle espérait que son sourire était à la hauteur.

Luke accepta l'offrande. Sentant sa langue effleurer le bout de ses doigts, elle rassembla tout son sang-froid pour ne pas faiblir.

— Vous... Vous aimez New York ? lui demanda-t-elle en lui donnant un autre fruit.

Sa voix était étrangement voilée, mais son intonation heureusement naturelle. C'était, de loin, la meilleure de ses tactiques.

— Parfois, répondit-il en levant la main pour dégager les cheveux qu'elle avait dans le cou.

Elle s'humecta les lèvres et s'écarta un petit peu.

— J'imagine que vous habitez en Louisiane.

— Non, j'ai une maison près de Carmel, sur la plage.

Vos cheveux sont d'une douceur incroyable, murmura-t-il en y glissant la main.

— La plage, répéta-t-elle, la gorge nouée. Ce doit être merveilleux. Je n'ai… jamais vu le Pacifique.

— Il peut être déchaîné, très dangereux…

Il se pencha pour effleurer son cou du bout des lèvres. Elle émit un petit son oppressé, puis s'écarta, s'arrangeant tout de même pour lui tourner le dos avec désinvolture.

— J'ai vu des photos, reprit-elle, et des films bien sûr, mais j'imagine que la réalité est très différente. Ce doit être un endroit idéal pour écrire.

— Pour écrire ou faire autre chose, l'entendit-elle répondre dans son dos.

L'instant d'après, il posait les mains sur ses hanches et attrapait le lobe de son oreille pour le mordiller doucement. Elle s'appuya contre lui, soupirante et alanguie, puis se redressa, brusquement pressée de mettre une distance raisonnable entre eux. Son intention de le séduire ne lui semblait plus tout à coup aussi judicieuse.

— Je crois que nous avons assez de myrtilles, déclara-t-elle en jugeant plus prudent, pour l'instant, de renoncer à sa première intention.

Elle se retourna. Il était dans son dos. Affolée de sentir ses seins lui frôler le torse, elle recula en bredouillant.

— Tillie ne… voudra pas faire plus de… deux tartes, et nous avons… bien assez de myrtilles.

Elle avait certainement les yeux écarquillés, car elle se sentait… terrifiée !

— Alors ne perdons plus de temps à les ramasser !

Il avançait, et le sous-entendu dans ses propos était à peine voilé.

— Non, je…

Elle recula encore, sans le quitter des yeux.

— Je vais les porter à Tillie. Elle… doit attendre.

Il avançait toujours, lentement, mais sans la moindre hésitation. Au moment où elle décidait de renoncer à sa fierté pour s'enfuir, elle sentit son pied hésiter au-dessus du vide. Comprenant qu'elle allait tomber à l'eau, elle fit un geste désespéré pour attraper la main de Luke. Mais celui-ci, au lieu de l'aider, lui prit le panier des mains et ne fit rien pour la retenir.

Elle bascula en arrière.

— Je n'ai pas voulu gâcher la récolte, lui dit-il lorsqu'elle émergea, dégoulinante, en toussant. L'eau est bonne ?

— Oh !

Elle frappa rageusement l'eau de ses poings et se redressa au milieu des éclaboussures.

— Vous l'avez fait exprès ! l'accusa-t-elle en repoussant furieusement ses cheveux plaqués sur son visage.

— Fait quoi ?

Il souriait.

— Me pousser.

Tout à sa colère, elle n'avait aucune idée de la façon dont ses vêtements mouillés collaient à ses courbes. Elle pataugea vers la rive.

— Ma chère Gwenivere, se défendit-il, je n'ai pas porté la main sur vous.

— Exactement ! s'emporta-t-elle en frappant une nouvelle fois le ruisseau. C'est exactement ce que je vous reproche !

— Il faut savoir. De toute façon, dans l'eau ou contre moi, vous seriez tombée à la renverse. Avouez qu'entre ces deux maux, vous préférez le plongeon. Quoi qu'il en soit, si je peux me permettre, vous avez une feuille de nénuphar sur votre…

La pudeur feinte de ses propos jurait avec l'éclat de son regard. Rouge de colère et d'embarras, elle glissa une main sur son derrière.

— Comme je l'ai déjà dit, déclara-t-elle dignement, vous n'avez rien d'un chevalier galant.

Il éclata de rire.

— Belle Gwenivere, votre mépris m'anéantit.

Son salut était bien bas, mais son accent moqueur.

— Au moins, répliqua-t-elle majestueuse, aidez-moi à sortir.

— Immédiatement.

Avec une galanterie exagérée, Luke s'empressa de poser le panier et de lui tendre une main secourable. Voyant ses chaussures mouillées glisser sur la rive, il lui tendit son autre main. Elle la prit en souriant et, juste au moment où elle posait les deux pieds sur le bord, tira de tout son poids en arrière. Ils tombèrent tous les deux. Cette fois, elle refit surface, prise d'un fou rire irrépressible.

Elle se redressa tant bien que mal et le regarda, hilare, émerger à son tour puis secouer vigoureusement la tête pour écarter les cheveux mouillés de ses yeux. Elle riait tellement qu'elle était incapable de parler. De son côté, Luke la regardait, silencieux, donner libre cours à la gaieté qui la secouait.

— L'eau est bonne ? parvint-elle à articuler avant de céder à un nouvel éclat de rire.

Elle avait beau se couvrir la bouche de ses deux mains, son rire continuait de s'échapper et de danser, irrépressible, dans les airs. Un nouvel accès la saisit quand elle le vit plisser les yeux. Quand il se redressa pour se jeter sur elle, elle opéra une retraite stratégique. Ses enjambées dans l'eau étaient plus rapides que gracieuses, et son fou rire la faisait trébucher, mais elle parvint à s'agripper à la rive. Elle allait lui échapper quand il l'attrapa par la cheville. Aussitôt, elle se retrouva plaquée sur l'herbe sans comprendre comment, Luke au-dessus d'elle.

Elle était essoufflée, mais riait encore. Les cheveux de

Luke ruisselaient sur son visage, et elle secouait la tête, comme si les gouttes la chatouillaient.

Il la regardait, un sourire dans ses yeux gris.

— J'aurais dû m'en douter, lâcha-t-il, mais vous aviez l'air si innocent.

— Ce n'est pas votre cas, pouffa-t-elle.

Elle prit deux profondes inspirations dans l'espoir, tout à fait vain, de maîtriser son hilarité.

— Le vôtre, gloussa-t-elle, n'a rien d'innocent du tout.

— Merci.

Le ciel tout à coup s'ouvrit, et une pluie drue, tiède, se déversa sur eux.

— Oh ! s'exclama Gwen en se tortillant pour se dégager, il pleut !

— En effet, répondit Luke imperturbable. Nous allons être mouillés.

Saisie par l'absurdité de son commentaire, elle se figea un instant, puis se mit à rire de plus belle. C'était un rire juvénile, libre, frondeur. Elle vit, graduellement, l'expression de Luke devenir plus grave, puis dans ses yeux naître un désir si clair, si manifeste, que son rire mourut et s'éteignit tout à fait. Elle ouvrit la bouche, mais aucun son n'en sortit.

— Mon Dieu, murmura-t-il d'une voix rauque, vous êtes exquise.

Il s'empara de sa bouche avec fougue, et elle lui répondit avec la même ferveur. Leurs vêtements mouillés n'étaient d'aucun recours contre l'embrasement instantané de leurs corps. Ses caresses étaient rudes, brûlantes, mais Gwen s'émerveillait de leur brutalité. Et peu lui importait de savoir qui d'elle ou de lui cédait au gémissement lourd de désir qu'elle entendait monter entre eux. Luke, le visage enfoui dans le creux vulnérable de son cou, cherchait, goûtait, décuplait le plaisir qui s'offrait à eux deux, et ses gestes impatients, avides, l'entraînaient, au-delà de toute raison, vers l'extase.

Elle n'éprouvait nulle peur, seulement une sensation d'euphorie exaltante, une passion qui allumait en elle des brasiers inconnus. Elle ne sentait ni la pluie qui se déversait sur eux, ni le tonnerre qui grondait, mais les mains de Luke qui couraient sur elle, sûres, possessives. Et quand, tandis qu'il découvrait la douceur de ses cuisses, sa bouche, à travers le tissu trempé de son chemisier, se referma sur la pointe de son sein, elle ne put, frémissante, que murmurer son prénom. Elle le désirait comme elle n'avait jamais désiré aucun homme.

— Luke ? avança-t-elle incertaine.

Un éclair déchira le bayou.

— Nous ferions mieux de rentrer, déclara-t-il en se redressant brutalement. Votre mère va s'inquiéter.

Elle sentit un pincement au cœur et ferma brièvement les yeux, puis se redressa à son tour, rapidement, sans prendre la main qu'il lui tendait. Assaillie par une multitude d'émotions, elle vacilla.

— Gwenivere…

— Non.

Sa voix, encore sous le coup de la passion, mais déjà étranglée par les larmes, tremblait. Elle leva sur lui un regard dévasté, juvénile.

— J'ai perdu la tête. Vous n'aviez pas le droit, l'accusa-t-elle, tremblante. Vous n'aviez pas le droit.

— De quoi ? rétorqua-t-il en l'attrapant par l'épaule. De commencer à vous faire l'amour, ou d'arrêter ?

Il était en colère.

— J'aimerais ne vous avoir jamais rencontré ! se défendit-elle. Que vous n'ayez jamais posé les mains sur moi.

— Oh ! oui, s'exclama-t-il en l'attirant sans ménagement contre lui, j'aimerais exactement la même chose, soyez-en sûre. Mais il est un peu tard pour avoir des regrets, vous ne croyez pas ?

Elle n'avait jamais vu une telle fureur briller dans ses yeux.

— Aucun de nous ne semble apprécier ce qui vient de se passer, mais nous devrions peut-être terminer.

L'espace d'un instant, sous la pluie battante, elle sentit la peur la gagner. Il pouvait se jeter sur elle, elle le savait. Elle aurait beau se débattre, il était bien plus fort qu'elle. Mais pire, elle savait qu'il n'aurait pas besoin de recourir à la force. Il lui suffisait d'un geste pour la faire tomber dans ses bras.

Comme s'il avait lu ses pensées, il la lâcha subitement.

— A moins que ce ne soit ce que vous vouliez, lui dit-il, vous feriez mieux de partir.

Cette fois, elle suivit son conseil. Donnant libre cours aux sanglots qui l'étouffaient, elle s'élança sous les arbres, poussée par une seule nécessité : retrouver la sécurité de sa maison.

- 5 -

La pluie avait ranimé le jardin et, vingt-quatre heures après, il brillait encore. Les pétales des roses avaient paresseusement séché au soleil, mais de petites gouttes d'eau tenaces perlaient toujours sous les feuilles. Passant d'un arbuste à l'autre, Gwen cueillait, sans aucun enthousiasme, les plus jeunes fleurs. Depuis la veille, elle évitait soigneusement Luke Powers. Avec une détermination désespérée, elle s'accrochait à la compagnie de sa mère. Sa présence, dont elle se servait comme d'une arme et d'un bouclier, lui était apparue comme l'unique moyen de tenir Luke à distance. De cette façon, il ne pourrait pas plus approcher sa mère qu'il n'aurait l'occasion de la troubler et de l'humilier, elle.

Son panier était plein de fleurs, mais ni leur parfum ni leurs couleurs ne lui apportaient le moindre réconfort. Quelque chose se passait en elle, mais elle peinait à définir ce que c'était. De plus en plus souvent, quelle que soit son occupation, elle se surprenait la tête ailleurs. C'était comme si, se dit-elle en coupant une tige épineuse d'un coup de sécateur, ses pensées ne lui appartenaient plus.

Son comportement des deux derniers jours la stupéfiait. Alors qu'elle était venue mettre sa mère en garde contre sa relation chimérique avec Luke Powers, elle se découvrait... prise au piège. Il la faisait réagir comme elle n'avait jamais réagi avec Michael ou aucun autre. D'un autre côté, reconnut-elle tristement, elle n'avait jamais rencontré d'homme comme lui. Sous un calme apparent, il respirait la sensualité, la passion. En définitive, il était comme le bayou : l'essentiel, fascinant, magnifique et mystérieux, se trouvait sous la surface. Et elle devait bien admettre qu'elle ne savait pas du tout comment s'y prendre avec un homme pareil. Pis, il avait éveillé une part d'elle-même jusqu'ici enfouie.

Elle avait toujours pensé que sa vie, comme ses besoins, était simple. Mais tout à coup, des aspirations secrètes faisaient surface. Elle n'était plus la jeune femme rationnelle et tranquille qu'elle croyait être. Même le côté explosif de son tempérament, qu'elle avait toujours maîtrisé, semblait, en deux jours, lui échapper.

C'est sa faute, fulmina-t-elle avec un regard meurtrier sur la pivoine rose pâle qu'elle venait de cueillir. Il ne devrait pas être ici, mais chez lui, au bord de sa plage, en Californie. S'il était en Californie, aux prises avec un tremblement de terre ou un ouragan, elle passerait un séjour agréable avec sa mère. Mais au lieu de ça, il s'invitait chez elle, dans sa vie et lui inspirait… Elle s'interrompit et se mordilla les lèvres. Que lui inspirait-il exactement ? se demanda-t-elle perplexe. Avec un soupir, elle laissa son regard errer sur le jardin touffu et coloré. Elle ne savait pas très bien ce qu'il lui inspirait… De la peur, se dit-elle. Oui, il lui faisait peur. Mais elle ne savait pas vraiment pourquoi. Elle ne craignait pas qu'il lui fasse mal physiquement, il n'était pas ce genre d'homme. Il lui faisait quand même peur… Elle secoua la tête et fit quelques pas, songeuse. Il semblait dominer les gens et les situations… Oui, c'était cela. Et il le faisait avec un tel naturel qu'on ne se rendait même pas compte de son emprise.

Elle sursauta. Elle avait porté un doigt à ses lèvres, et ce contact lui avait aussitôt rappelé la sensation de sa bouche sur la sienne. Elle s'y arrêta un instant. Son baiser avait été tour à tour doux et cajoleur, puis pressant et exigeant, mais chaque fois, l'ascendant qu'il avait exercé sur elle était bien le même. D'accord, reconnut-elle, il y avait quelque chose d'exaltant à l'idée de l'affronter ; c'était comme se tenir à la proue d'un navire en pleine tempête. Mais elle avait beau se sentir aventureuse, elle devait bien admettre qu'il y avait un niveau auquel elle ne pouvait pas gagner. Tout le problème, lorsqu'elle était entre ses bras, était que ce n'était pas de l'abandon qu'elle éprouvait. Mais le besoin de répondre à la passion par la passion, au désir par le désir. L'escalade était vertigineuse. Et enivrante. Constater cette nouvelle facette de sa personnalité était peut-être la plus troublante des découvertes.

Mais elle n'allait pas renoncer, se reprit-elle en redressant fièrement les épaules. Elle n'allait pas se laisser intimider, ni laisser Luke Powers régner sur ses pensées. Ses yeux brillèrent de défi. Il ne la dominerait pas. Il allait s'apercevoir que Gwenivere Lacrosse était parfaitement capable de se défendre et de défendre sa mère.

— Une minute !

Bradley Stapleton, assis en tailleur au milieu de l'allée, soulevait son crayon devant elle. Assuré de l'avoir immobilisée, il reprit son croquis. Elle le regarda, surprise et intriguée, donner quelques coups de mine sur son carnet. Il était en sandales, vêtu d'un pantalon de menuisier taché de peinture, d'une chemise dans le même état, déboutonnée sur son torse maigre, et la tête surmontée d'une casquette de marin beige.

— Magnifique ! s'exclama-t-il. Superbe !

Il déplia sa silhouette mince et, avec une agilité surprenante, sauta sur ses pieds. Les yeux brillants de plaisir, il avança vers elle.

— Je savais que vous seriez un bon sujet, mais je

n'osais pas espérer que vous seriez spectaculaire. Regardez cet éventail d'émotions ! lui dit-il en faisant tourner les feuilles de son carnet.

L'amusement initial de Gwen se mua en stupéfaction. Que les croquis de Bradley soient bons, exceptionnellement bons, était une évidence. C'était pourtant moins son talent qui la sidérait que le contenu même de ses dessins. Elle découvrait une jeune femme — ou devrait-elle dire une jeune fille ? — mince, aux boucles détachées, dotée d'une vulnérabilité qu'elle ne se serait jamais attribuée. Elle se voyait, au fil des pages, rêveuse, boudeuse, songeuse, furieuse. Il y avait quelque chose de troublant à voir ses émotions de la dernière demi-heure aussi clairement saisies. Elle leva les yeux sur l'artiste.

— Vos dessins sont magnifiques, lui dit-elle.

Un grand sourire illumina le visage de Bradley.

— Bradley, reprit-elle en cherchant la meilleure façon de s'exprimer, suis-je vraiment aussi… ingénue que j'en ai l'air ?

Elle baissa de nouveau les yeux sur les dessins, parcourue d'émotions contradictoires.

— Ce que je veux dire, reprit-elle, c'est que… Est-ce que mes réflexions, mes sentiments, sont si évidents ? Suis-je tellement… transparente ?

— C'est pour cela que vous êtes un si bon modèle, répliqua-t-il. Votre visage est remarquablement expressif.

— Mais…

Elle passa une main agacée dans ses cheveux.

— Mes sentiments sont-ils toujours aussi visibles ? Tout le monde les voit-il avec autant de facilité ? Je me sens vulnérable et même… mise à nue.

Il lui adressa un sourire compatissant et posa ses longs doigts sur sa joue.

— Vous avez un visage franc et ouvert, Gwen. Mais

si cela vous inquiète, souvenez-vous que la plupart des gens ne voient pas au-delà de la forme d'un nez ou de la couleur des yeux. Les gens sont généralement trop préoccupés d'eux-mêmes pour faire vraiment attention aux émotions des autres.

— Ce n'est pas votre cas, répondit-elle un peu réconfortée.

— C'est mon métier.

— Oui.

Avec un sourire, elle feuilleta une nouvelle fois le carnet.

— Et vous avez du talent. Je…

Elle s'interrompit, réduite au silence par un portrait de Luke.

C'était un simple croquis, qui le représentait assis sur la balustrade de la véranda. Il était en jean, et ses cheveux étaient en désordre, comme s'il venait de travailler. Bradley avait saisi la force et l'intelligence qui se dégageaient de son visage, tout comme sa sensualité, une caractéristique à laquelle elle ne pensait pas qu'un autre homme puisse être sensible. Mais c'était surtout ses yeux, qui semblaient fixés sur les siens, qui l'impressionnaient. L'artiste avait su reproduire le mélange de sérénité et de puissance qu'elle avait décelé en eux. Et elle se sentait aussi attirée par le dessin qu'elle l'était par le modèle.

— J'en suis plutôt content, entendit-elle Bradley déclarer.

Elle s'aperçut, en sursautant, qu'il parlait depuis quelques secondes.

— Il est très bon, murmura-t-elle. On voit que vous le comprenez.

Sa voix, sans qu'elle le sache, était empreinte de mélancolie et d'une petite pointe d'envie.

Après un bref regard perplexe sur ses boucles, Bradley hocha la tête.

— Je le comprends, fit-il observer, dans une certaine

mesure. Je comprends surtout que c'est un homme complexe. D'une certaine manière, il est comme vous.

— Comme moi ?

Elle leva un regard stupéfait.

— Vous êtes tous les deux capables d'une très large palette d'émotions. Ce n'est pas donné à tout le monde, vous savez ? Mais lui sait les canaliser, tandis que vous les exprimez complètement. Acceptez-vous de poser pour moi ?

— Pardon ?

Elle le regarda en tâchant de comprendre sa question. Elle n'avait aucun rapport avec ce qu'il venait de dire. Et ce qu'il venait de dire lui inspirait des réflexions décousues. Elle secoua la tête.

— Acceptez-vous de poser pour moi ? répéta Bradley. J'ai très envie de vous peindre à l'huile.

— Oh ! oui, bien sûr.

Elle haussa les épaules et s'efforça de chasser, dans un sourire, sa confusion.

— Pourquoi pas ? Cela peut être amusant.

— Vous changerez d'avis après deux heures de pose, lui promit-il, d'un ton joyeux. Venez, nous allons commencer tout de suite, avant que vous ne changiez d'avis.

Il la prit par la main et l'entraîna avec lui.

Plusieurs heures plus tard, Gwen comprenait toute la portée de l'avertissement de Bradley. Poser pour un artiste de caractère, avait-elle découvert, était aussi épuisant qu'astreignant. Il avait dessiné son visage sous une douzaine d'angles différents. Suivant les ordres qu'il lui donnait, elle s'était assise, levée, mise de face, tournée de profil, penchée d'un côté, de l'autre. Elle commençait à éprouver plus de sympathie pour les mannequins de *Style*.

Elle s'était d'abord amusée de le voir fouiller sa garderobe pour dénicher la tenue parfaite pour son tableau. Mais quand il avait opté pour une fine robe de soie blanche, elle lui avait opposé ce qu'elle considérait comme son refus le plus catégorique. Toutes ses protestations n'y avaient pourtant rien fait : elle s'était découverte, à sa plus grande stupeur, capable de céder à tout ce qu'il voulait.

L'épuisante séance de pose terminée, elle s'allongea sur son lit et étira ses muscles endoloris. Elle considéra, sourire aux lèvres, la façon dont Bradley l'avait gentiment dirigée. L'embarras qu'elle avait d'abord éprouvé, vêtue de cette seule robe, soumise à son regard critique tandis qu'il lui demandait de faire ceci ou cela, s'était vite envolé. Elle aurait aussi bien pu être un arbre intéressant ou une coupe de fruits. Ce n'était pas le corps sous la robe qui l'intéressait, mais la façon dont le tissu était drapé sur elle.

Elle n'avait pas à s'inquiéter de repousser un assaut passionné, se dit-elle en fermant les yeux, le plus dur était de lutter contre les courbatures, la raideur musculaire. Avec un profond soupir, elle nicha sa tête au creux de son oreiller et s'endormit.

Des rêves confus l'emportèrent. Elle se promenait dans le bayou, cueillant des roses et des myrtilles, et rencontrait Luke, dans une clairière, occupé à abattre un gros arbre. Le bruit de sa hache résonnait comme des coups de tonnerre. Elle s'arrêtait. L'arbre tombait à ses pieds sans un bruit. Sous son regard, elle avançait alors vers lui et se nichait dans ses bras. Durant un bref instant, elle éprouvait une joie intense, mais tout aussi brusquement, elle se retrouvait projetée dans le courant glacial.

Sous l'eau, elle voyait Anabelle sur la rive, un doux sourire aux lèvres, offrir sa main à Luke. Elle se débattait pour remonter à la surface, mais ses efforts étaient vains. Et tout à coup, elle était à son tour sur la rive. Bradley en tailleur à ses pieds la dessinait. Luke apparaissait, la hache à la main. Il avançait vers elle, mais elle était incapable de bouger. Ses jambes, ses bras étaient lourds, aussi durs que la pierre. Alors qu'elle le regardait venir, il commençait à changer, ses traits, ses vêtements se modifiaient.

C'était Michael qui venait maintenant vers elle, et un attaché-case s'était substitué à la hache. Hochant la tête devant ses membres de pierre, il lui rappelait, de sa voix nette et précise, qu'il lui avait déjà dit qu'elle était froide et insensible. Elle essayait de nier, mais son cou aussi était en pierre. Quand Michael la prit par les épaules, se préparant à l'emporter, elle laissa échapper un gémissement de protestation. Au loin, elle entendait Luke l'appeler. Michael la lâcha et, au moment où ses membres de pierre se brisaient, elle ouvrait les yeux pour plonger, désorientée, dans le regard gris-bleu posé sur elle.

— Luke, murmura-t-elle, je ne suis pas froide.

— Non.

Il repoussa les cheveux sur sa joue et laissa sa paume s'attarder.

— Certainement pas.

— Embrasse-moi encore, je ne veux pas me transformer en pierre.

Sa demande agacée fit naître un sourire sur ses lèvres.

— Bien sûr, dit-il en se penchant. Qui le souhaiterait ?

En soupirant, elle noua ses bras autour de son cou et goûta la douce tiédeur de son baiser. Ses bras, ses jambes redevenaient souples et chauds, ses lèvres s'entrouvraient. Leur baiser s'approfondit, mêlant fantasme et réalité, jusqu'à ce qu'un éclair de désir, violent, déchire tout à fait le voile du rêve.

Elle émit, en se débattant, une protestation étouffée. Mais au lieu de la libérer, Luke s'attarda sur sa bouche, prenant le temps d'achever le baiser qu'elle lui avait réclamé.

Il s'écarta. Son visage restait toutefois dangereusement près du sien. Sa bouche n'était qu'à quelques centimètres.

— Quel rêve ce devait être..., murmura-t-il.

D'un geste intime, il frotta son nez contre le sien.

— Les femmes sont si tendres au réveil.

Les joues en feu, elle parvint à s'asseoir sur son lit.

— Quel culot ! gronda-t-elle. Venir dans ma chambre ! Qu'espériez-vous ?

— Devinez, répondit-il avec un sourire provocant.

Elle rougit de plus belle et serra le décolleté de sa robe.

— Détendez-vous. Je ne suis pas venu voler votre vertu, seulement vous réveiller pour le dîner.

Il lui caressa la mâchoire du bout du doigt.

— Le reste relève de votre initiative.

Elle se redressa, pleine d'indignation, mais bafouilla :

— Je... Vous... Je dormais, vous en avez profité.

— C'est vrai, admit-il en l'attirant pour lui donner un court baiser. Mais nous en avons tous les deux tiré un grand plaisir.

Il se leva.

— Le blanc vous va très bien, mais peut-être voudrez-vous mettre quelque chose de plus décent pour dîner. A moins que vous ne vouliez rendre Bradley complètement fou de désir.

Elle se leva, serrant un peu plus sa robe.

— Ne vous faites pas de souci pour Bradley, répliqua-t-elle, glaciale. Il a passé l'après-midi à me dessiner dans cette robe.

L'amusement s'effaça si vite dans le regard de Luke qu'elle crut l'avoir rêvé. Le visage fermé, il s'avança vers elle.

— Quoi ?

Le mot résonna dans la chambre.

— Vous m'avez parfaitement entendu. J'ai accepté de poser pour Bradley.

— Dans cette tenue ?

Il la regarda de haut en bas.

— Oui. Et alors ?

Elle rejeta la tête en arrière et s'en alla vers la fenêtre. La soie de sa robe serrée aux hanches flottait librement sur ses jambes. Elle fit demi-tour et s'adossa au chambranle. Sa posture était à la fois insolente et sensuelle.

— Qu'est-ce que cela peut vous faire ?

— Ne jouez pas avec moi, Gwenivere, sauf si vous êtes prête à perdre, l'avertit-il d'une voix douce.

— Vous êtes insupportable, répliqua-t-elle le regard flamboyant.

— Et vous, vous êtes une enfant gâtée.

— Je ne suis pas une enfant ! Je fais ce que je veux. Et si je veux poser pour Bradley dans cette robe, en armure, ou avec des diamants aux oreilles et rien d'autre, ce ne sont pas vos affaires.

— A votre place, je réfléchirais aux diamants, Gwenivere.

La douceur de sa voix trahissait sa colère.

— Parce que dans ce cas, je serais contraint de briser un à un tous les doigts de Bradley.

— Voilà bien la stupidité des mâles ! s'emporta-t-elle. Si quelque chose vous déplaît, ou vous dérange, un bon coup de pied, une insulte, et le tour est joué ! Je vous croyais plus intelligent.

— Vraiment ?

Il avança, de nouveau amusé.

— Eh bien, vous vous êtes trompée, déclara-t-il en lui tirant les cheveux d'un petit coup sec.

— Les hommes ! explosa-t-elle en levant les mains et les yeux au ciel. Vous êtes tous les mêmes.

— Vous parlez bien sûr d'après votre vaste expérience.

— Vous êtes tous arrogants, suffisants, égoïstes…

— Brutes ? suggéra-t-il aimablement.

— Parfaitement.

— Heureux de vous rendre service.

Il s'assit sur son lit et l'observa. Les rayons du soleil couchant accentuaient la délicatesse de son visage et rendaient plus lumineuse la fureur qui brillait dans ses yeux.

— Vous êtes convaincus de savoir tout mieux que tout le monde, poursuivit-elle, et que les femmes sont trop écervelées pour prendre des décisions elles-mêmes. Tout ce que vous savez faire, c'est donner des ordres ! Et quand les choses ne vont pas comme vous voulez, vous criez, boudez ou, pire, prenez des airs condescendants !

Elle serra les poings.

— Je n'aime pas qu'on me dise que je suis mignonne sur un ton qui veut dire que je suis idiote. Je n'aime pas qu'on me tapote la tête comme à un chiot auquel on apprend à rapporter, puis, après avoir fini d'insulter mon intelligence, qu'on vienne me renifler et me tripoter. Bien sûr, je devrais être flattée de cette attention, parce que je suis une adorable petite nigaude.

Incapable de se contrôler, elle frappa la colonne de son lit.

— Je ne suis pas, reprit-elle d'une voix que la fureur rendait plus rauque, froide, insensible et sexuellement immature.

— Seigneur Dieu !

Surprise par la voix de Luke, elle cilla.

— Quel abruti vous a dit des choses pareilles ?

Elle le dévisagea en silence.

— Votre opinion des hommes puise de toute évidence à la même source. Votre Michael doit être sacrément persuasif.

Brusquement gênée, elle haussa les épaules et se tourna vers la fenêtre.

— Etiez-vous amoureuse de lui ?

La question la prit tellement au dépourvu qu'elle répondit spontanément :

— Non, mais je croyais l'être, alors cela revient au même, j'imagine.

— Vous avez été malmenée, n'est-ce pas ?

Sa question était aussi douce que les mains posées sur ses épaules.

— Oh ! s'il vous plaît, protesta-t-elle en se dégageant. Ne soyez pas gentil. Je ne peux pas me battre contre vous si vous êtes gentil.

— C'est ce que vous voulez ? lui demanda-t-il en l'obligeant à se retourner. Vous voulez la bagarre ?

Le voyant baisser les yeux sur ses lèvres, elle se mit à trembler.

— Je crois qu'il vaut mieux nous battre, lâcha-t-elle dans un souffle. Je crois que me battre contre vous est plus sûr.

— Plus sûr que quoi ?

Elle vit un sourire passer sur son visage, rapide, charmant et séducteur. La chambre baignait dans la lueur du crépuscule, donnant à leurs silhouettes l'éclat magique de la tombée du jour.

— Vous êtes très belle, murmura-t-il en glissant la main sur son cou.

Elle le regarda, envoûtée.

— Non, je… ne le suis pas. Ma bouche est trop grande et j'ai le menton pointu.

— Oui, bien sûr, admit-il en l'attirant contre lui. Je m'en rends compte à présent, vous êtes une affreuse petite chose. Quel gâchis de gaspiller des yeux de velours et une peau si soyeuse sur une créature aussi laide.

— Je vous en prie.

Elle tourna la tête, et le baiser qu'il lui destinait tomba sur sa joue.

— Ne m'embrassez pas. Cela me perturbe. Je ne sais pas quoi faire.

— Au contraire, Gwenivere, vous semblez savoir exactement comment réagir.

— Luke, s'il vous plaît. S'il vous plaît, répéta-t-elle en reprenant son souffle, quand vous m'embrassez, j'oublie tout, et je veux seulement que vous recommenciez.

— Je serais heureux de vous satisfaire.

— Non, ne faites pas ça.

Elle le repoussa, un regard suppliant et effrayé dans les yeux.

— Vous me faites peur.

Il la dévisagea, vit ses lèvres trembler, son geste pour arrêter leur tremblement. Il sentait, sous sa paume, les pulsations désordonnées de son pouls. Alors, avec un soupir, il recula et enfonça les mains dans ses poches.

— Je me demande, lâcha-t-il d'une voix songeuse, si nous faisons l'amour, perdrez-vous cet air d'innocence ?

— Je ne vous laisserai pas me faire l'amour.

Sa protestation, même à ses propres oreilles, paraissait faible et tremblante.

— Gwenivere, vous êtes trop honnête pour affirmer une chose pareille, sans parler de vous en convaincre.

Il s'éloigna.

— Je vais dire à Anabelle que vous descendez dans quelques minutes.

Il ferma la porte, la laissant dans sa chambre obscure, seule avec ses pensées.

- 6 -

Depuis près d'une heure, Gwen endurait la pose que lui imposait Bradley. Elle avait découvert que son regard, dans son visage inoffensif, était bien plus aiguisé qu'elle l'avait d'abord pensé. Elle s'apercevait aussi que c'était un tyran tranquille. Depuis qu'elle avait accepté de poser pour lui, il avait pris le pouvoir avec douceur, mais avec une indéniable efficacité. Pour cette séance, il l'avait assise dans un fauteuil de fer forgé blanc au cœur du jardin.

La matinée était lourde, chaude, et la pluie, malgré le soleil radieux, flottait dans l'atmosphère. Une libellule passa devant elle, en direction du rosier à sa droite. Elle tourna la tête pour suivre son vol.

— Ne bougez pas !

La voix modulée de Bradley l'obligea à reprendre la pose.

— Je ne dessine que votre visage aujourd'hui, lui rappela-t-il.

Elle lâcha un murmure inintelligible qui le fit sourire.

— Je comprends maintenant pourquoi, chez *Style*, vous travaillez derrière les appareils photo et non devant.

Son crayon resta un instant suspendu dans l'air.

— Vous n'avez jamais appris à vous tenir tranquille !

— J'ai toujours l'impression que je dois faire quelque chose, reconnut-elle. Comment peut-on rester assis, comme ça ? Je n'avais aucune idée de la difficulté que cela représente.

— Où est passée votre langueur du Sud ? lui demanda-t-il en dessinant une petite mèche égarée.

Il avait compris, même s'il n'aimait pas particulièrement cette distraction pendant son travail, qu'elle serait plus calme s'il entretenait la conversation.

— Oh ! je crois n'avoir jamais eu la nonchalance du Sud, répondit-elle en remontant un pied sur la chaise.

Les mains serrées sur son genou, elle huma les parfums capiteux du jardin.

— Vivre à New York n'a pas arrangé les choses. Pourtant…

Elle s'interrompit pour regarder autour d'elle en prenant garde, cette fois, à ne bouger que les yeux.

— Il règne une telle paix ici, n'est-ce pas ? Je m'aperçois combien elle m'a manqué.

— Votre travail est-il très prenant ? demanda-t-il pour relancer la conversation, tout en perfectionnant d'un coup de crayon la ligne de son menton.

— Hum.

Elle haussa les épaules, à défaut de pouvoir s'étirer tout à fait.

— Il y a toujours une date de remise que personne, bien sûr, ne peut respecter et que nous honorons, évidemment, toujours. Et puis il y a les mannequins, les photographes dont il faut flatter l'ego artistique…

— Etes-vous douée pour flatter les ego artistiques ? demanda-t-il, les yeux plissés sur la perspective.

— Etonnamment, oui.

Elle lui sourit.

— Et j'aime le défi qu'impose le bouclage.

— Je n'ai jamais été très bon pour respecter les délais, murmura-t-il. Tournez le menton, comme ça.

Elle suivit l'indication qu'il lui donnait du bout du doigt.

— Oui, je comprends, mais je suis obligée de m'y tenir. Une parution mensuelle ne laisse aucune latitude.

Elle se tut, écoutant le bourdonnement des abeilles dans le buisson d'azalées derrière elle. Quelque part, près de la maison, un oiseau lança son chant radieux.

— D'où êtes-vous, Bradley ? demanda-t-elle en reposant les yeux sur lui.

C'était un homme étrange, songea-t-elle, avec cette allure dégingandée, sa belle voix et ses yeux sages.

— De Boston, répondit-il en la regardant brièvement avant de revenir à son dessin. Tournez un tout petit peu la tête vers la droite… Voilà, parfait.

— Boston. J'aurais dû m'en douter. Vous avez une voix très… élégante.

Il eut un petit rire.

— Pourquoi avez-vous choisi la peinture ?

— C'est mon mode de communication préféré. J'ai toujours aimé dessiner. A l'école, les professeurs devaient me confisquer mes carnets. Et un artiste suscite toujours l'admiration. Certains sont très impressionnés quand ils apprennent que je suis artiste.

Elle éclata de rire.

— Ce n'est pas une véritable motivation !

— N'en soyez pas si sûre, murmura-t-il concentré sur le tracé de sa joue. J'aime la flatterie. Tout le monde n'est pas aussi indépendant que vous.

Oubliant sa pose, elle se tourna franchement vers lui.

— Est-ce ainsi que vous me voyez ?

— Parfois.

D'un œil sévère, il lui fit signe de se remettre en place, puis étudia son profil avant de reposer les yeux sur son dessin.

— Etre un artiste, reprit-il, un bon, sans l'ambition dévorante d'être un génie, me va très bien.

Son air dubitatif le fit sourire.

— Cela ne vous conviendrait pas du tout, lui dit-il. Vous manquez beaucoup trop de patience.

Elle songea à l'efficace Gwenivere Lacrosse de *Style*, une jeune femme vive, directive, pratique, qui connaissait son travail et le faisait bien ; une femme qui savait gérer les détails et les gens, douée pour les faits et les chiffres… Il y avait pourtant une autre Gwenivere, celle qui aimait les jardins anciens, fleuris et parfumés, qui regardait des mélos à la télévision, qui se voyait sautant dans des fiacres sous la pluie. Michael avait été séduit par la première, mais la seconde l'exaspérait. Elle soupira. Peut-être n'avait-elle jamais compris ce mélange elle-même. Elle ne s'était même pas interrogée. Jusqu'à ce qu'elle rencontre Luke Powers.

Luke Powers. Elle ne voulait pas penser à lui. Dans ce domaine, les choses ne se passaient pas du tout comme elle les avait prévues. Et pire, elle doutait même d'arriver à ses fins.

Elle leva le visage vers le ciel. Bradley ouvrit la bouche pour protester, mais trouvant cette position à son goût, se ravisa et reprit son dessin. Le soleil créait des étincelles auburn dans ses cheveux. De son côté, Gwen regardait les nuages qui s'amoncelaient à l'ouest. Un orage se préparait, songea-t-elle. Il était encore loin, prenait son temps, mais rassemblait ses forces. Et il éclaterait tout d'un coup. L'atmosphère avait beau sembler sereine, elle sentait la passion couver, l'air frémir. En dépit de la chaleur, elle frissonna. Ses yeux, involontairement, glissèrent sur la maison et le deuxième étage.

Luke, à la fenêtre de sa chambre, la regardait. Elle se demanda depuis combien de temps il était là, à l'observer de cette façon calme, directe, qui le caractérisait. Il ne détournait pas les yeux.

Il la dévisageait, au contraire, sans le moindre embarras. Durant quelques secondes, elle se sentit obligée de soutenir son regard. Malgré la distance, elle sentait l'acuité de ses yeux clairs pénétrants. Elle se raidit.

Comme s'il avait compris sa réaction, Luke sourit, lentement, avec arrogance, sans la quitter des yeux. Comprenant que c'était un défi, elle rejeta légèrement la tête en arrière, puis se détourna.

Bradley accueillit son air renfrogné d'un court hochement de tête.

— Je crois, avança-t-il d'un ton charitable, que c'est terminé pour aujourd'hui.

Il se leva avec grâce de la pierre sur laquelle il était assis.

— Demain matin, je veux que vous portiez cette robe. J'ai une assez bonne idée de la pose que j'aimerais vous faire prendre. Maintenant, je vais voir si je peux arracher à Tillie un morceau de son gâteau au chocolat. Vous en voulez ?

Elle lui sourit.

— Non, le déjeuner est trop proche pour moi. Je crois que je vais aider ma mère à désherber.

Elle considéra le parterre de pétunia.

— J'ai l'impression qu'elle néglige un peu son jardin.

— C'est une femme occupée, assura Bradley en glissant son crayon derrière son oreille.

Une femme occupée ? se répéta Gwen perplexe en regardant le peintre s'éloigner d'un pas nonchalant. Sa mère était occupée, c'était vrai, mais… que faisait-elle *exactement* ? Son activité était peut-être une manière de lui montrer qu'elle aussi avait une vie, aussi importante que celle de sa citadine de fille. Elle s'agenouilla devant le parterre de pétunias et commença à arracher les mauvaises herbes.

Elle avait remarqué les fréquentes disparitions de sa

mère, c'était une habitude nouvelle. Elle leva les yeux, malgré elle, vers la fenêtre de Luke. Il n'y était plus. Contrariée, elle reprit son désherbage.

Si seulement il pouvait s'en aller, se dit-elle, tout irait beaucoup mieux. Sa mère était un être aimable, qui faisait confiance à tout le monde. Elle n'était pas de taille à se protéger contre un homme tel que Luke Powers.

Parce qu'elle, Gwen, l'était ? lui souffla une petite voix moqueuse. Etouffant un juron, elle arracha un pauvre pétunia.

— Oh ! s'exclama-t-elle piteuse.

Un ombre passa sur elle.

— Un problème ? lui demanda Luke en s'agenouillant à côté d'elle.

Il lui prit la fleur des mains et la lui glissa dans les cheveux. Se souvenant aussitôt de la rose, elle rougit.

— Laissez-moi tranquille, je suis occupée.

— Pas moi, répliqua-t-il d'un ton léger. Je vais vous aider.

— Vous n'avez pas de travail ? lui lança-t-elle d'un ton revêche avant d'arracher une autre mauvaise herbe.

— Pas pour l'instant.

Il s'exprimait d'une voix aussi douce que ses gestes au milieu des fleurs, et ses mains, constatait-elle, étaient étonnamment agiles.

— L'avantage d'être écrivain est de pouvoir travailler quand on veut. Enfin, la plupart du temps.

— La plupart du temps ?

Elle avait beau s'en défendre, elle sentait curieusement fondre l'aversion que lui inspirait cet homme agaçant.

— Quand ça marche, on est vissé à sa machine à écrire. On n'y peut rien.

— C'est drôle, songea-t-elle à voix haute en oubliant tout à fait sa colère. Je vous imagine très mal enchaîné à quoi que ce soit. Vous semblez tellement libre... Ce doit être difficile de jeter tous ces mots sur le papier, de faire parler, penser, les personnages que vous avez en tête. Pourquoi êtes-vous devenu écrivain ?

— Parce que j'aime les mots, répondit-il simplement. Et parce que tous ces personnages dont vous parlez trépignent pour sortir de ma tête. Bien, maintenant que je vous ai répondu franchement, c'est à mon tour de vous interroger.

Il se tourna vers elle, tortillant un brin d'herbe entre ses doigts.

— A quoi pensiez-vous quand vous regardiez le ciel, tout à l'heure ?

Elle se renfrogna. Elle n'était pas du tout certaine de vouloir partager ses pensées intimes avec Luke Powers.

— Que l'orage nous guettait, répondit-elle. Etes-vous obligé de me regarder comme ça ?

— Oui.

— Vous êtes insupportable.

— Vous êtes belle.

Son regard, tout à coup intense, la fit frémir, et avant qu'elle puisse réagir, il lui saisit le menton.

— En vous regardant tout à l'heure, en voyant le soleil dans vos cheveux, vos yeux rêveurs, je me suis dit que vous étiez ce dont j'avais toujours rêvé. Je vous voulais.

Il approcha, elle sentait son souffle la caresser.

— Non ! protesta-t-elle.

— Pas si vite, répliqua-t-il en la retenant.

Son baiser, d'une douceur étonnante, la frôla comme l'aile d'un papillon. Cédant à sa légère pression, elle entrouvrit les lèvres, puis dans un soupir, succomba à la langueur qui régnait dans le jardin. Sa passion, dormante comme l'orage qui s'amoncelait dans les nuages, se réveilla ; et ce fut frémissante de désir qu'elle sentit les doigts de Luke suivre une à une les lignes de son visage. Il caressa ses pommettes, son menton, la racine de ses cheveux sur ses tempes, puis ses lèvres se posèrent sur les siennes. Sa langue exerçait la plus douce des intrusions. Contre toute attente, sa délicatesse agit sur elle comme un catalyseur : elle l'attrapa par les pans de sa chemise en murmurant son prénom. Avec lui, elle devenait fébrile, vivante, désirante. Elle noua les bras autour de son cou et se plaqua contre lui, cherchant passionnément sa bouche.

Ils s'embrasèrent, consumés par la même ardeur, puis il s'écarta. Elle leva les yeux, stupéfaite, le souffle court, et se redressa.

— Non ! s'exclama-t-elle en secouant vigoureusement la tête tout en pressant les mains sur ses tempes pour recouvrer ses esprits. Non !

Avant qu'elle puisse s'enfuir, Luke avait bondi pour la retenir par le poignet.

— Non quoi ?

Sa voix était plus profonde, mais toujours calme.

— Ce n'est pas bien, dit-elle, précipitée. Laissez-moi partir.

— Attendez une minute.

Il avança. D'un regard, il considéra le rouge qu'elle sentait brûler sur ses joues avec ses yeux écarquillés.

— Vous vouliez ce baiser, et moi aussi.

— Non, je ne voulais rien du tout ! nia-t-elle férocement en tirant sur son bras.

Il ne la lâchait pas.

— Je ne me rappelle pas vous avoir entendu beaucoup protester, avança-t-il avec une bonne humeur agaçante. Oui, je me souviens même très bien que c'est vous qui avez déclenché l'incendie.

— D'accord, je le reconnais, admit-elle. C'est ma faute. J'avais oublié, c'est tout.

Il sourit.

— Oublié quoi ?

Il s'amusait, se dit-elle devant l'éclat qui brillait dans ses yeux. Tant mieux, de cette façon, il avait au moins le don d'attiser sa colère.

— Oublié que je ne vous aime pas, rétorqua-t-elle. Maintenant, laissez-moi partir, j'ai retrouvé la mémoire.

Il éclata de rire, un rire franc, joyeusement viril, avant de l'attirer dans ses bras.

— Vous me donnez envie de vous la faire perdre encore, Gwenivere.

Joignant le geste à la parole, il l'embrassa de nouveau, avec force, possession, puis la relâcha presque aussi vite, pour la laisser chancelante.

— Souhaitez-vous reprendre le désherbage ? lui demanda-t-il gaiement.

Elle se redressa, toute sa fureur et son indignation retrouvées.

— Vous pouvez aller…

— Gwenivere ?

La voix douce d'Anabelle l'interrompit tout net.

— Ah, te voilà, s'exclama sa mère en arrivant. Oh ! mais vous êtes là tous les deux !

— Anabelle, lui offrit Luke sans l'ombre d'une culpabilité. Nous vous donnions un coup de main dans le jardin.

— Oh ?

Sa mère regarda les fleurs, un peu confuse, puis son visage s'illumina tout à coup.

— Comme c'est gentil. Je suis un peu négligente ces derniers temps, mais…

Elle s'interrompit, coupée par l'arrivée d'une abeille sur un bouton de rose.

— Ce n'est pas le moment, reprit-elle. Tillie a préparé

le déjeuner, et elle insiste pour que nous passions à table. C'est son après-midi de congé.

Elle sourit à sa fille.

— Tu ferais mieux d'aller te laver les mains, chérie.

Elle s'interrompit de nouveau, un regard subitement anxieux sur le visage de sa fille.

— Tu devrais peut-être aussi éviter le soleil, ma chérie. Je te trouve un peu rouge.

Gwen n'avait pas besoin de voir le sourire de Luke pour le deviner.

— Oui, tu dois avoir raison, murmura-t-elle.

Quel homme détestable ! songea-t-elle en silence, rageuse. Comment s'y prenait-il pour la déstabiliser en permanence ?

Ignorant la fureur qui agitait sa fille, Anabelle effleura sa joue. Ce qu'elle s'apprêtait à dire fut toutefois balayé par le vrombissement d'un bourdon.

— Oh ! là, là ! s'exclama-t-elle en le voyant s'engouffrer au cœur d'une azalée. Il est gros, celui-ci.

Oubliant ce qu'elle voulait dire autant que les instructions de Tillie, elle releva des yeux souriants sur Gwen.

— J'ai vu que tu posais pour Bradley, ce matin, chérie.

— Oui, répondit Gwen. Il m'a gardée presque deux heures.

— N'est-ce pas formidable ? s'enthousiasma Anabelle en cherchant l'approbation de Luke. Un portrait réalisé par un véritable artiste ! J'ai hâte qu'il soit terminé ! J'imagine que je vais être obligée de l'acheter.

Ses yeux bleus s'illuminèrent.

— Je le mettrai dans le salon, au-dessus de la cheminée. C'est ce qui…

Interrompue par une réflexion différente, elle se retourna vers sa fille.

— A moins que tu ne le veuilles pour toi et ton Michael.

— Ce n'est pas mon Michael, maman, je te l'ai déjà dit.

Elle enfonça les mains dans ses poches, un œil peu amène sur Luke. Il pourrait dire quelque chose, au lieu de la regarder de cette façon. Pourquoi ne pouvait-elle jamais deviner ce qu'il pensait ?

— De toute façon, reprit-elle en revenant à sa mère, il n'achèterait jamais le tableau d'un inconnu. Il aime être sûr de la valeur de ses investissements.

Elle se tut, contrariée de la rancœur qu'elle percevait dans sa voix.

Luke restait détendu, mais elle avait remarqué son sourcil haussé. Aucun détail ne lui échappait, se dit-elle avec un regain de ressentiment. Elle lui tourna le dos et se mit à effeuiller les pétales d'une rose fanée.

— Oh ! mais si c'est un portrait de toi, reprit Anabelle, je suis sûre qu'il serait sûrement…

Le regard de sa fille la fit immédiatement changer de sujet.

— Je suis sûre que ce portrait sera magnifique, affirma-t-elle lumineuse. Qu'en pensez-vous, Luke ?

— Sans aucun doute, admit-il, tandis que Gwen accordait toute son attention à sa rose. Bradley dispose du matériau nécessaire. C'est-à-dire…

Il s'interrompit, et Gwen, incapable de résister à sa curiosité, le regarda par-dessus son épaule.

— Si Gwenivere parvient à se tenir tranquille le temps qu'il termine.

Elle se raidit, irritée par sa plaisanterie, mais l'éclat de rire de sa mère l'empêcha de répondre.

— Oh ! oui, s'exclama Anabelle gaiement, Gwen est une boule d'énergie ! Toute petite, elle voletait dans tous les sens. Je devais presque l'attacher pour la coiffer.

Un sourire maternel illumina son visage tandis qu'elle passait une main distraite dans ses cheveux.

— Et à la fin de la journée, ou même bien longtemps avant, elle était tout ébouriffée, comme si je n'avais rien fait ! Et ses vêtements !

Elle leva les yeux au ciel.

— Combien de temps ai-je passé à repriser les genoux de ses pantalons ou ses coutures déchirées !

— Maman, la coupa Gwen avant que sa mère se lance dans d'autres détails de son enfance. Je suis sûre que l'état de mes vêtements n'intéresse pas du tout Luke.

— Au contraire, protesta-t-il un large sourire aux lèvres, je suis très intéressé.

La laissant chercher la réplique cinglante qu'il méritait, il se tourna vers Anabelle.

— C'est du grain à moudre pour mon moulin, lui dit-il d'un air complice. Tout à fait le genre de détails dont un écrivain a besoin.

— Oui, sans doute, répliqua sa mère.

Elle semblait trouver la remarque de Luke d'une extrême profondeur, car elle resta silencieuse, les yeux perdus dans le vague.

Luke profita de sa distraction pour adresser un sourire à Gwen.

— J'ai toujours eu beaucoup de tendresse pour les fillettes rebelles, surtout celles dont les nattes se défont toujours et qui n'arrêtent pas de s'égratigner les genoux.

Elle vit son regard glisser sur le décolleté de son T-shirt, son short, ses jambes.

— J'imagine qu'Anabelle a dû plus d'une fois vous administrer les premiers secours.

Ses yeux reprirent leur examen en sens inverse pour s'arrêter sur les siens.

— Je ne passais pas mon temps à tomber, crut-elle bon de se justifier.

Anabelle sortit au même moment de sa torpeur.

— Il ne se passait pas un jour sans que je doive sortir un pansement. Une fois, c'était un hameçon planté dans ta main…

Ce souvenir la fit frémir.

— Une autre fois, une bosse de la taille d'un œuf sur ton front. Il y avait toujours quelque chose.

— Maman, la coupa Gwen en écrasant ce qui restait de la rose entre ses mains, tu parles de moi comme si j'étais un désastre ambulant.

— Tu étais juste pleine de vitalité, chérie.

Elle fronça les yeux sur la rose dévastée, mais ne fit aucun commentaire.

— Il m'est tout de même arrivé de craindre pour ta vie. Mais bien sûr, reprit-elle en chassant cette réflexion d'une main joyeuse, tu as grandi sans te faire de mal. Je n'aurais sans doute pas dû me faire autant de souci.

— Oh ! maman ! s'exclama Gwen émue.

Il lui apparut tout à coup combien il avait dû être difficile pour une femme aussi jeune, aussi rêveuse, d'élever seule une enfant. Combien de sacrifices, auxquels elle n'avait jamais songé, sa mère avait-elle faits ? Elle la serra dans ses bras.

— Je t'aime, maman, et je suis tellement heureuse que tu sois ma mère.

Anabelle, avec un gloussement surpris et joyeux, prit le visage de sa fille entre ses mains et l'embrassa sur les deux joues.

— Quel joli compliment, et de la part d'une grande fille encore !

Elle l'étreignit tendrement.

Au-dessus de son épaule, Gwen s'aperçut que Luke les regardait. Gênée par l'intensité de son regard, elle se demanda ce qu'elle éprouvait pour lui. Mais comment pouvait-elle éprouver quoi que ce soit, se reprit-elle vivement, quand la femme qu'elle aimait plus que tout au monde se tenait entre eux ? Elle sentit, prise de panique, les mâchoires d'un piège terrible se refermer sur elle.

— Vous avez beaucoup de chance, Anabelle.

Luke s'adressait à sa mère, mais ses yeux restaient posés sur elle.

— L'amour est un cadeau précieux.

— Vous avez parfaitement raison, Luke, répondit Anabelle en déposant un nouveau baiser sur la joue de sa fille avant de la prendre par le bras. Je suis d'humeur festive, leur annonça-t-elle rayonnante. Nous devrions ouvrir une bouteille de vin pour le déjeuner.

Ses yeux s'écarquillèrent subitement.

— Le déjeuner ! Oh ! mon Dieu ! s'exclama-t-elle en portant la main à son cœur. Tillie va être furieuse. J'ai complètement oublié ! Je vais rentrer en premier, pour l'adoucir. Donnez-moi une minute. Mais surtout…

Elle afficha un air rigoureux.

— Ne tardez pas, et extasiez-vous sur tout ce qu'elle nous a préparé.

Elle s'éloigna vers la maison.

— Je ne veux pas, assura-t-elle en disparaissant, la blesser plus que nous l'avons déjà fait.

Gwen lui emboîta le pas, mais Luke la retint par la main.

— Vous feriez mieux de la laisser faire, lui dit-il.

Elle fit volte-face.

— Je ne veux pas rester ici avec vous !

— Pourquoi ? fit-il mine de s'étonner. Je ne peux imaginer de contexte plus agréable. Ce magnifique jardin… une journée splendide… Dites-moi, reprit-il en coupant court à ses éventuelles protestations et en passant son autre main dans les boucles de ses cheveux. A quoi pensiez-vous quand vous serriez votre mère dans vos bras en me regardant, tout à l'heure ?

— Ce ne sont pas vos affaires.

Elle s'écarta pour se dégager de ses doigts fureteurs.

— Vraiment ?

Il prit une de ses mèches et la fit glisser entre ses doigts. Au loin, elle entendit le premier grondement du tonnerre.

— J'ai pourtant eu l'impression, quelles qu'aient été vos réflexions, qu'elles me concernaient au premier chef.

Il planta son regard dans le sien.

— Pourquoi, à votre avis ?

— Je n'en ai pas la moindre idée, rétorqua-t-elle froidement. Ce doit être votre imagination d'écrivain.

Elle vit naître un sourire dans son regard puis sur ses lèvres.

— Je ne crois pas, Gwenivere. Cela ressemble plutôt à une intuition d'écrivain.

— Ou à une boursouflure de votre orgueil de mâle, lança-t-elle en tentant d'écarter ses doigts de ses cheveux. Vous ne pouvez pas arrêter ! s'emporta-t-elle.

— Ou bien à une intuition masculine, une sensibilité particulière envers les femmes, reprit-il portant sa main à ses lèvres.

Il lui embrassa le bout des doigts un à un, jusqu'au moment où elle retrouva ses esprits et voulut lui arracher sa main. Mais il la retint et enlaça leurs doigts. Ils restèrent ainsi face à face, leurs mains jointes comme des écoliers, tandis qu'elle le dévisageait d'un œil mauvais. Le tonnerre gronda de nouveau, plus proche.

— Une sensibilité assez fine, reprit-il d'une voix paresseuse, pour me faire comprendre quand une femme est attirée par moi, mais refuse de l'admettre.

— Vous êtes d'une vanité confondante.

— Plutôt d'une franchise confondante, rectifia-t-il. Dois-je vous prouver ce que je dis ?

Elle releva le menton.

— Il n'y a rien à prouver.

Renonçant à lui reprendre sa main, elle leva des yeux désinvoltes vers le ciel.

— Les nuages arrivent, je ne veux pas prendre la pluie.

— Nous avons une minute, répondit-il sans même regarder le ciel. Je crois que je vous rends nerveuse.

— Vous vous flattez, rétorqua-t-elle en s'imposant le plus grand détachement.

— Votre pouls bat furieusement à votre gorge.

Il baissa les yeux sur l'endroit dont il parlait, et elle sentit son pouls s'accélérer.

— C'est très attirant…

— Mon pouls s'emporte toujours quand je suis contrariée, affirma-t-elle en s'accrochant à la morgue que ses yeux, revenus sur les siens, sapaient dangereusement.

— J'aime quand vous êtes contrariée. J'aime regarder toutes les émotions qui traversent alors votre visage, et voir vos yeux s'assombrir… mais…

Il se tut, le temps d'effleurer délicatement ses poignets.

— En cet instant, ce n'est pas la contrariété que je lis en vous. Je crois plutôt que c'est la nervosité.

— Croyez ce que vous voulez.

Il lui était impossible, sous l'insistance de ses caresses, de contrôler le flux du sang qui bouillonnait dans ses veines, mais elle tenta de modérer les battements de son cœur.

— Vous ne me rendez pas du tout nerveuse.

— Ah bon ?

Devant son sourire de prédateur, elle prépara ses armes.

— Voilà une divergence de vues, fit-il observer, que je suis tenté de résoudre.

Il se pencha lentement, les yeux fixés sur sa bouche. Flairant le piège, elle ne fit pas le moindre geste, ne prononça pas le moindre mot, et attendit.

— Mais pour l'instant, déclara-t-il subitement, j'ai faim.

Avec un grand sourire, il l'embrassa sur le nez.

— Et je suis beaucoup trop lâche pour provoquer les foudres de Tillie.

Il lâcha sa main, mais retint l'autre et l'entraîna avec lui.

— Allons déjeuner, lui dit-il en ignorant sa grimace.

- 7 -

Gwen avait remarqué de nombreux changements chez Anabelle. D'abord, songea-t-elle en entrant dans le salon, sa mère avait un air mystérieux, qu'elle trouvait déplacé, et elle disparaissait souvent. Elle était là et, la seconde d'après, elle avait disparu.

Elle s'installa, contrariée, devant l'antique Steinway.

Ensuite, elle passait beaucoup trop de temps avec Luke Powers. Il y avait aussi beaucoup trop de discussions qui s'interrompaient dès qu'elle arrivait près d'eux. Ils lui donnaient l'impression d'être une intruse.

Elle se mit à jouer distraitement du piano. Une brise légère entrait par la fenêtre, soulevant à peine les rideaux. L'odeur du jasmin, évanescente, l'agaçait.

Elle était jalouse, comprit-elle subitement. Elle s'attendait à concentrer toute l'attention de sa mère, et elle ne l'avait pas.

Avec un sourire triste, elle entama un air de Chopin.

Mais quand avait-elle eu sa mère pour elle toute seule ? se demanda-t-elle. Anabelle avait toujours eu ses « hôtes », ses objets anciens, sa broderie, ses fleurs. Laissant ses réflexions glisser vers son enfance et ses doigts courir sur le clavier, elle s'absorba dans la musique. Elle jouait avec une aisance agréable. Elle avait oublié combien le piano lui faisait du bien. Elle ne s'y était pas suffisamment consacrée depuis deux ans. Peut-être devait-elle s'interroger sur la tournure qu'avait prise son existence… Elle devait découvrir ce qui lui manquait.

Son morceau achevé, les mains au-dessus du clavier, elle laissa la dernière note de la mélodie s'envoler puis disparaître.

— Magnifique, vraiment magnifique !

Luke !

Ayant réussi à ne pas bondir au son de sa voix, elle se força à lever les yeux sur lui sans rougir. Mais elle avait du mal. Après ce qu'il lui avait dit la veille, elle se sentait vulnérable. Il en savait sur elle bien plus qu'elle ne l'aurait voulu.

— Merci, dit-elle poliment. Je suis, comme maman m'a toujours assuré que je finirai par l'être, reconnaissante des leçons de piano qu'elle m'a forcée à prendre.

— Forcée ?

A sa grande consternation, il s'assit à côté d'elle.

— Comme elle seule peut le faire, précisa-t-elle en se concentrant sur le choix d'une autre partition. De sa manière douce, convaincante, irrésistible.

— Ah, nota Luke sobrement. Vous ne vouliez pas apprendre le piano ?

— Non, je voulais apprendre la pêche aux écrevisses.

Elle fut stupéfaite de le voir se mettre à jouer avec elle.

— Je ne savais pas que vous saviez jouer.

Sa stupeur le fit rire.

— Croyez-le ou non, j'ai une mère, moi aussi.

Il se pencha pour lui adresser un sourire complice.

— Je voulais apprendre à faire des ricochets.

Complètement désarmée, elle ne put que lui rendre son sourire. Quelque chose alors passa entre eux, aussi doux et tendre que la musique qui s'élevait dans la pièce, aussi fort et réel que la passion déclenchée par leurs baisers.

— Comme c'est adorable !

Anabelle, sur le seuil, les contemplait, radieuse.

— Les duos sont si charmants.

— Maman, dit-elle, soulagée de sentir sa voix stable, je t'ai cherchée tout à l'heure.

— Vraiment ? Je suis désolée, chérie, lui offrit sa mère dans un sourire, j'étais occupée par… des choses et d'autres, acheva-t-elle en ponctuant ses propos d'un geste vague. Tu ne poses pas pour Bradley aujourd'hui ?

— Je lui ai déjà donné deux heures ce matin, répondit-elle. J'ai de la chance qu'il préfère la lumière matinale, sinon, j'y passerais mes journées. Je me disais que tu avais peut-être quelque chose à me faire faire, un endroit où tu voudrais que je te conduise. Il fait si beau aujourd'hui.

— Oui, n'est-ce pas ? approuva sa mère en glissant les yeux sur Luke.

Son visage tout à coup s'anima et un sourire naquit sur ses lèvres.

— Eh bien, en fait, oui, ma chérie, tu peux faire quelque chose pour moi. Mais, oh…

Elle soupira et secoua la tête, subitement découragée.

— C'est beaucoup trop de tracas.

— Mais non, affirma Gwen.

— Eh bien, puisque cela ne te dérange pas, reprit sa mère de nouveau radieuse, j'ai besoin de fils à broder de couleurs très particulières, très difficiles à trouver, j'en ai peur. Il y a bien une petite boutique, mais elle se trouve au Marché français.

— A La Nouvelle-Orléans ? s'étonna Gwen, les yeux écarquillés.

— Oh ! c'est trop compliqué, je le sais bien, lâcha Anabelle dans un nouveau soupir. Ce n'est pas grave, ma chérie. Ce n'est pas très important. Pas important du tout.

— Non, ça ne me dérange pas, maman, la rassura

Gwen en souriant du manège de sa mère. J'avais l'intention d'aller faire un tour à La Nouvelle-Orléans pendant mon séjour. Je suis une touriste maintenant.

— Quelle merveilleuse idée ! lança Anabelle, enthousiaste. N'est-ce pas agréable de flâner dans le Vieux Carré, de faire les boutiques, d'écouter les musiciens de Bourbon Street ? Et dîner dans un de ces petits restaurants si charmants ! Oui, s'exclama-t-elle en frappant dans ses mains, c'est une excellente idée.

Le plaisir de sa mère la fit sourire. Le lèche-vitrines, se rappela-t-elle, avait toujours été l'un de ses passe-temps préférés.

— Je n'imagine pas de meilleure façon de passer la journée.

— Bon, alors c'est réglé, trancha Anabelle avant de se tourner vers Luke avec un sourire satisfait. Vous accompagnez Gwenivere, n'est-ce pas, mon cher Luke ? Ce ne serait pas bien de la laisser partir toute seule.

— Toute seule ? répéta Gwen confuse. Mais, maman, tu ne…

— C'est aussi un long trajet, poursuivait sa mère. Je suis certaine que Gwenivere appréciera un peu de compagnie.

— Non, maman, je…

— J'en serais ravi, Anabelle, affirma Luke au-dessus des protestations de Gwen. Je n'imagine pas de meilleure façon de passer la journée, précisa-t-il en lui adressant un sourire plein de malice.

— Gwen, ma chérie, je suis tellement heureuse de ta suggestion.

Devant le regard ingénu de sa mère, Gwen sentit le mélange familier d'affection et de frustration la gagner.

— J'ai toujours de bonnes idées, murmura-t-elle en tentant de sourire.

— Je le sais, ma chérie, lui répondit Anabelle en

l'étreignant avec affection. Mais à ta place, je me changerais. Tu ne veux pas aller en ville dans ce vieux jean usé. N'est-ce pas d'ailleurs celui que j'ai jeté l'année de tes quinze ans ? Mais si ! Bon, aucune importance. Partez vite et amusez-vous bien, ordonna-t-elle en quittant la pièce. J'ai tant de choses à faire que je ne sais plus où donner de la tête.

— Maman, lança Gwen dans son dos.

Anabelle se retourna sur le seuil, un œil interrogateur.

— Les fils, lui rappela Gwen.

— Les fils ? répéta sa mère déconcertée. Oh ! oui, les fils !

Elle secoua la tête en riant.

— Je suis tellement tête en l'air. Je vais écrire tout de suite les références et l'adresse de la boutique sur un morceau de papier et dire à Tillie que vous ne serez pas là pour le dîner. Elle se fâche quand j'oublie de la prévenir. Change de pantalon, ma chérie, ajouta-t-elle en disparaissant.

— Je peux le cacher pour vous, lui glissa Luke à l'oreille. Elle est capable de le jeter encore à la poubelle.

Gwen se leva, avec toute la dignité dont elle était capable.

— Si vous voulez bien m'excuser.

— Bien sûr.

Elle s'était à peine levée qu'il la retenait, doucement, mais fermement, par la main.

— Rendez-vous sous la véranda dans vingt minutes, lui dit-il. Nous prendrons ma voiture.

Une douzaine de répliques lui vint à l'esprit, mais elle ne parvint à en formuler aucune.

— Comme vous voudrez, se résigna-t-elle à lui répondre. Je vais tâcher de ne pas vous faire attendre.

Elle s'en alla, la tête haute.

*
* *

Le temps ensoleillé et la brise légère offraient les conditions idéales pour un trajet en voiture. Gwen avait troqué son jean contre une robe vaporeuse en crêpe de Chine. Plissée jusqu'à la taille, elle flottait librement sur ses jambes. Elle ne portait aucun bijou et ses cheveux bouclés dansaient sur ses épaules. Les mains sagement serrées sur les genoux, elle répondait à la conversation de Luke par des monosyllabes polis. Elle se disait qu'elle allait acheter les fils à broder de sa mère, ferait un rapide tour en ville et rentrerait à la maison aussi vite que possible. Dans l'intervalle, elle s'efforcerait de rester courtoise.

Une heure plus tard, elle avait le plus grand mal à maintenir le détachement qu'elle s'imposait. Elle avait oublié combien elle aimait le Vieux Carré. Et son plaisir ne tenait pas seulement à la délicatesse des balcons de fer forgé, à la profusion des plantes et des fleurs, ou au charme des bâtiments centenaires aux volets de bois patinés. Elle aimait tout particulièrement l'atmosphère magique du lieu. L'air était doux, lavé par une pluie récente, et traversé d'une multitude d'odeurs, qui allaient de la douceur enivrante des fleurs aux piquantes épices, en passant par les riches effluves du Mississippi.

— C'est magnifique, n'est-ce pas ? lui demanda Luke alors qu'ils débouchaient dans une petite rue trop étroite pour autoriser plus que la circulation des piétons. C'est la ville la plus immuable que je connaisse.

— Immuable ?

Elle se tourna vers lui, trop surprise par la pertinence de son commentaire pour continuer de l'ignorer.

— Elle ne change pas, expliqua-t-il. Elle traverse les siècles, identique à elle-même.

Avant qu'elle s'aperçoive de son intention, la main qui désignait les alentours s'était refermée sur la sienne et, enlaçant ses doigts, l'entraînait. Elle tenta de se libérer, sans succès.

— Vous n'avez aucune raison de me prendre par la main, protesta-t-elle avec raideur.

— Si, répliqua-t-il en lui souriant. Ça me plaît.

Elle se tut. Sa paume était rêche, solide, comme celle d'un homme rompu aux travaux manuels. Elle songeait à la sensation qu'elle avait éprouvée lorsque cette paume s'était posée sur sa gorge, quand elle entendit Luke soupirer. Puis tout alla très vite. Il se tourna, l'attira contre lui et s'empara de ses lèvres pour un baiser aussi inattendu qu'étourdissant. Dans la foule, plusieurs personnes applaudirent.

Ils flânèrent devant les nombreux artistes de rue autour de Jackson Square, s'arrêtèrent pour contempler les portraits à la craie des touristes, les toiles représentant la ville ou les paysages mystérieux du bayou. Plus le temps passait, plus Gwen se sentait déchirée entre son envie de partager le plaisir de retrouver la ville de son enfance et l'impératif d'ignorer l'homme dominateur qui l'accompagnait. Elle n'était pas venue s'amuser, se répétait-elle sévèrement chaque fois qu'elle se sentait faiblir. Elle était venue chercher des fils à broder. Elle allait le rappeler à Luke lorsqu'elle vit le magicien. Vêtu d'un costume noir à paillettes, il portait un drôle de béret incliné sur la tête et une moustache florissante.

— Oh ! regardez ! s'exclama-t-elle. Il est incroyable !

Serrant la main de Luke, elle l'attira vers le curieux personnage.

Ils regardèrent des foulards colorés surgir de nulle part, de grands bouquets de fleurs en papier naître de ses mains habiles et des pièces de monnaie apparaître derrière les oreilles des badauds. Deux jeunes clowns au visage tout blanc distrayaient les passants en créant des girafes et des caniches avec des ballons allongés. Plus loin, leurs airs mêlés dans une parfaite harmonie, des guitaristes offraient leur musique aux touristes.

Oubliant toutes ses résolutions, elle se tourna vers Luke, un immense sourire aux lèvres. Il déposa un billet dans la boîte en carton qui servait de caisse au magicien, puis revint vers elle et lui saisit le menton entre le pouce et l'index.

— Je savais bien que ça ne durerait pas.

— Quoi ? lui demanda-t-elle.

— Vous êtes trop spontanée, trop sensible pour jouer longtemps l'indifférence. Non, ne faites pas ça, lui dit-il en effaçant le pli qui creusait son front.

Il sourit et lui embrassa le bout des doigts.

— Pouvons-nous êtres amis ?

Elle sentait sa main, déjà sensible, brûler sous son baiser. Le charme, se disait-elle, était sa seconde nature, son sourire était une arme bien affûtée. Elle s'astreignit à la prudence.

— Je ne suis pas sûre de vouloir aller aussi loin, répliqua-t-elle en l'observant avec circonspection, mais amusée par son air exagérément piteux.

— Compagnons de balade, alors ? suggéra-t-il.

Son pouce caressait doucement ses doigts.

— Je peux vous offrir une glace.

Son sourire était charmeur et sa voix persuasive.

— Eh bien…

Il n'y avait pas de mal à profiter de la journée, se disait-elle, de la ville, de la magie et même… de son compagnon de balade.

— Un cône, alors. Deux boules, précisa-t-elle en lui rendant son sourire.

Ils traversèrent le parc, goûtant l'ombre et le soleil,

accompagnés par le roucoulement continu des pigeons. Il y en avait des centaines. Réunis en masse sur la pelouse, ils s'envolaient dans un bruissement d'ailes à leur passage, ou poursuivis par les enfants, tandis que d'autres prenaient le soleil sur la statue d'Andrew Jackson perché sur son cheval cabré. Ici et là, sur les bancs noirs aux jolies courbes, des gens se prélassaient. Assise à l'ombre, une jeune fille jouait de la flûte.

Ils se promenèrent ensuite le long du quai, s'arrêtant devant les eaux sombres du Mississippi. Des accords de harpe offraient un arrière-plan paresseux à leur conversation légère. Ils parlaient de tout et de rien, laissant les cloches de la cathédrale Saint-Louis égrener tranquillement les heures. Ils rirent en voyant un tout jeune enfant échapper en trottant à sa mère pour patauger gaiement dans l'eau fraîche d'une fontaine.

Ils remontèrent ensuite Bourbon Street, sensibles au flot de musique qui s'échappait des portes ouvertes, mêlant dans un désordre joyeux et envoûtant jazz, country et rock. Ils applaudirent le vieil homme qui dansait dans la rue aux accents entraînants de *Tiger Rag*. Un peu plus loin, elle fut émue aux larmes par la mélodie d'un saxophoniste solitaire.

Ils dînèrent enfin, sur un balcon surplombant une rue étroite et pleine d'animation, d'une soupe de crevettes et de vin blanc. A la fin du repas, dans les lumières du soleil couchant, Gwen, prise d'une agréable et paisible fatigue, se mit à jouer distraitement avec les restes de son cheese-cake. Un rire s'éleva de la foule dans la rue en contrebas. Lorsqu'elle releva les yeux, elle s'aperçut que Luke, derrière son verre, l'observait.

— Pourquoi me regardez-vous comme ça ? lui demanda-t-elle en posant, avec un sourire parfaitement détendu, les coudes sur la table et son menton sur ses paumes.

— Quelle question ! répondit-il en posant son verre. A votre avis ?

— Je ne sais pas.

Elle prit une profonde inspiration et fut aussitôt assaillie par toutes les odeurs de la ville.

— Personne ne m'a jamais regardée comme vous. Vous en savez trop sur les gens. Ce n'est pas juste. On dirait qu'il vous suffit de les regarder pour deviner leurs pensées. Ce n'est pas très agréable comme impression.

Il sourit.

Sentant ses doigts frôler le dos de sa main, elle se redressa et se mit à l'abri.

— Vous avez aussi le don d'attirer des aveux. Hier, j'ai…

Elle hésita.

— Je vous ai dit des choses que j'aurais mieux fait de taire, reprit-elle en faisant tourner le pied de son verre. Je n'aime pas montrer mes émotions.

Elle prit une gorgée de vin.

— Michael dit toujours que je suis trop exubérante.

— Vos émotions sont belles.

Elle releva les yeux, surprise par la tendresse de son intonation.

— Et Michael est un abruti.

Elle secoua vigoureusement la tête.

— Oh, non ! il est brillant, et il ne fait jamais rien de stupide. Il a une image à préserver, vous savez ? Il est très sérieux. Non, ce n'est pas lui le problème. C'est juste que je commençais à me sentir glisser dans le moule de l'épouse parfaite d'un avocat d'affaires.

— Il vous a demandé de l'épouser ? lui demanda-t-il en leur servant un peu plus de vin.

— Il était sûr que j'accepterais. Il a été furieux quand je n'ai pas sauté sur l'occasion.

Elle soupira.

— Mais je ne voyais qu'un long tunnel étroit, sans détour ni surprise. J'ai dû devenir claustrophobe.

Elle lâcha un petit son agacé et plissa le nez.

— Voilà, vous recommencez ! lui dit-elle.

— Quoi donc ?

Il s'adossa et regarda en souriant les rayons de lune danser dans ses cheveux.

— Je vous raconte des choses… que je me suis à peine avouées à moi-même. Vous vous débrouillez toujours pour découvrir ce que les gens ont dans la tête, mais vous gardez vos réflexions pour vous.

— Je les mets par écrit, précisa-t-il, à la disposition de tous ceux qui veulent les lire.

— Peut-être, admit-elle, mais comment savoir si ce sont vos véritables pensées ? Vos livres sont intéressants, mais disent-ils qui vous êtes vraiment ?

— Vous voulez le savoir ?

Sa question contenait une pointe de défi. Elle hésita, mais sa réponse avait déjà franchi ses lèvres :

— Oui, je veux le savoir.

— Vous n'en êtes pourtant pas tout à fait sûre.

Il se leva et lui tendit la main.

— Le vin vous engourdit, dit-il en plongeant les yeux dans son regard voilé. Je vous ramène ?

— Non, répondit-elle. Pas tout de suite.

Elle glissa la main dans la sienne et se laissa entraîner.

La voiture remontait l'allée bordée de magnolias. Luke conduisait lentement. Les odeurs de la nuit se mêlaient au parfum délicat de la jeune femme endormie sur son épaule. Devant la maison, il coupa le moteur et baissa les yeux sur Gwen. Ses lèvres étaient tendres et vulnérables. Il eut un moment d'hésitation, puis lui souleva le menton en gardant une distance raisonnable.

— Gwenivere, dit-il en passant doucement le pouce sur sa bouche.

Elle lâcha un faible soupir de plaisir.

— Gwenivere, répéta-t-il d'un ton plus ferme.

Ses yeux papillonnèrent et s'ouvrirent.

— Nous sommes arrivés.

Il lui massa doucement les épaules et la sentit s'étirer sous ses mains.

— Je me suis endormie ? lui demanda-t-elle, les yeux voilés. Je ne voulais pas.

— Il est tard.

— Je sais, dit-elle, un sourire sur son visage endormi. J'ai passé une très bonne journée. Merci.

Elle se redressa et lui déposa subitement un baiser sur les lèvres. Elle sentit aussitôt ses mains se resserrer sur ses épaules puis l'écarter brusquement. Elle cilla, confuse.

— Luke ?

— J'ai mes limites, lui dit-il d'une voix tendue. Je vous ai dit combien les femmes sont tendres au réveil. Il se trouve que j'ai une faiblesse pour les femmes tendres.

— Je ne voulais pas m'endormir, murmura-t-elle confuse.

Elle se sentait flotter, alors que son corps, lui, semblait lourd.

Un nuage glissa sur la lune. La lumière décrut puis revint. Il la regardait, étudiait chaque trait de son visage, l'air concentré. Elle sentait ses doigts sur sa nuque, forts malgré la douceur de leur pression.

— Que voulez-vous ? lui demanda-t-elle dans un souffle.

Au lieu de lui répondre, il se pencha sur elle. Sa bouche effleura d'abord le coin de la sienne, puis elle glissa sur ses lèvres, avant d'aller se poser sur ses paupières closes, puis ses pommettes. Elle sentait ses mains, frémissantes de passion, la parcourir paresseusement, tandis que le bout de sa langue voyageait sur ses lèvres entrouvertes.

— Magnifique, murmura-t-il contre sa bouche.

Son pouce, posé sur la pointe de son sein, la fit délicieusement vibrer.

— Quand je vous caresse, je vous sens fondre sous mes mains.

Ils échangèrent un long et doux baiser.

— Ce que je veux ? reprit-il en descendant sur sa gorge. En cette seconde, ce que je veux plus que tout au monde, c'est faire l'amour avec vous. Et je veux le faire lentement, prendre le temps de connaître chaque centimètre de votre corps.

Elle sentait, alanguie, sa volonté lui échapper.

— Vous allez faire l'amour avec moi ? s'entendit-elle demander, déjà consentante.

Il suspendit son baiser et, lui tirant très doucement la tête en arrière, vint croiser son regard. Ils restèrent ainsi, silencieux, quelques instants.

— Non, lâcha-t-il tout à coup.

Elle se dégagea, comme s'il l'avait giflée, et chercha fébrilement la poignée de porte. Elle sauta hors de la voiture. Mais il la rattrapa par la main.

— Une minute.

Elle le repoussa.

— Non, je veux rentrer. Je ne savais pas ce que disais. C'était complètement idiot.

— Vous saviez parfaitement ce que vous disiez, répliqua-t-il en la tenant fermement.

Elle se débattit contre lui, contre la dénégation qui lui montait aux lèvres, mais elle ne pouvait pas nier l'évidence : elle avait voulu qu'il lui fasse l'amour, et elle savait qu'elle le désirait encore.

— Très bien, fit-elle mine de céder, je savais ce que je disais. Vous me lâchez, maintenant ?

— Je ne vais pas m'excuser de vous avoir touchée.

— Je n'attends pas d'excuses, Luke, répliqua-t-elle. Je vous demande seulement de me libérer.

Mais elle s'apercevait, en même temps qu'elle parlait, que ce n'était pas de ses bras qu'elle parlait, mais de l'emprise qu'il exerçait sur elle. Le conflit qui l'agitait devait se lire dans son visage, car elle vit le pli qui barrait le front de Luke se creuser, mais il finit par la lâcher.

— Merci, dit-elle.

Elle s'enfuit vers la maison sans lui laisser le temps de dire un mot.

- 8 -

Un papillon jaune virevoltait délicatement au-dessus d'un pot d'impatiences blanches. Dans la véranda, Gwen le regarda danser avant qu'il disparaisse, plus léger que l'air. Elle posa son regard sur sa mère.

Assise dans la balancelle blanche, vêtue de jaune, Anabelle lui semblait aussi fragile que le papillon qui venait de s'envoler. Elle regarda son teint de rose, ses beaux yeux bleus. Ses mains fines étaient concentrées sur leur tâche — écosser des petits pois —, mais son regard, comme toujours rêveur, était ailleurs.

Des vagues de tendresse, d'amour, d'impuissance, de désespoir, la traversaient.

Qui suis-je, se demandait-elle, *pour donner à quiconque des leçons sur les hommes ?* Durant quelques douloureuses secondes, elle désira ardemment pouvoir demander conseil à sa mère. Ses émotions étaient tellement chaotiques, incohérentes. Ses sentiments pour Luke frôlaient une limite dangereuse, elle le savait, et cela la terrifiait. Elle ne pouvait pas tomber amoureuse de lui, c'était courir au désastre. Elle devait se raisonner… Mais pouvait-on seulement se raisonner ? se demandait-elle malheureuse. En l'occurrence, elle le devait… Elle n'avait pas le choix. Elle devait tout oublier de la nuit dernière — un soupir lui échappa — et s'en tenir à ses priorités.

Elle regarda un bourdon plonger dans une grappe de

glycine, puis prit une grande inspiration et se tourna vers sa mère.

— Maman ?

Anabelle, un doux sourire aux lèvres, continuait d'écosser ses petits pois.

— Maman, répéta-t-elle plus fort en posant la main sur celle de sa mère.

— Hum, oui, chérie ?

Anabelle leva sur elle les yeux clairs et attentifs d'un enfant.

— Que disais-tu, chérie ?

Gwen hésita, puis se lança.

— Maman, tu ne crois pas, qu'entre deux personnes, douze ans d'écart font une énorme différence ?

Anabelle considéra sa question avec gravité.

— Je suppose, Gwenivere, répondit-elle enfin, mais en vieillissant, tu vas t'apercevoir que l'âge n'est pas très important.

Son sérieux momentané s'envola dans un sourire léger.

— Regarde, il me semble que c'était hier que tu avais douze ans. Je me souviens très bien quand tu t'es cassé le bras en tombant du vieux cyprès au fond du jardin. Tu t'es montrée si courageuse…

Elle se remit à écosser ses petits pois.

— Tu n'as pas versé une seule larme. Il est vrai que je pleurais assez pour deux.

— Mais, maman, reprit Gwenivere en s'efforçant vaillamment de concentrer l'attention de sa mère, douze ans d'écart, quand on parle d'un homme et d'une femme…

Anabelle, au lieu de saisir son allusion, pourtant claire, se contenta de hocher la tête pour dire qu'elle écoutait.

— La différence d'âge, maman, reprit-elle insistante. Est-ce que douze ans ne sont pas un énorme écart ?

— Les filles de Sally Deumont ont presque douze ans

d'écart, déclara Anabelle en hochant la tête plusieurs fois de suite. J'imagine que cela présente des inconvénients.

— Non, maman, gémit Gwen en se prenant la tête à deux mains.

— Mais d'un autre côté, ajouta Anabelle pour ne pas sembler critique envers sa vieille amie, cela doit aussi avoir ses avantages.

— Non, maman, répéta Gwen, je ne parle pas de ça, mais des relations entre un homme et une femme, des relations… amoureuses.

— Oh ! s'exclama sa mère en clignant des yeux surpris sur ses petits pois avant de leur sourire avec indulgence. Ce n'est pas du tout la même chose, en effet !

Gwen, les dents serrées, la regarda poursuivre sa tâche un moment.

— Je suis étonnée, reprit enfin Anabelle en levant sur elle un regard déconcerté. Etonnée que tu puisses penser que l'amour ait un quelconque rapport avec l'âge. J'ai toujours considéré que le cœur n'avait pas d'âge.

Gwen, déstabilisée par cet aveu et encore plus par le naturel de sa mère, prit le temps d'accuser le coup, puis elle se pencha pour prendre les deux mains d'Anabelle dans les siennes.

— Maman, tu ne crois pas que l'amour, parfois, peut aveugler les gens sur ce qui est bien pour eux ? Les mettre dans des situations dont ils ne peuvent sortir que blessés ?

— Si, bien sûr, répliqua Anabelle comme si cette question lui semblait incongrue. C'est la vie, chérie. Aimer est une aventure, c'est prendre le risque de souffrir. Mais si tu ne prends pas ce risque, si tu refuses d'aimer parce que tu as peur de souffrir, tu ne connaîtras jamais le bonheur. Que vaudrait alors l'existence ? Ton Michael, poursuivit-elle tout à coup inquiète, il t'a tant fait souffrir ?

— Non.

Elle se leva et fit quelques pas sous la véranda.

— Non. C'est surtout mon orgueil qui a souffert.

— Comme quand on tombe de cheval, déclara sa mère en venant la rejoindre.

Anabelle l'obligea à se retourner et posa sur sa fille un regard d'une rare profondeur.

— Tu es si jeune, ma chérie. Il m'arrive de l'oublier, parce que tu es tellement raisonnable. Je crois que je n'ai pas suffisamment fait attention. Je t'ai laissée t'occuper de moi bien plus que je ne me suis occupée de toi.

— Oh non, maman, protesta Gwen.

Sa mère lui posa un doigt sur les lèvres.

— C'est vrai, Gwenivere. Je n'ai jamais aimé voir le côté désagréable, matériel, des choses. J'ai bien peur de m'être reposée sur toi. Tu avais, sous certains aspects, une telle maturité. Mais à d'autres égards…

Elle soupira et serra sa fille par la taille.

— Enfin, je suis heureuse, maintenant, de pouvoir t'aider.

— Mais, maman, ce n'est pas de moi que…

— Sais-tu que je n'avais que dix-huit ans la première fois que j'ai vu ton père ? la coupa Anabelle. Je suis immédiatement tombée amoureuse de lui.

Le regard mélancolique de sa mère lui interdit de l'interrompre.

— Qui aurait pu savoir que sa vie serait si courte ? Il n'a pas eu la chance de te connaître. Et cela m'a toujours paru le plus tragique. Il aurait été si fier de se voir en toi.

Elle soupira et sourit à sa fille.

— C'était notre premier amour, à tous les deux. Nous étions fous l'un de l'autre ! Je me suis souvent demandé si notre amour aurait résisté à l'épreuve du temps. Je ne le saurai jamais.

Gwen resta silencieuse, fascinée de découvrir sa mère sous un aspect qu'elle ignorait.

— J'ai appris tant de choses de ce bref et passionné mariage, poursuivait-elle. J'ai appris qu'il faut accepter l'amour lorsqu'il se présente et tout lui donner, parce qu'il pourrait ne pas revenir une nouvelle fois. J'ai également appris qu'on ne connaît toute sa beauté, toute sa valeur et sa portée que lorsqu'on a le cœur brisé.

Gwen regarda un écureuil filer sur la pelouse et grimper sur un arbre. Elle éprouvait une drôle de sensation à écouter sa mère lui parler de ses sentiments amoureux. Etait-ce parce qu'Anabelle était sa mère qu'elle ne l'avait jamais considérée comme une femme ? Elle se tourna pour la regarder. Elle était à l'apogée de sa beauté. Sa bouche était pleine de jeunesse et de vie, sa peau magnifique, ses yeux incroyablement innocents… Poussée par une brusque impulsion, elle lui posa la question qu'elle retenait depuis des années.

— Maman, pourquoi ne t'es-tu jamais remariée ?

— Je n'ai jamais voulu.

Elle s'éloigna d'un pas léger qui fit danser les plis de sa jupe.

— J'étais d'abord trop éprise du souvenir de ton père. Ensuite, je prenais beaucoup de plaisir à t'élever.

Elle arracha une fleur de pétunia fanée au pot suspendu dans son panier et la jeta par-dessus la rambarde.

— Je suis très douée avec les bébés, tu sais ? Et puis tu as grandi, tu es devenue de plus en plus indépendante, alors j'ai franchi l'étape suivante. J'ai eu quelques admirateurs.

Elle sourit.

— Mais je n'ai jamais éprouvé le besoin de recommencer ma vie avec l'un d'entre eux.

Gwen regarda sa mère papillonner de fleur en fleur. Elle se disait, pour la première fois de sa vie, que sa mère avait probablement eu des aventures au cours des vingt dernières années. Elle n'avait pas seulement été sa mère douce et rêveuse, mais Anabelle Lacrosse, une femme désirable. Durant une brève seconde, elle se sentit orpheline.

Quelle idiote, se reprocha-t-elle en posant la tête contre le pilier de la véranda. Sa mère restait la même, c'était elle, Gwenivere, qui changeait. Elle avait grandi. Mais tandis qu'elle grandissait, elle avait laissé sa mère, figée dans l'image de son enfance. Il était temps de la laisser sortir. Mais elle ne supportait pas l'idée de la voir souffrir, et elle avait tellement peur que Luke lui fasse mal… Il ne pouvait pas aimer sa mère, pas quand il l'embrassait, elle, de cette façon. C'était impossible… Elle ferma les yeux.

C'était elle, Gwen, qu'il désirait, mais cela n'avait rien à voir avec les sentiments qu'il éprouvait. Il la désirait, mais il la repoussait. Et pourquoi la repoussait-il sinon à cause de sa mère ? Une flèche aiguë de jalousie la traversa, la laissant stupéfaite et honteuse. Elle frissonna et se tourna pour découvrir Anabelle qui l'observait.

— Tu n'es pas heureuse, lâcha simplement sa mère.

— Non.

— Tu te sens perdue ?

— Oui.

Elle ravala les larmes qui menaçaient.

— Les hommes nous mettent facilement dans cet état, lui déclara Anabelle dans un sourire, comme si ce constat n'était pas aussi dramatique. Profite d'un des rares conseils de ta mère, ma chérie. Ne fais rien. Je sais combien cela peut te paraître difficile, ajouta-t-elle en riant, mais essaie. Laisse les choses se mettre en place d'elles-mêmes. Parfois, ne rien faire est la meilleure des choses à faire.

— Maman, répondit-elle obligée de sourire, comment un conseil aussi contradictoire peut-il être aussi judicieux ?

— Fais confiance à ta mère. Luke prétend que j'ai une intelligence intuitive, ajouta-t-elle avec fierté.

— Il a le sens des formules, marmonna-t-elle.

— Heureusement, s'exclama Luke en même temps que la porte se fermait dans son dos. C'est mon outil de travail.

Elle croisa son regard. Troublée par la lueur presque possessive, et complice, qu'elle y lisait, elle dressa fièrement le menton. Il sourit.

— Prête à tirer, Gwenivere ?

— Je ne rate jamais ma cible, répliqua-t-elle.

— Oh ! s'exclama Anabelle en rassemblant ses petits pois, vous ne m'aviez pas dit que vous alliez chasser. J'espère que Tillie vous a préparé un pique-nique.

Par-dessus l'épaule de sa mère, Luke lui adressa un sourire d'une contrition si enfantine qu'elle ne put lui résister. Sentant ses yeux pétiller, ses lèvres de moins en moins pincées, elle s'abandonna tout à fait au plaisir de l'espièglerie.

— En fait, dit-il sans la quitter des yeux, je pensais plutôt aller pêcher, faire un tour du côté de la cabane de Malon.

— Bonne idée, approuva Anabelle en se redressant. Malon connaît toujours les meilleurs coins. Vas-y aussi, ma chérie. Il sera vexé si tu ne vas pas lui rendre visite.

— Oh ! je…

Voyant le sourire sur le visage de Luke, elle poursuivit avec désinvolture :

— J'irai, maman, mais une autre fois. Pour l'instant, je vais demander à Tillie si je peux l'aider à faire ses conserves.

— C'est idiot, répliqua Anabelle en adressant un grand sourire à Luke qui lui ouvrait la porte. Merci, très cher. Tu es en vacances, Gwenivere, reprit-elle par-dessus son épaule. Tu ne vas pas rester enfermée dans une étuve à surveiller des tomates en train de bouillir. Va te promener et amuse-toi. Elle a toujours adoré la pêche, expliqua-t-elle à Luke en entrant dans la maison. Dites à Malon que j'adorerai avoir quelques crevettes.

Gwen regarda la porte se fermer sur sa mère, avec le sentiment de s'être fait gentiment, mais nettement, éconduire.

— Vous avez la tenue parfaite, fit observer Luke en considérant son jean et son T-shirt blanc. Allons-y.

— Je n'ai aucune intention d'aller où que ce soit avec vous.

Elle s'essuya les mains sur les hanches et entreprit de franchir la voie qu'il lui barrait. Elle le dépassait quand il la retint par le bras. Elle baissa les yeux sur sa main, puis les releva lentement pour lui décocher son regard le plus dédaigneux.

— Je vous demande pardon ? dit-elle glaciale.

A son plus grand désarroi, il éclata de rire. Un oiseau, tout aussi surpris qu'elle par ces tonalités exubérantes et chaleureuses, quitta la pelouse pour se réfugier dans le feuillage d'un arbre.

— Lâchez-moi, espèce de… de…

— Brute ? suggéra-t-il en l'attirant vers l'escalier.

— Vous êtes parfaitement insupportable.

Elle continuait de se défendre, tout en faisant de son mieux pour ne pas dégringoler les marches.

— Merci du compliment.

Parvenant enfin à planter les deux pieds au sol, elle réussit à l'arrêter. Il se tourna vers elle, pendant qu'elle prenait une grande inspiration.

— Vous êtes l'homme le plus prétentieux, le plus autoritaire, le plus égocentrique et le plus insensible que je connaisse, énuméra-t-elle d'une traite.

— Vous oubliez extravagant, têtu et incroyablement

séduisant. Vraiment, Gwenivere, vous me décevez. Je pensais que vous aviez plus d'imagination. Ce sont vos meilleures insultes ?

— Au pied levé, oui.

Elle se raidit et s'efforça de ne pas répondre à la lueur amusée qui dansait dans son regard.

— Si vous me donnez un petit peu plus de temps, je peux élaborer.

— Inutile, j'ai saisi le concept.

Il la lâcha, pour lever une main devant lui et lui tendre l'autre.

— Et si nous faisions une trêve ?

Elle se détendit et, surprise de son propre geste, posa la main dans sa paume.

— D'accord, concéda-t-elle avec une once de mauvaise volonté.

— Jusqu'à… ? lui demanda-t-il en passant doucement le pouce sur sa main.

— Jusqu'à ce que je décide que vous m'insupportez de nouveau.

Elle sourit, flattée malgré elle par son rire. C'était, décida-t-elle, le rire le plus agréable et le plus contagieux qu'elle ait jamais entendu.

— Bien, reprit-il. Vous venez pêcher avec moi ?

— Peut-être.

Elle fit la moue puis lui sourit, radieuse.

— Dix dollars que j'attrape un plus gros poisson que vous !

— Tope là.

Il mêla leurs doigts et, cette fois, elle ne protesta pas.

Elle connaissait tous les méandres de la rivière et tous les chemins du bayou. Elle se dirigea vers le nord, en direction de la cabane de Malon, sous une arche d'arbres et de mousse éclairée par les rayons du soleil.

— Vous savez vraiment faire des conserves de tomates, Gwenivere ? lui demanda Luke en se courbant pour passer sous une branche basse.

— Bien sûr, de tomates comme de tout ce qui pousse au jardin. Quand on est pauvre, un potager permet au moins de ne pas mourir de faim.

— Je ne connais pas beaucoup de pauvres qui mangent avec des couverts en argent, fit-il remarquer ironique.

— Le trésor familial, répliqua-t-elle avant de soupirer. Maman a toujours considéré ces biens comme un legs sacré. On ne vend pas un legs sacré. Pas plus, ajouta-t-elle désabusée, qu'on ne peut s'habiller ou se nourrir avec. Maman adore cette maison et tout ce qui s'y trouve, c'est son Camelot. C'est une femme qui a besoin d'un Camelot.

— Et pas Gwenivere ?

Une grande aigrette, troublée par leur intrusion, déplia ses ailes et s'éleva au-dessus de l'eau. Gwen, traversée par un plaisir ancien et familier, la regarda s'élancer vers le ciel.

— Je suppose que je cherche le mien, répondit-elle. Les legs, qu'on les hérite ou les transmette, appartiennent toujours à quelqu'un d'autre. J'avais presque oublié l'odeur du jasmin sauvage, murmura-t-elle touchée par une bouffée d'air parfumé.

L'atmosphère baignait dans une tranquillité rêveuse. A côté d'eux, le courant glissait vers le golfe. Les arbres et leurs longues lianes de mousse se reflétaient sur sa surface paresseuse. Elle jeta un caillou et regarda les vagues concentriques se succéder puis disparaître.

— Quand j'étais petite, je passais presque la totalité de mon temps ici, dit-elle contemplative. Je me sentais plus chez moi qu'à l'intérieur de ma propre maison. Avec toutes ces allées et venues d'étrangers, il n'y avait jamais de véritable intimité. Je n'ai jamais voulu partager mon royaume avec personne avant…

Elle sentit la main de Luke étreindre la sienne avec plus de vigueur. Elle croisa son regard. Il était pénétrant et plein de compréhension.

- 9 -

La cabane de Malon, construite au-dessus de l'eau sur de gros pilotis, était surmontée d'un toit bas et pointu et entourée d'une véranda dont l'avancée servait de quai d'amarrage à sa pirogue. Sur le côté, un carré d'herbe accueillait une demi-douzaine de poules qui gloussaient en se dandinant. Quelque part dans le marais, un pivert tambourinait. Un enregistrement de Saint-Saëns, joué sur un vieux disque craquant à l'intérieur de la cabane, ajoutait sa mélodie aux bruits de la nature. Allongé sur le rebord étroit de la rambarde, un chat tigré dormait paisiblement au-dessus de l'eau.

— Rien n'a changé, murmura Gwen sans se rendre compte de son soulagement ni du plaisir qui illuminait son visage.

Elle sourit à Luke et l'entraîna sur la pelouse, puis grimpa les trois marches de l'escalier.

— Raphael, lança-t-elle au chat endormi.

L'animal ouvrit un œil paresseux, émit un son indistinct, et replongea dans sa sieste.

— Je vois que tu es toujours aussi tendre, lui dit-elle amusée. J'avais peur que tu m'aies oubliée.

— Raphael est trop vieux pour oublier quoi que ce soit.

Au son de cette voix, elle pivota. Malon, mortier et pilon en main, se tenait sur le seuil. Il n'était pas très grand, à peine plus que Gwen, mais il avait des épaules carrées et des bras puissants. Sa silhouette restait celle, musclée et trapue, du boxeur qu'il avait un jour été. Ses cheveux blancs, épais et bouclés, encadraient un visage bronzé, parcouru de rides, et sous ses sourcils noirs brillait le bleu pâle de ses yeux. Son âge était un mystère, lui seul savait quand il avait élu domicile dans le marais. Il en tirait sa subsistance et s'en satisfaisait. Il éprouvait un amour passionné et un profond respect pour le bayou ; deux sentiments qu'il avait transmis à la fillette qui avait un jour découvert sa cabane, plus de quinze ans auparavant. Gwen réprima son envie de se jeter dans ses bras.

— Salut, Malon, comment vas-tu ?

— Comme ci, comme ça, répondit-il avec un léger haussement d'épaules.

Il posa son mortier et son pilon, adressa un court hochement de tête à Luke et se concentra sur elle. Elle soutint, pendant une bonne minute, son examen silencieux.

— Montre-moi tes mains, dit-il enfin.

Elle les lui tendit, obéissante.

— Elles sont douces, grogna-t-il. Des mains de dame, maintenant, hein ? Et pourquoi n'as-tu pas aussi gagné une silhouette de dame à New York ?

— Je ne peux m'offrir que les mains, répondit-elle en souriant. J'économise encore pour le reste. Je vois que Tillie repasse toujours tes chemises, ajouta-t-elle en passant un doigt sur le coton délavé, mais parfaitement propre. Quand vas-tu te décider à l'épouser ?

— Je suis trop jeune pour me marier, je n'ai pas fini de courir le guilledou.

Dans un éclat de rire, elle le serra dans ses bras.

— Oh ! comme tu m'as manqué, Malon !

Il répondit par un rire bas et une étreinte aussi brusque qu'inattendue. Ils s'étaient exprimés en cajun, Gwen était revenue sans y penser au dialecte français de son enfance. Elle ferma les yeux un instant, goûtant la force des bras robustes de Malon, le cuir de sa joue contre la sienne, l'odeur d'herbes et de bois fumé qui constituaient son eau de Cologne personnelle. Elle comprit tout à coup pourquoi elle n'était pas venue le voir plus tôt. Il avait été la seule figure masculine stable de son enfance, et elle avait eu peur de le trouver changé.

— Tout est pareil, murmura-t-elle.

— Sauf toi.

Sa remarque était affectueuse, et elle sourit.

— J'aurais dû venir plus tôt.

Pour la première fois de sa vie, elle s'autorisa à l'embrasser.

— Tu es pardonnée, lui dit-il.

Se souvenant tout à coup de Luke, elle rougit.

— Oh ! je suis désolée, lui dit-elle, je… je n'ai pas fait attention que nous parlions en français.

Luke grattait distraitement l'oreille de Raphael en souriant.

— Inutile de vous excuser, c'était agréable.

Elle disciplina ses pensées perturbées par le charme de ce sourire.

— Vous parlez français ? reprit-elle un peu surprise.

— Non, mais c'était quand même agréable.

Elle avait l'impression qu'il savait exactement combien son sourire la troublait. Heureusement, il se tourna vers Malon.

— Anabelle serait très heureuse d'avoir quelques crevettes.

— Dites-lui que j'irai en pêcher demain, lui répondit Malon. Votre livre avance bien ?

— Ça va.

— Alors vous avez pris la journée, hein ? Et vous emmenez la petite à la pêche ?

Il accompagna sa question d'un mouvement de pouce dans sa direction.

— Je me suis dit que ça pouvait lui faire du bien, répliqua Luke sans la regarder.

Malon émit un grognement, puis fit la moue et haussa les épaules.

— Autrefois, elle savait de quel côté tenir la rame, mais c'était avant de partir là-bas.

Il désigna le « là-bas » en question d'un petit coup sec de la tête. Toute ville à plus d'une vingtaine de kilomètres de Lafitte était considérée avec suspicion.

— Peut-être qu'elle n'a pas oublié, avança Luke. Elle semble plutôt intelligente.

— Elle a été bien élevée, affirma Malon, d'un ton un peu moins bourru. Son père était un chic type. Elle lui ressemble.

Gwen redressa les épaules.

— *Elle* n'a rien oublié, merci. Et *elle* n'est pas idiote.

— Hou là là ! s'exclama Malon en secouant les mains comme s'il avait touché quelque chose de brûlant. Cette fille de la ville me terrorise. Emmenez-la, vous. Moi, je suis trop vieux pour me battre avec des furies.

— Tout à l'heure, tu étais trop jeune pour te marier.

— J'ai l'âge idéal, répliqua-t-il dans un sourire. Allez, j'ai mes remèdes à terminer. Prenez la pirogue, sans oublier les rames, et rapportez-moi du poisson pour dîner.

Il fit demi-tour et disparut dans la maison.

— Il n'a pas changé, assura Gwen en regardant la porte de la moustiquaire claquer dans son dos.

— Non, répondit Luke, il est toujours fou de vous.

Il descendit dans la pirogue, une paire de rames sur l'épaule, et lui tendit la main. Elle l'ignora pour sauter toute seule, forte de son expérience, à côté de lui. Raphael, d'un bond aussi souple, quitta sa rambarde et la rejoignit pour se rendormir aussitôt.

— Il ne raterait la balade pour rien au monde, expliqua Gwen en s'asseyant.

Luke, d'un coup de rame, s'écarta du quai.

— Dites-moi, Gwenivere, comment se fait-il que vous parliez si bien le cajun ? Annabelle sait à peine déchiffrer un menu en français.

Ils passaient sous un dôme de branches, et le soleil faisait des taches sur leurs cheveux.

— Tillie m'a appris.

Elle s'allongea et offrit son visage à la caresse du soleil. La pirogue glissait sur l'eau sans le moindre à-coup. Elle se souvenait que Malon lui avait dit un jour qu'elle pouvait naviguer sur un film de rosée.

— J'ai toujours parlé cajun, d'aussi loin que je me souvienne. Mais la plupart des gens d'ici se méfient des étrangers ; c'est une société très fermée. En ce qui me concerne, je parle cajun, donc je suis cajun. Mais je me demande pourquoi Malon vous accepte. Il est évident que vous êtes en très bons termes.

— Je ne suis pas cajun, admit-il, debout dans la pirogue et naviguant comme s'il était né sur la rivière, mais cela ne nous empêche pas de parler la même langue.

Quittant l'abri des arbres, ils pénétraient dans une forêt de cyprès ombragée. La barque glissait sur un tapis de jacinthes d'eau. Elle voyait, accrochés aux racines des arbres, de minuscules bébés écrevisses. Un gros mocassin d'eau, dérangé par leur approche, disparut sous les fleurs lavande. La rivière, se dit-elle en regardant un raton laveur pêcher depuis la rive, grouillait de vie.

— Comment se fait-il, reprit-elle étonnée, qu'un habitué du prix Pulitzer parle la même langue qu'un *traiteur* louisianais ?

— Un *traiteur* ? répéta Luke en lui rendant son regard surpris.

— *Traiteur* est le mot cajun pour dire guérisseur, expliqua-t-elle. Malon pêche, fait du troc, débite parfois du bois, mais il est surtout le guérisseur local. Il soigne les morsures de serpent, les maladies et les envoûtements. Les envoûtements sont sa spécialité.

— Je vois, apprécia Luke songeur. Vous êtes-vous jamais demandé pourquoi il habite ici, seul avec son chat, sa musique et ses livres ?

Elle se contenta de le regarder conduire l'embarcation au milieu des souches émergées.

— Il a vécu à Rome, Londres et Budapest, reprit Luke, mais il s'est installé ici. Il a conduit des tanks, dressé des chevaux, piloté des avions, fait de la boxe. Aujourd'hui, il pêche et rompt les mauvais sorts. Il sait réparer un carburateur, jouer de la guitare classique et soigner les morsures de serpent. Il fait ce qui lui plaît, rien de plus. C'est l'homme le plus heureux que je connaisse.

— Comment en savez-vous autant à son sujet ?

— Je l'ai interrogé.

— Non, ce n'est pas aussi simple, répliqua-t-elle agacée. Les gens vous racontent leur vie, je ne comprends pas pourquoi. Je vous ai dit des choses très personnelles sans même m'en rendre compte.

Elle scruta son visage.

— Et pire, vous n'avez même pas besoin qu'on vous dise quoi que ce soit. Vous semblez deviner qui sont les gens avant même qu'ils prononcent un seul mot. Vous êtes beaucoup trop perspicace.

Il lui sourit.

— Cela vous dérange que je sache qui vous êtes ?

La rivière s'élargissait.

— Oui, répondit-elle contrariée, je crois que oui. Je

me sens vulnérable, comme la première fois que j'ai vu les croquis de Bradley.

— Vous avez l'impression d'une intrusion dans votre intimité ?

— Oui, c'est ça. Et je n'aime pas me sentir exposée ou envahie.

— Je comprends, dit-il en appuyant sur la rame. Vous avez grandi en partageant votre maison, votre mère, avec des étrangers. D'où le désir de protéger votre jardin secret. Je suis désolé de l'envahir à mon tour, mais après tout, sonder l'intimité des gens est en partie mon métier.

Elle amorça sa ligne.

— Sommes-nous tous des personnages à vos yeux ? lui demanda-t-elle en vérifiant son hameçon avant de le laisser glisser dans l'eau.

— Certains plus que d'autres.

Il jeta sa ligne du côté opposé.

— Vous savez, reprit-elle en se rallongeant, je trouve très difficile de ne pas vous apprécier.

— Je suis quelqu'un de très charmant.

De l'autre côté de la barque, il s'était allongé, jambes étendues et croisées, comme elle.

— C'est malheureusement vrai, reconnut-elle.

Elle lâcha un soupir et ferma les yeux.

— Vous n'êtes pas du tout comme je vous imaginais.

— Vraiment ?

— Vous ressemblez plus à un bûcheron qu'à un écrivain célèbre.

— Et à quoi devrait ressembler un écrivain célèbre ?

— Il devrait porter des petites lunettes, avoir l'air grave, des épaules étroites, saillantes…

— De grâce !

— Oui, saillantes, répéta-t-elle sans se laisser démonter, dans un costume étriqué, avec un début de bedaine. Je l'imagine aussi avec des tics, une cicatrice au menton. Ou bien dans un style plus byronien…

— Seigneur Dieu…

— Une pâleur romantique sur le visage, un regard tragique au fond des yeux.

— Il est difficile de rester pâle en Californie.

— Le problème est que vous êtes beaucoup trop… physique.

Elle se laissait porter par le courant, heureuse de la caresse du soleil sa peau.

— De quoi parle votre prochain livre ?

— D'un homme et d'une femme.

— Ce n'est pas nouveau, déclara-t-elle en soulevant les paupières.

Il sourit, mêlant nonchalamment leurs jambes.

— Tout a déjà été fait, Gwenivere. Chacun croit seulement que son expérience est nouvelle.

Elle attendit, intriguée, qu'il poursuive.

— Un nombre infini de symphonies a été composé à partir des sept mêmes notes de musique.

Il ferma les yeux, et elle en profita pour le regarder tranquillement.

— Vous me laisserez le lire ? lui demanda-t-elle subitement. Ou bien êtes-vous ombrageux et susceptible ?

— Je ne suis ombrageux que quand c'est à mon avantage, lui dit-il en ouvrant un œil paresseux. Comment est votre orthographe ?

— Comme ci, comme ça, répondit-elle en souriant.

— La mienne n'est qu'à moitié aussi bonne. Vous pouvez corriger mon premier jet, si vous voulez.

— C'est généreux de votre part. Oh ! s'exclama-t-elle tout à coup, j'ai une prise !

Elle se redressa et, repoussant vivement ses cheveux, se concentra sur le poisson au bout de sa ligne. Son visage était alerte, ses gestes adroits et ses yeux brillaient de plaisir.

— Quatre kilos facile, déclara-t-elle en laissant tomber sa prise dans la barque, et ce n'est que le début.

Raphael vint inspecter le poisson puis s'enroula autour des jambes de Gwen et retourna s'allonger.

Elle l'imita, laissant un silence confortable s'installer entre eux. De temps à autre, des libellules striaient l'air dans un éclair frémissant et coloré. Quelques oiseaux se répondaient. Elle trouvait naturel de se prélasser au soleil en compagnie de Luke. Leurs jambes étaient nonchalamment entrecroisées, les ombres s'étiraient, ils s'attardaient pourtant, glissant au milieu des souches, envoûtés par l'atmosphère indolente et mystérieuse du bayou.

— Le soleil va se coucher dans deux heures, indiqua Luke au bout d'un moment.

Elle acquiesça en grommelant.

— Nous devrions rentrer.

Il se leva. La barque, sous son poids, tangua légèrement. Elle le regarda, à travers ses cils, prendre la rame et la plonger dans le courant. Son corps s'étirait avec souplesse, ses muscles jouaient avec aisance. Ses gestes, se dit-elle, étaient à la fois forts et tranquilles, et ses yeux clairs semblaient étonnamment brillants sur son bronzage. Elle aurait dû se redresser, mais sa torpeur était trop agréable. Elle le laissa les conduire sur le chemin du retour, se contentant de l'observer. Elle savait qu'il avait parfaitement conscience de son regard posé sur lui.

— Vous me devez dix dollars, lui rappela-t-elle en souriant.

— Un faible prix pour le plaisir de cet après-midi.

La pirogue glissait sur l'eau, c'était à peine si elle entendait la rame fendre la surface de la rivière et replonger.

— Vous savez que vous avez cinq petites taches de rousseur sur le nez ? lui dit-il tout à coup.

Elle éclata de rire en étirant paresseusement les bras au-dessus de sa tête.

— Je crois que vous êtes complètement fou !

Il regarda l'ombre de ses cils dorés, le sourire doux qui flottait sur ses lèvres.

— Je commence à en être persuadé, murmura-t-il.

En sentant la pirogue heurter doucement le ponton de bois, elle s'étira de nouveau. Les quelques nuages qui flottaient dans le ciel étaient devenus roses, l'air s'était rafraîchi.

— Quelle merveilleuse promenade..., lâcha-t-elle dans un soupir comblé d'aise et de bonheur.

— La prochaine fois, c'est vous qui ramerez.

Il regarda Raphael s'étirer à son tour puis sauter prestement sur le pont, et l'imita. Après avoir amarré la barque, il tendit la main à Gwen.

— Je suppose que ce n'est que justice, lui dit-elle en se levant pour sauter, aussi agile que Raphael, sur le ponton.

Elle tourna son sourire vers Luke pour se découvrir… prisonnière de ses lèvres. Il avait glissé une main dans ses cheveux. L'autre, au creux de ses reins, la serrait contre lui. Sa bouche était possessive, son corps, plaqué contre elle, frémissait d'une puissance contenue. L'idée qu'elle puisse se relâcher décupla tout à coup les battements désordonnés de son cœur. Il n'y avait aucune douceur dans la bouche qui réclamait la sienne ni la moindre tendresse dans les bras qui l'encerclaient, mais elle n'en voulait pas ! Cédant au contraire à l'élan qui la jetait vers lui, elle posa les mains sur les muscles bandés de ses bras, explora la force de ses épaules puis l'incroyable douceur de ses cheveux. Malheureusement, ses sensations ne faisaient qu'accroître la fureur du flot tumultueux qui l'emportait. Ce qu'elle éprouvait dépassait l'embrasement de la passion, l'éphémère ardeur du désir. Elle voulait s'abandonner complètement à lui. Elle voulait aller là où seul Luke pouvait l'emmener, elle voulait découvrir ce qu'il était le seul à pouvoir lui apprendre. Elle renonçait à réfléchir lorsqu'il l'agrippa par les épaules et la repoussa.

— Gwen, lâcha-t-il d'une voix rauque.

— Non, ne dites rien, murmura-t-elle en s'emparant de ses lèvres.

C'était son goût, et son goût seul, qui était capable de l'apaiser. Elle se découvrait affamée, s'apercevait qu'elle avait jeûné toute sa vie. Durant quelques fulgurantes secondes, ils échangèrent un baiser passionné, puis il la repoussa encore. Cette fois, ses mains la tenaient fermement par les épaules, elle ne sentait pas leur emprise. Elle ne pouvait que soutenir le regard rivé au sien. Sa confusion, se disait-elle, ses désirs, son ardeur, devaient se lire sur son visage. Elle n'eut pourtant pas le temps de se ressaisir : il lâcha un juron et se détourna.

— Vous feriez mieux de faire attention à la façon dont vous me regardez, lui dit-il.

Elle l'entendit inspirer puis expirer rageusement. Elle passa une main hésitante dans ses cheveux. Ses doigts tremblaient.

— Je… ne sais pas comment je vous regarde.

— Vous avez l'air malléable, marmonna-t-il.

Abandonnant la rivière paresseuse, il posa les yeux sur elle.

— Malléable, complaisante et incroyablement candide. Savez-vous comme il est difficile de résister à la candeur ?

— Non, je…

— Bien sûr que vous l'ignorez, la coupa-t-il d'un ton brusque.

Elle recula, heurtée, et il lâcha un soupir excédé.

— Il est trop facile d'oublier que vous n'êtes qu'une enfant.

— Je ne suis pas une enfant, protesta-t-elle têtue, je… C'est arrivé si vite, je n'ai pas réfléchi. J'ai juste…

— J'aurais du mal à nier ma responsabilité.

Sa voix s'était radoucie.

— Vous êtes extraordinaire, reprit-il. Si fragile d'un côté, si intrépide de l'autre que j'ai du mal à ne pas poser les mains sur vous. Et votre complaisance ne m'aide pas à me refréner.

Son sourire, un peu trop railleur à son goût, lui remit aussitôt les idées en place.

— Vous êtes odieux.

— Si vous voulez, admit-il sans sourciller. Mais assez civilisé pour ne pas profiter d'une innocente jeune fille.

— Je ne suis pas…

Elle s'étrangla.

— Je ne suis pas une innocente jeune fille. Je suis une femme adulte !

— Dois-je en conclure, avança-t-il maintenant charmeur, que vous m'autorisez à profiter de vous ?

— Non ! Ce ne serait pas…

Elle balaya l'air d'une main irritée.

— Non, certainement pas !

— Dans ce cas…

Il la prit par le bras et la poussa fermement vers la porte de Malon.

- 10 -

Frapper à la porte de Luke n'avait rien de facile, mais Gwen jugeait que c'était nécessaire. Elle tenait à se prouver qu'elle était capable de surmonter la faiblesse qu'elle s'était découverte. Comme elle le lui avait affirmé, elle était une femme adulte, capable de se maîtriser. Elle lui avait demandé de lire son manuscrit, et il avait accepté. Elle n'allait pas reculer à cause d'un malheureux baiser ou d'une folie passagère. Elle rassembla pourtant ses forces pour toquer contre la porte, et attendit.

— Entrez.

Ce mot tout simple, prononcé de l'autre côté du battant, la fit sursauter. S'efforçant de retrouver son calme et sa respiration, elle afficha un air dégagé et ouvrit.

Luke ne se donna même pas la peine de lever les yeux.

Des quantités de livres, ouverts, fermés, illustrés ou non, étaient entassés sur la table, la commode, les étagères, ou à même le plancher. Des feuilles, manuscrites ou tapées à la machine, roulées en boule ou non, étaient éparpillées un peu partout. Sur le bureau, au milieu d'un indescriptible fouillis, trônait une vieille machine à écrire. Assis devant elle, l'auteur de ce chaos martelait ses touches, sourcils froncés. Les rideaux, encore fermés, bloquaient le soleil de la fin de matinée, et le lit était un amas de draps emmêlés.

— Quel bazar, s'entendit-elle murmurer.

Au son de sa voix, Luke leva la tête. Elle lut d'abord de

la contrariété dans son regard, puis une légère surprise qui à son tour s'effaça.

— Bonjour, finit-il par lui dire d'un ton cordial.

Il ne se leva pas, mais s'adossa à sa chaise pour mieux la regarder.

Elle avança, en prenant garde à ne pas marcher sur les livres, les dossiers ou les feuilles éparpillés.

— C'est incroyable, dit-elle en désignant le désordre qui régnait dans la pièce. Comment pouvez-vous vivre de cette façon ?

Il regarda autour de lui, haussa les épaules et revint à l'incrédulité qu'il lisait dans son regard.

— Je ne vis pas comme ça, je travaille comme ça. Et si vous avez l'intention de ranger, je vais vous dire exactement ce que j'ai dit à la jeune personne qu'Anabelle a l'habitude de m'envoyer. Touchez un seul de mes papiers, et je vous jette par la fenêtre.

Amusée, Gwen enfonça les mains dans ses poches et poussa un livre du bout du pied.

— Vous êtes ombrageux, finalement, décréta-t-elle. Et jaloux de votre organisation.

C'était au moins un trait de caractère qu'elle comprenait.

— Peut-être. Mais de cette façon, si je perds quelque chose, je ne peux m'en prendre qu'à moi-même, ce qui m'évite d'invectiver une brave femme de ménage ou une secrétaire bien intentionnée. Je déteste les secrétaires bien intentionnées. Que puis-je pour vous ? J'ai bien peur que le café soit froid.

Son formalisme soulignait qu'elle était dans son domaine. Elle s'imposa un ton professionnel.

— Vous m'avez proposé hier de corriger votre manuscrit. J'en serais ravie. Pour peu, ajouta-t-elle en regardant autour d'elle, que vous arriviez à mettre la main dessus.

Voyant naître son sourire charmant, elle se raidit.

— Seriez-vous une organisatrice dans l'âme, Gwenivere ? J'ai toujours admiré l'organisation, tant qu'elle n'empiète pas sur mes habitudes. Asseyez-vous, lui dit-il en désignant le fauteuil face à lui.

Elle enjamba deux dictionnaires et une encyclopédie.

— Cela vous dérange si j'ouvre d'abord les rideaux ?

— Si vous voulez, dit-il en se penchant vers une pile de feuilles dactylographiées. Mais ne vous avisez pas de jouer les femmes d'intérieur.

— C'est bien la dernière de mes intentions, le rassura-t-elle amusée de le voir ébloui par le soleil qui inondait la pièce. Voilà, dit-elle sur le ton satisfait d'une maîtresse de jardin d'enfant, n'est-ce pas plus agréable ?

— Asseyez-vous.

Elle obtempéra, après avoir débarrassé le fauteuil de la pile de magazines qui l'encombrait.

— Vous semblez plus âgée avec les cheveux attachés. On vous donnerait presque seize ans.

Il vit une flamme traverser son regard, mais elle enchaîna sans se laisser troubler :

— Cela vous dérange si je commence tout de suite ?

— Pas le moins du monde, répondit-il en lui tendant les feuilles. Vous trouverez un stylo et un dictionnaire quelque part. Faites tout ce que vous voulez, sauf du bruit.

Elle ouvrit la bouche, mais il s'était replongé sur sa machine à écrire, alors elle garda son commentaire, et après avoir déniché un crayon sous une pile de vieux journaux, elle commença sa lecture. Pour rien au monde, elle n'aurait admis que ce travail l'enthousiasmait, qu'elle l'avait accepté pour partager quelque chose avec lui. Ignorant ces prétextes, elle se disait qu'elle allait se concentrer avec l'objectivité d'un professionnel. Quelques minutes plus tard, son crayon et ses bonnes résolutions oubliés, elle était captivée.

Le temps s'écoula. Elle n'entendait plus le cliquetis des touches de la machine à écrire. Elle ne voyait pas non plus les grains de poussière danser dans les rayons du soleil. Les personnages de Luke avaient pris vie sous ses yeux. Elle avait l'impression de les connaître, elle s'inquiétait de leur sort. Elle ne se rendait même pas compte des larmes qui lui étaient montées aux yeux. Elle éprouvait ce que ressentait la femme décrite par Luke. Elle se sentait désespérément amoureuse, confuse, fière, vulnérable. Et les mots qui décrivaient l'héroïne l'émouvaient autant que le désespoir dont elle était la proie.

Elle releva soudain les yeux.

Luke avait cessé de tourmenter sa machine à écrire. Depuis combien de temps ? Elle l'ignorait. Elle cilla. Il la regardait, d'un air intense, concentré, sa bouche ne souriait pas. Elle ne pouvait que soutenir son regard, en laissant ses larmes couler. Sa faiblesse l'effrayait. Il ne la touchait pas, ne disait rien, mais elle sentait son corps entier répondre à ce regard. Elle ouvrit la bouche, mais pas le moindre son n'en sortit. Elle secoua la tête, mais il ne fit pas un geste, ne prononça pas un mot. Comprenant que sa seule échappatoire était la fuite, elle se leva et se précipita vers la porte.

Le bayou avait toujours été son refuge. Abandonnant la maison, elle s'y précipita. Elle commença à se calmer près de la cabane de Malon. Elle ralentit le pas et prit plusieurs inspirations. Elle ne voulait pas que le vieux pêcheur voie sa détresse ni son essoufflement. Au dernier détour du sentier, elle l'aperçut sauter de sa pirogue sur le ponton. Elle se sentait bien mieux.

— La pêche a été bonne ? lui lança-t-elle, heureuse de constater qu'elle souriait sans peine.

— Pas mauvaise, répondit-il avec son laconisme habituel. Tu es venue dîner ?

— Dîner ? répéta-t-elle en regardant le soleil. Il est si tard ?

Comment l'après-midi s'était-il aussi vite écoulé ?

— Assez tard pour avoir faim, répliqua-t-il. Je vais préparer des crevettes, après que nous les aurons mangées, tu pourras porter sa part à ta mère. Tu sais toujours faire le café ?

— Bien sûr, mais ne le dis pas à Tillie.

Elle le suivit à l'intérieur, laissant la porte de la moustiquaire claquer sur eux.

Le fumet du gombo épicé, accompagné des accords tranquilles de Chopin, ne tarda pas à embaumer la cabane. Raphael, paresseusement allongé sur le rebord de la fenêtre et tout à fait indifférent à leur activité, prenait le soleil. Gwen sentait sa tension la quitter. Elle se mit à manger, d'abord surprise de son appétit, puis se rappelant qu'elle n'avait rien avalé depuis le petit déjeuner.

— Tu aimes toujours ma cuisine, hein ?

Il lui servit, avec satisfaction, une seconde louche.

— C'est juste que je ne veux pas te vexer, prétendit-elle entre deux bouchées.

Il la regarda terminer son assiette avec un petit rire.

— Je crois que je n'ai pas mangé autant depuis deux ans, déclara-t-elle en s'adossant avec un soupir de contentement.

— C'est pour ça que tu es si maigre.

Il s'adossa à son tour et alluma une cigarette de tabac brun français. Gwen se rappelait l'odeur aussi bien que le goût. Elle avait douze ans lorsque, curieuse et entêtée, elle avait persuadé Malon de la laisser en fumer une. L'expérience l'avait rendue affreusement malade. Malon ne lui avait offert ni compassion ni sermon. Amusée par ce souvenir, elle regarda la fine colonne de fumée s'élever entre eux.

— Tu te sens mieux maintenant, lâcha Malon.

Elle releva les yeux et comprit, à son regard, qu'il ne parlait pas du tout de son appétit. Elle soupira.

— Un peu, avoua-t-elle. J'avais besoin de venir ici, Malon. J'ai du mal à comprendre ce qui m'arrive ; il y a aussi… enfin, il y a aussi… cet homme.

— Logique, lâcha-t-il dans une succession de ronds de fumée, tu es une femme.

— Oui, mais pas très maligne. Je ne connais pas grand-chose aux hommes. De toute façon, il n'a rien à voir avec tous ceux que j'ai pu rencontrer. Le problème…

Elle se leva pour aller à la fenêtre.

— Le problème, c'est que je commence à m'attacher à lui, bien plus que je ne peux me le permettre.

— Te le permettre, bougonna-t-il. Qu'est-ce que tu veux « te permettre » ? Les sentiments ne coûtent rien.

— Oh ! Malon !

Elle se tourna vers lui, l'air malheureux.

— Ils coûtent parfois très cher. Je commence à avoir besoin de lui, à éprouver un… attachement qui ne peut mener nulle part.

— Et pourquoi ne peut-il mener nulle part ?

— Parce que j'ai besoin d'amour.

Elle se passa la main dans les cheveux en arpentant la pièce.

— Tout le monde a besoin d'amour, répliqua Malon en écrasant soigneusement sa cigarette.

— Mais il ne m'aime pas, lâcha-t-elle misérable. Il ne m'aime pas, mais je n'arrête pas de penser à lui. Et quand je suis avec lui, j'oublie tout le reste. Mais ce n'est pas bien, il est engagé avec quelqu'un d'autre, et… Oh ! Malon, c'est tellement compliqué, gémit-elle.

— La vie n'est pas simple, fillette, déclara-t-il en l'appelant comme il le faisait lorsqu'elle était enfant. Mais on la vit.

Il se leva et vint lui tapoter la joue.

— Les complications font le sel de l'existence.

— Pour l'instant, je préférerais qu'elle soit fade, répliqua-t-elle avec un pauvre sourire.

— Tu es venue chercher des conseils ou du réconfort ?

Son regard était attentif, sa paume rugueuse. Il sentait le tabac et le poisson frais. Et elle avait l'impression, à côté de lui, que le monde était plus sûr.

— Je suis venue pour être avec toi, lui dit-elle d'une voix douce, parce que tu es le seul père que j'aie jamais eu.

Elle glissa les bras autour de lui et posa la tête sur son épaule solide. Il lui caressa les cheveux.

— Malon, murmura-t-elle, je ne veux pas être amoureuse de lui.

— Alors tu veux une potion contre l'amour ? Une peau de serpent pour mettre sous son oreiller ?

Elle s'écarta en riant.

— Non !

— Tant mieux. Je l'aime bien. Ça me ferait de la peine de lui jeter un sort.

Elle comprit qu'il savait depuis le début qu'elle parlait de Luke — Malon avait toujours su lire en elle —, mais elle n'en éprouvait, curieusement, aucune contrariété. Elle se sentait beaucoup plus à l'aise avec lui qu'avec n'importe qui. Elle l'observa, se demandant quels secrets dissimulaient ses yeux bleus.

— Malon, tu ne m'as jamais raconté que tu as vécu à Budapest.

— Tu ne m'as jamais posé la question.

Elle sourit.

— Si je te la pose maintenant, tu me raconteras ?

— A condition que tu fasses la vaisselle.

Bradley plissa les yeux sur sa toile, puis sur son modèle.

— Où est l'étincelle que tu me donnes d'habitude ? se plaignit-il en repoussant sa casquette de marin.

Au fil des poses, ils s'étaient rapprochés et se tutoyaient à présent. Mais trois nuits de sommeil agité avaient considérablement terni sinon leur amitié, du moins l'éclat auquel il faisait référence. Gwenivere était assise, comme il le lui avait demandé, au creux de deux branches basses du vieux chêne. Elle portait la robe qu'il avait choisie pour elle, et une fleur de magnolia était coincée derrière son oreille. Suivant ses instructions, elle avait détaché ses cheveux et appliqué un maquillage léger sur son visage. Ses yeux constituaient l'âme du tableau. Mais ils ne contenaient pas, comme il l'espérait, la lumière qu'il y voyait d'habitude. Ses épaules semblaient accablées, ses lèvres mélancoliques.

— Gwen, reprit-il agacé, la dépression n'est pas l'expression que nous cherchons.

— Je suis désolée, Bradley, lui dit-elle d'un air las. Je ne dors pas bien.

— Du lait chaud, lança Monica Wilkins depuis le tabouret sur lequel elle était perchée.

Elle peignait, avec une application tranquille, un joli massif d'asters.

— Ça me fait toujours du bien.

Retenant la grimace d'aversion que lui inspirait ce breuvage, Gwen répondit poliment :

— J'essaierai peut-être, ce soir.

— Il ne faut surtout pas le faire bouillir, lui recommanda sérieusement Monica en achevant le tracé d'un pétale.

— D'accord, je ne le ferai pas bouillir, répondit Gwen avec la même gravité.

— Bon, si cette question est réglée, lâcha Bradley dans un soupir.

Il semblait souffrir un tel martyre qu'elle ne put s'empêcher de rire.

— Excuse-moi, Bradley, j'ai bien peur de faire un piètre modèle.

— Ridicule, trancha-t-il, tu dois seulement te détendre.

— Du vin, déclara Monica en scrutant son bouquet d'asters.

— Pardon ? s'étrangla Bradley en se tournant vers elle.

— Du vin, répéta Monica sans se déconcentrer. Un verre de vin la détendrait admirablement.

— Oui, peut-être, admit-il. Si nous en avions.

Il releva le bord de sa casquette et contempla son pinceau.

— J'en ai, lâcha la voix mince de Monica.

— Tu as quoi ?

Les yeux de Gwen volèrent de nouveau sur Bradley. Elle se frotta la nuque avec l'impression d'assister à un match de tennis.

— Du vin, répondit Monica en ajoutant une veine à une délicate feuille vert pâle. J'ai un Thermos de vin blanc dans mon sac. Il est frais.

— Monica, s'exclama Bradley, tu es géniale.

— Merci, répondit-elle rougissante. Tu peux te servir, si tu penses que ça peut t'aider.

Elle ouvrit son volumineux sac en macramé et sortit un Thermos rouge.

— Monica, affirma Bradley en s'inclinant galamment, je suis ton débiteur.

Monica émit un gloussement avant de revenir à ses asters.

— Bradley, opposa Gwen subitement inquiète, je ne suis pas sûre que ce soit nécessaire.

— Au contraire, protesta-t-il, c'est exactement ce qu'il faut pour te mettre dans l'ambiance.

Dévissant le bouchon, il versa le liquide doré dans la tasse de plastique.

— Mais, Bradley, je ne bois quasiment jamais.

— Je t'en félicite, lui dit-il en lui tendant le gobelet, c'est mauvais pour la santé.

— Bradley, reprit-elle d'un ton qu'elle voulait ferme, il est à peine 10 heures du matin.

— En effet. Dépêche-toi de boire, la lumière va changer.

Elle soupira et, devant son air sévère, se résigna à tremper les lèvres dans le breuvage, puis à boire une gorgée, et une autre.

— C'est ridicule, ronchonna-t-elle dans son verre.

— Que dis-tu, Gwen ? lui lança Monica.

— Il est délicieux, s'amenda-t-elle en prenant une troisième gorgée. Merci, Monica.

— De rien.

Bradley, profitant du sourire qu'elles échangeaient, compléta sa ration.

— Bois tout, lui ordonna-t-il sur le ton d'un parent obligeant son enfant à avaler un mauvais médicament. La lumière change.

Elle soupira, mais, obéissante, porta le gobelet à ses lèvres et le vida d'une traite. Elle le rendit à Bradley.

— Suis-je détendue ? lui demanda-t-elle gagnée par une soudaine, mais agréable légèreté. Vous ne trouvez pas qu'il fait chaud, tout à coup ?

Elle regarda, souriante, Bradley visser le Thermos.

— J'espère que je n'ai pas exagéré, murmura-t-il à Monica en lui rendant sa bouteille.

— Tout dépend de son métabolisme, lui répondit Monica. On ne peut jamais prévoir la réaction des gens.

Bradley, avec un grognement évasif, revint à sa toile.

— Regarde par ici, ma belle, ordonna-t-il à l'attention rêveuse de Gwen. Souviens-toi que je veux des contrastes.

Je vois la délicatesse de ton squelette, la féminité de la pose, mais je veux du caractère sur ton visage. Je veux de l'esprit, non, mieux, se reprit-il, je veux du défi dans ton regard. Défie celui qui ose toucher l'innocence.

— L'innocence, murmura-t-elle avant de se redresser subitement. Je ne suis pas une enfant !

— Non, répondit Bradley en l'étudiant attentivement. Oui, c'est parfait !

Il saisit son pinceau et, sans s'arrêter à Luke qu'il apercevait du coin l'œil venir vers eux, se concentra sur son travail.

— Ah, la bouche est parfaite, murmura-t-il, la moue idéale, boudeuse et fière. Ne change rien, Gwenivere, ne change surtout rien. Merci mille fois, Monica !

Il se mit à travailler avec ardeur, sans imaginer une seule seconde que le vin qu'il avait fait boire à son modèle était bien moins puissant que l'homme qui se tenait maintenant derrière lui. C'était pourtant lui, Luke Powers, qui donnait cette coloration à ses joues, qui allumait cet éclat de défi dans son regard, qui créait ce velouté pulpeux, à la fois demandeur et réfractaire, craintif et provocant, sur ses lèvres.

De son côté, Gwenivere s'efforçait de ne pas regarder Luke. Il avait l'air détendu, et son visage était impénétrable, mais il flottait autour de lui une impression de vigilance farouche. Une multitude de réflexions et de sentiments la traversait. La fierté le disputait au désir, le désir à la crainte, la crainte à la colère… Luke l'avait exaspérée, charmée, il s'était moqué d'elle, il l'avait embrassée puis repoussée. Elle n'allait pas tomber amoureuse de lui, se dit-elle. C'était hors de question. Il ne la tournerait pas une fois de plus en ridicule.

— Splendide, murmura Bradley.

— Oui, splendide, approuva Luke en glissant les

mains dans ses poches pour se pencher sur la toile. Vous l'avez saisie.

— C'est rare, reprit le peintre en retouchant les ombres sur le visage de son portrait. Sa beauté n'est qu'un plus. Ce qui est remarquable, c'est ce mélange d'innocence et de feu. Une stupéfiante combinaison. Les hommes qui vont voir ce portrait vont tomber fous amoureux d'elle.

Elle aperçut, quand Luke releva les yeux sur elle, l'éclair irrité qui traversait son regard.

— Oui, j'imagine.

— Je vais appeler ce tableau *La Tentation de l'innocence*. C'est bien, qu'en pensez-vous ?

— Hum, marmonna Luke.

Prenant ce grognement pour une adhésion, Bradley émit une série de bruits inintelligibles, mais enthousiastes, puis il posa tout à coup son pinceau et commença à ranger ses affaires.

— Tu as été magnifique, dit-il à Gwen, mais la lumière n'est plus bonne. Demain, nous devons commencer plus tôt. Encore trois séances, et ça devrait être fini.

— Je t'accompagne, Bradley, dit Monica en se levant à son tour. J'ai tiré tout ce je pouvais de ce massif.

Rassemblant ses peintures, son chevalet, son grand sac et son tabouret, elle suivit Bradley vers la maison.

Gwen descendit de l'arbre dans un mouvement fluide de sa robe blanche. Ce ne fut qu'en touchant le sol de ses pieds nus qu'elle se sentit vaciller. Le vin, se dit-elle en s'appuyant d'une main incertaine au tronc d'arbre. Luke, perplexe, la regarda se redresser avec précaution, déglutir avec soin, et se mettre prudemment en marche.

Elle arriva à sa hauteur. Ses jambes lui semblaient étrangement faibles. Elle avait l'intention de le dépasser, avec froideur et dignité, mais il l'arrêta facilement, d'une main sur son bras.

— Est-ce que ça va ? lui demanda-t-il, intrigué.

Le soleil, constata-t-elle, avait dû aggraver l'effet du vin, car sa gorge lui semblait curieusement sèche et pâteuse. Elle s'éclaircit la voix.

— Bien sûr, articula-t-elle distinctement. Je vais très bien.

Luke glissa deux doigts sous son menton et l'obligea à lever les yeux. Il scruta son visage.

— Mais vous êtes soûle, Gwenivere.

L'exactitude de son constat et la lueur amusée qui brillait dans son regard vinrent fouetter sa dignité.

— Je ne vois pas du tout de quoi vous parlez, prétendit-elle, pincée. Et je vous serai reconnaissante de bien vouloir ôter vos mains de mon visage.

— D'accord, mais ne vous plaignez pas si vous vous écroulez.

Il la lâcha. Elle vacilla dangereusement, mais s'agrippa à sa chemise.

— Excusez-moi, énonça-t-elle royale, sans pour autant le lâcher.

Elle prit une grande inspiration, releva les yeux et plissa le front.

— Voudriez-vous cesser de tanguer ?

— Oh ! pardonnez-moi. Peut-on savoir ce qui vous a mise dans cet état ?

— Détendue.

— Pardon ?

— C'est l'état dans lequel je suis, détendue. C'était soit le vin, soit le lait chaud. Monica est une perle pour ces choses-là. Mais je n'aime pas le lait chaud, précisa-t-elle avec une grimace. De toute façon, nous n'en avions pas sous la main.

— Je reconnais qu'il est parfois difficile de s'en

procurer, admit-il en la prenant par la taille pour l'aider à traverser la pelouse.

— Je n'ai bu qu'un gobelet, vous savez ?

— C'était suffisant.

— Oh, mince !

Elle s'arrêta brusquement.

— J'ai marché sur une abeille.

Elle s'assit par terre, dans un nuage de soie blanche.

— La pauvre petite bête va mourir.

Elle attrapa sa cheville et considéra, les yeux froncés, la minuscule entaille sous la cambrure de son pied.

— Heureusement que vous êtes détendue, ironisa Luke en s'asseyant pour examiner sa blessure. Ça fait mal ?

— Non, je ne sens rien.

— Ça ne m'étonne pas. Je pense qu'il serait sage de dire à Bradley que vous ne voulez pas être aussi détendue, à 10 heures du matin.

— Il prend son travail très à cœur, vous savez ? lui confia-t-elle d'un ton grave. Il est persuadé que je vais devenir immorale.

— Une perspective certaine si vous continuez de vous détendre avant midi, répliqua-t-il. Mais je crois que vous vouliez dire immortelle.

— Vous le croyez aussi ? s'étonna-t-elle en offrant son visage au soleil. Lui et Monica m'ont vraiment paru toqués.

— Pardon ?

— Fous.

Elle s'allongea dans l'herbe et ferma les yeux.

— Vous ne croyez pas que ce serait adorable s'ils tombaient amoureux l'un de l'autre ?

— Adorable, en effet.

— Vous êtes cynique parce que vous tombez souvent amoureux.

— Vraiment ? Qu'est-ce qui vous fait croire ça ?

Il regardait, fasciné, la façon dont le soleil jouait sur ses cheveux épars.

— Vos livres, répondit-elle. Vous savez ce que les femmes pensent, ce qu'elles ressentent. J'ai pleuré en vous lisant hier, parce que c'était trop vrai, trop intime.

Elle soupira.

— J'imagine que vous avez fait l'amour à des dizaines de femmes.

— Faire l'amour et être amoureux sont deux choses entièrement différentes.

Elle ouvrit les yeux.

— Parfois, dit-elle, pour certains.

— Vous êtes romantique. Il n'y a qu'une femme romantique pour porter des robes blanches, jeter des roses aux étoiles ou croire aux tours des magiciens.

— C'est drôle, dit-elle sincèrement étonnée en fermant de nouveau les yeux. Je ne me suis jamais considérée comme quelqu'un de romantique. Est-ce un défaut ?

— Non, répliqua-t-il bourru.

Il se redressa. Ses cheveux répandus dans l'herbe auréolaient son visage de lueurs dorées. Son décolleté, légèrement défait, laissait entrevoir le galbe séduisant de sa poitrine. Etouffant un juron, il se baissa et la souleva dans ses bras.

— Oh ! vous êtes très fort !

Sa tête tournait légèrement, aussi la posa-t-elle sur son épaule.

— Je m'en suis rendu compte, la première fois que je vous ai vu, quand vous abattiez l'arbre. Michael fait de la musculation.

— Grand bien lui fasse.

— En fait, c'est pour se muscler le dos.

Elle gloussa et se nicha au creux de son épaule.

— Michael n'est pas très physique, vous savez ? En revanche, il joue très bien au bridge.

Elle leva les yeux et lui offrit un grand sourire.

— Ce n'est pas mon cas. Michael dit que mon esprit a besoin de discipline.

— Il faut absolument que je rencontre ce Michael.

— Il possède cinquante-sept cravates, vous savez ?

— Ça ne m'étonne pas.

— Ses chaussures sont toujours parfaitement cirées, ajouta-t-elle rêveuse en lui caressant la mâchoire du bout du doigt. Je dois vraiment faire des efforts. Il me répète tout le temps que l'image qu'on donne de soi est importante, mais j'ai tendance à l'oublier. Nourrir les pigeons dans le parc n'est pas très bon pour l'image d'un avocat d'affaires.

— Qu'est-ce qui est bon ?

— L'opéra, répondit-elle aussitôt. L'opéra germanique en particulier, mais cela m'endort. Je préfère regarder les séries policières diffusées très tard à la télévision.

— Béotienne, lui dit-il en retenant son sourire.

— Exactement, approuva-t-elle en se sentant plus gaie qu'elle ne l'avait été depuis des semaines. Votre visage est aussi plus fin que le sien, et il n'oublie jamais de se raser.

— Tant mieux pour lui, marmonna-t-il en grimpant les marches du perron.

— Je ne ressens jamais avec lui ce que je ressens avec vous.

Il se figea et chercha son regard. Alanguie par le vin, elle le considérait avec un sourire doux. Puis elle plissa le front, soudain perplexe.

— Pourquoi, à votre avis ?

— Etes-vous vraiment aussi candide ? lui demanda-t-il d'une voix tendue.

Elle réfléchit à sa question, puis haussa les épaules.

— Je ne sais pas. Je suppose. Voulez-vous que je le sois ?

Elle sentit ses bras se raidir puis la soulever légèrement. Elle ferma aussitôt les yeux, et sans même songer à ce qu'elle faisait, lui offrit ses lèvres. Lorsqu'elle sentit son baiser se déposer sur son front, elle soupira et se blottit contre lui.

— Vous savez qu'il vous arrive parfois d'être un homme délicieux, murmura-t-elle.

— Disons qu'il m'arrive parfois de me souvenir des règles élémentaires de savoir-vivre. Et ma mémoire est en ce moment d'une clarté malheureusement aveuglante.

— Un homme vraiment délicieux, répéta-t-elle avant de lui embrasser le menton.

Elle bâilla et s'installa plus confortablement dans ses bras.

— Mais je ne vais pas tomber amoureuse de vous.

Il regarda son visage paisible, auréolé de boucles.

— Sage décision, murmura-t-il en l'emportant dans la maison.

- 11 -

Il faisait nuit. Un instant désorientée, Gwen contempla l'obscurité, puis vit l'ombre des meubles émerger peu à peu dans la lueur de la lune. Elle était dans sa chambre. C'était un coup frappé contre sa porte qui l'avait réveillée, et il recommençait, doux et insistant. Repoussant ses cheveux, elle s'assit sur son lit. La pièce tangua. Avec un gémissement faible, elle attendit que les murs se stabilisent, puis elle se leva pour aller ouvrir.

La lumière du couloir était éblouissante.

— Oh ! chérie, je suis désolée de te réveiller.

La main levée sur ses yeux plissés, elle regarda sa mère.

— Je sais comme ces migraines sont pénibles, chérie.

— Une migraine ? répéta-t-elle en baissant prudemment sa main.

— Oui, Luke m'a mise au courant. As-tu pris de l'aspirine ?

— De l'aspirine ?

La mémoire lui revint subitement, et elle rougit.

— Oh !

Prenant cette exclamation pour une affirmation, Anabelle lui sourit.

— Tu te sens mieux, maintenant ?

— Je n'ai pas mal à la tête, murmura-t-elle.

— Tant mieux, se félicita sa mère, parce que tu as un appel. De New York, précisa-t-elle avec un plus grand sourire. J'ai pensé qu'il valait mieux te réveiller. C'est ton Michael. Il a une voix magnifique.

— Michael, répéta-t-elle.

La seule mention de ce prénom lui inspirait une fatigue invincible. Elle soupira, regrettant l'obscurité confortable de sa chambre, et s'aperçut, en baissant les yeux, qu'elle portait encore sa robe blanche. Elle se souvenait très bien de sa conversation avec Luke et, plus affligeant encore, de la sensation des bras qui l'avaient portée dans la maison.

— Tu ne devrais pas le faire attendre, chérie, la secoua gentiment la voix de sa mère. Il téléphone de loin.

— Oui, oui, bien sûr.

Elle suivit Anabelle jusqu'au pied de l'escalier.

— Je vais demander à Tillie de te réchauffer ton dîner, lui dit sa mère en s'éclipsant discrètement.

Elle contempla un instant le combiné, puis prit une grande inspiration et se résigna à répondre.

— Bonsoir, Michael.

— Gwen ! Je commençais à me dire qu'on m'avait oublié.

Sa voix était égale, posée et légèrement agacée.

— Je suis désolée.

A peine formulée, elle regretta l'excuse qui lui était spontanément venue aux lèvres. Pourquoi devait-il toujours l'intimider ? se demanda-t-elle contrariée.

— J'étais occupée, reprit-elle d'un ton plus assuré. Je ne m'attendais pas à avoir de tes nouvelles.

— J'espère que c'est une surprise agréable.

Au ton de sa voix, cela ne faisait pour lui aucun doute.

— J'ai pas mal travaillé moi aussi, ajouta-t-il sans attendre sa réponse. Englué jusqu'au cou dans un procès contre Delron Corporation. Une affaire corsée, qui m'a cloué au bureau.

— Navrée de l'apprendre, Michael.

Elle aperçut, au même instant, Luke qui descendait l'escalier. Parfait, songea-t-elle consternée, il ne manquait plus que lui. Feignant l'indifférence, elle le salua d'un bref hochement de tête, mais quand il s'arrêta pour s'appuyer à la rambarde, elle plissa le front.

— Vous permettez ? murmura-t-elle, excédée.

— Je vous en prie, répliqua-t-il en souriant, mais sans bouger. Dites-lui bonjour de ma part.

— Vous êtes détestable, parfaitement détestable, ragea-t-elle à voix basse.

— Comment ? s'exclama Michael stupéfait. Que dis-tu ?

— Rien, répliqua-t-elle sèchement.

— Pour l'amour du ciel, Gwen, j'essaie seulement de te parler du cas Delron. Inutile de t'énerver.

— Je ne m'énerve pas, Michael. Pourquoi m'appelles-tu ?

— Pour savoir quand est-ce que tu rentres, trésor. Tu me manques.

Il employait son intonation tranquille, persuasive. Elle soupira et, fermant les yeux, posa le combiné contre son front.

— Il vous inspire toujours de la culpabilité ? s'enquit Luke sur le ton de la conversation.

Elle se redressa et le fusilla du regard.

— Taisez-vous ! lui lança-t-elle, furieuse de le voir aussi perspicace.

— Quoi ? s'écria Michael dans un glapissement indigné, ce qui fit éclater de rire Luke. La liaison doit être mauvaise, Gwen, je t'entends très mal et j'ai l'impression que tu es fâchée.

Décidée à mettre les choses au clair une bonne fois pour toutes, elle prit une grande inspiration.

— Michael, je…

— Je pensais t'avoir laissé assez de temps pour te calmer, l'interrompit-il gaiement.

— Me calmer ?

— Ça ne rime à rien de nous disputer comme nous l'avons fait, chérie. Je sais très bien que tu ne pensais pas un mot de ce que tu as dit.

— Oh ! je ne…

— Tu sais que tu as tendance à dire n'importe quoi quand tu t'emportes, lui rappela-t-il d'un ton patient et plein d'indulgence. Bien sûr, j'imagine que j'ai ma part de responsabilité.

— Ta part ? répéta-t-elle stupéfaite. Comment peux-tu parler d'une part, poursuivit-elle en prenant soin de ne pas s'énerver, quand c'est toi qui me mets en colère ?

Du coin de l'œil, elle voyait Luke l'observer.

— J'ai peur de t'avoir bousculée, avança Michael. Tu n'étais tout simplement pas prête pour une brusque demande en mariage.

— Michael, nous nous voyons depuis près d'un an, objecta-t-elle en passant une main agacée dans ses cheveux.

Son geste, sans qu'elle s'en aperçoive, desserra son décolleté.

— Bien sûr, chérie, lui dit Michael conciliant. Mais j'aurais dû te préparer.

— Me préparer ? Je ne veux pas être préparée, Michael, tu comprends ? Je veux être surprise. Et si tu m'appelles encore une fois « chérie » sur ce ton condescendant, je hurle.

— Allons, allons, Gwen, ne t'énerve pas comme ça. Je suis plus que disposé à oublier et pardonner.

— Oh ! lâcha-t-elle en ravalant sa rage, comme c'est généreux de ta part, Michael. Je ne sais pas quoi dire.

— Dis-moi seulement quand tu reviens, chérie. Nous ferons un dîner de fête et fixerons la date. Il y a des bagues superbes chez Tiffany. Tu choisiras celle que tu veux.

— Michael, s'il te plaît, écoute-moi, lui demanda-t-elle.

Ecoute-moi vraiment cette fois. Je ne suis pas celle que tu veux que je sois… Je ne peux pas l'être. Si j'essaie, je me dessèche. S'il te plaît, je tiens à toi, mais ne me demande pas d'être quelqu'un que je ne suis pas.

— Je ne vois pas de quoi tu parles, Gwen, la coupa-t-il, je ne te demande pas…

— Michael, le coupa-t-elle à son tour, je ne veux pas recommencer cette discussion. Je pensais tout ce que je t'ai dit, et je ne veux pas me répéter. Je ne suis pas celle qu'il te faut, Michael. Trouve celle qui saura faire des vodkas-martinis pour vingt.

— Tu racontes n'importe quoi.

Elle ferma les yeux. Il parlait comme l'avocat d'affaires qu'il était, et tous les arguments qu'elle pouvait trouver étaient inutiles.

— Nous nous mettrons d'accord à ton retour.

— Non, Michael, dit-elle sachant qu'il ne l'entendrait pas.

— Appelle-moi, je viendrai te chercher à l'aéroport. Au revoir, Gwen.

— Au revoir, Michael, murmura-t-elle en raccrochant.

Elle contempla le téléphone, traversée par une vague de tristesse et de culpabilité, puis elle leva les yeux.

Luke la regardait toujours. Ce n'était plus de l'amusement qu'elle lisait dans son regard, mais la compréhension. Elle aurait préféré son air narquois.

— J'apprécierais, lui dit-elle tranquillement, que vous ne disiez pas un mot.

Elle passa devant lui et monta l'escalier sous son regard, soulagée qu'il ne fasse rien pour la retenir.

La nuit s'étirait sur le jardin. Accoudée au balcon de sa chambre, Gwen regardait l'éclat de la lune jouer sur l'ombre des cyprès. Baignées par la lueur argentée, leurs silhouettes drapées de mousse prenaient des allures fantomatiques. Le chant d'un oiseau, clair et mélodieux, s'élevait quelque part. Un rossignol, se dit-elle, émue par l'harmonie qui régnait autour d'elle. Une harmonie propice aux rossignols. Elle soupira. Luke la prenait pour une romantique. Peut-être avait-il raison. Mais ce n'était pas la douceur de la nuit ni le chant d'un oiseau qui la maintenait éveillée sur son balcon.

Comment aurait-elle pu dormir après avoir somnolé tout l'après-midi ? Les raisons de sa paisible sieste lui revinrent aussitôt à la mémoire et la firent rougir. Elle s'était parfaitement ridiculisée. Mais aussi, se rebiffa-t-elle, pourquoi s'était-il trouvé sur son chemin ? Elle aurait pu tituber jusqu'à la maison sans témoin. Pourquoi perdait-elle tous ses moyens dès qu'il était dans les parages ?

Et il y avait l'appel de Michael. Elle se massa les tempes pour alléger sa tension. Aurait-elle pu se montrer plus claire ? se demanda-t-elle en revenant pour la énième fois sur leur conversation téléphonique. Mais tout avait déjà été dit, se rappela-t-elle, seulement il ne l'écoutait pas. *Il lui pardonnait* ! Elle se tamponna les yeux. Il lui pardonnait, mais ne pensait pas une seconde aux mots cruels qu'il avait prononcés. Ce n'était pas elle qu'il aimait, mais la femme qu'il voulait qu'elle soit.

Une étoile filante traversa le ciel dans un arc de poussières lumineux. Elle se figea, saisie par l'extraordinaire beauté de cet instant fugace. Ses pensées, tout à coup, revinrent à Luke. Il lui inspirait les mêmes sensations fulgurantes. Et elle ne pouvait pas davantage le retenir que le ciel ne pouvait garder la trace du trait vibrant et lumineux qui l'avait traversé. Sentant un brusque frisson la parcourir, elle rentra dans sa chambre. Inutile de méditer au beau milieu de la nuit, décida-t-elle. Elle ferait mieux de descendre et, suivant le conseil de Monica, se préparer un déplaisant lait chaud.

Elle quitta sa chambre sans prendre la peine d'allumer la lumière. Elle était chez elle et savait exactement quel endroit du plancher grinçait ou quelle marche de l'escalier craquait sous son poids. Elle posait la main sur la rampe quand un bruit la fit pivoter.

— Maman ! s'exclama-t-elle stupéfaite de découvrir sa mère descendre du deuxième étage.

Anabelle, la main sur son cœur, sursauta.

— Gwenivere, tu m'as fait une de ces peurs ! s'exclama-t-elle, essoufflée.

Ses cheveux étaient emmêlés de façon charmante, elle portait une robe de chambre vaporeuse, rose et très féminine.

— Que fais-tu debout à cette heure, ma chérie ?

— Je n'arrivais pas à dormir, répondit Gwen en approchant. Maman, commença-t-elle dans un nuage de parfum lilas.

— Ça ne m'étonne pas, la coupa gentiment Anabelle, tu dois mourir de faim. Ce n'est pas bien de sauter un repas, tu sais ?

— Maman, que faisais-tu en haut ?

— En haut ? répéta sa mère avant de regarder derrière son épaule. Oh ! j'étais avec Luke.

Elle sourit sans voir la brusque pâleur de sa fille.

— A… avec Luke ?

— Oui, répondit Anabelle en redressant coquettement ses cheveux. C'est un homme tellement merveilleux, si généreux.

Gwen lui prit la main.

— Maman.

Elle se mordit la lèvre, puis prit une profonde inspiration.

— Maman, reprit-elle plus assurée, es-tu certaine que c'est ce que tu veux ?

— Qu'est-ce que je veux, chérie ?

— Cette... relation avec Luke, parvint-elle à prononcer.

— Oh ! Gwen, je ne pourrais tout simplement pas me passer de lui.

Elle serra la main glacée de sa fille.

— Mon Dieu, Gwenivere, tu es gelée ! Tu ferais mieux de retourner au lit, chérie. Je peux t'apporter quelque chose ?

— Non, répondit Gwen, non, rien du tout.

Elle serra sa mère dans une étreinte déchirante.

— Toi, va te coucher, je vais me débrouiller.

— Comme tu veux, ma chérie.

Anabelle déposa un baiser sur son front, comme quand elle était petite, puis satisfaite de ne pas sentir de fièvre, tapota la joue de sa fille.

— Bonne nuit, Gwenivere.

— Bonne nuit, maman, murmura-t-elle en la regardant disparaître dans le couloir.

Elle attendit que sa porte se ferme dans le silence de la nuit pour lâcher un soupir tremblant.

Regarde les choses en face, Gwen, tu as le béguin pour l'homme de ta mère.

Elle contempla ses mains vides.

Ne rien faire n'était pas suffisant, se dit-elle. Elle devait y mettre un terme... Même si elle ne voulait pas. Elle secoua la tête. Le mieux était de se détacher maintenant, tant qu'elle le pouvait encore. Elle redressa le menton et se tourna résolument vers le deuxième étage.

Il était temps d'affronter la réalité.

Elle monta l'escalier et, sans réfléchir davantage, frappa à la porte de Luke.

— Oui ? répondit-il aussitôt.

Refusant de céder à la panique qui la gagnait, elle tourna la poignée et ouvrit la porte.

Il était, cette fois encore, au beau milieu de son désordre. Le regard fixe, en pleine concentration, il frappait les touches de sa machine à écrire à un rythme vif et régulier. Un vieux jean élimé constituait sa seule concession à la décence. Un soupçon de parfum lilas flottait dans l'air.

Les lèvres pincées, elle s'empêcha de regarder les draps défaits. Mais une douleur déchirante la traversa. Ce n'était pas un béguin qu'elle avait pour Luke. *Elle était amoureuse de lui. Et elle n'avait pas le droit de l'être.* Elle devait trouver le moyen de se détacher, et elle devait le trouver *maintenant.* Ignorant la souffrance qui la saisissait, elle redressa la tête, ferma la porte, et s'y adossa.

— Luke ?

— Hum ?

Il leva distraitement les yeux. Dès qu'il la vit, son regard se durcit et ses mains s'immobilisèrent au-dessus de la machine à écrire.

— Que faites-vous là ?

Sa question était si sèche qu'elle se mordit la lèvre.

— Je suis navrée de vous interrompre. Je dois vous parler.

— A cette heure ? s'exclama-t-il en revenant à son clavier. Disparaissez, Gwen, je travaille.

Elle ravala sa fierté.

— S'il vous plaît, Luke, c'est important.

— Ma santé mentale aussi, marmonna-t-il.

La sienne, songea-t-elle en passant une main désespérée dans ses cheveux, avait dû s'envoler quand il avait posé sa hache pour venir à sa rencontre.

— Vous rendez les choses difficiles, lui dit-elle.

— Moi ? explosa-t-il tout à coup. C'est moi qui rends les choses difficiles ? Savez-vous de quelle façon vous me regardez ? Savez-vous combien de fois je me suis trouvé seul avec vous à moitié dévêtue ?

Elle porta machinalement la main à l'encolure de sa robe de chambre.

— Contrairement à la rumeur, poursuivit-il en se levant pour aller devant la commode à l'autre bout de la chambre, je suis un homme comme les autres, animé des mêmes instincts et enclins aux mêmes réflexes.

Il prit la carafe de cognac et se servit généreusement.

— Nom d'un chien, Gwen, je vous désire. N'ai-je pas été assez clair ?

Sa voix était rauque, brutale.

— Je suis désolée…, bredouilla-t-elle, je ne voulais pas…

Les sanglots lui brûlaient la gorge, ils l'étranglaient. Elle se tut, incapable de poursuivre.

— Pour l'amour du ciel, ne pleurez pas, s'exclama-t-il rageur. Je ne suis pas d'humeur à vous consoler et à vous laisser partir. Si je vous touche, vous ne quitterez pas cette chambre avant l'aube.

Sous son regard, elle ravala jusqu'à l'idée de pleurer.

— Je ne suis pas d'humeur civilisée, Gwen. Je vous ai dit un jour que j'avais mes limites. Eh bien, elles sont atteintes.

Il vida son verre et s'en servit un autre.

La tentation la faisait frémir. Il la désirait, il venait de le lui dire. Comme il serait facile de faire un geste, un pas… de voler un moment. La nuit serait riche, comblée, *mais le réveil serait froid et vide.* Elle baissa les yeux, en proie aux tourments de son cœur. Elle savait, lorsqu'il aurait assouvi sa passion, que l'amour qu'elle éprouvait pour lui serait insatiable. L'amour, se dit-elle avec une douloureuse ironie. Il avait trouvé une nouvelle victime. Il valait mieux en finir vite.

— Ce n'est pas facile pour moi, lâcha-t-elle.

Elle luttait pour être calme, mais ce fut un regard déchiré qu'elle leva sur lui.

— Je dois vous parler de ma mère.

Luke se tourna vers la porte-fenêtre. Ouvrant les deux battants, il contempla la nuit.

— Que dois-je savoir sur elle ?

— J'ai eu tort de vouloir intervenir.

Elle ferma les yeux et s'efforça de garder une voix posée.

— J'ai eu tort de croire que j'avais mon mot à dire sur celui avec lequel elle avait une liaison.

Il poussa un juron et fit volte-face. Elle le regarda se débattre avec sa colère.

— Vous êtes une idiote ! Anabelle est une très belle femme…

— Je vous en prie, le coupa-t-elle vivement, laissez-moi terminer. J'ai besoin d'aller au bout, c'est très difficile et je ne pourrai pas si vous m'interrompez.

Elle était toujours adossée contre la porte, prête à s'enfuir.

Il haussa les épaules, se laissa tomber dans un fauteuil et lui fit signe de continuer.

— Ce n'est pas à moi de décider ce qui est bien pour ma mère ou pas, je n'ai pas à me mêler de ses affaires. Vous êtes très bien pour elle, je ne peux pas le nier.

Sa voix tremblait, mais elle poursuivit vaillamment :

— Je ne peux pas nier non plus que vous m'attirez, mais il suffit d'une distance raisonnable. Je pense… si nous évitons de nous croiser jusqu'à la fin de mon séjour, que tout rentrera dans l'ordre.

— Oh ! c'est ce que vous pensez ! s'exclama-t-il dans un rire qui claqua comme une gifle. Quel raisonnement admirable !

Il posa son verre et se frotta le nez entre le pouce et

l'index. Ce geste, qui ne lui ressemblait pas, la déstabilisa. Elle l'ignora pour revenir à ce qu'elle disait :

— Je pars la semaine prochaine. Je n'ai aucune raison de rester, j'ai laissé beaucoup de choses en attente à New York.

Elle se tourna rapidement vers la porte.

— Gwenivere.

Elle s'immobilisa, mais n'avait pas la force de se retourner pour le voir.

— Ne perdez pas votre temps avec Michael.

— Je n'en ai pas l'intention, répondit-elle dans un sanglot.

Aveuglée par les larmes, elle ouvrit la porte et se précipita dans l'obscurité.

- 12 -

Gwen prit tout son temps pour s'habiller. Elle fit encore traîner les choses en boutonnant lentement son chemisier lavande. Après une nouvelle nuit sans sommeil, elle savait qu'elle ne survivrait pas sous le même toit que Luke, un jour de plus. L'amour ne la rendait ni subtile, ni raisonnable, ni philosophe. Elle se dirigea vers son armoire et sortit ses valises.

Quand deux femmes étaient éprises du même homme, songeait-elle, elles se battaient. Et l'une des deux perdait forcément. Face à n'importe quelle autre adversaire, elle aurait combattu. Elle ouvrit sa première valise. Mais comment pouvait-elle rivaliser avec sa propre mère ? Même si elle gagnait, elle serait perdante.

Cependant, elle n'avait pas vraiment perdu, rectifia-t-elle aussitôt en ouvrant le premier tiroir de sa commode. On ne perd que ce que l'on possède. Or, elle n'avait jamais possédé Luke.

Elle pliait ses vêtements un à un, puis les rangeait méthodiquement dans ses valises. Cette tâche lui offrait au moins une diversion. Elle refusait de penser à ce qu'elle ferait une fois rentrée à New York. Préparer ses valises la libérait du passé, de l'avenir. Seul le présent comptait. Elle affronterait bien assez tôt le désastre qu'était son existence.

— Gwenivere ?

Anabelle, après avoir frappé à la porte, passa la tête par l'entrebâillement.

— Tu n'aurais pas vu… Oh ! s'exclama-t-elle.

Voyant les valises ouvertes et presque terminées sur le lit de sa fille, elle entra dans la chambre.

— Qu'est-ce que ça veut dire ?

— Je dois rentrer à New York, répondit Gwen d'un ton aussi dégagé que possible.

— Oh !

Elle se mordit la lèvre en voyant la déception de sa mère.

— Mais tu viens juste d'arriver, reprit Anabelle. Tu vas rejoindre Michael ?

— Non, maman, je ne vais pas rejoindre Michael.

— Je vois. Il y a un problème au journal, alors ?

Le prétexte était si facile qu'elle faillit s'en servir. Mais le mensonge, malheureusement, refusa de franchir ses lèvres.

— Non.

Au ton de sa voix, sa mère hocha la tête et ferma la porte sur elles.

— Tu sais que je n'aime pas me mêler de ce qui ne me regarde pas, Gwenivere, et je sais que tu tiens à ton intimité, mais…

Elle soupira et alla s'asseoir sur le lit de sa fille.

— Je crois vraiment que tu devrais me dire ce qui se passe, chérie.

— Oh ! maman.

Elle lui tourna le dos et posa les deux mains sur sa commode.

— C'est un tel gâchis.

— Ça ne peut pas être aussi dramatique, tempéra sa mère en croisant les mains sur ses genoux. Raconte-moi tout d'un coup, c'est la meilleure méthode.

Et la seule, songea Gwen. De toute façon, elle n'aurait

pu se sentir plus accablée. Elle prit une grande inspiration et se lança :

— Je suis amoureuse de Luke.

Un silence lui répondit.

— Et ?… lâcha Anabelle pour l'inciter à poursuivre.

Un peu interloquée, elle releva les yeux dans le miroir pour chercher ceux de sa mère.

— Maman, je viens de dire que je suis amoureuse de Luke.

— Oui, ma chérie, j'ai très bien entendu. J'attends le reste, le gâchis dont tu parles.

— Maman.

Elle se tourna prudemment. Sa mère lui souriait, patiente et attentive.

— Ce n'est pas un engouement, reprit-elle, ou un béguin passager. Je suis vraiment amoureuse de lui.

— Oh ! oui, c'est magnifique !

— Maman, je crois que tu ne comprends pas, déclara-t-elle, désolée, en se couvrant le visage des mains avant de les laisser retomber. Je veux même… qu'il fasse l'amour avec moi.

Sa mère rougit délicatement.

— Oui, bon, eh bien, bredouilla-t-elle en arrangeant les plis de sa robe, je pense que c'est assez naturel. Je ne crois pas t'avoir parlé de… heu, enfin, des roses et des choux.

— Oh ! pour l'amour du ciel, maman, s'exclama Gwen découragée, je n'ai pas besoin d'un cours d'éducation sexuelle. Je connais parfaitement le sujet.

— Oh ?

Sa mère haussa les sourcils d'un air surpris, puis vaguement réprobateur, et se résigna.

— Je vois.

— Non, maman, je ne veux pas dire que… Oh !

Elle s'interrompit, brusquement exaspérée. Comment cette conversation lui avait-elle échappé ?

— Maman, s'il te plaît, c'est assez difficile. Ecoute-moi.

— Je t'écoute, ma chérie.

— Bien, alors voilà. Je suis rentrée à la maison dans le but de mettre cet individu à la porte, et avant même de m'en apercevoir, je suis tombée amoureuse de lui. Ce n'était pas mon intention, je ne le voulais même pas. Tu sais que je ne ferais rien, jamais, qui puisse te faire du mal. Et j'avais tort, parce que les années ne signifient rien du tout, et que personne n'a le droit de choisir pour quelqu'un d'autre. Maintenant, je dois partir, parce que je vous aime tant tous les deux, tu comprends ?

Elle avait terminé sur une note désespérée en s'effondrant aux pieds de sa mère.

Anabelle contempla pensivement le visage dramatique levé vers elle.

— Je vais peut-être comprendre, assura-t-elle le front plissé, dans une minute ou deux… Non, en fait, je ne crois pas. Tu ne veux pas recommencer, chérie ? A partir de ton arrivée pour mettre Luke à la porte. C'est à partir de là que je n'ai pas bien compris.

Gwen prit le mouchoir de dentelle que lui tendait sa mère et ravala ses larmes.

— Je voulais le mettre à la porte parce que je pensais que tu avais tort d'avoir une liaison avec lui. Mais ce n'était pas mes…

— Une quoi ? la coupa Anabelle la main immobilisée au-dessus des cheveux de sa fille. Une liaison ? Une *liaison* ? répéta-t-elle en clignant des yeux incrédules. Luke et moi ?

A sa plus grande stupeur, Gwen vit sa mère rejeter la tête en arrière et éclater d'un rire clair et joyeux.

— Comme c'est charmant ! Oh ! chérie, chérie, c'est très flatteur.

Elle se calma pour sourire dans le vague, les joues roses de plaisir.

— Un jeune homme si séduisant, en plus. Il doit avoir, oh…, lâcha-t-elle en battant coquettement des cils, disons, quelques années de moins que moi.

Elle recommença à rire en battant des mains sous le regard perplexe de sa fille, puis se pencha pour l'embrasser sur le front.

— Merci, ma chère, chère petite fille. C'est le plus beau cadeau qu'on m'ait jamais fait.

Gwen la dévisagea, légèrement interdite.

— Maintenant, c'est moi qui ne comprends pas.

Elle essuya une dernière larme accrochée à ses cils.

— Es-tu en train de me dire que Luke et toi n'êtes pas amants ?

— Oh ! ma chérie, s'offusqua Annabelle. Tu ne mâches pas tes mots !

— Maman, gémit-elle, s'il te plaît, je suis en train de devenir folle.

S'essuyant une dernière fois les yeux, elle se leva et commença à faire les cent pas.

— Tu me parlais tout le temps de lui dans tes lettres, racontant à quel point il avait changé ta vie, combien il était l'homme le plus merveilleux que tu aies jamais rencontré, que tu ne pouvais pas te passer de lui. Tiens, cette nuit même, tu es sortie de sa chambre à 1 heure du matin ! Et tu te comportes bizarrement depuis mon retour.

Elle fit demi-tour et se mit à arpenter la chambre dans l'autre sens.

— Tu ne peux pas nier, maman. Tu fermes la porte de ta chambre à clé, tu me pousses hors de la maison au moindre prétexte.

— Oh ! ma chérie, l'interrompit sa mère. Je commence à comprendre. C'était sans doute idiot de ma part de vouloir garder le secret.

Elle se leva, prit un chemisier plié dans la valise et s'en alla vers l'armoire.

— Oui, de toute évidence, c'est ma faute. Mais je voulais te faire la surprise. Pauvre chérie, je ne m'étonne plus de t'avoir trouvée si triste et perdue. J'ai bien peur d'avoir mis ton humeur sombre sur le compte de Michael, mais il ne s'agit pas du tout de lui, n'est-ce pas ? Luke est évidemment une bien meilleure explication.

Elle passa le chemisier sur un cintre.

— Bien meilleure… Et, sous cet angle, je commence à comprendre comment tu as pu te faire ces idées.

Elle retourna vers la valise, tandis que Gwen faisait de son mieux pour ne pas perdre patience.

— Luke et moi n'avons pas de liaison, je te remercie de cette adorable supposition, chérie. Mais nous sommes, d'une certaine façon, disons… complices. Pourquoi ne t'assieds-tu pas ?

— Je crois que je ne vais pas tarder à hurler.

— Tu as toujours été si impatiente, soupira Anabelle. Bien, se reprit-elle. Evidemment, c'est un peu embarrassant… Je me sens tellement ridicule.

Elle posa les mains sur ses joues qui s'empourpraient.

— J'espère que tu ne vas pas te moquer de moi. Enfin voilà, je… J'écris un livre.

— Un livre ? s'exclama Gwen ahurie.

— J'ai toujours voulu le faire, mais je ne m'en suis jamais sentie capable, jusqu'au jour où Luke m'a encouragée.

Anabelle parlait maintenant d'une voix légère.

— J'ai toujours eu un tas d'histoires en tête, mais je n'ai jamais eu le courage de les écrire. Luke dit…

Elle dressa le menton et son visage s'illumina de fierté.

— Il dit que j'ai du talent.

— Du talent ? répéta Gwen en s'effondrant sur son lit.

— N'est-ce pas adorable de sa part ? lança avec enthousiasme sa mère en prenant une robe pour retourner vers l'armoire. Il m'a donné son aide, son temps, ses conseils et ses encouragements ! Il ne s'offusque même pas quand je déboule dans sa chambre pour lui soumettre une idée ! Cette nuit même, il a mis son propre roman de côté pour m'écouter.

Au souvenir des conclusions qu'elle avait tirées de cette visite nocturne, Gwen ferma les yeux.

— Oh, non ! gémit-elle. Pourquoi ne m'as-tu rien dis ?

— Je voulais te faire la surprise. Et puis j'avais peur que tu me trouves ridicule. Evidemment, si j'avais su que tu te faisais de pareilles idées…

Elle s'occupait maintenant de la lingerie de sa fille.

— Quelle jolie combinaison ! Les magasins sont si beaux à New York. Et puis il y a l'argent.

— L'argent ? répéta Gwen en tentant vaillamment de comprendre les enchaînements de sa mère. Quel argent ?

— Luke pense que je devrais vendre mon manuscrit quand il sera terminé. C'est un peu… mercantile, tu ne crois pas ?

— Oh ! maman, soupira-t-elle en fermant les yeux devant les scrupules si angéliques de sa mère.

— Je suis désolée de ne t'avoir rien dit et de m'être enfermée à clé pour que tu ne puisses pas me surprendre en train d'écrire. Et de t'avoir chassée de la maison pour que je puisse être tranquille. Tu m'en veux beaucoup ?

— Non, non, pas du tout.

Elle regarda le visage radieux de sa mère, puis enfouit le sien dans ses mains en éclatant de rire.

— Oh ! ce n'est pas vrai ! Quelle imbécile j'ai faite !

Elle se leva et prit sa mère dans ses bras.

— Je suis fière de toi, maman, très fière.

— Tu n'as encore rien lu, lui rappela sa mère.

— Je n'ai pas besoin de lire pour être fière de toi. Et je ne te trouve pas du tout ridicule, mais merveilleuse.

Elle s'écarta pour la regarder.

— Luke a raison, dit-elle en l'embrassant sur les deux joues, tu es une très belle femme.

— Il a dit ça ? Tu vois, c'est un homme absolument charmant.

Elle tapota l'épaule de sa fille et s'en alla vers la porte.

— Bien, maintenant que nous avons admirablement réglé ce prétendu gâchis, viens me voir quand tu auras défait tes valises, je te ferai lire mes premiers chapitres.

— Maman, protesta-t-elle, je ne peux pas rester…

— Oh ! Luke, s'écria Anabelle en ouvrant la porte. Vous tombez bien. Vous n'imaginez pas l'imbroglio que Gwenivere et moi venons juste de démêler.

— Vraiment ?

Il leva les yeux pour les poser sur Gwen, puis sur les valises ouvertes sur son lit.

— Vous partez ?

— Oui.

— Non, répondit en même temps sa mère. Plus maintenant. Elle allait rentrer à New York, mais nous avons tout résolu.

— Maman, l'avertit Gwen en avançant.

— Je lui ai tout avoué, poursuivait Anabelle tournée vers Luke, radieuse. Elle sait tout de mes activités secrètes. La pauvre petite s'imaginait que nous avions une aventure.

— Parce que ce n'est pas le cas ? répliqua-t-il en lui prenant la main pour l'embrasser.

— Oh ! Luke, vous êtes diabolique, s'exclama-t-elle en lui tapotant la joue. Je dois te laisser, ma chérie, mais je suis sûre que Luke sera très heureux d'entendre ce que tu m'as raconté, notamment sur le fait d'être amoureuse de lui.

— Maman !

Sa réplique fusa dans un gémissement tragique.

— A votre place, indiqua sa mère à Luke, je fermerais la porte. Gwen est très jalouse de son intimité.

— Comptez sur moi, répondit-il après un nouveau baisemain.

Anabelle disparut, une charmante rougeur aux joues.

— Une femme réellement merveilleuse, murmura-t-il en fermant la porte.

Gwen l'entendit donner un tour de clé, puis le vit considérer la clé un instant, avant de la faire disparaître dans sa poche. Jugeant que la meilleure des stratégies était le silence, elle attendit.

— Maintenant, lança-t-il en se retournant, si vous me racontiez ce que vous avez dit à Anabelle sur le fait d'être amoureuse de moi.

Elle comprit, à son regard, qu'elle n'allait pas s'en tirer à si bon compte. De toute façon, tant qu'il avait la clé, toute retraite était inutile. Quant à la colère… Le mieux, résolut-elle, était de rester aussi calme que lui.

— Je vous dois des excuses, assura-t-elle en se dirigeant vers son armoire.

D'un geste dégagé, elle prit la robe qu'Anabelle venait juste de ranger, la plia et la posa dans sa valise.

Luke, près de la porte, ne la quittait pas des yeux.

— Des excuses, répéta-t-il, pour quoi, précisément ?

Elle se mordit la lèvre et retourna à son armoire.

— Pour ce que j'ai dit à propos de vous et de ma mère.

— Vous vous excusez d'avoir cru que nous avions une liaison ?

Elle n'avait pas besoin de le voir pour deviner son sourire — le premier depuis qu'il était entré dans sa chambre.

— Inutile de vous excuser, reprit-il, votre méprise est un compliment.

Elle se retourna lentement. De toute façon, elle ne pouvait pas s'humilier plus qu'elle ne l'avait déjà fait.

— J'ai parfaitement conscience de m'être ridiculisée, déclara-t-elle frondeuse. Et je sais parfaitement que je mérite toute l'humiliation que je subis. Il est clair, en revenant sur les événements, que vous avez décidé de m'infliger une leçon, et ce dès le premier jour. Vous n'avez jamais reconnu avoir de liaison avec ma mère, vous vous êtes contenté de me dire que cela ne me regardait pas. A ce moment-là, je n'étais pas de cet avis.

Elle s'interrompit pour reprendre son souffle. Luke vint s'adosser tranquillement à l'une des colonnes de son lit.

— J'avais tort et vous aviez raison, reprit-elle. Ce n'était pas mes oignons, et vous avez réussi à me donner une leçon rien qu'en me laissant tirer mes propres conclusions. Conclusions, je le précise, favorisées par le comportement inhabituel de ma mère et l'affection qu'elle vous porte. Vous auriez pu, naturellement, m'épargner une bonne dose d'angoisse et de ridicule, en me donnant quelques explications, mais vous avez choisi d'enfoncer le clou. Vous avez marqué un point, monsieur Powers, poursuivit-elle en sentant monter sa colère. J'ai été remise à ma place par un expert.

Elle le regarda, mais il ne fit pas un geste.

— Maintenant, reprit-elle dignement, j'aimerais que vous quittiez cette chambre. S'il est une chose que je souhaite plus que tout au monde, c'est ne jamais vous revoir. Je ne peux que me féliciter de savoir que nous vivons des deux côtés du continent et que des milliers de kilomètres nous séparent.

Il attendit qu'elle jette deux jupes dans sa valise.

— Puis-je avoir une copie de votre tirade pour mes dossiers ?

Elle pivota, les yeux flamboyants.

— Espèce de rustre pompeux et insensible ! Je viens de ramper devant vos pieds ! Que voulez-vous de plus ?

— C'est votre façon de ramper ? demanda-t-il, intéressé. Fascinant. Mais ce n'est pas ce que je veux. Ce que je veux, c'est vous entendre développer la dernière remarque d'Anabelle. Je l'ai trouvée très intéressante.

— Vous voulez me faire boire le vin jusqu'à la lie, n'est-ce pas ?

Elle ferma sa première valise d'un coup sec.

— Très bien, allons-y. Au point où j'en suis, ça ne change pas grand-chose.

Elle prit une profonde inspiration pour être sûre de ne pas flancher.

— Je vous aime, déclara-t-elle. Et maintenant que vous le savez, poursuivit-elle la tête haute, qu'allez-vous faire ? L'écrire dans un de vos livres, en guise de scène comique ?

Il médita un instant sur cette éventualité, puis fit la moue.

— Non. Je pense que je vais plutôt vous épouser.

Elle le dévisagea, stupéfaite.

— Je ne trouve pas ça très drôle.

— Moi non plus, le mariage n'est pas la plus désopilante des entreprises. Mais je suis sûr qu'il a ses bons moments. Nous le découvrirons…

Il approcha pour lui poser les mains sur les épaules.

— … bientôt.

— Ne me touchez pas, lâcha-t-elle dans un souffle en tentant de s'échapper.

— Oh ! si, je vais vous toucher, répliqua-t-il en l'obligeant à le regarder. Je vais faire bien plus que vous toucher. Ah, non ! s'exclama-t-il en découvrant ses yeux pleins de larmes. Etes-vous naïve, Gwenivere, au point de ne pas voir ce que vous m'infligez ? Je vous ai désirée à l'instant où j'ai posé les yeux sur vous. Vous étiez là, à me sourire, et j'avais l'impression que l'arbre, ou la foudre, m'était tombé sur la tête. Je voulais vous donner une leçon, c'est vrai, mais je ne m'attendais pas à en recevoir une. Je ne m'attendais pas à être conquis par une gamine frêle et têtue.

Elle le regarda, fascinée, l'attirer contre lui.

— Je t'aime, Gwenivere, au point d'en devenir fou, murmura-t-il avant de s'emparer de ses lèvres.

C'était un rêve, se disait-elle étourdie, c'était forcément un rêve. Elle se dépêcha de nouer ses bras autour de son cou, priant pour ne jamais se réveiller.

— Luke, parvint-elle à murmurer avant qu'un nouveau baiser la réduise au silence. Dis-moi que c'est vrai. S'il te plaît, dis-moi que tu es sérieux.

— Regarde-moi, lui dit-il en lui soulevant le menton.

Lisant sa réponse dans son regard, elle sentit la joie l'envahir, éclater et déborder dans un rire. Il rit avec elle, son front appuyé contre le sien.

— Je crois t'avoir surprise.

— Oh ! Luke !

Elle se serra contre lui, comme si elle ne voulait plus le lâcher.

— Je ne suis pas surprise, je suis stupéfaite.

Elle soupira, étourdie de bonheur et d'amour.

— Comment est-ce arrivé ?

— Je n'en ai pas la moindre idée.

Elle sentit ses lèvres effleurer ses cheveux.

— Tomber amoureux de toi ne faisait pas partie de mes projets.

— Pourquoi ? Je suis quelqu'un de bien.

— Tu n'es surtout qu'une enfant, répliqua-t-il dans

ses cheveux. Est-ce que tu sais ce que nous faisions l'un et l'autre quand j'avais ton âge ?

Il lâcha un rire court, perplexe.

— Je travaillais à mon deuxième roman pendant que tu jouais avec tes crayons.

— Nous avons douze ans d'écart, pas vingt, lui rappela-t-elle en glissant les mains sous sa chemise. Tu peux difficilement prétendre maintenant que c'est un problème. Ferais-tu deux poids, deux mesures, par hasard ?

— Ce n'est pas seulement l'âge. Tu es si naïve, si fraîche. Te désirer me rendait déjà fou, tomber amoureux n'a fait qu'empirer mon état.

Il l'embrassa légèrement derrière l'oreille. Elle frissonna de plaisir.

— Jusqu'à la nuit dernière, j'étais décidé à ne pas profiter de cette innocence. Une part de moi veut toujours te garder telle que tu es.

— J'espère que l'autre part est plus sensée ! répliqua-t-elle en le regardant.

— Je suis sérieux.

— Moi aussi.

Elle fit courir un doigt le long de sa mâchoire.

— Achète le portrait de Bradley, si tu veux une image.

— C'est déjà fait.

Il lui prit la main et embrassa le bout de ses doigts.

— Tu ne crois tout de même pas que j'allais laisser quelqu'un d'autre en profiter.

— Profite de moi aussi.

Elle vit toute trace d'amusement quitter son visage.

— Je suis une femme, Luke, reprit-elle, pas une enfant ni une image. Je t'aime et je te désire.

Elle se hissa sur la pointe des pieds pour l'embrasser. Ses mains l'enserrèrent aussitôt, possessives, frémissantes, et la firent frémir. L'amour qu'elle éprouvait pour lui était si grand, si fort, qu'il semblait n'avoir aucune limite. Elle se serra davantage, impatiente de lui donner tout ce qu'elle avait à lui offrir.

— Gwenivere, lâcha-t-il dans un soupir rauque et tendu. J'ai du mal à oublier que tu es la fille d'Anabelle et qu'elle me fait confiance.

— Je fais de mon mieux pour t'aider à l'oublier, murmura-t-elle.

Elle sentit son cœur s'emballer furieusement.

— Tu ne veux pas me corrompre ? chuchota-t-elle émerveillée par le pouvoir qu'elle exerçait sur lui.

— Si, et avec grand plaisir.

Il prit son visage dans ses mains.

— Mais après que nous serons mariés, acheva-t-il en déposant un baiser sur le bout de son nez.

— Oh !

Elle fit la moue, puis haussa les épaules.

— J'imagine que c'est sensé. Michael aussi était sensé.

Il la considéra d'un œil soupçonneux.

— C'est un coup bas, déclara-t-il formel. Sais-tu dans quel état j'étais quand je t'ai entendue lui parler ? J'ai failli arracher le téléphone.

— Vraiment ? fit-elle mine de s'étonner, alors que cette idée l'enchantait. Etais-tu jaloux ?

— C'est un euphémisme.

— Je vois, dit-elle en s'efforçant de ne pas sourire. Tu as fait preuve d'une retenue admirable. Je suppose que je peux le comprendre. Comme je viens de le dire, Michael est un homme très raisonnable. Mais c'est une qualité, et je suis sûre que tu es tout à fait aussi raisonnable que lui.

Il la dévisagea attentivement, mais elle parvint à ne conserver que l'ombre d'un sourire sur ses lèvres.

— Me mettrais-tu au défi de te prouver le contraire ? De t'embrasser, par exemple, à la folie ?

— Exactement, affirma-t-elle en fermant les yeux. Fais, je t'en prie.

— Je n'ai jamais su résister au défi, murmura-t-il en l'attirant dans ses bras.

NORA ROBERTS

Une passion interdite

Passions

éditions HARLEQUIN

Titre original : DUAL IMAGE

Traduction française de EMMANUELLE SANDER

83-85, boulevard Vincent-Auriol, 75646 PARIS CEDEX 13.
Service Lectrices — Tél. : 01 45 82 47 47
www.harlequin.fr

- 1 -

Amanda pénétra dans la maison, son sac de courses à la main. Elle rayonnait de bonheur. Dehors, sous un soleil printanier, les oiseaux chantaient. Son alliance en or brillait à son doigt. Mariée depuis à peine trois mois, elle était impatiente de faire une surprise à Cameron : elle allait lui préparer un petit dîner en tête à tête. Son emploi du temps chargé à l'hôpital et à la clinique l'empêchait souvent de cuisiner, mais en tant que jeune mariée, elle aimait préparer de bons petits plats. Cet après-midi, après avoir appris l'annulation inespérée de deux rendez-vous, Amanda avait décidé de confectionner un long et délicieux dîner qu'elle voulait mémorable. Un dîner en harmonie avec des bougies et du vin.

Elle entra dans la cuisine en fredonnant, chose rare chez une femme peu encline à faire étalage de ses émotions. Avec un sourire satisfait, elle sortit de son sac l'un des bordeaux préférés de son mari. Puis elle étudia attentivement l'étiquette en se remémorant avec bonheur la première fois qu'ils avaient partagé une bouteille. Cameron s'était montré si romantique, si attentionné à son égard, tout ce dont elle avait terriblement besoin à cette époque de sa vie.

Un rapide coup d'œil à sa montre l'informa qu'il lui restait quatre longues heures avant le retour de son mari. C'était plus qu'il lui en fallait pour préparer un repas sophistiqué, allumer des bougies et mettre les petits plats dans les grands.

Mais avant, elle devait monter dans sa chambre pour se changer et se débarrasser de ses vêtements de travail. A l'étage l'attendait une robe de soirée de soie bleue chatoyante et légère. Ce soir, elle ne serait plus une psychiatre, mais une femme très amoureuse.

La maison d'une propreté impeccable était décorée avec goût. Ces qualités étaient toutes naturelles chez Amanda. Tout en se dirigeant vers les escaliers, elle contempla un vase en cristal de Baccarat. Si seulement elle avait pensé à acheter des fleurs fraîches ! Peut-être devrait-elle appeler le fleuriste et commander un énorme bouquet ? songea-t-elle en laissant glisser sa main sur la rampe cirée de l'escalier. Elle, d'habitude si sérieuse et pragmatique, se sentait d'humeur rêveuse. D'une main insouciante, elle poussa la porte de la chambre à coucher.

Son sourire se figea sous le choc. Blanche comme un linge, elle écarquilla les yeux où passa bientôt une lueur intense de douleur.

— Cameron, articula-t-elle d'une voix étranglée.

Le couple allongé dans le lit dans une étreinte passionnée se sépara brusquement. Les cheveux en bataille, l'homme d'une beauté lisse la contempla, l'air incrédule. La femme, féline et sensuelle, incroyablement belle, sourit très légèrement. On pouvait presque l'entendre ronronner.

— Vikki, bredouilla Amanda en lançant à sa sœur un regard affligé par le chagrin.

— Tu rentres tôt.

La note cynique dans la voix de sa sœur n'échappa pas à Amanda. Cameron s'écarta légèrement de sa belle-sœur.

— Amanda, je…

En une seconde, le visage d'Amanda se crispa de colère. Sans quitter des yeux le couple dans le lit, elle mit la main dans sa poche et en sortit un revolver, petit mais dangereux. Les deux amants la dévisagèrent en silence, ébahis de stupeur. Froidement, Amanda visa et tira. Un nuage de confettis explosa devant ses yeux.

— Ariel !

Le Dr Amanda Lane Jamison, de son vrai nom Ariel Kirkwood, se tourna vers le réalisateur excédé. Autour d'eux, le couple dans le lit et l'équipe sur le plateau de télévision avaient bien du mal à réprimer leur fou rire.

— Désolé, Neal, s'excusa Ariel. Je n'ai pas pu m'en empêcher. Amanda est toujours une victime, expliqua-t-elle en prenant des airs dramatiques et espiègles. Imagine seulement l'effet sur l'audience si elle perdait une seule fois son sang-froid… si elle tuait quelqu'un.

— Ecoute, Ariel…

— Ou si elle blessait quelqu'un gravement, si tu préfères, poursuivit-elle sans laisser au réalisateur le temps de protester. Et qui, déclara-t-elle en désignant le lit, le mérite plus que son falot de mari et son intrigante de sœur ?

Sous les sifflements et les applaudissements de l'équipe, Ariel s'inclina puis tendit à contrecœur son revolver au réalisateur.

— Toujours aussi farfelue ! soupira-t-il.

— Merci pour le compliment, Neal.

— Cette fois, on tourne pour de vrai, la prévint-il en s'efforçant de ne pas sourire. Voyons si l'on peut boucler cette scène avant le déjeuner.

D'un pas docile, Ariel monta au premier étage du plateau et attendit patiemment qu'on retouche sa coiffure et son maquillage. Amanda était toujours parfaite. Organisée, méticuleuse, calme — tout ce qu'Ariel n'était pas dans la réalité. Depuis plus de cinq ans, elle incarnait ce personnage dans un feuilleton quotidien intitulé *Nos vies, nos amours.*

Au cours de ces cinq années, Amanda avait obtenu son diplôme universitaire avec les honneurs et s'était spécialisée en psychiatrie, avant de devenir une thérapeute respectée. Son récent mariage avec Cameron Jamison paraissait idyllique. Evidemment, l'homme n'était qu'un faible et un opportuniste qui ne l'avait épousée que pour son argent et sa position sociale tout en ayant des vues sur sa sœur, ainsi que sur la moitié de la population féminine de Trader's Bend, la ville fictive du feuilleton.

Amanda était sur le point de découvrir la vérité. Le scénario avançait vers cette révélation depuis six semaines, et les courriers des téléspectateurs affluaient en nombre. Ariel et toute l'équipe pensaient qu'il était temps qu'Amanda sache quel sale type elle avait épousé.

Ariel aimait bien Amanda. Elle avait du respect pour son intégrité et son assurance. Derrière les caméras, Ariel devenait Amanda. Même si, dans sa propre vie, elle préférait les parcs d'attractions aux ballets de danse classique, elle avait compris toutes les facettes de la femme qu'elle interprétait à l'écran.

Lorsque cette scène serait diffusée, les téléspectateurs ne verraient qu'une jeune femme coquette et mince, avec de longs cheveux blonds tirés en arrière et rassemblés en un élégant chignon. Ariel possédait un magnifique visage au teint de porcelaine et irradiait derrière sa beauté froide tout un univers de sensualité refoulée. Elle avait de la classe et du style.

Ses yeux bleus comme un lac et ses pommettes hautes rehaussaient l'élégance raffinée de ses traits. Sa bouche parfaitement ourlée avait un pli plutôt sévère, mais ses sourcils délicatement dessinés, légèrement plus foncés que sa chevelure d'un blond délicat, accentuaient la courbure de ses cils longs et épais. Une beauté sans défauts, un calme olympien. Telle était Amanda.

En attendant le signal, Ariel se demanda vaguement si elle avait bien éteint la cafetière avant de partir de chez elle le matin.

Ils tournèrent de nouveau la scène de bout en bout avant de la refaire quand on découvrit que le maillot de bain sans bretelles de Vikki apparaissait dans un plan. Puis vinrent les prises sur les réactions des personnages. La caméra fit un gros plan sur le visage blême d'Amanda sous le choc et resta braquée sur elle de longues secondes.

— Pause-déjeuner !

Sur le plateau, la réaction fut immédiate. Les deux amants bondirent chacun d'un côté du lit. En maillot de bain, J. T. Brown, le mari d'Ariel à l'écran, la prit par les épaules et l'embrassa durement sur la bouche.

— Ecoute, ma chérie, dit-il en incarnant son personnage, je t'expliquerai tout ça plus tard. Fais-moi confiance. Je dois appeler mon agent.

— Poule mouillée ! lança Ariel avec un sourire qui ne cadrait pas du tout avec le personnage d'Amanda.

Puis elle passa un bras sous celui de Stella Powell, sa sœur à l'écran.

— Enfile quelque chose sur ton maillot, Stella. Hors de question pour moi aujourd'hui d'avaler la nourriture du studio.

Stella rejeta en arrière sa longue chevelure cuivrée.

— C'est toi qui invites ?

— Toujours à vivre aux crochets de ta sœur, marmonna Ariel. D'accord, c'est moi qui paie, mais dépêche-toi, je meurs de faim.

Ariel quitta le plateau et en traversa deux autres, le cinquième étage du Doctors Hospital et le salon des Lane, la famille au centre des intrigues de Trader's Bend, pour atteindre sa loge. Elle fut tentée de se débarrasser de son costume et de lâcher ses cheveux, mais elle ne ferait que perdre plus de temps après le déjeuner. Elle se contenta de saisir son sac, une énorme besace incongrue qui jurait avec le tailleur élégant d'Amanda. Ariel rêvait déjà d'une grosse part de baklava dégoulinante de miel.

— Dépêche-toi, Stella, dit-elle en passant la tête dans la loge adjacente, tandis que son amie enfilait un jean confortable. Mon estomac crie famine.

— Comme toujours, commenta sa collègue de travail en passant un gros pull. Où allons-nous ?

— Chez le traiteur grec, au coin de la rue.

Bille en tête, Ariel prit la direction du hall de son pas long et souple, tandis que Stella accélérait le sien pour la rattraper. Ariel n'était pas une femme pressée ; elle était simplement curieuse de savoir ce que la vie allait lui réserver.

— Et mon régime ? protesta Stella.

— Prends une salade, suggéra Ariel d'un ton impitoyable.

Puis elle se tourna vers sa collègue pour la détailler de la tête aux pieds.

— Tu sais, si tu ne portais pas toujours des tenues légères devant la caméra, tu ne serais pas obligée de t'affamer.

Stella lui sourit tandis qu'elles atteignaient la porte d'entrée du studio.

— Tu es jalouse !

— C'est vrai. Je suis toujours habillée de façon élégante et soignée, mais c'est toi qui as le rôle le plus amusant.

Une fois à l'extérieur, Ariel inspira profondément l'air de New York. Elle aimait cette ville. Elle avait toujours vécu sur l'île longue et étroite de Manhattan et, aujourd'hui encore, l'ambiance, les odeurs, le bruit étaient pour elle une aventure.

L'air, frais pour cette mi-avril, était annonciateur de pluie, et l'humidité était saturée de l'odeur des pots d'échappement. Les rues et les trottoirs étaient noirs de monde : tout le monde se pressait, avait des affaires importantes à traiter. Soudain, un piéton frappa du poing en jurant le capot d'un taxi qui avait pris un virage un peu trop serré. Une femme aux cheveux orange hérissés, chaussée de cuissardes en cuir noir, les bouscula. L'affiche d'une toute nouvelle pièce présentée à Broadway était griffonnée de commentaires peu flatteurs.

Ariel aperçut un marchand ambulant qui vendait des jonquilles. Elle en acheta deux bouquets et en tendit un à Stella.

— Tu ne laisses jamais passer une occasion, n'est-ce pas ? marmonna son amie avant d'enfouir son visage dans les boutons jaunes.

— Imagine plutôt tout ce que j'ai raté, riposta Ariel. En plus, c'est le printemps.

Stella frissonna en contemplant le ciel grisâtre.

— Oui, tu as raison.

— Allons manger, proposa Ariel en l'entraînant avec elle. Tu es toujours de mauvaise humeur quand tu sautes des repas.

Le restaurant bondé était saturé d'odeurs d'épices, de miel, de bière et d'huile. Cédant à l'appel des sens, Ariel huma avec bonheur tous ces arômes avant de se faufiler jusqu'au comptoir. Elle avait la faculté étrange de se frayer un passage parmi la foule sans jamais avoir à jouer des coudes ou écraser des orteils. En avançant, elle ouvrit grand ses oreilles et ses yeux. Elle ne voulait rien rater : arômes, voix, explosion de couleurs. Elle scruta la vitrine derrière laquelle étaient exposés les plats.

— Je voudrais du cottage-cheese, une tranche d'ananas et un café noir, annonça Stella en soupirant.

Ariel lui décocha un rapide coup d'œil compatissant.

— Une salade grecque, une pita à l'agneau et un morceau de baklava. Et un café avec du lait et du sucre.

— Tu es écœurante, se plaignit son amie. Tu ne prends jamais un gramme.

— Je sais, convint Ariel en se dirigeant vers la caisse. C'est juste une question de volonté et de bonne hygiène de vie.

Ignorant le grognement de Stella, elle paya la note avant de se faufiler parmi les clients du restaurant en direction d'une table vide. Elle arriva en même temps qu'un homme à la stature imposante. Son plateau à la main, Ariel se contenta de lui décocher un sourire éblouissant. Aussitôt, l'homme carra les épaules et rentra le ventre avant de tourner les talons.

— Merci, dit Stella avant de tourner grossièrement et ostensiblement le dos à l'homme.

Elle savait très bien qu'Ariel était capable de l'inviter à se joindre à elles, les privant ainsi de toute conversation privée. Elle était d'ailleurs convaincue que la jeune femme avait besoin d'un ange gardien pour la protéger.

Car Ariel faisait tout ce qu'une femme seule ne devait pas faire. Elle parlait aux inconnus, se promenait seule le soir et ouvrait la porte de chez elle sans attacher la chaîne de sécurité. Elle n'était ni audacieuse ni imprudente, mais partait simplement du principe que les gens étaient animés de bons sentiments. Et d'une certaine manière, en vingt-cinq ans d'existence, elle n'avait jamais été déçue. Stella admirait son amie tout en s'inquiétant pour elle.

— L'idée du revolver est l'une des meilleures trouvailles de la saison, reconnut Stella en remuant machinalement son cottage-cheese. J'ai bien cru que Neal allait se mettre à hurler.

— Il a besoin de se détendre, répondit Ariel la bouche

pleine. Il est sur les nerfs depuis qu'il a rompu avec cette danseuse. Et toi ? Tu vois toujours Cliff ?

— Oui, répondit Stella en haussant les épaules. Je ne sais pas pourquoi : cette histoire ne mène à rien.

— Tu voudrais qu'elle te mène où ? riposta Ariel. Si tu as un projet en tête, fonce.

Stella eut un petit rire avant d'entamer son plat.

— Rares sont les personnes qui foncent dans la vie tête baissée comme toi, Ariel. Je m'étonne d'ailleurs que tu n'aies jamais eu de relation sérieuse.

— C'est très simple, expliqua Ariel en plantant sa fourchette dans la salade. Je n'ai jamais rencontré personne qui me fasse frémir. Mais dès que cela arrivera, je m'engagerai.

— Comme ça ?

— Et pourquoi pas ? La vie n'est pas aussi compliquée que ce que l'on dit.

Ariel ajouta une pincée de poivre à sa viande.

— Tu aimes Cliff ? ajouta-t-elle.

Stella fronça les sourcils, non à cause de la question d'Ariel, elle était habituée à sa franchise, mais à cause de la réponse qu'elle s'apprêtait à lui faire.

— Je n'en sais rien. Peut-être.

— Alors, tu ne l'aimes pas, conclut simplement Ariel. L'amour est une émotion absolue. Tu es sûre que tu ne veux pas un morceau d'agneau ?

Stella ignora son offre.

— Si tu n'as jamais été amoureuse, comment peux-tu le savoir ?

— Je ne suis jamais allée en Turquie, mais je suis certaine que ce pays existe.

Stella saisit sa tasse de café en riant.

— C'est bon, Ariel ! Tu as toujours réponse à tout. Parle-moi de ce scénario.

— Oh ! si tu savais ! soupira-t-elle en posant sa fourchette, le buste penché en avant et les coudes sur la table. C'est le meilleur scénario que j'aie jamais lu. Je veux ce rôle. Et je vais le décrocher, ajouta-t-elle avec une conviction qui n'avait rien à voir avec de l'assurance.

Pour elle, tout était très clair.

— Je te promets que j'attends depuis longtemps un personnage comme celui de Rae, poursuivit-elle en posant le menton sur ses mains nouées. C'est une femme sans cœur. Elle est dotée d'une personnalité complexe, elle est égoïste, froide et anxieuse. Un rôle comme celui-là…

Ariel laissa sa phrase en suspens quelques instants.

— Et l'histoire, ajouta-t-elle en soupirant longuement, passant d'une idée à l'autre. Elle est presque aussi froide et sans cœur que l'héroïne, mais elle te touche.

— Booth DeWitt, commenta Stella, l'air songeur. On dit qu'il s'est inspiré de son ex-femme pour créer le personnage de Rae.

— Mais il ne s'en vante pas. Si ce qu'il raconte est vrai, elle lui a fait vivre un enfer. Quoi qu'il en soit, reprit Ariel en continuant son repas, c'est le meilleur scénario que l'on m'ait donné. Je passe une audition pour le rôle dans quelques jours.

— Un téléfilm, dit Stella d'un air songeur. Un film de qualité avec un scénario de Booth DeWitt et Marshell pour la réalisation. Notre producteur va être à tes pieds si tu décroches ce rôle. Et quelle publicité ! L'audience de la série va monter en flèche.

— Notre producteur a commencé à faire de la politique : il place ses pions.

Un pli soucieux barrait le front d'Ariel lorsqu'elle entama sa part de baklava.

— Il m'a fait parvenir une invitation pour une soirée chez Marshell ce soir. DeWitt est censé être là. D'après ce que j'ai compris, c'est lui qui a le dernier mot concernant le casting.

— En effet, il a la réputation de vouloir tout contrôler, reconnut Stella. Mais pourquoi cet air inquiet ?

— La politique, c'est comme la pluie au mois d'avril : tu sais qu'elle va arriver, mais elle n'en reste pas moins ennuyeuse.

Comme pour tout ce qu'elle considérait comme inévitable, Ariel chassa rapidement cette idée de son esprit. Au final, et d'après ce qu'elle savait du caractère implacable de Booth DeWitt, elle ne décrocherait ce rôle que grâce à son talent. Mais Ariel débordait de confiance en elle, et elle en avait toujours eu bien besoin.

Contrairement à Amanda, le personnage qu'elle incarnait dans la série télévisée, Ariel n'avait pas bénéficié d'une grande sécurité financière. Chez elle, il y avait toujours eu beaucoup plus d'amour que d'argent. Elle n'en avait jamais souffert et savait ce qu'étaient les fins de mois difficiles. Elle avait seize ans lorsque sa mère était morte. Son père avait alors traversé une forme de dépression qui avait duré presque un an. Il ne lui était jamais venu à l'esprit que sa fille était trop jeune pour prendre en charge un foyer et l'éducation de son petit frère et de sa petite sœur. Mais il n'y avait personne d'autre pour le faire. Elle avait donc travaillé au rayon parfumerie d'un grand magasin pour payer ses études à l'université tout en s'occupant de la maison et en profitant de tout ce qui se présentait à elle.

Ces années avaient été difficiles, mais elles lui avaient peut-être apporté le surplus d'énergie et le dynamisme qu'elle avait aujourd'hui. Et la conviction profonde de pouvoir relever tous les défis.

— Amanda.

Elle leva les yeux vers une petite femme entre deux

âges qui tenait un petit sac en papier sentant fortement l'ail. Ariel avait l'habitude qu'on l'appelle par le prénom de son personnage presque aussi souvent que par le sien. Le sourire aux lèvres, elle leva la main en guise de salut.

— Bonjour.

— Je m'appelle Dorra Wineberger, et je voulais vous dire que vous étiez aussi belle qu'à l'écran.

— Merci, Dorra. Vous aimez la série ?

— Je ne rate aucun épisode, confia-t-elle en s'approchant plus près d'Ariel, un large sourire aux lèvres. Vous êtes merveilleuse, ma chérie, si gentille, si patiente. Mais il est de mon devoir de vous dire que ce Cameron… n'est pas bien pour vous. La meilleure chose à faire serait de le jeter dehors avant qu'il mette la main sur votre argent. Il a déjà mis en gage vos boucles d'oreilles en diamants. Et cette femme…

Les lèvres pincées, Dorra lança un regard noir vers Stella.

— Pourquoi vous embêter encore avec elle, après tous les ennuis qu'elle vous a causés… Sans elle, Griff et vous seriez mariés, comme vous devriez l'être.

Elle regarda Stella d'un air offensé.

— Je sais que vous avez des vues sur le mari de votre sœur, Vikki.

Stella se retint de rire, puis jouant son rôle, elle rejeta la tête en arrière et plissa les yeux.

— Les hommes s'intéressent à moi, déclara-t-elle d'une voix traînante. Où est le mal ?

Dorra prit un air indigné et se tourna vers Ariel.

— Revenez vers Griff, conseilla-t-elle gentiment. Il vous aime, il vous a toujours aimée.

Ariel lui serra à son tour la main.

— Merci de vous inquiéter pour moi.

Stella et elle, d'un air pensif, regardèrent la femme s'éloigner.

— Tout le monde aime le Dr Amanda, constata Vikki avec un sourire contrit. Elle est pratiquement sacrée aux yeux des téléspectateurs.

— Et tout le monde adore pouvoir détester Vikki.

Ariel finit son café en gloussant.

— Tu es si abjecte.

— Oui, je sais, répliqua son amie avec un soupir satisfait.

Puis elle mâchouilla lentement son ananas en lançant un regard envieux vers l'assiette d'Ariel.

— Je suis toujours frappée de constater que les gens en arrivent à me confondre avec Vikki.

— Cela veut juste dire que tu fais bien ton travail, expliqua Ariel. Si tu entres chez les gens tous les jours sans susciter en eux la moindre émotion, mieux vaut changer de métier. Se lancer dans la physique nucléaire ou le bobsleigh. En parlant de travail, ajouta-t-elle en regardant sa montre.

— Je sais… Dis-moi, tu ne finis pas ton assiette ?

Avant de se lever, Ariel lui tendit son baklava en riant.

Il était plus de 21 heures lorsque Ariel descendit d'un taxi devant l'immeuble de P. B. Marshell dans Madison Avenue. Elle n'avait pas l'impression d'être en retard. Elle n'avait jamais raté une réplique ou un rendez-vous de sa vie, mais dès que les événements n'avaient plus de lien direct avec son travail, elle se plaisait à vivre sans horaires.

Après un généreux pourboire au chauffeur, elle fourra la monnaie dans son sac sans se donner la peine de la compter, puis traversa sous la bruine les quelques mètres qui la séparaient du hall d'entrée. L'odeur lui rappela celui d'une chambre mortuaire. Il y avait trop de fleurs, trop de cire. Après avoir donné son nom au gardien, elle se glissa dans l'ascenseur et poussa le bouton qui conduisait au loft. Elle n'était pas le moins du monde nerveuse à l'idée de pénétrer dans l'antre de P. B. Marshell : une fête était une fête ! Elle espérait simplement que l'on servirait du champagne. Elle brûlait d'envie d'en boire une coupe. Lorsque les portes s'ouvrirent, un homme très raide au visage fermé vêtu d'un costume sombre lui demanda son nom. Ariel remarqua son léger accent anglais. Lorsqu'elle lui sourit, il accepta la main qu'elle lui tendait sans même s'en apercevoir. Puis elle passa devant le majordome, lui laissant une impression de vitalité et de sensualité qui le plongea pendant plusieurs minutes dans un état de confusion. Ariel alla se chercher une coupe de champagne et s'avança vers son agent dès qu'elle l'aperçut.

Booth avait remarqué l'arrivée d'Ariel. L'espace d'un instant, il avait cru voir son ex-femme. Le même teint, la même ossature du visage. Puis cette impression s'était évanouie pour laisser place à une jeune femme dont les cheveux retombaient en boucles souples sur les épaules. De fines gouttes de pluie y étaient encore accrochées. Et son visage était fascinant. Sa ressemblance avec la Reine des glaces disparut dès qu'elle se mit à rire. Il ne resta plus que son énergie et sa grâce.

Etrange, songea Booth en portant le même intérêt à la jeune femme qu'au verre qu'il tenait dans la main. Il laissa pourtant son regard glisser sur son corps, qui paraissait mince sous son pantalon à pinces et son chemisier ample. Là encore, elle aurait dû chercher à exploiter ses atouts au lieu de les cacher. Son expérience des femmes lui avait appris qu'elles avaient toutes tendance à accentuer leurs charmes et à masquer leurs défauts. Pour Booth, cet état de fait relevait de leur malhonnêteté innée.

Il décocha à Ariel un dernier coup d'œil, tandis qu'elle se hissait sur la pointe des pieds pour embrasser le producteur d'une pièce de théâtre à Broadway qui faisait actuellement fureur. Comme il détestait ces longues pseudo-fêtes bondées !

— … si nous recrutons l'actrice qui tiendra le rôle principal.

Booth se tourna de nouveau vers P. B. Marshell et leva son verre.

— Mmm ?

Trop habitué aux absences de Booth pour se sentir offensé, Marshell fit l'effort de répéter sa phrase.

— Si nous recrutons l'actrice qui tiendra le rôle principal, nous pouvons mettre le film en production et prévoir un lancement à l'automne. C'est le moment idéal pour l'audience. Et c'est pratiquement la seule chose qui nous empêche de commencer dès maintenant.

— Je me fiche de l'audience, rétorqua Booth sèchement.

— Toi, peut-être, mais pas la chaîne.

— Pat, nous recruterons Rae lorsque nous l'aurons trouvée.

Marshell vida son whisky d'un air soucieux. Avec ses cent kilos, il lui fallait plusieurs verres pour ressentir l'effet de l'alcool.

— Tu as déjà refusé trois grands noms.

— J'ai refusé trois actrices qui ne convenaient pas, rectifia Booth.

Il sirota son verre en connaisseur, à la manière d'un homme qui entretenait une relation prudente avec l'alcool.

— Dès que je la verrai, je la reconnaîtrai, ajouta-t-il en souriant froidement. Qui est mieux placé que moi pour le faire ?

Un rire franc et spontané contraint Marshell à tourner

la tête vers l'autre bout de la pièce. Il plissa les yeux un court instant, l'air concentré.

— C'est Ariel Kirkwood, confia-t-il à Booth avec un geste de la main dans sa direction. Les responsables de la chaîne aimeraient la mettre sur ton chemin.

— Une actrice…

Booth étudia Ariel plus attentivement. Jamais il n'aurait cru avoir affaire à une actrice. Son entrée dans la pièce avait retenu son attention justement parce qu'elle n'avait rien d'une entrée. La jeune femme avait une authenticité et un naturel qui étaient rares dans cette profession. Depuis le moment où elle était arrivée, elle aurait déjà pu se débrouiller pour leur être présentée. Et pourtant, elle semblait heureuse de boire du champagne à l'autre bout de la pièce en flirtant avec un acteur à l'avenir prometteur.

Elle semblait à l'aise, détendue, ne paraissait pas prendre la pose, même si elle aurait fait merveille sur une photo. Elle ne semblait pas vouloir séduire l'acteur. Le contraste entre son physique de reine des glaces et son insouciance piqua sa curiosité.

— Présentez-la-moi, déclara simplement Booth en se dirigeant vers elle.

Ariel devait admettre que Marshell ne manquait pas de goût. L'appartement était élégamment décoré dans des tons or et crème. La moquette était épaisse et les murs laqués. Elle reconnut également la lithographie signée accrochée derrière elle. Amanda aurait compris et apprécié une pièce comme celle-ci. Mais Ariel était heureuse d'être simplement de passage. Jamais elle n'aurait vécu dans un endroit pareil. Elle rit aux éclats lorsque Tony lui rappela les cours d'improvisation qu'ils avaient pris ensemble quelques années plus tôt.

— Tu as commencé à t'exprimer dans un langage ordurier pour t'assurer que tout le monde était bien réveillé, déclara-t-elle en tirant sur la petite barbe qu'il portait pour son nouveau rôle.

— Et ça a marché. Dis-moi, quelle cause défends-tu cette semaine, Ariel ?

Elle lui lança un regard interrogateur tout en prenant une gorgée de champagne.

— Je n'ai pas de cause hebdomadaire.

— Bimensuelle alors. Les amis des phoques, le sauvetage des mangoustes… Allez, dis-moi ce qui t'occupe en ce moment !

Ariel secoua ses boucles blondes.

— Il y a bien quelque chose qui me prend beaucoup de temps, mais je ne peux pas vraiment en parler.

Au ton de sa voix, le sourire de Tony s'évanouit.

— C'est important.

— Vital, même.

— Tony ! s'écria Marshell en donnant une tape amicale dans le dos du jeune acteur. Je suis heureux que tu aies pu venir.

Tony se redressa aussitôt.

— C'est gentil d'avoir organisé cette soirée un soir de relâche au théâtre, monsieur Marshell. Vous connaissez Ariel Kirkwood ?

Il posa une main sur l'épaule de son amie.

— Nous revenons de loin, elle et moi.

— J'ai entendu de très bonnes choses à votre sujet, répondit Marshell en tendant la main à Ariel.

— Merci.

Ariel prolongea la poignée de main suffisamment longtemps pour se faire une impression de l'homme. Il paraissait avoir réussi, et son embonpoint laissait deviner qu'il aimait bien manger. Il pouvait se montrer aimable quand il le voulait. Et relativement rusé. D'emblée, l'homme lui fit bonne impression.

— Vous faites de très bons films, monsieur Marshell.

— Merci.

Il fit une pause, s'attendant certainement à ce qu'elle en profite pour mettre en avant ses propres qualités. Mais Ariel en resta là, et Marshell préféra se tourner vers Booth.

— Booth DeWitt, Ariel Kirkwood et Tony Lazarus, déclara-t-il.

— J'ai vu votre pièce, confia Booth à Tony. Vous connaissez très bien votre rôle.

Puis il s'intéressa à Ariel.

— Mademoiselle Kirkwood.

Il avait des yeux déconcertants, songea-t-elle. Si clairs, si directs, sur un visage si distant. Il paraissait réservé et intelligent, et son expression semblait teintée d'amertume. Apparemment, il ne semblait pas trop s'intéresser à la mode. Ses cheveux épais et sombres étaient un peu plus longs que ce qui se portait en ce moment. Mais sa façon de les coiffer lui allait bien. Il avait un visage mince qui semblait appartenir à un autre siècle. Un visage d'intellectuel, avec une bouche au pli sévère.

Il parlait d'une voix grave et profonde, mais son élocution hachée témoignait de son impatience. Il avait le regard d'un homme habitué à observer ses semblables, et qui ne tolérait ni les ingérences ni les familiarités. Ariel n'était pas certaine de l'apprécier, même si elle admirait son travail.

— Monsieur DeWitt.

Elle lui serra la main et ressentit sa force, mais elle s'y attendait. Sa vigueur irradiait de son corps, long et élancé, mais aussi de son visage. L'homme resta distant, comme elle l'avait prévu.

— J'ai beaucoup aimé *The Final Bell*. C'est le film que j'ai le plus apprécié l'année dernière.

L'homme éluda sa remarque en la dévisageant. La jeune femme avait une sensualité à fleur de peau, légère et libre.

— Je ne pense pas connaître votre travail, répliqua-t-il.

— Ariel joue le rôle du Dr Amanda Lane Jamison dans *Nos vies, nos amours*, expliqua Tony.

Un feuilleton télé, il ne manquait plus que ça ! songea Booth. Le mépris qui s'afficha sur son visage n'échappa pas à Ariel. Elle aurait espéré une autre réaction de sa part.

— Avez-vous une objection morale contre les divertissements, monsieur DeWitt ? demanda-t-elle sur un ton léger en sirotant son champagne. Ou êtes-vous simplement un artiste snob ?

Elle avait posé cette question sans se départir de son superbe sourire, ce qui enleva toute agressivité à ses propos.

Debout à côté d'elle, Tony se racla la gorge d'un air gêné.

— Excusez-moi une minute, dit-il avant de les quitter.

Marshell marmonna dans sa barbe qu'il allait chercher des glaçons.

Une fois seuls, Booth continua de dévisager Ariel. Elle se moquait de lui. Il ignorait depuis combien de temps quelqu'un avait eu le courage ou l'occasion de le faire. Il hésitait encore entre la contrariété ou la curiosité. En attendant, le sentiment de profond ennui qui l'habitait depuis une heure avait disparu.

— Je n'ai aucune objection morale contre les feuilletons télévisés, mademoiselle Kirkwood.

— Très bien, répliqua-t-elle avant de plonger les lèvres dans le liquide pétillant.

La rangée de saphirs autour de son doigt capta la lumière et sembla se refléter dans ses yeux.

— Vous êtes donc un snob, conclut-elle. Je suppose que c'est votre droit. Dans ce cas, nous pouvons parler d'autre chose. Que pensez-vous de la politique étrangère de notre gouvernement ?

— Elle est ambiguë, murmura-t-il. Quel genre de personnage jouez-vous ?

— Je joue une personne remarquable, dit-elle.

Une lueur espiègle brillait toujours dans son regard.

— Et que pensez-vous du programme spatial ?

— Je me sens plus concerné par la planète sur laquelle j'habite. Depuis combien de temps jouez-vous dans cette série ?

— Cinq ans.

Ariel sourit à une personne à l'autre bout de la pièce et lui adressa un salut de la main.

De nouveau, Booth l'étudia attentivement, et pour la première fois depuis son arrivée dans cette soirée, il sourit. Son visage devint soudain plus séduisant, mais l'homme n'en parut pas plus accessible pour autant.

— Vous ne souhaitez pas parler de votre travail, n'est-ce pas ? fit remarquer Booth.

— Pas particulièrement, répliqua Ariel en lui retournant un sourire franc.

Booth sentit un léger frémissement, une émotion ténue qu'il croyait endormie depuis longtemps.

— Pas avec quelqu'un qui considère mon travail comme quantité négligeable, ajouta-t-elle. Dans une minute, vous allez me demander si je n'ai jamais envisagé de faire quelque chose de plus sérieux, et je vais devenir grossière. Mais d'après mon agent, je suis censée vous charmer.

La gentillesse qui se dégageait d'elle ne lui échappa pas, mais Booth préféra l'ignorer.

— C'est ce que vous faites ?

— Je ne suis pas au travail, riposta Ariel. De plus…

Elle prit le temps de vider sa coupe.

— … vous n'êtes pas du genre à vous laisser faire.

— Vous êtes très perspicace, admit Booth. Etes-vous une bonne actrice ?

— Oui. Inutile de faire quelque chose si ce n'est pas pour le faire bien. Que pensez-vous du sport ? demanda-t-elle en jouant avec son verre vide. Croyez-vous que les Yankees aient une chance de gagner, cette année ?

— Peut-être, à condition qu'ils renforcent leur champ intérieur.

Décidément, cette jeune femme n'était pas ordinaire, songea-t-il. N'importe quelle autre actrice en lice pour un premier rôle l'aurait abreuvé de compliments et lui aurait dressé la liste de tous les rôles qu'elle avait tenus devant une caméra.

— Ariel…

Avisant un serveur, Booth saisit au vol une coupe de champagne frais et la lui tendit.

— Ce prénom vous va bien. C'est un choix avisé.

Elle ressentit une soudaine attirance pour cet homme, fugace mais vive, qui semblait avoir été provoquée par sa façon de prononcer son prénom.

— Je passerai le compliment à ma mère.

— Ce n'est pas un nom de scène ?

— Non. Ma mère lisait *La Tempête* avant d'accoucher. Elle était très superstitieuse. J'aurais pu m'appeler Prospero si j'avais été un garçon.

Puis elle plongea les lèvres dans sa coupe en haussant légèrement les épaules.

— Booth, reprit-elle après avoir décidé que les politesses avaient assez duré. Allons droit au but : nous savons tous les deux que je vais auditionner pour le rôle de Rae dans quelques jours, n'est-ce pas ? Sachez que je suis bien décidée à le décrocher.

Booth acquiesça d'un signe de tête. La jeune femme avait beau être rafraîchissante par sa franchise, il n'en attendait pas tant.

— Dans ce cas, je serai assez franc pour vous dire que vous n'êtes pas le genre d'actrice que je recherche.

Sans se démonter, Ariel lui lança un regard surpris.

— Ah bon ? Et pourquoi cela ?

— Pour une raison très simple : vous êtes trop jeune.

Ariel partit d'un rire léger comme une brise, qui paraissait jaillir naturellement. Booth ne s'y fia pas non plus.

— Je ne peux que vous répondre que je peux paraître plus âgée.

— Peut-être. Mais Rae est une femme dure. Dure comme la pierre.

Il leva à son tour son verre, son regard fixé sur elle.

— Vous avez trop de faiblesses en vous. On le voit dans votre visage.

— Parce que vous me voyez, moi. Je n'ai encore jamais joué mon propre personnage devant une caméra.

L'idée plana plusieurs secondes dans son esprit.

— Mais je pense que cela ne me dérangerait pas, conclut-elle.

— Les actrices sont-elles jamais elles-mêmes ?

Elle planta son regard dans le sien et s'aperçut qu'il la regardait de nouveau avec cette intensité glaciale que la plupart des gens auraient trouvée agaçante.

Mais ce regard devait faire partie du personnage, songea-t-elle tandis que l'attirance qu'elle avait ressentie pour lui revenait en force.

— Vous n'aimez pas beaucoup cette race de femmes, n'est-ce pas ?

— Non.

Pour une raison qu'il ignorait, Booth se sentit obligé de la tester. Il souleva entre ses doigts une mèche de cheveux. Ils étaient étonnamment doux.

— Vous êtes une très belle femme, murmura-t-il.

Ariel inclina la tête sur le côté sans cesser de scruter

son visage. Son regard n'avait rien perdu de sa franchise. Le compliment aurait pu la toucher si elle n'avait senti qu'il était calculé. Pourtant, elle ne put s'empêcher d'être déçue.

— Et ?

Booth afficha un air surpris.

— Et ?

— Une réplique conduit généralement à une autre. En tant qu'écrivain, je suis certaine que vous en avez plusieurs en réserve.

Il lui caressa la joue. Elle ressentit à la fois la force de ses doigts et la désinvolture de son geste.

— Laquelle voulez-vous ?

— La plus sincère, répondit-elle posément. Mais comme vous n'êtes pas prêt à me la livrer, pourquoi ne pas passer à autre chose ? Dans votre film, votre personnage, Phil, est borné, froid et grossier. Je pense que vous vous êtes très bien dépeint.

Quel dommage qu'il ait une si piètre opinion des femmes, ou des personnes en général, songea-t-elle en levant vers lui une dernière fois son verre.

— Bonne soirée, Booth, lança-t-elle avant de tourner les talons.

Booth resta plusieurs secondes à la regarder avant d'éclater de rire. A cet instant précis, il ne lui vint pas à l'esprit que c'était la première fois qu'il riait de si bon cœur depuis presque deux ans. Il ne lui vint pas non plus à l'esprit qu'il riait de lui-même.

Non, décidément, cette femme n'était pas la Rae qu'il cherchait, songea-t-il, mais elle était douée. Très, très douée. Il n'était pas prêt d'oublier Ariel Kirkwood.

- 2 -

Debout devant l'immense baie vitrée du bureau de Marshell, Booth regardait grouiller New York. A cette hauteur, il se sentait en retrait, mais l'effervescence et l'énergie que dégageaient les rues et les trottoirs montaient jusqu'à lui. Il était heureux d'en être éloigné, car tout lien supposait une implication personnelle.

Aucune des actrices qu'ils avaient auditionnées ces deux dernières semaines ne lui avait donné satisfaction. Il savait exactement ce qu'il voulait pour le rôle de Rae — d'ailleurs, il était le mieux placé pour le savoir.

Il avait commencé à écrire le scénario sur une impulsion, et l'écriture avait été pour lui une sorte de thérapie, songea-t-il, le sourire aux lèvres. Cet exercice lui avait coûté moins cher qu'un psychiatre et s'était avéré beaucoup plus satisfaisant. Au début, il croyait qu'il se contenterait de terminer le manuscrit, d'expulser tout ce qui était nécessaire avant de l'enterrer dans un tiroir. C'était avant de comprendre qu'il s'agissait du meilleur travail qu'il ait jamais produit. La colère était sans doute la dixième Muse. Mais Booth était d'abord et avant tout un écrivain. En dépit de la douleur ressentie en exposant ses émotions les plus intimes, il n'avait pu se résoudre à ranger son meilleur travail dans un tiroir. Et puisqu'il était prêt à faire ce film, il voulait que ce soit une réussite.

Au début, il pensait qu'il aurait du mal à recruter l'acteur qui jouerait le rôle de Phil, ce personnage si proche de lui. Pourtant, la tâche avait été étonnamment simple. Car l'histoire était centrée non autour de Phil, mais de Rae, miroir dévastateur et extrêmement fidèle de son ex-femme, Elizabeth Hunter. Une actrice superbe, une célébrité, mais aussi une femme incapable d'éprouver la moindre émotion véritable.

Leur mariage avait commencé dans un tourbillon et s'était terminé en désastre. Booth assumait sa part de responsabilité, même s'il s'en voulait surtout de sa crédulité. Il avait cru en l'image que son ex-femme donnait d'elle-même. Il était tombé profondément amoureux de la perfection de son visage et de son corps. Il aurait pu lui pardonner ses défauts et ses faiblesses, qu'il n'avait pas tardé à découvrir. Mais jamais, au grand jamais, il n'aurait pu lui pardonner de l'avoir utilisé. Aujourd'hui encore, il ignorait s'il en voulait à Liz de l'avoir manipulé, ou s'il s'en voulait de l'avoir laissée faire.

Leurs cinq années tumultueuses de mariage lui avaient donné suffisamment de matière pour écrire une histoire dure qui s'apprêtait à devenir une très bonne fiction pour la télévision. Mais il en avait surtout gardé une immense méfiance à l'égard des femmes, et des actrices en particulier. Deux ans plus tôt, une fois leur rupture consommée, il s'était juré de ne plus jamais s'impliquer avec une femme capable de jouer aussi bien la comédie. L'honnêteté, si tant est que cette qualité existe chez les femmes, était tout ce à quoi il aspirait. Dès qu'il se sentirait prêt pour une nouvelle relation.

Sans comprendre pourquoi, ses pensées se tournèrent alors vers Ariel. La jeune femme hantait son esprit, certainement à cause de sa ressemblance physique avec Liz. Mais il n'en était pas certain. Leurs manières étaient différentes, tout comme leur élocution et leur style vestimentaire. Mais le plus grand contraste résidait dans leur personnalité. Ariel n'avait rien fait pour le charmer ou attirer son attention. Pourtant, elle avait fait les deux. Son angle d'attaque était peut-être différent, tout simplement.

Booth avait surtout apprécié son absence d'artifices, même s'il n'y croyait pas vraiment. Son rire enjoué, ses attitudes, ses regards innocents… Il y avait longtemps qu'une femme ne lui avait pas trotté ainsi dans la tête.

Dommage qu'elle ne soit pas faite pour ce rôle, songea-t-il. Elle aurait pu le distraire. Son intuition lui disait d'ailleurs qu'Ariel Kirkwood ne serait rien sans cette faculté à divertir.

— Je pencherais plutôt pour cette Julie Newman.

Chuck Tyler, le réalisateur, lança sur le bureau de Marshell une photo 8 × 10 sur papier glacé.

— Beaucoup de présence devant la caméra et sa première audition était très bonne.

Le cliché à la main, Marshell se balança sur son profond fauteuil en cuir. Le soleil dans son dos tapait à la fois sur le cliché et sur les bagues en or qui ornaient ses deux mains.

— Elle a également joué dans un nombre impressionnant de films.

— Non.

Sans se donner la peine de se retourner, Booth resta debout à observer la circulation. Pour une raison étrange, il s'imaginait à cet instant sur son bateau, dans le détroit de Long Island en train de prendre la mer.

— Elle manque d'élégance et elle affiche une trop grande vulnérabilité.

— Elle sait jouer, Booth, indiqua Marshell d'une voix teintée d'une impatience qui commençait à devenir coutumière.

— Ce n'est pas elle, insista Booth.

D'un geste automatique, Marshell plongea la main

dans sa poche à la recherche des cigares qu'il avait cessé de fumer un mois plus tôt. Puis il jura doucement dans sa barbe.

— Nous commençons à manquer de temps et de solutions.

Booth haussa les épaules. Oui, il aurait aimé être en mer à cet instant, torse nu, avec le soleil dans le dos et la mer d'un bleu à vous brûler les yeux. Il aurait aimé être seul.

Lorsque le téléphone sonna sur le bureau, Marshell soupira avant de s'avancer pour répondre.

— Mlle Kirkwood est arrivée pour l'audition, monsieur Marshell.

Marshell ouvrit le dossier que l'agent d'Ariel lui avait envoyé en grognant, puis le passa à Chuck.

— Faites-la entrer, annonça-t-il.

— Kirkwood, dit Chuck d'un air songeur.

L'œil soucieux, il contempla la photo sur laquelle figurait Ariel.

— Kirkwood… J'y suis. Je l'ai vue l'été dernier dans une pièce à Broadway intitulée *Un tramway nommé Désir*.

Vaguement intéressé, Booth lui lança un regard par-dessus l'épaule.

— Dans le rôle de Stella ?

— De Blanche, corrigea Chuck en parcourant la liste de ses rôles.

— Blanche DuBois ?

Booth émit un petit rire avant de se tourner complètement vers les deux hommes.

— Elle est quinze à vingt ans trop jeune pour ce rôle, ajouta-t-il.

Chuck se contenta de lever les yeux vers lui.

— Elle jouait très bien, répondit-il simplement. Vraiment très bien. Et d'après ce que je sais, elle est très bonne dans ce feuilleton télévisé. Inutile de vous dire combien de stars sont d'abord passées par là.

— En effet, c'est inutile, répliqua Booth en s'asseyant négligemment sur l'accoudoir d'un fauteuil. Mais si elle est collée au même rôle depuis cinq ans, soit elle n'est pas assez douée pour un film ou une pièce de grande envergure, soit elle manque complètement d'ambition. Comme il s'agit d'une actrice, je pencherais plutôt pour la première solution.

— Continue à cultiver ton cynisme, rétorqua Marshell sèchement. C'est bon pour toi.

Booth lui décocha un sourire fugace. En entrant dans la pièce, Ariel en fut le témoin un court instant. Cette vision la convainquit de revoir l'opinion qu'elle s'était faite de lui lors de cette soirée. Qui sait, cet homme avait peut-être certaines qualités ? songea-t-elle. Quoi qu'il en soit, elle était prête à le croire.

— Mademoiselle Kirkwood.

Marshell souleva son corps imposant du fauteuil et lui tendit la main.

— Monsieur Marshell, je suis heureuse de vous revoir.

Ariel balaya rapidement la pièce du regard, et s'attarda brièvement sur Booth, qui était resté assis sur l'accoudoir du fauteuil.

— Votre bureau est aussi impressionnant que votre appartement, déclara-t-elle.

Booth attendit qu'on la présente à Chuck. La jeune femme était vêtue simplement, remarqua-t-il. Mais l'impression était trompeuse si l'on considérait tous les foulards de couleurs vives qui ceignaient la taille de sa modeste robe bleue. Il y avait du violet, du vert émeraude et du rose vif. Une combinaison audacieuse et remarquablement efficace. Ariel avait de nouveau lâché ses cheveux, ce qui lui donnait un air de jeunesse et de liberté qui ne cadrait pas du tout avec le personnage qu'elle s'apprêtait à incarner. Booth prit distraitement une cigarette et l'alluma.

— Booth, dit-elle en le saluant d'un signe de tête.

Puis elle lui adressa un sourire nonchalant tandis que son regard s'attardait sur la cigarette de l'homme.

— Elles vous tueront, vous savez ?

Booth prit une bouffée et exhala d'un air désinvolte un long nuage de fumée.

— Oui, elles finiront par le faire.

Ariel portait le même parfum discrètement sensuel qu'il avait remarqué à la fête. Pourquoi lui allait-il si bien tout en formant un étrange contraste avec sa personnalité ? La jeune femme le fascinait. Sans qu'elle ait pour cela à se donner le moindre mal.

— Je vais vous donner la réplique, poursuivit-il en prenant une copie du script. Nous allons jouer la scène de confrontation du troisième acte. Vous la connaissez ?

L'homme ne se départait jamais de son professionnalisme, remarqua Ariel, étonnée. Lui arrivait-il de se détendre ? Ou de décider de le faire ? Il était rare qu'elle se sente stressée, mais elle sentait la tension qui habitait Booth. Pourquoi était-il si nerveux ? De son côté, le trac qu'elle aurait pu ressentir se résumait à un minuscule nœud confiné au creux de son estomac. Elle avait beau en avoir conscience, elle savait qu'il l'aiderait à donner le meilleur d'elle-même pendant l'audition.

— Oui, je la connais, répondit-elle en acceptant une autre copie du script.

Booth tira une dernière fois sur sa cigarette avant de l'écraser.

— Vous voulez un préambule ?

— Non.

A présent, les mains d'Ariel étaient moites. Parfait.

Elle avait suffisamment d'expérience pour mettre sa nervosité et ses émotions au profit de son jeu. Elle inspira calmement et profondément, puis parcourut le script jusqu'à la scène voulue. Celle-ci n'était pas simple. Elle plongeait directement au cœur du personnage, égoïste, ambitieux, et froidement sexy de l'héroïne. Ariel prit une minute pour la relire.

Pendant tout ce temps, Booth ne la quitta pas des yeux. La jeune femme ressemblait plus à une ingénue candide qu'à une femme de tête froide et calculatrice. Il était presque déçu qu'il n'y ait pas de rôle pour elle dans le film. Puis Ariel leva la tête vers lui et le contempla avec un sourire froid et sans vie qui le laissa muet de stupeur.

— Je t'ai toujours pris pour un idiot, Phil, mais un idiot qui a réussi et avec lequel on s'ennuie peu.

Le ton, les attitudes et même l'expression de son visage étaient si justes qu'il fut incapable de répondre. L'espace d'un instant, Ariel se confondit complètement avec le personnage et la femme qu'il avait créés. Il sentit alors son estomac se nouer. Il n'éprouvait aucune attirance pour elle, pas même de l'admiration, juste de la colère. Une colère totalement inattendue et honteusement réelle. Booth n'avait pas besoin de lire le script pour se rappeler la réplique.

— Tu es si transparente, Rae. Je suis étonné que tu réussisses à berner les autres au point de gagner leur confiance.

Ariel émit un rire magnifique qui fit frissonner les trois hommes.

— Mais je gagne ma vie en décevant les gens. Tout le monde a besoin d'illusions, même toi. Et c'est ce que je t'ai donné.

D'un geste lascif, Ariel passa la main dans ses cheveux. Les longues boucles dorées brillèrent sous le soleil du matin. Le geste et les manières étaient si caractéristiques de Liz Hunter.

— J'ai réussi à m'extirper de ce trou dans le Missouri où j'ai eu la malchance de naître, continua-t-elle, et je me suis hissée au sommet. Il est vrai que tu m'as beaucoup aidée.

Ariel s'avança vers lui, un sourire glacial sur les lèvres, et lui effleura la joue de sa main.

— Et tu as été indemnisé. Très bien indemnisé.

Phil la saisit par le poignet, d'un geste vif, et Ariel fut surprise par la charge émotionnelle de son geste.

— Tôt ou tard, tu finiras par tomber, la menaça-t-il.

Elle le toisa avant de s'adresser à lui d'une voix dangereusement calme.

— Je ne tombe jamais, mon chéri.

Lentement, Booth se leva. L'expression de son visage aurait fait trembler n'importe quelle femme, la mettant instantanément sur la défensive. Mais Ariel se contenta de le défier avec la même expression froide et amusée, et il dut faire des efforts pour garder son calme.

— Très bien, Ariel Kirkwood, déclara Booth en posant le script.

Ariel lui décocha un sourire lumineux. Instinctivement, elle sut qu'elle avait gagné. Elle soupira doucement : elle pouvait presque sentir le personnage de Rae quitter peu à peu son corps.

— Merci. C'est un rôle formidable, ajouta-t-elle, beaucoup plus détendue. Vraiment formidable.

— Vous vous êtes bien documentée sur le personnage, murmura Marshell depuis son bureau.

Il connaissait bien Elizabeth Hunter, et les cinq minutes d'audition d'Ariel l'avaient impressionné, tout en lui laissant une légère impression de malaise. Mais il connaissait aussi

Booth et savait exactement ce que l'auteur du personnage de Rae pouvait ressentir à cet instant.

— Seriez-vous disponible pour une deuxième audition ? demanda Marshell.

— Bien entendu.

— Je vous ai vue à l'œuvre dans le rôle de Blanche DuBois, mademoiselle Kirkwood, intervint Chuck. Vous m'avez impressionné, comme maintenant.

Ariel lui sourit franchement tout en étant consciente du regard de Booth fixé sur elle. S'il était bouleversé, cela signifiait que son audition s'était encore mieux passée que prévu.

— C'est mon plus grand défi professionnel jusqu'à ce jour.

Elle aurait aimé sortir, respirer l'air frais et savourer sa victoire quasi assurée.

— Je vous remercie, ajouta-t-elle en regardant de nouveau les trois hommes. J'espère avoir bientôt de vos nouvelles.

Elle se dirigea vers l'ascenseur. Elle était trop terrifiée à l'idée d'avoir raison comme à celle d'avoir tort. Jusqu'à cet instant, elle n'avait pas réalisé à quel point elle désirait ce rôle, et ce qu'il pouvait signifier pour elle.

Elle ne manquait pas d'ambition : elle avait choisi de devenir actrice par amour du métier. Et aussi par défi.

Décrocher le rôle de Rae pourrait satisfaire tous ses désirs. Le temps de monter dans l'ascenseur, ses mains étaient redevenues sèches, mais son cœur battait à tout rompre. Elle n'entendit pas Booth approcher.

— J'aimerais vous parler, déclara-t-il en pénétrant dans la cabine après elle.

Puis il poussa le bouton qui conduisait au rez-de-chaussée.

— D'accord.

Ariel poussa un long soupir et s'adossa au mur de la cabine.

— Je suis heureuse que tout soit terminé ! Je meurs de faim. Rien ne m'ouvre plus l'appétit qu'une audition.

Booth tenta de faire le lien entre la femme pleine de vie qui lui souriait avec chaleur et celle qui venait de lui donner la réplique. Il en fut incapable. Ariel jouait mieux la comédie que ce qu'il imaginait. Elle n'en était que plus dangereuse.

— Votre audition était excellente.

Elle le regarda avec curiosité.

— Pourquoi ai-je le sentiment que vous venez de m'insulter ?

Les portes de l'ascenseur s'ouvrirent. Booth resta immobile quelques instants avant de hocher la tête.

— Je vous ai déjà dit que vous étiez très perspicace ?

Les fins talons d'Ariel cliquetèrent sur le carrelage, tandis qu'elle traversait le hall aux côtés de Booth. Il remarqua que plusieurs têtes se retournaient sur son passage, aussi bien des hommes que des femmes. Mais Ariel semblait soit ne pas les voir, soit ne pas y prêter attention.

— Pourquoi jouez-vous dans une série télé ?

Elle lui lança un regard de biais.

— Parce que le rôle est intéressant et que le scénario est bien écrit. Ça, c'est la première raison. La deuxième est que cette série m'offre un travail stable. Lorsque les acteurs sont en attente d'un rôle, ils travaillent comme serveurs, laveurs de voitures, vendeurs d'électroménager, et sombrent généralement dans la déprime. Si les trois premières solutions ne me dérangent pas trop, la dernière me fait horreur. Avez-vous déjà regardé un épisode de la série ?

— Non.

— Dans ce cas, vous ne pouvez pas prendre cet air méprisant.

Une fois dehors, elle s'arrêta près d'un marchand ambulant de bretzels chauds et huma leur délicieuse odeur.

— Vous en voulez un ?

— Non, répondit de nouveau Booth en enfonçant les mains dans les poches.

Debout au milieu de la foule qui envahissait les trottoirs à côté du stand de bretzels, il se dégageait d'elle une sensualité à fleur de peau. Booth ne la quittait pas des yeux tandis qu'elle mordait avec appétit dans le petit pain chaud.

— Je pourrais ne manger que ça, expliqua-t-elle la bouche pleine, une lueur amusée dans le regard. Avoir une alimentation équilibrée, c'est très bien, mais si contraignant. Parfois, j'aime ne plus y penser pendant de longues périodes. Marchons un peu, voulez-vous ? J'ai besoin de faire quelques pas pour me détendre. Et vous, que faites-vous ?

— Comment cela ?

— Pour vous détendre.

— J'écris, répondit Booth en emboîtant le pas long et chaloupé d'Ariel au milieu des piétons qui se pressaient autour d'eux.

— Et lorsque vous n'êtes pas tendu, vous écrivez aussi ? ajouta Ariel en mordant de nouveau dans son bretzel. Avez-vous toujours été aussi sérieux ?

— C'est un travail stable, riposta-t-il.

Elle éclata de rire.

— Vous êtes très vif. Je ne pensais pas que je pourrais vous apprécier, mais vous avez un excellent sens de l'humour.

Elle s'arrêta près d'un autre marchand ambulant et

acheta un bouquet de violettes, dont elle huma le parfum en fermant les yeux.

— Merveilleux, murmura-t-elle. J'ai toujours pensé que le printemps était la plus belle saison avant l'été. Ensuite, je me laisse aller au charme de la chaleur avant l'automne. Puis l'automne devient la meilleure saison avant l'hiver.

Sans cesser de rire, elle leva les yeux du bouquet pour plonger son regard dans celui de Booth.

— J'ai aussi tendance à trop parler lorsque je suis tendue, conclut-elle.

Elle baissa le bouquet, et Booth profita de cet instant pour lui saisir le poignet. Pas avec la même violence que pendant l'audition, mais avec la même intensité.

— Qui diable êtes-vous ? demanda-t-il.

Le sourire d'Ariel s'évanouit, mais elle ne chercha pas à se dégager.

— Ariel Kirkwood. Sur scène ou devant la caméra, je peux être bien d'autres personnages, mais dès que le rideau tombe, je redeviens moi-même. C'est tout. Pourquoi chercher les complications ?

— Je n'ai pas besoin de les chercher : elles sont toujours là.

— Etrange. Je n'en vois jamais aucune.

Elle le dévisagea quelques secondes de son regard franc et de son beau visage lisse. Booth se sentit frémir, mais préféra chasser ces émotions dérangeantes.

— Accompagnez-moi, proposa-t-elle.

Avant qu'il puisse protester, elle lui prit d'office la main.

— Où donc ?

Rejetant la tête en arrière, elle pointa du doigt l'Empire State Building et son imposante architecture.

— Là-haut.

En riant, elle l'entraîna avec elle à l'intérieur du gratte-ciel.

— Tout en haut, ajouta-t-elle.

Booth lança des regards inquiets autour de lui tandis qu'elle achetait les billets pour monter à la plate-forme d'observation.

— Pourquoi y tenez-vous tellement ?

— Faut-il toujours trouver une raison à tout ? répondit-elle en coinçant le bouquet de violettes dans les foulards enroulés autour de sa taille. Puis elle glissa un bras sous le sien.

— J'adore ces endroits : Ellis Island, le ferry de Staten Island, Central Park. Pourquoi habiter à New York si l'on n'en profite pas ? Quand avez-vous visité ces endroits pour la dernière fois ?

Serrés dans l'ascenseur parmi les autres visiteurs, il sentait l'épaule d'Ariel collée à son bras.

— Je devais avoir dix ans.

Malgré la densité des corps et la diversité des odeurs, il pouvait sentir son parfum, doux et puissant.

— Oh ! Vous avez grandi, plaisanta Ariel. Quel dommage !

Bouche bée, il l'observa quelques instants. Il avait l'impression qu'elle riait toujours, de lui, ou de quelque plaisanterie dont elle était la seule à connaître la teneur. Etait-elle vraiment aussi décontractée vis-à-vis d'elle-même et de la vie en général ? Avec tout le monde ?

— N'avons-nous pas tous grandi ? demanda-t-il alors.

— Bien sûr que non. Nous avons pris de l'âge, mais le reste n'est qu'une question de choix personnel.

Ils suivirent le groupe vers un autre ascenseur qui conduisait au sommet du gratte-ciel.

Booth était un homme qu'elle était capable d'apprécier, songea-t-elle, debout derrière lui. Il avait une âme noble et austère, associée à un humour pince-sans-rire, presque involontaire. Pourtant, elle devait aussi penser à son rôle dans le film. Elle devait veiller à ne pas mêler sentiments et vie professionnelle. Mais elle n'était pas inquiète : elle avait toujours su séparer la femme qu'elle était de l'actrice.

Pour l'instant, l'audition était du passé, et elle avait l'après-midi devant elle. Elle était d'humeur joyeuse et elle était accompagnée d'un homme fascinant. Que demander de plus en cette magnifique journée ?

La boutique de souvenirs grouillait de touristes de tous les pays qui parlaient toutes les langues. Ariel décida qu'elle achèterait une babiole avant de partir. Booth regardait autour de lui, les yeux légèrement plissés. C'était un observateur, songea-t-elle en inclinant légèrement la tête. Tout comme elle, mais à un degré différent. Mais pendant que Booth disséquait, analysait et classait, elle se contentait de profiter du spectacle.

— Venez, allons dehors, suggéra-t-elle en prenant de nouveau sa main. La vue est magnifique.

Elle poussa la lourde porte et accueillit la première bourrasque en riant.

Tenant fermement la main de Booth, elle s'élança vers la balustrade et se délecta de la vue imprenable.

A cette hauteur, la ville ressemblait à un plateau de jeu miniature. Mais pour Ariel, New York était toujours si réelle et présente, même à cette distance. Elle éprouvait toujours pour la ville la même fascination. En haut de l'Empire State Building, elle avait toujours le sentiment de pouvoir accomplir tout ce qu'elle voulait.

— J'adore les hauteurs, déclara-t-elle en se penchant le plus possible.

Elle sentit les bourrasques d'avril l'envelopper.

— Les hauteurs qui donnent le vertige, précisa-t-elle.

Et le vent. Si je pouvais, je viendrais ici tous les jours. Je ne m'en lasse pas.

En temps normal, Booth aurait plutôt fui cette proximité, mais il laissa sa main dans la sienne. Ariel avait une peau douce et fine ; ses joues étaient rouges sous l'effet du froid tandis que ses cheveux volaient librement au vent. Ses yeux avaient une telle vivacité ! Cette fois, il eut plus de mal à ignorer l'attirance qu'elle exerçait sur lui. Il se détourna d'elle et regarda en bas.

— Pourquoi ne pas monter en haut du Rockefeller Center ? demanda-t-il en embrassant du regard l'île où il vivait.

Elle secoua la tête.

— Ce n'est pas la même chose. Il n'y a rien de comparable à cet endroit. Tout comme il n'y a qu'une seule tour Eiffel, qu'un seul Grand Canyon, qu'un seul mont des Oliviers.

Elle se tourna vers lui sans prendre la peine de balayer les mèches de cheveux qui barraient son visage.

— Tous ces lieux sont uniques, spectaculaires. Qu'est-ce que vous aimez, Booth ?

Une famille arriva en riant. La mère devait tenir sa jupe pour éviter qu'elle s'envole, et le père portait leur bébé dans ses bras. Booth les regarda s'arrêter près d'eux, puis s'absorba de nouveau dans la vue.

— Comment cela ?

— Si vous aviez pu occuper votre journée à votre guise, qu'auriez-vous fait ?

— Je serai parti en mer, répondit-il aussitôt en se rappelant combien, dans le bureau de Marshell, il avait désiré être sur son bateau. Je serais allé faire de la voile dans le détroit de Long Island.

Une lueur d'intérêt illumina le regard d'Ariel, comme semblait le faire chacune de ses émotions ou de ses pensées.

— Vous possédez un bateau ?

— Oui. Mais je n'ai pas beaucoup de temps à lui consacrer.

Il ne prenait surtout pas le temps de le faire, rectifia-t-elle pour elle-même.

— C'est un passe-temps solitaire. C'est très admirable.

Elle s'adossa contre le mur pour mieux observer les gens qui se pressaient sur la plate-forme. Le vent plaqua le tissu de sa robe contre son corps, révélant la minceur et l'élégance de ses courbes.

— Je n'aime pas beaucoup la solitude, murmura-t-elle. J'ai besoin de gens, de contacts, de contrastes. Je n'éprouve pas forcément le désir de les connaître tous, mais juste de savoir qu'ils sont là.

— Est-ce pour cette raison que vous avez choisi ce métier ?

A présent, Booth et elle se faisaient face, très près l'un de l'autre, comme deux amis. Booth trouvait leur proximité étrange, mais il n'eut pas envie de prendre ses distances.

— Pour avoir un public, ajouta-t-il.

Elle prit un air songeur, avant de lui sourire avec désinvolture.

— Vous êtes un homme très cynique.

— C'est la deuxième fois qu'on me le dit aujourd'hui.

— Ça ne fait rien. C'est sans doute très utile pour votre travail d'écriture. Pour répondre à votre question, oui, je joue pour un public. Mais je pense que je joue d'abord pour moi.

Elle offrit son visage au vent.

— C'est un métier merveilleux, déclara-t-elle. Comment peut-on être autant de personnes différentes ? Une princesse, un clochard, une victime, un perdant ? Vous écrivez pour qu'on lise vos livres, mais n'écrivez-vous pas aussi pour vous exprimer ?

— Si.

Booth ressentit une sensation étrange, presque familière — ses muscles lui paraissaient plus détendus, ses pensées plus fluides. Il lui fallut quelques instants pour comprendre qu'il se détendait, et quelques secondes de plus pour faire machine arrière. A force de relâchement, il risquait de se brûler les ailes. De ça, il était certain.

— L'ego des écrivains est donc presque aussi grand que celui des acteurs.

Elle eut un bruit de gorge qui ressemblait à un soupir.

— Elle vous en a fait baver, n'est-ce pas ?

Les yeux de Booth devinrent glacials, tout comme sa voix.

— Cela ne vous regarde pas.

— Vous avez tort.

Le sentant battre en retraite, elle éprouva une pointe de déception, mais décida de poursuivre.

— Si je dois jouer Rae, cela me regarde. Booth…

Elle posa la main sur son bras, désireuse de le comprendre assez pour briser le mur de réserve et d'amertume qu'il avait érigé autour de lui.

— Si vous aviez voulu garder pour vous cet aspect de votre vie, vous n'auriez pas écrit ce scénario.

— C'est une simple histoire, répondit-il d'une voix monocorde. Je ne me suis pas exposé.

— La plupart du temps, non, convint-elle. J'ai toujours senti une certaine distance dans votre travail, qui est d'ailleurs toujours excellent. Pour une personne ayant connu un tel succès, vous avez gardé profil bas, même lorsque vous avez épousé Liz Hunter. Mais vous avez laissé transpirer certaines choses dans ce scénario, et maintenant, il est trop tard pour reculer.

— J'ai juste écrit une histoire à propos de deux personnes mal assorties qui se sont utilisées mutuellement.

L'homme est un peu idéaliste et juste assez naïf pour se laisser berner par un visage d'ange. A la fin de l'histoire, il apprend que les apparences ne signifient pas grand-chose et que la confiance et la loyauté ne sont que des illusions. La femme est froide, ambitieuse et intelligente, mais elle ne se satisfait pas de ses propres talents. C'est un vampire au sens propre du terme, et elle vide le héros de son sang. Il y a peut-être des similitudes entre cette histoire et la réalité, mais ma vie reste ma vie.

— Défense d'entrer, commenta Ariel en tournant son regard vers la ville. Très bien, le décor est planté.

Puis elle se laissa bercer par le bruit du vent et les voix qui l'entouraient. Un touriste empestait l'eau de Cologne bon marché. Un sachet de chips vide rasa le sol en béton.

— Je ne suis pas une femme d'affaires avisée, déclara-t-elle. Je n'ai pas l'intention de m'excuser pour mon style de vie ou ma personnalité, mais je ferai de mon mieux pour que nos conversations restent strictement professionnelles.

Prenant une profonde inspiration, elle se tourna de nouveau vers lui. Ses yeux avaient perdu de leur chaleur, ce qu'il se surprit à regretter.

— Je suis une bonne actrice, une excellente artiste. Dès que j'ai eu ce script entre les mains, j'ai immédiatement su que je pouvais jouer le rôle de Rae. Et je suis suffisamment aguerrie pour savoir que mon audition s'est bien passée.

— Oui, vous êtes loin d'être stupide.

Malgré ses regrets, Booth se sentait plus à l'aise avec ce type de conversation. Surtout, il comprenait mieux les motivations d'Ariel : celles d'une actrice à la recherche d'un grand rôle.

— Jusqu'à cet après-midi, je n'étais pas certain que vous étiez la personne que je recherchais. Personne avant vous n'a jamais touché d'aussi près l'essence même du personnage.

En percevant la sécheresse de son ton, elle sentit sa gorge se nouer et les battements de son cœur s'accélérer.

— Et donc ? bredouilla-t-elle.

— Je voudrais que vous reveniez passer une audition avec Jack Rohrer. C'est l'acteur qui a été retenu pour le rôle de Phil. Si l'alchimie fonctionne, le rôle est à vous.

Prenant une profonde inspiration, elle s'appuya contre l'épaisse paroi vitrée et tenta de prendre la nouvelle avec calme. Certes, elle avait déclaré que leur relation serait uniquement professionnelle. Mais elle n'avait aucune raison de le faire, comprit-elle en sentant monter une bouffée de joie. C'était inutile. Avec un cri de bonheur, elle noua ses bras autour du cou de Booth. Il fallait qu'elle le touche, qu'elle partage avec lui son bonheur.

Ariel Kirkwood, la petite rêveuse de la 185e Rue, allait être à l'affiche d'un film écrit par DeWitt, avec P. B. Marshell à la réalisation et Jack Rohrer comme partenaire. La vie allait-elle un jour cesser de la surprendre ? Non, souhaita-t-elle de toutes ses forces, accrochée au cou de Booth.

Par réflexe, il avait placé les mains autour de sa taille, et les y laissa, tandis que son rire réchauffait son oreille. Etrangement, ce contact lui rappela deux choses : l'infini bonheur de sa jeune nièce le jour où il lui avait offert une très jolie maison de poupée pour Noël, et la première fois où, devenu homme, il avait tenu une femme dans ses bras. Il retrouva la même douceur, ainsi que la force et l'abandon que seul le corps d'une femme pouvait dégager. Il en éprouva un plaisir innocent, presque enfantin.

Il aurait pu la prendre à son tour dans ses bras. Il aurait aimé le faire, juste pour éprouver sa souplesse et sa douceur, sans qu'aucune ombre ne vienne gâcher le tableau. Son corps s'emboîtait si bien avec le sien : la courbe de sa joue, l'alignement de leurs membres. Tellement bien qu'il resta parfaitement immobile et se retint de la serrer contre lui.

Tout à son plaisir et à son excitation, Ariel s'enivra du parfum de Booth. Il sentait bon le savon. Son corps était massif. Il n'y avait rien de désinvolte ou de décontracté en lui. Seules l'intensité et l'intelligence dominaient. Sa force l'attirait, de même que sa réserve. Même à contrecœur, il aurait été là pour lui tendre la main si jamais elle trébuchait. C'était un homme qui exigeait que l'on suive son rythme, et qui attendait qu'on lui donne la place qu'il voulait quand il le voulait. C'était un homme à éviter, surtout pour une femme encline à se laisser guider par ses émotions et ses sens. Elle désira presque douloureusement sentir ses bras l'enlacer, même si elle savait que c'était peine perdue.

Elle s'écarta légèrement, mais leurs visages étaient suffisamment proches pour qu'elle sache ce qu'elle ressentirait si cette bouche sévère s'approchait de la sienne. Elle avait le souffle court et ses yeux ne cachaient rien de l'attirance qu'elle ressentait pour lui ni de la surprise qui en découlait.

— Je suis navrée, dit-elle d'une voix calme. Je suis naturellement démonstrative. Or, j'ai le sentiment que vous n'appréciez pas ce genre de démonstration.

Avait-il jamais eu autant envie d'embrasser une femme ? Il pouvait presque goûter sa bouche, à quelques centimètres à peine de la sienne. Il pouvait presque en sentir la texture contre ses lèvres. Il s'exprima pourtant d'une voix indifférente, et son regard demeura distant.

— Je pense qu'il y a des moments et des lieux pour le faire.

Elle souffla longuement. Après tout, elle s'était exposée à recevoir cet affront.

— Vous êtes un homme dur, Booth DeWitt, murmura-t-elle.

— Je suis réaliste, Ariel.

Il sortit une cigarette et protégea la flamme du briquet d'une main, qui, à sa grande surprise, tremblait légèrement.

— Que c'est dur !

Elle s'efforça de se détendre. Elle ne comprenait pas que l'on puisse être indifférent aux gens ou aux événements. Tout ce que l'on voyait, touchait, entendait, déclenchait forcément des émotions.

— En même temps, vous ne pouvez plus être autrement, conclut-elle.

Un peu plus à l'aise, elle lui sourit.

— Je pense que je vais apprécier de travailler avec vous, Booth, même si ça ne va pas être une partie de plaisir. Je vais mettre en valeur votre script le mieux possible, et nous en sortirons tous les deux gagnants.

Il acquiesça dans un nuage de fumée.

— Je n'attends des autres que le meilleur d'eux-mêmes.

— Parfait, vous ne serez pas déçu.

C'était dans la nature d'Ariel de toucher les gens, d'ajouter une note personnelle. Mais un affront, c'était assez pour la journée, décida-t-elle.

— Formidable.

Elle le dévisagea en riant.

— Vous êtes séduisant, Booth. J'ignore pourquoi, parce que je pense que vous n'êtes pas quelqu'un de bon.

Il exhala un nouveau nuage de fumée en la regardant avec nonchalance.

— En effet, dit-il en abondant dans son sens.

— Nous nous apporterons donc mutuellement ce qui sera nécessaire sur le plan professionnel.

Incapable de contrôler ses impulsions, elle déposa un baiser sur sa joue avant de lui mettre d'office le bouquet de violettes dans les mains et de tourner les talons. Booth resta seul au sommet de la ville, livré aux bourrasques du vent.

- 3 -

Pendant toute sa vie professionnelle, Booth avait fréquenté les plateaux de cinéma. Il avait vu de tout : des salles de réception du XVIIIe siècle, des chambres à coucher contemporaines, des bars, des restaurants et des grands magasins ; des vaisseaux spatiaux et des cabanes de bois. Avec quelques accessoires, des toiles de fond et beaucoup d'imagination, on pouvait créer n'importe quoi.

Mais pour l'essentiel, les plateaux de cinéma se résumaient tous à des techniciens, des lumières, des caméras, des perches et des kilomètres de câbles. C'était l'industrie de l'illusion et de l'image. En dépit de son aspect glamour, c'était aussi un métier, fastidieux et astreignant. Les journées de travail étaient longues, et les éclairages transformaient les studios en fournaise.

Booth ne s'était jamais contenté de rester seul face à sa machine à écrire. Dès son premier scénario, il avait insisté pour être impliqué dans la réalisation du film. Il était sensible aux aspects pratique et réaliste et savait évaluer la créativité d'un bon angle de caméra et d'un bon éclairage. Mais il était également capable de regarder le plateau et les acteurs en faisant abstraction de tout le matériel. D'avoir un regard extérieur, proche de celui du spectateur. Il faisait alors appel au rêveur en lui, dont il avait toujours su garder le contrôle.

Booth ignorait ce qui l'avait poussé à se rendre sur le plateau de *Nos vies, nos amours*. Le script sur lequel il travaillait était au point mort, et il désirait revoir Ariel. Le parfum des violettes l'avait poursuivi bien longtemps alors qu'il essayait de travailler. Il avait bien essayé de jeter les fleurs, mais n'avait pu s'y résoudre. Une partie de lui, enfouie au fond de son être, avait besoin de ces petites choses, même s'il répugnait à l'admettre.

Il était venu rendre visite à Ariel sous le prétexte d'observer sa façon de travailler avant de lui confier le rôle de Rae.

Ariel était assise devant une table de cuisine, ses pieds nus posés sur une chaise. Pendant ce temps, Jack Sapiro, qui tenait le rôle de Griff Martin, l'homme qu'elle avait aimé lorsqu'elle était à l'université, faisait une partie de solitaire. De l'autre côté de la scène, les parents d'Ariel à l'écran parlaient de leurs enfants. Dès qu'ils auraient fini, Jack et elle tourneraient leur scène.

— Le six noir sous le sept rouge, marmonna-t-elle.

Sa remarque lui valut un regard furieux de la part de Jack.

— Comme son nom l'indique, le solitaire est un jeu qui se joue seul, lui rappela-t-il.

— C'est un jeu antisocial.

— Tu penses que les casques sont antisociaux ?

— Oui, répondit-elle en déplaçant elle-même la carte.

— Pourquoi n'appelles-tu pas le comité de sauvegarde des mammifères terrestres à trois pattes ? Ils ont certainement besoin de toi à leur prochain déjeuner.

Ce n'était pas le moment de lui demander de faire un don pour l'association des chatons abandonnés dont elle faisait partie.

— Ne sois pas si méprisant, dit-elle d'une voix douce. Je te rappelle que tu es censé être fou de moi.

— Lorsque tu m'as quitté pour Cameron, j'aurais dû me faire soigner.

— C'est ta faute. Tu as oublié de m'expliquer ce que tu faisais seul dans cette chambre d'hôtel avec Vikki.

Jack grogna en retournant une autre carte.

— Tu aurais dû me faire confiance. Un homme doit préserver sa fierté.

— Oui mais, aujourd'hui, je suis empêtrée dans un mariage désastreux et je suis peut-être enceinte.

Jack leva les yeux vers elle et lui sourit.

— C'est très bon pour l'audience. Tu l'as regardée cette semaine ? Nous avons encore gagné un point.

Ariel posa les coudes sur la table.

— Attends un peu qu'Amanda et Griff recommencent à se faire les yeux doux.

Elle posa un dix noir sous le valet de carreau.

— Il va y avoir des étincelles, ils vont se consumer l'un pour l'autre.

Jack posa violemment la main sur la sienne.

— Tu es une sacrée allumeuse.

Incapable de se retenir, il lui lança un regard provocateur.

— Je ne t'ai pas embrassée depuis plus de six mois, ajouta-t-il.

— Lorsque l'occasion se présentera, applique-toi. Amanda n'est pas une femme facile à convaincre.

Ariel se leva et, d'un pas nonchalant, s'éloigna pour les dernières retouches de maquillage.

Le plateau avait déjà été préparé pour la rencontre courte mais intense entre Amanda et Griff, les deux anciens amants. La maquilleuse avait ajouté des cernes sombres mais légers au maquillage d'Ariel pour donner l'impression qu'elle avait mal dormi. Sous les fards, son teint était un peu pâle.

Lorsque les caméras commencèrent à filmer, Amanda se trouvait dans son bureau et consultait les dossiers de ses patients. Elle paraissait très calme et sereine.

Soudain, elle ferma brusquement le tiroir de son bureau et se mit à arpenter la pièce. Au montage, on verrait un flash-back de la scène où elle découvrait son mari dans les bras de sa sœur. Amanda saisit ensuite une tasse en porcelaine sur son bureau et la lança violemment contre le mur. Surprise par son propre geste, une main devant la bouche, elle regarda fixement la tasse brisée. En entendant frapper à la porte, elle serra les poings. La crispation de ses traits témoignait des efforts qu'elle devait faire pour se contrôler. D'un pas maîtrisé, elle contourna le bureau et retourna s'asseoir.

— Entrez.

La caméra se tourna vers Jack, *alias* le Dr Griff Martin, rustre d'apparence comme de caractère, le premier et seul amour d'Amanda avant son mariage avec Cameron. Ariel savait que le réalisateur changerait la scène au montage et insérerait un plan centré sur le visage de Jack pour saisir sa réaction. Aussi, alors que l'on filmait l'entrée de Jack, elle fit la grimace et lui tira la langue. Le personnage de Jack lui lança alors un regard éperdu, censé faire fondre le cœur des femmes.

— Amanda, aurais-tu une minute à me consacrer ?

Lorsque la caméra se braqua de nouveau sur elle, le visage d'Ariel affichait de nouveau une expression calme, troublée seulement par une pointe de nervosité.

— Bien sûr, Griff.

Elle croisa les mains sur le bureau, seul signe de son anxiété.

— J'ai un cas de maltraitance conjugale, lança-t-il sur le ton haché, presque revêche, de son personnage.

Amanda, ainsi que plusieurs millions de téléspectatrices, avaient craqué pour son irrésistible style de brute au cœur tendre.

— J'ai besoin de ton aide, ajouta-t-il.

Ils continuèrent de filmer la scène, posant les jalons d'un scénario qui, au fil des semaines à venir, allait les pousser de nouveau l'un vers l'autre dans une tension grandissante. Lorsque la caméra passa brièvement dans le dos de Jack, ce dernier croisa le regard d'Ariel et lui montra les dents. Ariel s'avança vers lui et lui écrasa volontairement le pied. Aucun des deux acteurs ne perdit le rythme de la scène.

— Tu as l'air fatigué.

Jack leva la main vers l'épaule d'Amanda avant de retenir son geste. Son regard témoignait de sa frustration.

— Tout va bien ? demanda-t-il d'une voix inquiète.

Amanda tourna vers lui des yeux mélancoliques. Ses lèvres tremblèrent. Lentement, elle revint vers l'armoire qui renfermait ses dossiers.

— Tout va bien. J'ai beaucoup de travail en ce moment. Et j'ai une consultation dans cinq minutes.

— Alors, je m'en vais.

Griff se dirigea vers la porte, puis s'immobilisa. La main sur la poignée, il la regarda fixement.

— Mandy…

Amanda garda le dos tourné. La caméra fit un gros plan sur son visage. Elle avait les yeux fermés et semblait lutter pour se contrôler.

— Je verrai ta patiente demain, Griff, dit-elle d'une voix légèrement tremblante.

Jack garda le silence.

— D'accord, finit-il par dire.

Lorsqu'elle entendit la porte se fermer, Amanda pressa les deux mains sur son visage.

— Coupez !

— Tu vas me le payer, lança Jack en ouvrant la porte du décor. Je suis sûr que tu m'as brisé les orteils.

Ariel le regarda en cillant.

— Arrête un peu de pleurnicher !

— Très bien, les enfants, lâcha le réalisateur d'une voix douce. Passons aux gros plans.

Ariel retourna s'asseoir docilement derrière le bureau. C'est alors qu'elle aperçut Booth. Un mélange de surprise et de plaisir éclaira son visage. Il la contemplait les sourcils froncés, les bras croisés sur un pull noir décontracté. Il ne lui retourna pas son sourire, mais elle n'en attendait pas tant. Booth DeWitt n'était pas du genre à sourire souvent ou facilement. Ce qui poussait Ariel à le titiller encore plus.

Ces derniers temps, elle avait souvent pensé à lui, beaucoup trop souvent. Pourtant, son esprit était déjà bien sollicité par des affaires personnelles et professionnelles. Néanmoins, elle se surprenait à songer à Booth DeWitt et se demandait ce que l'homme pouvait bien cacher derrière son air distant. Elle avait eu l'occasion de percevoir qu'il pouvait être différent, chaleureux et accessible, ce qui suffisait à lui donner envie d'en savoir davantage.

Sans compter qu'il y avait entre eux cette curieuse attirance. Elle se demandait si elle la ressentirait de nouveau.

A la fin de la prise, il lui restait une heure avant de jouer la scène de la confrontation entre Vikki et Amanda dans le salon des Lane.

— Jerry, j'ai trouvé un chaton pour ta fille, lança-t-elle à l'un des techniciens en se levant. Il est un peu tigré, je peux te l'apporter vendredi.

— Tu es encore allée à la SPA, commenta Jack en soupirant.

Sans tenir compte de sa remarque, Ariel enjamba des câbles pour rejoindre Booth.

— Bonjour, vous désirez un café ? proposa-t-elle à l'écrivain, sans lui demander la raison de sa présence.

— Volontiers.

— J'ai une cafetière dans ma loge. Celui qu'ils servent à la cafétéria ressemble à du poison.

Elle l'escorta jusqu'à sa loge, dont la porte était ouverte, comme toujours, et se dirigea directement vers la machine à café.

— Vous allez devoir vous contenter de lait en poudre, déclara-t-elle.

— Du café noir me convient très bien.

La pièce était en désordre, jonchée de vêtements, de magazines et de tracts. La coiffeuse disparaissait sous les pots et les flacons, et tout autour du miroir étaient accrochées des photos des acteurs de la série. Il régnait dans l'air une odeur de fleurs fraîches, de maquillage et de poussière.

Au mur, un calendrier indiquait février, alors que le mois d'avril était déjà bien entamé. Un réveil électrique débranché marquait 7 h 05. Booth compta trois paires et demie de chaussures au sol.

Au milieu de ce désordre, Ariel se tenait debout dans un tailleur de soie sauvage couleur abricot, ses longs cheveux dorés rassemblés en un élégant chignon. Son parfum était celui d'une femme au réveil, doux, aux effluves de plaisir anticipé. Pendant que le café commençait à couler, elle se tourna vers lui.

— Je suis heureuse de vous revoir.

La phrase était prononcée avec une telle simplicité que Booth faillit croire en sa sincérité. Prudemment, il se maintint à bonne distance de l'actrice.

— Le tournage était intéressant. Vous êtes très douée, Ariel. Vous avez su tirer tout ce qu'il fallait de cette scène.

Une fois encore, ses propos ressemblaient plus à une critique qu'à un compliment.

— C'est très important dans un feuilleton. On travaille par petites touches. Certains téléspectateurs regardent la série plusieurs fois par semaine et d'autres par hasard. Dans tous les cas, on espère capter leur attention.

— Votre personnage, assura-t-il en détaillant son tailleur, séduit par sa discrétion. On dirait qu'il s'agit d'une femme qui s'investit dans sa carrière mais qui traverse une crise personnelle. Et elle semble avoir un lien particulier envers ce jeune médecin.

— Bien résumé, répondit-elle le sourire aux lèvres avant de saisir deux tasses dépareillées. Vous voulez des M&M's ? J'en garde toujours dans mon tiroir.

— Non. Vous faites toujours le pitre sur le plateau lorsque vous n'êtes pas filmée ?

Ariel versa du lait en poudre dans son café, ajouta une généreuse cuillerée de sucre, puis tendit à Booth sa tasse.

— C'est un peu un jeu entre Jack et moi, d'essayer de décontenancer l'autre au point de lui faire oublier son texte. Cela nous rend plus attentifs et apaise les tensions.

A la va-vite, elle retira d'une chaise des magazines empilés qu'elle posa à terre.

— Asseyez-vous, lui dit-elle.

— Combien de pages de dialogue devez-vous apprendre chaque semaine ?

— Un certain nombre, éluda-t-elle en dégustant son café. Nous traitons environ quatre-vingt-cinq pages de script par jour pour une heure de diffusion. Certains jours, mon personnage apparaît à vingt ou trente reprises. Le plus souvent, je tourne trois jours par semaine — nous ne faisons pas beaucoup de prises.

Ouvrant le tiroir de sa coiffeuse, elle saisit une pleine poignée de bonbons qu'elle commença à manger un par un.

— On m'a dit que c'était ce qui s'approchait le plus du direct, conclut-elle.

Sans la quitter du regard, Booth but une gorgée de café.

— Vous semblez vraiment aimer votre travail.

— Oui, je suis très à l'aise avec le personnage d'Amanda. C'est pourquoi il me tient à cœur de faire autre chose. Je n'aimerais pas m'enliser dans une ornière.

Booth balaya la pièce du regard.

— Je ne vous imagine pas dans une ornière.

Ariel s'assit sur le bord de sa coiffeuse en riant.

— Beau compliment. Ils sont si rares dans votre bouche.

Quelque chose dans l'expression froide et distante de l'écrivain la fit sourire.

— Voulez-vous dîner avec moi ? demanda-t-elle de but en blanc.

L'espace d'un instant et pour la première fois, une expression de surprise passa dans le visage de Booth.

— C'est un peu tôt pour dîner, répondit-il d'une voix douce.

— J'aime quand vous prenez cette voix. Avec vous, les conversations ne sont jamais ennuyeuses. Si vous êtes libre ce soir, je peux venir vous chercher à 19 heures.

Elle l'invitait à sortir avec elle, songea-t-il, simplement, avec douceur. L'invitation était plutôt amicale. Elle ne cherchait pas à flirter avec lui. Comme souvent depuis qu'il avait fait sa connaissance, il se demanda quelles étaient ses motivations.

— Va pour 19 heures.

Plongeant la main dans la poche, il sortit son agenda numérique.

— Voici mon adresse, ajouta-t-il.

Ariel se saisit de l'appareil et émit un petit sifflement admiratif.

— Vous devez avoir une très belle vue sur Central Park.

Puis elle leva les yeux vers lui et lui sourit comme à son habitude, comme si elle riait d'une plaisanterie qu'elle était la seule à comprendre.

— J'adore les belles vues, expliqua-t-elle.

— J'ai cru comprendre.

Booth s'avança vers elle pour poser sa tasse et s'approcha assez près pour que leurs jambes se frôlent. Elle ne recula pas et se contenta de poser sur lui de grands yeux curieux. Il y avait quelque chose dans son visage, songea-t-elle. Une chose que toutes les femmes savaient identifier et auraient aussitôt envie de fuir... Fascinée, elle s'absorba dans la contemplation de ses traits, rythmée par les battements de son pouls qui s'était considérablement accéléré.

— Je vous laisse retourner travailler, déclara-t-il.

Il recula sensiblement, et le contact fut rompu. Ariel, quant à elle, resta parfaitement immobile.

— Je suis heureuse que vous soyez venu, dit-elle sans savoir si elle était encore sincère.

Quand il fut parti, elle s'assit devant son miroir et, pour la première fois de sa vie, elle se demanda si elle n'avait pas vu trop grand.

Le soleil couchant formait un grand disque rouge dans le ciel. Ariel préféra descendre du taxi à deux rues de l'appartement de Booth. Elle avait besoin de temps pour réfléchir à l'appel qu'elle venait de recevoir à propos de Scott, le fils de son frère.

Pauvre petit garçon ! Si vulnérable, si mûr pour son âge. Combien de temps devrait-il encore attendre que le tribunal décide de son sort ? Elle voulait tellement en obtenir la garde qu'elle refusait de croire qu'il pouvait en être autrement. L'enfant, qui était devenu orphelin si brutalement, était malheureux chez ses grands-parents maternels, qui ne voulaient pas vraiment de lui.

Il y avait un monde entre l'amour et le devoir, songea-t-elle. Dès que tout serait arrangé, elle serait en mesure de lui offrir une enfance heureuse.

Elle refusait d'envisager la moindre complication, qui l'amènerait à douter de l'issue du procès, ce qu'elle ne pourrait pas le supporter. Avec l'aide de ses avocats, elle avait fait toutes les démarches possibles.

Comme elle ne voulait pas que la presse s'en mêle, elle avait tout fait pour garder le secret, ce qui n'était guère dans ses habitudes. En dépit de sa nature enjouée, elle se faisait du souci, mais elle se répétait sans relâche que Scott vivrait avec elle avant la fin de l'été.

Il était un peu plus de 19 heures lorsqu'elle monta dans l'ascenseur de l'immeuble cossu de Booth dans Park Avenue. Bien décidée de profiter de la soirée, elle avait chassé de son esprit la légère nervosité que l'homme lui avait inspirée.

Elle aimait les hommes, et les différences qui les opposaient aux femmes. D'ailleurs, elle avait beaucoup d'amis hommes, et elle veillait bien à ce qu'ils restent des amis. Elle se montrait extrêmement prudente à l'égard des relations amoureuses. Les relations physiques lui avaient toujours inspiré de la méfiance ; elle leur préférait les émotions.

Elle était romantique et le revendiquait. Elle n'avait jamais douté que le grand amour existe, qui plus est pour chacun sur Terre. Elle était persuadée que, lorsqu'elle rencontrerait la bonne personne, elle le saurait. Peu lui importait que ce soit demain ou dans vingt ans, du moment qu'elle la trouvait un jour. En attendant, elle menait une vie bien remplie, entre son travail, ses amis et les causes qu'elle défendait. Ariel Kirkwood ignorait l'ennui.

En se dirigeant vers l'appartement de Booth, elle détailla en connaisseuse le hall feutré aux murs élégamment lambrissés. Mais lorsqu'elle leva la main vers la sonnette, elle ressentit de nouveau cette étrange anxiété.

A l'intérieur, debout près d'une large baie vitrée qui

surplombait Central Park, Booth pensait à Ariel, comme il l'avait fait presque toute la journée.

Par deux fois, il avait failli l'appeler pour annuler le dîner sous prétexte qu'il avait du travail. Sous prétexte qu'il n'avait ni le temps ni l'envie de perdre sa soirée avec une actrice qu'il connaissait à peine. Hanté par le souvenir de son regard chaleureux et son sourire, il ne l'avait pas fait.

Pourtant, il savait que toutes les attitudes de la jeune femme étaient calculées. Liz en avait toute une panoplie, et jusqu'à preuve du contraire, Ariel était une actrice aussi douée que Liz Hunter. Pourtant, il n'avait pu se résoudre à annuler leur dîner.

Lorsque la sonnette retentit, Booth lança un regard vers la porte. Après tout, ce n'était qu'une soirée ! A peine quelques heures pendant lesquelles il aurait tout le loisir d'observer la jeune femme pressentie pour tenir le rôle principal d'un film d'envergure. Aucun doute qu'elle y fasse allusion avant la fin de la soirée. Booth se dirigea vers la porte en haussant les épaules. Ainsi allaient les affaires…

Lorsqu'il ouvrit la porte et qu'il croisa son sourire, il comprit aussi qu'il la désirait avec une intensité qu'il n'avait pas ressentie depuis des années.

— Bonsoir, vous êtes très beau, déclara-t-elle.

Le combat qu'il se livrait le rendit encore plus distant.

— Entrez.

Ariel passa le pas de la porte et examina la pièce. Tout était très propre, méticuleusement rangé, d'un style élégant. Les meubles de Thomas Chippendale et George Hepplewhite s'harmonisaient à merveille. Les couleurs étaient douces pour les yeux. La disposition du mobilier donnait une impression d'équilibre. L'air ne sentait ni la poussière ni la cire. Ariel avait l'impression d'un lieu perpétuellement propre où l'on ne vivait pas. Elle n'était pas convaincue que cette ambiance cadrait vraiment avec le visage sévère, presque d'un autre âge, de Booth, ni avec sa façon de vivre. Tout était trop formel pour lui.

Mais malgré l'absence de chaleur de son hôte, elle appréciait la beauté du lieu. Elle s'avança vers la baie vitrée pour admirer la vue.

Dès qu'elle était entrée, il avait eu l'impression que son appartement prenait vie. D'ordinaire, il préférait ce qui était calme et posé. Pourtant, pour la première fois, il ressentait l'envie de faire entrer chez lui un peu de chaleur.

— J'avais raison, déclara Ariel en enfonçant profondément les mains dans les poches de sa longue jupe. La vue est merveilleuse. Où travaillez-vous ?

— Mon bureau se trouve dans une autre pièce.

— Je pense que j'aurais installé le mien ici.

En riant, elle se tourna vers lui, et il eut l'impression de voir les couleurs de sa jupe vibrer.

— Mais cela m'aurait empêché de travailler, ajouta-t-elle.

Les yeux de Booth étaient très sombres, d'un calme olympien. Son visage si peu expressif donnait l'impression que l'homme était ailleurs.

— Vous regardez tout le monde de cette façon ? demanda-t-elle.

— Je suppose. Vous voulez boire quelque chose ?

— Oui, un vermouth, si vous en avez.

Elle s'avança vers une vitrine pour observer sa collection de cristal de Waterford. Aucune personne dépourvue de chaleur ne pouvait s'entourer d'objets aussi beaux, capables de capter la lumière et de briller de mille feux. Où cachait-il son enthousiasme ? L'avait-il enfoui si profondément qu'il l'avait oublié ? Ou bien était-il simplement endormi ?

Il s'avança vers elle et lui tendit un verre.

— Vous aimez le cristal ? demanda-t-il.

— J'aime les belles choses.

Quelle femme ne les aimait pas ? songea-t-il, amer. Une zibeline de Russie, un diamant en poire. Oui, les femmes aimaient les belles choses, surtout lorsque quelqu'un d'autre les leur offrait. Il avait déjà donné.

— J'ai regardé votre feuilleton aujourd'hui, commença-t-il.

Il avait décidé de lui lancer une perche et de voir ce qu'elle allait en faire.

— Vous incarnez très bien cette psychiatre compétente, conclut-il.

— J'apprécie Amanda, répondit-elle en prenant une gorgée de vermouth. C'est une femme très stable, un peu vulnérable et passionnée. J'aime le travail qui consiste à montrer avec subtilité les différents aspects de sa personnalité. Que pensez-vous de la série ?

— C'est un imbroglio d'intrigues. J'étais surpris que l'histoire ne parle pas plus de maladies mortelles et de tromperies.

— Vous n'y êtes pas du tout, répondit-elle en lui souriant par-dessus son verre. Bien sûr, tous les feuilletons comportent certains de ces éléments, mais aujourd'hui, ils se sont diversifiés. Meurtre, politique, problèmes de société, et même science-fiction. Pour faire monter l'Audimat, nous tournons aussi en extérieur.

Elle porta de nouveau son verre à ses lèvres. Cette fois, il vit une opale bleue et laiteuse briller à son doigt.

— L'année dernière, nous sommes allés tourner en Grèce et à Venise. Je n'ai jamais autant mangé de ma vie. Griff et Amanda avaient un rendez-vous galant à Venise qui a mal tourné. Vous avez dû remarquer Stella, l'actrice qui joue le rôle de ma sœur, Vikki.

— Ah, la mante religieuse ! acquiesça Booth. Je connais bien ce genre de femme.

— Oui, c'est tout à fait ça. Vikki complote, manigance ; elle est vicieuse et méchante. Stella s'amuse beaucoup avec son personnage. Vikki a des dizaines d'aventures, elle a brisé trois mariages, détruit la carrière d'un sénateur. Le mois dernier, elle a mis en gage la broche en émeraude de notre mère pour payer ses dettes de jeu.

Elle poussa un long soupir.

— C'est elle qui s'amuse le plus.

Il lui sourit en lui lançant un regard appuyé.

— Vous parlez de Stella ou de Vikki ?

— Les deux. Je me demandais si j'en serais capable.

— Capable de quoi ?

— Vous faire sourire. Cela ne vous arrive pas souvent, vous savez ?

— Vraiment ?

— Non.

De nouveau, elle sentit un frisson intense parcourir tout son corps. Cédant à son impulsion, elle baissa une fraction de seconde les yeux vers les lèvres de Booth, se délectant de la sensation que cette vision lui procura.

— J'imagine que vous êtes trop occupé à disséquer les gens et à trier les informations que vous en tirez.

Il vida son verre avant de le poser.

— C'est ce que je fais ?

— Toujours. C'est normal, je suppose, pour votre travail, mais j'ai décidé de tirer quelque chose de vous avant la fin de la soirée.

Il ne la quittait pas des yeux, et bien que son sourire ait presque disparu, il restait latent. Cette expression lui allait bien, songea-t-elle. De nouveau, elle ressentit une très forte attirance pour lui. L'air soucieux, elle s'approcha de lui. Elle ne pouvait pas s'en empêcher.

— Vous n'êtes pas curieux ? demanda-t-elle d'une voix calme.

Puis, n'obtenant pas de réponse, elle poursuivit :

— En réalité, je ne suis pas certaine de pouvoir passer le reste de la soirée à me demander l'effet que ça ferait.

Elle posa une main sur l'épaule de Booth et se pencha en avant juste assez pour que leurs lèvres se touchent. Il n'y avait aucune pression, aucune exigence, ni d'un côté ni de l'autre. Et pourtant, ce contact attisa tous ses sens, et sa tête se mit à lui tourner légèrement. Les lèvres collées aux siennes étaient plus chaudes que ce qu'elle imaginait, leur saveur plus puissante. Leurs corps ne se touchaient pas, et leur baiser resta superficiel. Elle sentit son corps s'abandonner puis, à sa grande stupéfaction, ses genoux se mirent à trembler.

Elle recula lentement, les yeux agrandis sous l'effet de la surprise.

En goûtant ses lèvres, Booth aussi sentit un désir intense se propager dans tout son corps. Mais il savait dissimuler ses émotions. Il la voulait, pas uniquement pour jouer le rôle de Rae : il la voulait dans son lit. D'ailleurs, elle ne tarderait pas à s'offrir à lui pour décrocher le rôle. Il était beaucoup plus jeune lorsque Liz l'avait attiré dans son lit dans ce but. Mais aujourd'hui, toutes ces ruses n'avaient plus de secrets pour lui. Pourquoi, dès lors, avait-il l'impression curieuse qu'Ariel ne jouait pas ?

— Eh bien…, soupira Ariel en s'efforçant de remettre de l'ordre dans ses pensées.

Si seulement elle avait cinq minutes devant elle pour réfléchir à tout ça ! Elle avait toujours espéré tomber amoureuse d'un battement de cils, mais elle n'était pas assez idéaliste pour croire que ce sentiment serait réciproque. Elle allait devoir avancer avec prudence et calculer soigneusement son prochain mouvement.

— Maintenant que nous nous sommes débarrassés de cette pression, déclara-t-elle en posant son verre, pourquoi ne pas sortir dîner ?

Il la retint par le bras. Si elle voulait jouer à ce petit jeu, ce serait ici et maintenant.

— Que voulez-vous ? demanda-t-il d'une voix dépourvue de la chaleur qu'elle avait perçue dans son baiser.

Elle le regarda droit dans les yeux, mais ne vit rien d'autre que le reflet d'elle-même. Il n'était pas raisonnable d'aimer un homme comme lui, songea-t-elle. Même s'il était le genre d'homme qu'elle avait toujours espéré rencontrer le moment venu.

— Aller dîner, répondit-elle.

— Je vous ai donné l'occasion de me parler du rôle, mais vous ne l'avez pas fait. Pourquoi ?

— Ça fait partie du travail. Nous ne sommes pas ici pour ça.

Il eut un petit rire.

— Ce métier ne nous laisse jamais de répit, rétorqua-t-il. Vous voulez jouer Rae.

— Oui, sinon je n'aurais pas passé d'audition pour ce rôle. Et dès que j'aurai passé la deuxième, je l'aurai.

Elle se sentait terriblement frustrée de ne pas réussir à percer à jour cet homme.

— Booth, pourquoi ne me dites-vous pas ce que vous cherchez ? Ce serait beaucoup plus simple pour tous les deux.

Il inclina la tête vers elle et l'attira plus près de lui.

— A quel point voulez-vous ce rôle ?

Les sous-entendus contenus dans cette question lui firent l'effet d'un coup de poing. Elle ne fut pas choquée, seulement blessée. Elle blêmit.

— Je veux donner le meilleur de moi-même. J'en suis capable.

Puis elle se dégagea brutalement avant de se diriger vers la porte.

— Ariel…

Il ne voulait pas la retenir, mais en croisant son regard, il se sentit ridicule. Comme elle ne semblait pas vouloir s'arrêter, il traversa la pièce pour la rejoindre.

— Ariel !

Il la saisit par le bras pour l'obliger à se retourner vers lui.

La douleur sur son visage était si vive, si réelle qu'il ne pouvait pas ne pas y croire. Un besoin impérieux, presque douloureux, de la prendre dans ses bras s'empara de lui.

— Je m'excuse.

Elle le regarda fixement. Si seulement elle avait pu l'envoyer au diable !

— J'accepte vos excuses, car j'imagine que vous ne vous excusez pas facilement. Elle vous a taillé en morceaux, n'est-ce pas ?

Il laissa retomber sa main le long de son corps.

— Je ne parle jamais de ma vie privée.

— C'est sans doute ça, le problème. Détestez-vous les femmes en général, ou simplement les actrices ?

Une lueur de colère traversa son regard.

— Ne me poussez pas à bout.

— Je doute que quelqu'un en soit capable.

Même si la colère de Booth était un signe encourageant, elle ne se sentait pas en mesure de l'analyser pour l'instant, pas plus que ses propres sentiments.

— Quel dommage ! lança-t-elle en se tournant de nouveau vers la porte. Lorsque ce qui est figé en vous se réveillera, je suis certaine que je découvrirai un homme remarquable. En attendant, je veillerai à me tenir loin de vous.

Elle ouvrit la porte, puis le regarda une dernière fois.

— Concernant le rôle, Booth, merci de prendre contact avec mon agent.

Puis, doucement, elle referma le battant derrière elle.

- 4 -

— Non, Scott, si tu manges plus de barbe à papa, tes dents risquent de tomber. Et ensuite…

Ariel serra très fort son neveu dans ses bras.

— … tu ne pourras plus manger que des bananes écrasées et des épinards hachés.

— Je peux avoir du pop-corn, alors ? réclama-t-il avec un large sourire.

— Tu n'es jamais rassasié, répondit-elle en enfouissant son nez dans le cou du petit garçon, submergée par l'amour qu'elle éprouvait pour lui.

Le dimanche était un jour précieux. Pas seulement à cause du soleil et de la douceur des températures printanières ni parce qu'elle avait encore de nombreuses heures de liberté devant elle, mais parce qu'elle pouvait passer son après-midi avec la personne la plus importante de sa vie.

L'enfant avait même hérité de son père son odeur, constata-t-elle en se demandant si une telle chose était possible. Elle contempla le visage du petit garçon serré contre elle, ses petites jambes robustes nouées autour de sa taille.

Elle avait l'impression de se regarder dans un miroir. Ariel et son frère, Jeremy, n'avaient que dix mois d'écart. On les prenait souvent pour des jumeaux. Scott avait des cheveux blonds et bouclés et des yeux bleu azur ; en cet instant, il était poisseux de barbe à papa. Elle déposa des baisers sonores sur ses joues sucrées.

— Mmm, murmura-t-elle en l'embrassant de nouveau tandis qu'il gloussait de plaisir.

— Et tes dents à toi ?

Elle l'installa plus confortablement sur ses genoux.

— Ça ne compte pas dans ce cas.

Scott lui fit un sourire en coin qui, dans dix ans, briserait bien des cœurs.

— Pourquoi ?

— C'est scientifique, expliqua-t-elle. Peut-être que le sucre s'évapore une fois qu'il est exposé à l'air libre et qu'il colle à la peau.

— Tu inventes, dit-il en hochant vigoureusement la tête.

Luttant pour ne pas sourire, elle rejeta sa longue natte en arrière.

— Qui, moi ?

— Tu es la meilleure pour raconter des histoires.

— C'est mon travail, répondit-elle d'un air mystérieux. Allons voir les ours.

— J'espère qu'ils sont gros, lança-t-il en se dandinant sur place. Très gros.

— J'ai entendu dire qu'ils étaient énormes. Même assez grands pour escalader le grillage de leur enclos.

— Vraiment ? demanda-t-il, le regard brillant.

Elle pouvait presque lire le scénario qui se formait dans sa petite tête d'enfant : la fuite des ours, la panique et les cris de la foule, son acte d'héroïsme au moment où il parvenait à remettre les énormes ours derrière les barreaux. Et puis, enfin, son humilité devant les gardiens du zoo reconnaissants.

— Allons-y ! s'écria-t-il.

Elle se laissa entraîner par Scott, qui se faufilait d'un pas vif parmi la foule de visiteurs venus passer la journée au zoo du Bronx. Voilà ce qu'elle pouvait lui offrir, songea-t-elle. Du divertissement, tout ce que l'enfance avait de plus précieux. Cette époque était si courte ! L'âge adulte, avec ses obligations, ses responsabilités, ses soucis et ses contraintes de temps, durait si longtemps. Elle voulait offrir à l'enfant de la liberté, lui montrer quelles étaient les limites que l'on pouvait franchir et celles que l'on devait respecter. Mais, par-dessus tout, elle voulait lui donner de l'amour.

Elle l'aimait et voulait vivre avec lui, pas seulement pour la mémoire de son frère, mais pour lui, pour son caractère unique et l'étrange équilibre qu'il lui apportait. Elle avait beau mener une vie effrénée et se laisser porter par l'impulsion du moment, elle avait toujours eu besoin de stabilité : s'occuper de quelqu'un, l'élever et partager une partie des émotions qu'elle vivait. Il n'y avait rien de tel qu'un enfant, avec son innocence, sa spontanéité, pour donner et recevoir de l'amour. Même en cet instant, tandis qu'il courait en riant, le doigt pointé vers les animaux qu'ils croisaient, Scott la nourrissait de sa présence.

Si elle avait constaté qu'il était heureux de vivre avec ses grands-parents, elle l'aurait accepté. Mais elle savait que le vieux couple étouffait la personnalité singulière du petit garçon.

Ils n'étaient pas méchants, songea-t-elle, mais simplement bornés. Un enfant avait besoin d'être élevé dans le respect de certaines règles. Mais les adultes avaient aussi un devoir solennel à l'égard d'un enfant. Elle comprenait ce qu'impliquait ce devoir, mais ce devoir n'était pas tout. Les grands-parents de Scott étaient prêts à faire de lui une personne responsable, polie et cultivée. Mais ils oublieraient à quel point cette tâche pouvait être merveilleuse.

La situation aurait sans doute été plus simple si les grands-parents de Scott n'avaient pas désapprouvé si vivement Jeremy, ou si Scott n'avait pas été conçu hors mariage, dans un acte juvénile de défi et de passion. Le mariage de Jeremy et la naissance de Scott n'avaient pas apaisé leurs relations tendues, pas plus que l'accident soudain et tragique qui avait emporté son frère et sa jeune belle-sœur.

Les grands-parents de Scott ne pourraient jamais regarder leur petit-fils sans penser que leur fille s'était mariée contre leur volonté et qu'elle était morte. Quant à Ariel, elle ne voyait en lui que ce que la vie avait de mieux à offrir.

Scott avait besoin d'elle, se répéta-t-elle en ébouriffant les cheveux du petit garçon qui contemplait d'un air émerveillé un ours s'avancer d'un pas lourd. Son cœur se serrait en songeant à la vie qu'il aurait s'il restait avec ses grands-parents, et elle ne pouvait s'y résoudre. Quand elle l'avait vu, la première fois, derrière une vitre d'hôpital, elle s'était sentie pleine d'amour pour ce petit être vulnérable. Elle pensa alors à Booth.

Lui aussi avait besoin d'elle, songea-t-elle, un sourire énigmatique aux lèvres. Sauf qu'il ne le savait pas. Un homme comme lui avait besoin de la légèreté et de la joie que l'amour apportait à la vie. Et elle était prête à le lui donner.

La pensée la surprit. Appuyée contre la balustrade, elle se demanda pourquoi : en réalité, il n'y avait aucune raison valable. Pourtant, elle demeurait convaincue d'être dans le vrai. Elle croyait en son intuition, en ses émotions, beaucoup plus qu'en sa raison. Elle aimait avec ferveur, de manière irraisonnée, corps et âme. Pour elle, il ne pouvait pas en être autrement.

Si elle faisait cet aveu à Booth maintenant, il la prendrait certainement pour une menteuse ou pour folle. Elle n'aurait pu l'en blâmer. Il n'allait pas être facile de gagner la confiance d'un homme aussi méfiant et cynique que Booth DeWitt. Le sourire aux lèvres, elle chipa à Scott un pop-corn. Les défis ne donnaient-ils pas du piquant à la vie ? Que Booth l'ait compris ou non, elle était sur le point d'en apporter à la sienne.

— Pourquoi est-ce que tu ris, Ariel ?

Elle sourit à Scott avant de le prendre dans ses bras. L'enfant gloussa, comme il le faisait toujours quand elle lui témoignait son affection.

— Parce que je suis heureuse. Pas toi ? C'est une très belle journée.

— Je suis toujours heureux avec toi, confia-t-il en nouant les bras autour de son cou. Je peux rester avec toi et vivre tout le temps dans ta maison ?

Elle enfouit son visage dans le creux de son épaule. Elle ne pouvait pas lui avouer à quel point elle se battait dur pour l'avoir avec elle.

— Nous avons toute la journée pour nous, répondit-elle. Toute la journée.

L'enfant dans ses bras sentait bon le savon et le shampoing, le pop-corn, l'air frais et la transpiration. Aujourd'hui, c'était ce qu'elle avait de mieux à lui proposer, songea-t-elle en reposant son neveu au sol.

— Allons voir les serpents ! lança-t-elle d'une voix enjouée. J'adore les regarder glisser.

Booth ne comprenait pas pourquoi Ariel hantait encore son esprit. Il aurait dû être capable de la reléguer dans un coin de son esprit pendant qu'il travaillait ! Pourtant, la jeune femme accaparait toutes ses pensées.

Il aurait pu s'en accommoder s'il avait pu ranger la jeune femme dans la case qu'il lui destinait : l'actrice qu'il allait certainement embaucher pour jouer le rôle de Rae. Il aurait pu expliquer cette obsession si elle était restée purement professionnelle. Mais l'image d'Ariel en haut de l'Empire State Building lui revenait sans cesse, avec ses cheveux soulevés par le vent, le regard brillant et émerveillé par la vue. Cette femme n'avait rien en commun avec le personnage de Rae.

Il la revoyait dans son appartement, pleine de vie et de fraîcheur, débordante d'énergie et d'intégrité. Il se souvenait de la douleur dans son regard lorsqu'il s'était montré volontairement cruel. Il se rappelait aussi sa propre culpabilité, sentiment qu'il s'était pourtant juré de ne plus jamais ressentir. Il connaissait à peine la jeune actrice, mais elle suscitait en lui des émotions qu'il s'était promis de ne plus jamais vivre. Il était assez perspicace pour comprendre que cette femme était capable de l'entraîner encore plus loin, raison pour laquelle il avait décidé de se protéger et de maintenir entre eux une distance strictement professionnelle.

Mais en regardant Ariel s'entretenir avec Jack Rohrer avant l'audition, il était incapable de s'en tenir à ses résolutions. Etait-ce dû à sa beauté, à laquelle il avait toujours été sensible ? Ou uniquement à sa capacité à susciter et à retenir l'attention ?

Sa nature d'écrivain le poussait à s'intéresser à tout ce qui sortait de l'ordinaire. Quand il la regardait, il se sentait submergé par un sentiment d'absolue stabilité, en dépit de l'allure juvénile et bohème de la jeune femme. Il lui avait déjà demandé qui elle était, mais sa réponse ne l'avait nullement satisfait. Peut-être devrait-il s'employer à le découvrir par lui-même.

— Ils vont bien ensemble, murmura Marshell.

Booth eut un petit grognement, entre acquiescement ou l'indifférence. A ceci près qu'il ne quittait pas des yeux Ariel. Si sa première audition ne l'avait pas marqué à ce point, il aurait juré avoir fait une erreur en la pressentant pour le rôle. Le sourire de la jeune actrice était trop franc, ses gestes trop fluides. Elle dégageait trop de chaleur. Confus, il comprit qu'elle le rendait nerveux.

En outre, il ne pouvait plus se mentir à lui-même : il ressentait du désir pour elle. Un désir intense, violent et presque urgent. Il avait suffi d'un seul regard pour le provoquer. Evidemment, Ariel était une femme désirable. Mais ce n'était pas ce sentiment ni même son intérêt pour elle qui l'inquiétait le plus. Il avait la sensation insidieuse que quelque chose lui échappait.

Prenant une cigarette, il observa Ariel derrière un nuage de fumée bleue, se demandant combien de visages différents elle était capable d'afficher, et avec quelle facilité. Il s'assit sur le bord du bureau de Marshell.

— Commençons.

En entendant l'ordre bref de Booth, prononcé d'une voix calme, Ariel tourna la tête et croisa son regard. Il lui paraissait différent aujourd'hui, constata-t-elle, sans comprendre pourquoi. Il l'observait toujours de façon sérieuse et insistante, presque menaçante. La distance entre eux était toujours présente : Ariel était suffisamment sensible pour percevoir le mur qu'il avait érigé entre lui et le reste du monde. Mais il y avait autre chose…

Elle lui sourit. Voyant qu'il ne répondait pas, elle prit une copie du script. Elle était prête pour la meilleure audition de sa carrière. Pour elle et, curieusement, pour lui aussi.

— Très bien, lâcha-t-il. J'aimerais que vous commenciez au début de la scène où le couple revient d'une soirée.

Il tapota d'un air absent sa cigarette au-dessus d'un cendrier gravé de lettres d'or. Derrière lui, Marshell suçait une pastille à la menthe pour les maux d'estomac.

— Vous voulez la relire d'abord ?

Elle leva les yeux du script.

— Ce ne sera pas nécessaire, répondit-elle avant de se tourner vers Jack.

Pour la deuxième fois, Booth fut le témoin de sa transformation. Même ses yeux paraissaient plus pâles, plus glacials lorsqu'elle incarnait Rae. Il sentait même cette vieille attirance sexuelle mêlée à la répulsion intellectuelle que son ex-femme lui avait toujours inspirée. Tandis que sa cigarette se consumait entre ses doigts, il écouta le mépris de Rae et la colère de Phil, et des souvenirs lui revinrent à la mémoire.

Un vampire. Voilà de quoi il avait traité, à juste titre, son ex-femme. Elle était attirante, elle avait du sang-froid et elle était sans cœur. Ariel se glissa dans la peau du personnage comme s'il s'agissait d'une seconde nature. Booth aurait dû l'admirer pour ce travail remarquable, et même se réjouir d'avoir enfin trouvé l'actrice adéquate. Mais son numéro de caméléon ne fit que le contrarier.

Entre les deux acteurs, l'alchimie fonctionnait bien. Ariel et Jack se donnaient la réplique, tandis que les étincelles de colère et de désir fusaient. Sans savoir pourquoi, Booth était persuadé que donner le rôle à Ariel constituait à la fois un bon choix professionnel et une sérieuse erreur personnelle. Le moment venu, il allait devoir la gérer.

— Vous pouvez vous arrêter.

Dès que Booth eut interrompu la scène, Ariel rejeta la tête en arrière et eut un petit rire nerveux. Son soulagement était immense. Avec un rôle aussi dur et froid que celui-ci, elle comprit qu'elle allait toujours osciller entre ces deux extrêmes.

— C'est incroyable à quel point cette femme est haineuse et centrée sur elle-même, déclara-t-elle.

Les yeux brillants et les joues rouges, elle se tourna vers Booth.

— Vous avez beau la mépriser, elle continue de vous

attirer. Même en voyant le couteau qu'elle va vous planter dans le dos, il est difficile de reculer.

— Oui.

Le visionnage de la scène l'avait bouleversé plus que ce à quoi il s'était attendu. Il se leva, les mains dans les poches.

— Je vous veux pour jouer ce rôle. Nous allons contacter votre agent pour négocier votre contrat.

Elle poussa un soupir et sourit.

— Je vous ai ébloui, dit-elle sur un ton ironique. Mais le plus important est le rôle. Vous ne le regretterez pas. Monsieur Marshell, Jack, ce sera un plaisir de travailler avec vous.

— Ariel…

Marshell se leva, et elle accepta la main qu'il lui tendit. Cela faisait longtemps qu'il n'avait pas été aussi remué par une scène.

— Sauf si je me trompe, et cela ne m'arrive jamais, ce rôle va propulser votre carrière.

Elle lui décocha un sourire lumineux. Elle se sentait pousser des ailes.

— Je ne vais pas m'en plaindre. Merci pour tout.

Soudain, Booth la prit par le coude avant qu'elle s'en aille, et avant qu'il comprenne lui-même son besoin de la toucher. Il ressentait le besoin de décharger sa colère sur quelque chose ou quelqu'un, mais il se raisonna à temps.

— Je vous raccompagne, lâcha-t-il.

Sentant la tension dans ses doigts, Ariel résista à l'envie de lui prendre la main dans un geste de réconfort. Mais Booth n'était pas un homme à apprécier ce type de démonstrations.

— D'accord, répondit-elle simplement.

Ils prirent le même chemin que la semaine précédente, mais en silence. Elle sentait qu'il en avait besoin.

Lorsqu'ils atteignirent la porte principale, elle attendit qu'il prenne la parole.

— Vous êtes libre ? demanda-t-il.

Elle se contenta de le regarder, l'air un peu confus.

— Pour un dîner un peu anticipé, expliqua-t-il. Je vous dois un repas.

— D'accord.

L'invitation, telle qu'il la lui avait présentée, lui plaisait. Elle ne chercha pas à cacher son plaisir.

— Techniquement, votre appartement se trouve à l'opposé d'ici. Pourquoi vouloir dîner avec moi ?

La vue de ses yeux brillants de malice et de sa bouche généreuse fit naître en lui des émotions contradictoires. Avancer vers elle avant de la perdre. Reculer avant qu'il soit trop tard.

— Je ne sais pas vraiment.

— Ça me va.

Prenant la main de Booth dans la sienne, elle héla un taxi.

— Vous aimez les travers de porc grillés ?

— Oui.

Elle rit dans son dos en le poussant à l'intérieur du taxi.

— C'est un excellent début.

Elle donna au chauffeur une adresse à Greenwich Village avant de s'adosser contre le siège.

— La prochaine étape consiste à avoir une conversation qui ne fasse absolument pas allusion au travail. Nous arriverons peut-être à rester plus d'une heure en compagnie l'un de l'autre.

— D'accord, approuva Booth.

Il avait pris la décision d'apprendre à connaître la jeune femme, et il comptait bien s'y tenir.

— Mais je vous propose aussi de ne pas parler de politique, ajouta-t-il.

— Marché conclu.

— Depuis combien de temps vivez-vous à New York ?

— J'y suis née, répondit-elle en croisant les jambes, le sourire aux lèvres. Pas vous. J'ai lu quelque part que vous venez d'une famille très influente de Philadelphie.

Elle ne détourna même pas les yeux lorsque le taxi fit une embardée.

— Vous plaisez-vous à New York ? demanda-t-elle.

Il n'y avait jamais vraiment réfléchi, mais maintenant que la question lui était posée, la réponse lui vint facilement.

— Oui. J'ai besoin d'exigence, de mouvement, pendant de longues périodes.

— Puis vous avez besoin de partir, conclut-elle. Et d'être seul sur votre bateau.

Sa perspicacité aurait dû le mettre mal à l'aise, mais il n'en fut rien.

— Exactement. Naviguer m'aide à me détendre, et j'aime me détendre seul.

— Je peins, lui confia-t-elle. Des tableaux épouvantables.

Elle roula de grands yeux en riant.

— Mais ça m'aide à apaiser mes tensions. Je menace toujours les gens de mon entourage de leur offrir un authentique Kirkwood pour Noël, mais je n'ai jamais le cœur de le faire.

— J'aimerais en voir un, murmura-t-il.

— Le problème, c'est que je déverse sur la toile toutes mes humeurs. Nous sommes arrivés.

Elle descendit du véhicule et resta debout au bord du trottoir. Booth aperçut autour d'eux de minuscules vitrines.

— Où allons-nous ? demanda-t-il.

— Au marché.

Avec sa désinvolture habituelle, elle passa le bras sous le sien.

— Je n'ai pas de travers de porc chez moi, précisa-t-elle.

Il lui lança un regard surpris.

— Chez vous ?

— Le plus souvent, je préfère cuisiner plutôt que manger dehors. Et ce soir, je suis trop tendue pour supporter un dîner au restaurant. Je dois m'occuper.

— Tendue ?

Il lui lança un regard en coin, l'air incrédule. Ses cheveux étaient sombres sous les rayons du soleil couchant et dansaient pêle-mêle autour de son visage à chacun de leurs pas. Le contraste avec son apparence sévère était saisissant.

— J'aurais plutôt dit que vous paraissiez remarquablement calme.

— Vous vous trompez. Mais je n'exploserai vraiment que lorsque mon agent m'appellera pour me dire que le contrat est gravé dans la pierre. Ne vous inquiétez pas, je suis une bonne cuisinière.

Si un homme avait jugé Ariel à son visage lisse et à son teint de porcelaine, jamais il n'aurait cru qu'elle était capable de tenir le manche d'une poêle. Mais Booth savait que les apparences étaient trompeuses. Peut-être aurait-il des surprises avec elle une fois qu'il aurait gratté la surface. Malgré toutes ses bonnes résolutions de prudence, il lui sourit.

— Juste bonne ?

Une lueur reconnaissante passa dans le regard d'Ariel.

— Je déteste me vanter mais, en réalité, je suis une excellente cuisinière.

Elle l'entraîna dans un petit marché fréquenté par de nombreux chalands où régnait une forte odeur d'ail et de poivre. Ils commencèrent à faire méthodiquement leurs achats pour le dîner.

— Comment sont les avocats aujourd'hui, monsieur Stanislowski ? demanda-t-elle.

— On ne peut pas faire mieux.

L'épicier observa Booth du coin de l'œil.

— Je ne vous vends que ce que j'ai de meilleur, Ariel.

— Il m'en faudrait deux alors, mais je vous laisse les choisir.

Puis elle avisa une belle romaine.

— Comment Monica s'en est-elle sortie avec son examen d'histoire ? demanda-t-elle.

— Elle a obtenu 92 %.

L'homme gonfla un peu le torse sous son tablier, mais continua de lorgner vers l'homme sombre et inquiétant qui l'accompagnait.

— Formidable ! J'ai aussi besoin d'un beau travers de porc.

Pendant que l'homme le sélectionnait, Ariel se concentra sur les champignons, consciente du regard curieux de l'épicier, qui brûlait de savoir qui était Booth.

— Vous savez, monsieur Stanislowski, Monica aimerait beaucoup avoir un chaton.

L'homme avait commencé à peser la viande. Il prit un air exaspéré.

— Ariel…

— Elle a certainement l'âge de s'en occuper, ajouta-t-elle en testant la fermeté d'une tomate. Cela lui ferait de la compagnie, et une responsabilité. Sans compter qu'elle a obtenu un 92 % à son test.

Levant la tête vers l'homme, elle lui décocha un sourire irrésistible. L'épicier rougit en se balançant d'un pied sur l'autre.

— Peut-être que si vous m'en apportiez un, nous pourrions y réfléchir.

— Je n'y manquerai pas.

Sans cesser de sourire, elle sortit son portefeuille.

— Combien vous dois-je ?

— Bien joué, murmura Booth tandis qu'ils quittaient le marché. Et c'est la deuxième fois que je vous vois essayer de caser un chaton. Votre chatte a eu une portée ?

— Non, mais je connais plusieurs chatons abandonnés, dit-elle en se tournant vers lui. D'ailleurs, si vous êtes intéressé…

— Non.

La réponse était ferme et définitive. Booth se proposa de porter le panier.

Elle retenterait sa chance plus tard, se dit-elle, un sourire espiègle aux lèvres. Mais pour l'instant, elle préférait humer l'odeur d'épices et de pain frais qui flottait par les portes ouvertes. Des enfants les dépassèrent sur le trottoir en riant. Sur son perron, des hommes âgés bavardaient tranquillement. Après le dîner, elle savait que d'autres membres de leur famille viendraient les rejoindre pour échanger quelques nouvelles et profiter de la douceur du printemps. Derrière les grilles d'une fenêtre leur parvenaient quelques notes assourdies de la *Neuvième Symphonie* de Beethoven et, un peu plus loin dans la rue, les rythmes enjoués d'un air à la mode.

Ariel avait emménagé dans le Village deux ans plus tôt, et elle ne le regrettait pas. Elle aimait s'asseoir dehors et écouter les personnes âgées raconter leurs souvenirs de jeunesse, regarder les enfants jouer, s'entretenir avec les jeunes de leur dernière idole ou commenter la dernière naissance. Comme les membres de sa famille étaient loin, Ariel avait besoin de cette ambiance.

— Bonsoir, monsieur Miller, monsieur Zimmerman.

Les deux vieillards assis sur les marches de la maison en grès rouge dévisagèrent Booth avant de regarder Ariel.

— Je ne pense pas que vous devriez donner à ce Cameron une autre chance, lâcha M. Miller.

— Jetez-le dehors, conseilla M. Zimmerman d'une voix rauque. Choisissez un homme avec du cran.

— Est-ce une proposition ? demanda-t-elle en l'embrassant sur la joue avant de gravir le reste des marches.

— Je vous inviterai à danser à la fête du quartier, répondit-il d'un air espiègle.

Elle lui lança un clin d'œil par-dessus son épaule.

— Monsieur Zimmerman, nous danserons autant que vous le voudrez.

En montant les marches qui conduisaient à son appartement, elle se mit à fouiller son sac pour trouver ses clés.

— Je l'adore, confia-t-elle à Booth. C'est un professeur de musique à la retraite. Il continue de donner des cours à des enfants. Il aime s'asseoir sur le perron pour regarder passer les femmes.

Elle sortit un trousseau de clés accrochées à un grand soleil souriant en plastique.

— Il adore regarder leurs jambes, précisa-t-elle sur le ton de la confidence.

Booth lui lança un regard surpris.

— Il vous l'a dit ?

— Il suffit de voir la direction de son regard quand une jupe passe devant lui.

— Il regarde les vôtres aussi ?

— Il me considère plutôt comme sa nièce. Il pense que je devrais être mariée et avoir beaucoup d'enfants.

Elle introduisit une clé dans l'unique serrure, chose que Booth n'avait encore jamais vue à New York, puis elle ouvrit la porte. Il s'attendait à découvrir un lieu insolite : il ne fut pas déçu.

Le point central du salon consistait en un long et grand hamac suspendu au plafond par des crochets en laiton. Une multitude de coussins s'empilaient à une extrémité, tandis qu'à côté trônait une petite table garnie d'une grosse bougie aux trois quarts consumée. L'appartement vibrait de couleurs. Booth s'attendait à ce qu'il y en ait en abondance, mais le style de l'ensemble était indéfinissable.

Un long canapé rembourré qu'il reconnut comme étant une antiquité française était tapissé de brocard rose un peu fané, et une grande malle en osier faisait office de table basse. Comme dans la loge d'Ariel, toute la pièce était envahie de livres, de papiers et d'odeurs, un mélange de cire, de pot-pourri et de fleurs fraîches. De grands bouquets garnissaient des vases de toutes sortes. Certains semblaient provenir d'un bazar tandis que d'autres, plus précieux, étaient en porcelaine de Meissen.

Dans un coin, un porte-parapluies en forme de cigogne était rempli de plumes d'autruche et de paon. Une paire de gants de boxe était suspendue dans un coin derrière la porte.

— J'imagine que vous êtes classée dans la catégorie des poids plumes, ironisa Booth.

Ariel suivit son regard et lui sourit.

— Ils étaient à mon frère. Il faisait de la boxe au lycée. Vous voulez boire quelque chose ?

Sans attendre sa réponse, elle lui prit le sac des mains et se dirigea vers un couloir.

— Un peu de scotch avec de l'eau, répondit-il.

Lorsqu'il se tourna, son attention et ses sens furent attirés par un mur rempli de tableaux. C'étaient ceux d'Ariel, évidemment. Qui d'autre qu'elle aurait pu peindre avec une telle énergie et un tel mépris des règles ? Il y avait des tâches de couleur, des lignes et des zigzags. Booth s'approcha plus près. Ils n'étaient pas vraiment épouvantables, seulement vifs, excentriques et un peu dérangeants. Ils étaient assez inqualifiables, comme l'artiste qui les avait peints. Volontairement ou non, ils s'harmonisaient à la perfection au reste de la pièce.

Tandis qu'il continuait d'étudier les tableaux, trois chats firent soudain irruption dans la pièce. Ils étaient à peine plus vieux que des chatons, avec leur poil noir et leurs yeux ambrés. Ils vinrent aussitôt se frotter contre ses jambes avant de se diriger vers la cuisine. Le dernier chat était un gros matou tigré qui marchait le dos droit et l'air digne sur trois pattes. Booth entendit Ariel rire et dire quelques mots aux deux chats qui s'étaient précipités. Le matou tigré regarda Booth d'un air calme et patient.

— Du scotch et de l'eau, annonça Ariel en revenant vers lui, pieds nus, avec deux verres à la main.

Booth prit le verre et désigna les tableaux.

— Ce sont quelques-unes de vos aberrations ?

Elle suivit son regard.

— Effectivement. Ils me font économiser de l'argent chez un psychiatre, ce que je ne devrais pas dire, compte tenu que j'incarne l'un d'eux à l'écran.

— Vous vivez dans un endroit étrange.

— J'ai découvert que je me plaisais dans la confusion, répliqua-t-elle. Vous avez fait la connaissance de Butch, on dirait.

Elle se pencha pour caresser le dos du chat. L'animal se cambra en laissant échapper un ronronnement sourd.

— Keats et Shelley sont mal élevés. Ils sont déjà en train de manger.

— Je vois cela.

Booth aperçut alors Butch se frotter contre la jambe d'Ariel avant de bondir sur le canapé et de s'installer sur un coussin.

— N'est-il pas difficile de s'occuper de trois chats dans un appartement tout en exerçant un métier aussi prenant ?

— Non, répondit-elle simplement, le sourire aux lèvres. Je vais mettre en route le gril.

— Où donc ? s'étonna Booth.

— Sur la terrasse !

Passant devant lui, elle ouvrit une porte-fenêtre. A l'extérieur, il découvrit un balcon de la taille d'un timbre-poste. Ariel y avait placé des pots de géraniums et un petit barbecue.

— La terrasse, murmura Booth par-dessus l'épaule d'Ariel.

Seule une incorrigible optimiste ou une rêveuse l'aurait qualifié de la sorte. Incapable de réprimer un rire, il enjamba le pas de porte.

Elle se redressa et le regarda fixement tandis que son rire glissait sur sa peau et apaisait son esprit.

— Parfait. C'est très bien. Savez-vous que c'est la première fois que je vous entends rire de bon cœur ?

Il haussa les épaules en sirotant son scotch.

— J'imagine que je manque d'entraînement.

— Nous allons bientôt y remédier.

Puis elle lui tendit la main, paume vers le haut.

— Vous avez une allumette ?

Booth fouilla dans sa poche mais quelque chose, sans doute l'ironie qu'il lut dans son regard, le poussa à se raviser. Il fit un pas en avant, la saisit par les épaules et posa ses lèvres sur les siennes.

Il l'avait prise au dépourvu. Elle ne s'attendait pas à ce qu'il agisse sur un coup de tête, et rien dans son comportement ne l'avait préparée à ça. Avant qu'elle ait pu rassembler ses esprits, la puissance de son baiser la traversa et bouleversa ses sens.

Cette fois, leurs lèvres ne firent pas que s'effleurer. Piégée contre la porte, elle s'abandonna à leur pression exigeante. Puis elle prit le visage de Booth dans ses mains.

Il n'y eut pas de montée en puissance, pas de tâtonnement, mais une flamme si intense, si brusque, qu'elle eut l'impression qu'ils étaient déjà amants. Elle se sentit instantanément proche de lui et comprit que son cœur lui appartenait déjà. Dès lors, comment lui refuser son corps ?

Il sentit le désir bouillonner en elle et en fut soulagé. Depuis bien trop longtemps, il n'avait pas désiré une femme autrement qu'avec une vague indifférence. Or, il n'y avait rien d'indifférent dans la passion qui le submergeait en cet instant. Elle était puissante et limpide, comme le vent qui le fouettait lorsqu'il naviguait, symbole de liberté. Il attira Ariel plus près.

Il pouvait sentir sa chaleur et son parfum. Son odeur le hantait chaque fois qu'il pensait à elle. Il se rappelait aussi sa saveur. Attirante, généreuse et, là encore, chaude. Et maintenant, il y avait le contact de son corps mince, souple et plus chaud encore. Comme une promesse. Il prit conscience alors à quel point tout cela lui avait manqué. Peut-être avait-il simplement besoin d'elle.

Cette pensée le prit par surprise et le fit reculer, alors qu'il aurait aimé plus que tout se rassasier de ce qu'elle semblait disposée à lui offrir.

Lorsque le contact fut rompu, elle ouvrit lentement les paupières. Puis elle regarda Booth droit dans les yeux, sans ciller. Cette fois, elle aperçut autre chose qu'un reflet d'elle-même. Elle y lut du désir et de la prudence, ainsi qu'une autre émotion ténue qui la bouleversa.

— J'avais envie que vous le fassiez, murmura-t-elle.

Il s'efforça de garder son sang-froid, de faire abstraction de ses sens qu'elle avait affolés.

— Je n'ai rien à vous donner.

Meurtrie, elle accusa le coup. Mais il n'y avait pas d'amour sans douleur.

— Je crois que vous vous trompez. Mais là encore, j'ai tendance à précipiter les choses. Pas vous.

Prenant une profonde inspiration, elle recula d'un pas.

— Pourquoi ne pas vous charger d'allumer le barbecue pendant que je prépare la salade ?

Sans attendre sa réponse, elle tourna les talons et se dirigea vers la cuisine.

Surtout, rester calme ! se morigéna-t-elle. Face à Booth et aux sentiments qu'il suscitait en elle, c'était une absolue nécessité. L'écrivain n'était pas du genre à accepter d'emblée les flots d'émotions, ni les exigences qui les accompagnaient. Si elle voulait l'accueillir dans sa vie, elle allait devoir avancer sur la pointe des pieds, au rythme de Booth.

Cet homme était presque aussi dur et froid qu'il paraissait, songea-t-elle le sourire aux lèvres, en commençant à laver les légumes. Mais son rire et son regard espiègle révélaient le contraire. Et puis jamais elle n'aurait pu tomber amoureuse d'un homme qui n'aurait pas eu le sens de l'humour. Elle aimait faire ressortir en lui ces traits de caractère. Plus ils passeraient de temps ensemble, plus sa tâche en serait facilitée. En était-il seulement conscient ? se demanda-t-elle en découpant des tranches d'avocat tout en fredonnant.

Booth prit le temps de l'observer depuis la fenêtre. Il voyait le sourire sur ses lèvres, ainsi que son regard brillant. Elle maniait le couteau de cuisine avec l'assurance d'une personne rompue aux tâches domestiques. D'un geste nonchalant, elle rejeta ses cheveux en arrière.

Pourquoi une scène aussi simple l'attirait-elle autant ? Il lui suffisait de regarder Ariel debout devant l'évier, les mains pleines et le robinet ouvert, pour se détendre. Qu'y avait-il en elle qui le poussait à l'approcher physiquement, alors que son esprit lui ordonnait de fuir ? En cet instant, il avait envie de se précipiter vers elle pour la prendre dans ses bras et enfouir son visage dans son cou. Il était en train de devenir fou.

Ariel était consciente de sa présence. Ses sens étaient plus réceptifs et aiguisés en présence de Booth. Le dos toujours tourné, elle continua de préparer la salade.

— Vous avez eu du mal à allumer les braises ?

— Non.

— Parfait, le barbecue ne mettra pas longtemps à chauffer. Vous avez faim ?

— Un peu.

Il traversa la pièce et vint la rejoindre. Il ne voulait pas la toucher, juste s'approcher un peu.

Le sourire aux lèvres, elle saisit une tranche d'avocat et la tendit vers lui. Booth croqua une petite bouchée en la contemplant d'un air méfiant.

— Je n'ai jamais un peu faim, affirma-t-elle en finissant elle-même l'avocat. Je suis toujours affamée.

Même s'il s'était interdit de la toucher, il ne put s'empêcher de caresser sa joue du dos de la main.

— Votre peau, murmura-t-il. Elle est magnifique. On dirait de la porcelaine. Elle est aussi douce que du satin.

Son regard glissa sur son visage avant de se focaliser sur ses lèvres.

— Je n'aurais jamais dû vous toucher.

Elle sentait son cœur battre la chamade. Booth se montrait tendre avec elle. C'était si inattendu qu'elle se sentit bouleversée.

— Pourquoi ?

— Une chose conduit à une autre.

Il laissa glisser ses doigts le long de ses cheveux.

— Vous attendez quelque chose de moi, mais je n'ai plus rien à vous offrir, murmura-t-il.

Elle sentit ses lèvres trembler. Avant ce jour, elle se souciait peu de ne pas contrôler ses émotions.

— C'est vrai, j'attends quelque chose de vous. Mais

pour l'heure, je ne désire que votre compagnie le temps d'un dîner. Ce devrait être assez simple.

Elle se tourna de nouveau vers l'évier, mais il l'arrêta.

— Rien de ce qui nous arrive n'est simple. Si je continue à vous voir comme maintenant, je vais vouloir coucher avec vous.

Comme il aurait été simple, si simple de se jeter dans ses bras ! Mais il n'était pas prêt à ces élans de générosité, et elle ne pourrait pas survivre au vide qu'il ne manquerait pas de laisser.

— Booth, je suis une grande fille. Si je couche un jour avec vous, c'est que je l'aurais choisi.

Il acquiesça.

— Sans doute. Mais quant à moi, je veux être sûr de pouvoir choisir.

Puis il tourna les talons et la laissa seule dans la pièce.

Elle inspira profondément. Booth allait devoir apprendre à vivre sans sa mauvaise humeur et ses tensions. Les bras chargés des côtelettes de porc, elle revint dans le salon.

— Détendez-vous, DeWitt ! ordonna-t-elle.

Elle aperçut la surprise dans son visage quand elle se dirigea vers le gril.

— Dans chacun de mes épisodes, expliqua-t-elle, je dois gérer les mélodrames et la misère. Je ne les laisse pas empiéter sur ma vie privée. Servez-vous un autre verre, asseyez-vous et détendez-vous.

Elle disposa les côtelettes sur la grille, les assaisonna, puis se dirigea vers la chaîne hi-fi. En musique de fond, elle opta pour du jazz mélodieux, aux accents de blues.

Lorsqu'elle se retourna, Booth était toujours debout et ne la quittait pas des yeux.

— Je le pense vraiment, ajouta-t-elle. J'ai une politique très stricte concernant les inquiétudes et les problèmes.

Que vous pensiez à eux ou non, ils finissent par arriver. Alors, pourquoi gâcher son temps ?

— Est-ce aussi simple que cela pour vous ?

— Pas toujours. Parfois, je dois faire des efforts.

Il sortit une cigarette d'un air songeur.

— Nous ne pouvons pas être bien ensemble, dit-il après l'avoir allumée. Je ne veux personne dans ma vie.

— Personne ? s'étonna-t-elle. Vous êtes trop intelligent pour croire que l'on peut vivre sans personne. N'avez-vous pas besoin d'amitié, de compagnie, d'amour ?

Soufflant un nuage de fumée, il tenta d'ignorer le pincement douloureux provoqué par la question. Il venait de passer plus de deux ans à se convaincre qu'il se sentait très bien seul. Pourquoi comprenait-il soudain l'aberration de son raisonnement ?

— Ces relations exigent toutes quelque chose en retour que je ne suis plus capable de donner.

— Que vous ne *voulez* plus donner, corrigea-t-elle.

Elle le contemplait d'un air à la fois songeur et sérieux.

— On peut dire que vous vous exprimez avec franchise. Plus je vous fréquente, et plus je comprends que vous ne mentez à personne d'autre qu'à vous-même.

— Vous ne m'avez pas fréquenté assez longtemps pour savoir qui ou ce que je suis, répondit-il en écrasant sa cigarette.

Puis il fourra les mains dans les poches.

— Et mieux vaut ne pas vous engager dans cette voie.

— Cette mise en garde est dirigée contre moi ou contre vous ? riposta-t-elle, exaspérée en voyant qu'il gardait le silence. Vous l'avez laissée vous transformer en victime, murmura-t-elle enfin. Vous me surprenez.

Les yeux verts de Booth prirent soudain une teinte glaciale.

— N'ouvrez pas des portes si vous ne savez pas où elles mènent, Ariel.

— C'est trop facile.

Elle préférait la colère qui s'était emparée de lui à présent. Elle s'avança et posa les mains sur ses avant-bras.

— La vie n'est pas drôle si l'on ne prend pas de risques. Pour ma part, je ne peux me passer d'un peu de divertissement. Ecoutez, j'aime être avec vous. Cela ne vous suffit pas ?

— Je n'en suis pas certain.

De nouveau, ce contact simple réveilla en lui cet étrange désir.

— Je ne suis pas certain que ce soit une bonne chose pour nous deux.

— Rendez-vous un service, lui suggéra-t-elle. N'y pensez plus pendant quelques jours, et voyez ce qui arrive.

Puis elle se hissa sur la pointe des pieds et effleura ses lèvres dans un geste à la fois amical et intime.

— Pourquoi ne pas vous servir un autre verre ? ajouta-t-elle. Je dois aller surveiller les côtelettes : elles sont en train de brûler.

- 5 -

— Non, Griff, je ne veux pas parler de mon mariage.

Amanda saisit un arrosoir bleu de Delft et entreprit d'arroser méticuleusement les plantes posées sur le bord de la fenêtre de son bureau. Le soleil, simulé par l'éclairage étouffant du studio, filtrait à travers la vitre.

— Amanda, tu sais bien qu'il est impossible de garder un secret dans une petite ville. Il est de notoriété publique que Cameron et toi ne vivez plus ensemble.

Sous sa veste de tailleur cintrée, elle se raidit.

— Notoriété publique ou non, ce sont mes affaires.

Lui tournant le dos, Amanda se pencha sur la fleur d'un saintpaulia.

— Tu perds du poids, tes yeux sont cernés. Mandy, je ne peux pas supporter de te voir comme ça !

Elle laissa passer une seconde avant de se tourner lentement vers Griff.

— Je vais bien. Je suis capable de gérer ce qui se passe.

Griff ricana.

— Qui le sait mieux que moi ?

Une brève lueur illumina le regard d'Amanda, mais sa voix resta froide et catégorique.

— Je suis occupée, Griff.

— Laisse-moi t'aider, reprit-il soudain avec passion. J'ai toujours voulu le faire.

— M'aider ? s'étonna-t-elle en posant l'arrosoir.

Sa voix était glaciale.

— Je n'ai pas besoin d'aide, assura-t-elle. Crois-tu que je puisse me confier à toi, te faire confiance après ce que tu m'as fait ?

La lumière fit scintiller les petits saphirs accrochés à ses oreilles. Ariel vint se placer à l'endroit qui lui était réservé pour la suite de la scène.

— Contrairement à Cameron, je t'ai laissé détruire ma vie. Je ne ferai pas deux fois la même erreur.

Furieux, Griff saisit son bras.

— Tu ne m'as jamais demandé ce que Vikki faisait dans ma chambre. Ni lorsque tu nous as trouvés ensemble, ni dans les longs mois qui ont suivi. Tu t'en es vite remise, Mandy, avant de finir la bague au doigt mariée à un autre homme.

— Il est toujours mon mari, répondit-elle calmement. Je te conseille donc de me laisser tranquille.

— Tu crois que je vais m'arrêter là, maintenant que je sais que tu ne l'aimes pas ?

La passion, la rage et le désir irradiaient de ses yeux, de sa voix et de son corps.

— Il suffit de te regarder pour le savoir, ajouta-t-il sans lui laisser le temps de nier. Je lis en toi comme personne d'autre. Il va falloir t'y faire.

Il enfouit les mains dans ses cheveux, dérangeant sa coiffure.

— Et à ça aussi.

L'attirant à lui, Griff écrasa ses lèvres sous les siennes. Amanda faillit se dégager. Presque. Le temps d'un battement de cœur, elle demeura immobile. Elle leva les mains vers ses épaules pour le repousser, mais s'y accrocha. Un gémissement étouffé s'échappa de sa bouche, tandis qu'elle se laissait emporter par la passion. Un court instant, ils restèrent dans les bras l'un de l'autre comme autrefois. Puis, sans la lâcher, il recula. Le désir et la colère semblaient crépiter entre eux.

— Cette fois, je ne te laisserai pas partir, dit-il. Je t'attendrai, mais je ne le ferai pas longtemps. C'est à toi de venir vers moi, Mandy. C'est là qu'est ta place.

Puis Griff la lâcha et sortit en trombe du bureau. Amanda porta une main tremblante à ses lèvres en contemplant la porte close.

— Coupez !

Ariel contourna le mur factice de son bureau.

— Tu as fait exprès de manger des oignons, se plaignit-elle.

Jack tira sur ses longs cheveux ébouriffés.

— Rien que pour toi, ma chérie.

— Tu es un porc.

— J'adore les petits noms dont tu m'affubles.

Puis, dans un geste mélodramatique, il la prit dans ses bras et la fit basculer exagérément en arrière.

— Laisse-moi t'entraîner dans mon lit et te montrer vraiment ce qu'est la passion.

— Pas avant que tu aies mangé un paquet entier de pastilles à la menthe, mon vieux.

Elle le repoussa fermement et se libéra de l'étreinte de Jack avant de se tourner vers le réalisateur. Les éclairages avaient déjà été éteints.

— C'est tout pour aujourd'hui, Neal ? J'ai un rendez-vous à l'autre bout de la ville.

— Tu peux partir. Rendez-vous lundi matin, 7 heures.

Une fois dans sa loge, elle troqua la tenue élégante d'Amanda contre un pantalon moulant en coton et une chemise d'homme souple et cintrée. Après avoir enfilé des chaussures à talon plat, elle quitta le studio. A l'extérieur, un petit groupe de fans attendait dans l'espoir de voir sortir une figure connue. Ils s'agglutinèrent autour d'Amanda, leur carnet d'autographes à la main, tout en commentant la série et en posant des questions.

— Vous allez revenir avec Griff ?

Ariel se tourna vers une adolescente au regard brillant qui la regardait en souriant.

— Je n'en sais rien… C'est horriblement dur de lui résister.

— Il est génial ! Ses yeux sont incroyablement verts !

La jeune fille mâchouillait son chewing-gum la bouche ouverte et soupira.

— Je pense que j'en mourrai s'il me regardait comme il vous regarde.

Ariel songea aussitôt à d'autres yeux verts et faillit soupirer à son tour.

— Attendons de voir comment les choses évoluent, d'accord ? Je suis heureuse que vous appréciiez la série.

Puis elle s'extirpa de la foule de curieux et héla un taxi. A peine eut-elle donné l'adresse qu'elle s'effondra sur la banquette.

Elle ignorait pourquoi elle était si fatiguée. Peut-être était-ce l'idée de son rendez-vous qui la rendait si nerveuse. Ces derniers temps, elle ne dormait pas très bien, mais elle avait déjà traversé des périodes d'insomnie alors qu'elle n'était pas stressée.

Booth. Si seulement il était le seul à occuper son esprit, elle aurait pu le gérer. Du moins l'espérait-elle. Mais il y avait Scott.

L'idée d'être confrontée à ses grands-parents ne l'effrayait pas, mais elle se sentait inquiète. Elle leur avait déjà parlé, et rien ne permettait de croire que cet entretien serait différent des autres.

Elle se souvenait encore du sourire de Scott et de son visage radieux au zoo. Cette chose à la fois si simple et vitale pour elle. La façon dont il s'était accroché à son cou lui brisait le cœur. Si seulement il y avait une autre solution…

Elle ferma les yeux en soupirant. Même son optimisme inné ne lui permettait pas d'imaginer d'autres options. Les grands-parents de Scott et elle s'affrontaient dans une demande de garde douloureuse et compliquée, au milieu de laquelle Scott se retrouvait coincé.

Qu'est-ce qui était préférable pour lui ? Qu'est-ce qui était juste ? Elle aurait aimé avoir un confident, quelqu'un pour la conseiller et la réconforter. Mais pour la première fois de sa vie, elle n'avait personne. Plus cette affaire resterait privée, et moins Scott risquait d'en souffrir. Aujourd'hui, elle ne pouvait que suivre son intuition, et espérer.

Elle paya machinalement le taxi et pénétra dans l'élégant immeuble en acier qui accueillait les bureaux de son avocat. Le temps d'atteindre le trentième étage, elle avait retrouvé son assurance. Peut-être était-ce la dernière fois qu'elle aurait l'occasion de s'entretenir avec les grands-parents de Scott de manière informelle. Il fallait qu'elle fasse de son mieux pour que ce rendez-vous soit productif.

La peur qui lui rongeait l'estomac n'était pas très différente du tract qu'elle ressentait avant d'entrer en scène. Habituée à cette sensation, elle pénétra dans les bureaux de Bigby, Liebowitz et Feirson.

— Bonjour, mademoiselle Kirkwood.

La réceptionniste sourit à Ariel en détaillant sa tenue et son élégance avec une moue d'envie.

— Monsieur Bigby vous attend, l'informa-t-elle.

— Bonjour, Marlene. Comment va votre chiot ?

— Oh ! il est tellement intelligent ! Mon mari n'arrive pas à croire qu'il puisse apprendre autant de choses. Je tenais à vous remercier de nous l'avoir trouvé.

— Je suis heureuse qu'il ait trouvé un bon foyer.

Nerveuse, elle se tordit les mains, ce qui était plutôt rare chez elle. Elle s'efforça de les garder le long du corps pendant que la réceptionniste annonçait par téléphone son arrivée.

— Mlle Kirkwood est là, monsieur Bigby. Bien, monsieur.

La jeune femme raccrocha et se leva.

— Si vous avez un peu de temps avant de repartir, mademoiselle Kirkwood, ma sœur aimerait beaucoup avoir un autographe. Elle ne rate aucun de vos épisodes.

— Avec plaisir.

De nouveau, elle sentit la pression monter. Mais elle y céderait plus tard, lorsqu'elle pourrait se le permettre. Pour l'heure, elle décida d'afficher le calme olympien d'Amanda.

— Ariel !

L'homme mince et barbu assis derrière l'immense bureau se leva en l'apercevant. Il régnait dans la pièce une vague odeur de menthe et de cire.

— Pile à l'heure.

— Toujours prête au signal, rétorqua Ariel en avançant sur l'épaisse moquette, les deux mains tendues.

— Vous avez l'air en forme, Charlie, ajouta-t-elle.

— Beaucoup mieux depuis que vous m'avez conseillé d'arrêter de fumer. Cela fait six mois, dit-il, très fier de lui. Trois jours et…

Il consulta sa montre.

— … quatre heures et demie.

Elle lui serra chaleureusement la main.

— Continuez de compter, alors.

— Il nous reste un quart d'heure avant l'arrivée des Anderson. Vous voulez un café ?

— Oh oui !

Elle s'effondra dans un large fauteuil en cuir beige.

Bigby pressa le bouton de l'Interphone.

— Pouvez-vous apporter du café, Marlene ?

Il posa le combiné et croisa les mains sur la table.

— Vous tenez le coup ? demanda-t-il.

— Je suis une épave, Charlie, confia-t-elle en étendant les jambes devant elle pour se détendre. Vous êtes pratiquement la seule personne à qui je puisse parler de cette affaire. Je n'ai pas l'habitude des secrets.

— Si tout se passe bien, tout sera très vite réglé.

— Quelles sont nos chances ? demanda-t-elle en le regardant droit dans les yeux.

— Assez bonnes.

Elle soupira doucement.

— Cela ne me suffit pas.

Marlene frappa doucement à la porte et entra les bras chargés d'un plateau avec du café.

— Du lait et du sucre, mademoiselle Kirkwood ?

— Oui, s'il vous plaît.

Elle accepta la tasse puis se leva et commença à faire les cent pas. Si elle arrivait à transformer son stress en énergie, peut-être n'exploserait-elle pas.

— Scott a besoin de moi, Charlie.

Et vous de lui, songea l'avocat en la regardant.

— Ariel, vous êtes un membre responsable de votre communauté, vous avez une bonne réputation. Vous avez un emploi stable, d'excellents revenus, même si on pourrait vous opposer une certaine précarité. Vous avez encouragé votre frère dans ses études et êtes impliquée dans toutes les causes humanitaires qui existent.

L'homme fut heureux de la voir sourire.

— Vous êtes jeune, mais vous n'êtes pas une enfant, reprit-il. Les Anderson ont tous les deux plus de soixante ans. Cela devrait peser dans la balance, sans compter que les émotions sont dans votre camp.

— Seigneur, je déteste raisonner de cette façon, murmura-t-elle. On parle de camps en cas de conflit ou de guerre. On ne peut pas faire la guerre autour d'un enfant, Charlie.

— Aussi difficile que cela puisse paraître, il va falloir que vous envisagiez les choses sous un angle pratique.

Elle acquiesça avant d'avaler une gorgée de café d'un air absent.

— Mais je suis célibataire, objecta-t-elle, et je suis une actrice.

— Il y a le pour et le contre. Cette réunion de la dernière chance est votre idée, ajouta-t-il. Je n'aime pas vous voir tourneboulée de cette façon.

— Je dois essayer une dernière fois de trouver un terrain d'entente avant d'entamer une procédure plus officielle. L'idée que Scott puisse avoir à témoigner…

— Il ne s'agit que d'un petit entretien avec le juge, Ariel. L'expérience n'est pas traumatisante, je vous le promets.

— Pas pour vous, peut-être pas pour lui, mais pour moi…

Elle se tourna brusquement vers l'avocat, le regard fiévreux.

— Je jure, Charlie, que j'abandonnerai immédiatement ma requête si j'avais la certitude qu'il était heureux avec eux. Mais lorsqu'il me regarde…

Elle s'interrompit, les deux mains serrées autour de sa tasse. Elle inspira pour mieux se concentrer.

— Je sais que j'y mets beaucoup d'émotion, mais je procède toujours ainsi pour faire la part des choses. D'un point de vue pratique, je peux dire que Scott est bien nourri, bien logé et bien éduqué. Mais qu'en est-il de l'amour ?

Son regard se perdit au loin.

— J'en reviens toujours à la même chose. Est-ce

dans l'intérêt de mon neveu que je fasse tout ça pour lui, Charlie ? J'ai besoin d'être sûre.

L'avocat caressait lentement le stylet en or posé sur la table. Il était difficile de répondre à sa question. En matière de loi, on ne cherchait pas ce qui était le mieux, mais ce qui était juste. Les deux n'allaient pas forcément de pair.

— Ariel, vous connaissez cet enfant. Au risque de ne pas vous paraître très professionnel, je pense que vous devez faire ce que vous dicte votre cœur.

Elle se tourna de nouveau vers lui, le sourire aux lèvres.

— Votre réponse est parfaite. J'ai toujours agi de cette façon.

Elle hésita quelques instants, puis se lança. Puisqu'elle était venue demander conseil, autant aller jusqu'au bout.

— Charlie, si je vous disais que je suis tombée amoureuse d'un homme qui évite comme la peste toute relation et qui considère les actrices comme les êtres les moins dignes de confiance de la Terre, que diriez-vous ?

— Je dirai que cela vous ressemble beaucoup. Combien de temps vous faudra-t-il pour le faire changer d'avis ?

Elle éclata de rire.

— Vous avez toujours le mot juste.

— Asseyez-vous et buvez tranquillement votre café, Ariel. Vous dites bien que si les choses doivent arriver, elles finissent toujours par le faire.

— Quand vous ai-je dit quelque chose d'aussi trivial ? demanda-t-elle en cédant à son invitation. Très bien, Charlie, dit-elle en soupirant longuement. Voulez-vous me dire à quoi je dois m'attendre et ce que je ne dois pas dire ?

— D'accord, même si cela ne sert à rien.

L'homme joua avec le bord du dossier posé sur son bureau.

— Vous allez rencontrer Basil Ford, l'avocat des

Anderson. Il est très méticuleux et très conservateur. J'ai déjà eu à faire à lui.

— Avez-vous gagné ?

Bigby lui sourit en s'adossant à son fauteuil.

— Je dirai que nous sommes à égalité. Comme cet entretien est une réunion informelle et volontaire, Ford et moi n'aurons pas grand-chose à faire. Mais je veillerai à ce qu'il ne vous pose pas de question à laquelle vous n'êtes pas tenue de répondre.

Bigby posa méticuleusement la tasse en porcelaine sur la soucoupe.

— Sinon, vous pouvez dire ce que vous voulez, mais n'en dites pas trop. Par-dessus tout, ne perdez pas votre sang-froid. Si vous avez envie de crier, attendez qu'ils soient partis.

— Vous me connaissez très bien, dit-elle dans un souffle. D'accord, je vais m'efforcer de rester calme et lucide.

Lorsque le téléphone posé sur le bureau sonna, elle serra les poings.

— Très bien, Marlene, faites-les entrer. Et nous allons avoir besoin de plus de café.

L'avocat regarda Ariel, conscient de la tension dans son regard. Serait-elle assez forte ?

— Ce n'est qu'une simple discussion, lui rappela-t-il. Je doute que nous prenions aujourd'hui la moindre décision.

Elle acquiesça et s'efforça de paraître sereine.

Lorsque la porte s'ouvrit, Bigby accueillit les arrivants d'un air jovial.

— Basil, je suis heureux de vous voir ! s'écria-t-il en serrant la main de l'homme grand et un peu dégarni vêtu d'un costume gris. Monsieur Anderson, madame Anderson, prenez place je vous prie. On va bientôt vous apporter un café. Basil Ford, je vous présente Ariel Kirkwood.

Ariel faillit pouffer en assistant à ce rituel de présentations.

— Bonjour, monsieur Ford.

La poigne de l'homme était vigoureuse et son regard redoutable.

— Mademoiselle Kirkwood.

Puis il s'assit lentement en posant à côté de lui sa serviette.

— Monsieur Anderson, madame Anderson, dit Ariel.

La femme se contenta de hocher la tête et l'homme lui serra brièvement la main. Ils avaient l'air de gens charmants, solides. Mais aussi rigides. Ils se tenaient tous les deux très droits, vestige de leur passage dans l'armée. Anderson avait pris sa retraite avec le grade de colonel dix ans plus tôt, et sa femme avait occupé dans sa jeunesse un poste d'infirmière dans l'armée.

Ils s'étaient rencontrés pendant la guerre, avaient servi ensemble, puis s'étaient mariés. Ils partageaient un certain nombre de valeurs, mais aussi d'avis, ce qui expliquait peut-être pourquoi ils avaient autant de mal à envisager d'autres points de vue que le leur.

Les Anderson prirent place sur un petit canapé. Ils étaient vêtus de manière très conventionnelle, elle avec son chignon et lui avec ses cheveux coupés au cordeau. Ils ne cachaient pas leur désapprobation. Par expérience, Ariel savait qu'elle ne pourrait jamais les toucher sur le plan émotionnel.

Pendant que l'on servait le café, Bigby engagea la conversation. Les Anderson répondirent poliment et ignorèrent Ariel autant que possible. De son côté, elle s'efforça de ne poser aucune question directe. Les hostilités arriveraient bien assez tôt.

Lorsque Bigby vint reprendre sa place sur son siège et qu'il croisa les mains sur le bureau, elle saisit le signal.

— Je pense que nous sommes d'accord pour dire qu'il existe un point qui nous préoccupe tous, annonça-t-il : le bien-être de Scott.

— C'est pour cette raison que nous sommes ici, répondit Ford du tac au tac.

Bigby regarda brièvement son collègue avant de se concentrer sur les Anderson.

— Puisque nous sommes d'accord, une réunion informelle comme celle-ci, où nous pouvons échanger nos points de vue et nos solutions, devrait être profitable à tous.

— Naturellement, répliqua Ford, la principale préoccupation de mes clients est le bien-être de leur petit-fils.

L'avocat s'était exprimé avec une belle voix d'orateur avant de prendre une gorgée de café.

— Nous avons bien compris la demande de Mlle Kirkwood, bien sûr. Concernant la garde de Scott, les droits et les compétences de M. et Mme Anderson ne sauraient être remis en cause.

— Pas plus que ceux de Mlle Kirkwood, contrecarra doucement Bigby. Il n'est pas question de droits et de compétences aujourd'hui, mais de l'enfant lui-même. Je tiens à ce que les choses soient claires : nous ne remettons pas en cause vos bonnes intentions ou votre capacité à élever cet enfant.

L'avocat s'adressa de nouveau aux Anderson, court-circuitant avec art son collègue.

— La question est : qu'est-ce qui est le mieux pour Scott en tant que personne ?

— Mon petit-fils, commença Anderson de sa voix grave et rauque, fait partie de notre famille. Il est bien nourri, bien habillé et bien éduqué. L'éducation que nous lui donnons lui apprendra l'ordre et la discipline. Nous l'enverrons dans les meilleures écoles.

— Et que faites-vous de l'amour ? explosa alors Ariel. Ce que l'argent ne peut pas acheter…

Se penchant en avant, elle regarda fixement la grand-mère de Scott.

— Saurez-vous l'aimer ? demanda-t-elle.

— C'est une question abstraite, mademoiselle Kirkwood, intervint rapidement Ford. Si nous pouvions…

— Non, elle ne l'est pas, l'interrompit Ariel en lui lançant un regard de biais avant de se tourner de nouveau vers les Anderson. Il n'y a rien de plus solide que l'amour. Rien que l'on puisse donner ou retirer avec autant de facilité. Prendrez-vous Scott dans vos bras la nuit s'il a peur du noir ? Comprenez-vous à quel point il est important de le laisser croire qu'il vous protège ? Serez-vous toujours à son écoute, attentifs à ses besoins ?

— Il ne sera pas dorloté, si c'est ce que vous voulez dire, lâcha Anderson en posant sa tasse. Les valeurs d'un enfant s'acquièrent très tôt. Ces fantaisies, que vous encouragez, ne sont pas saines. Je n'ai pas l'intention de laisser vivre mon petit-fils dans un monde de rêves.

— Un monde de rêves !

Ariel soutint son regard et y lut une opiniâtre résistance.

— Monsieur Anderson, Scott a une imagination débordante. Il est plein de vie, de visions.

— De visions, répéta Anderson, les lèvres pincées. Les visions ne l'aideront à rien d'autre qu'à rechercher ce qui n'existe pas, à espérer ce qu'il ne peut pas avoir. Cet enfant a besoin d'un ancrage solide dans la réalité. Dans ce qui est. Vous gagnez votre vie en jouant la comédie, mademoiselle Kirkwood. Mon petit-fils ne vivra pas dans un conte de fées.

— Une journée compte vingt-quatre heures, monsieur Anderson. Ne sommes-nous pas suffisamment confrontés à la réalité pour nous réserver un peu de temps pour rêver ? Tous les enfants ont besoin de croire en leurs désirs, particulièrement Scott qui a déjà tant perdu. S'il vous plaît…

Elle se tourna de nouveau vers la femme assise très droite sur le canapé.

— Vous savez ce que souffrir veut dire. Scott a perdu les deux personnes qui symbolisaient pour lui l'amour, la sécurité et la normalité. Toutes ces choses doivent lui être rendues.

— Par vous ? s'étonna très calmement Mme Anderson.

Son regard était encore empreint de douleur.

— C'est à moi d'élever le fils de ma fille, ajouta-t-elle.

— Mademoiselle Kirkwood, l'interrompit gentiment Ford en croisant les jambes. Pour évoquer des questions plus terre à terre, je sais que vous tenez un rôle central dans un… soap-opera. Il s'agit d'un emploi stable qui vous offre des revenus réguliers. Mais soyons réalistes : les choses peuvent changer. Comment ferez-vous pour subvenir aux besoins d'un enfant le jour où vous n'aurez plus de revenus ?

— Cela ne se produira pas.

Bigby la mit en garde d'un simple regard. Ariel dut faire un effort pour garder son sang-froid.

— Je suis sous contrat, expliqua-t-elle. Je viens également d'être engagée pour jouer dans un film de P. B. Marshell.

Une lueur vacilla dans le regard de Ford, et Ariel remercia sa bonne étoile de lui avoir permis de décrocher ce rôle.

— Très impressionnant, rétorqua l'avocat. Cependant, je suis certain que vous serez la première à reconnaître que votre profession est connue pour ses hauts et ses bas.

— Puisque nous parlons de stabilité financière, monsieur Ford, je peux vous garantir que je suis capable de donner à Scott tout ce dont il peut avoir besoin sur le plan matériel. Si ma carrière devait décliner, il me suffirait d'exercer un autre métier. J'ai de l'expérience dans la vente et la restauration.

Un léger sourire apparut sur les lèvres d'Ariel tandis qu'elle se rappelait l'époque où elle vendait du parfum et du maquillage dans un grand magasin, et où elle travaillait comme serveuse. Oui, on pouvait dire qu'elle avait de l'expérience…

— Mais je refuse de croire que cette discussion autour d'un enfant puisse se résumer à un simple relevé bancaire.

Elle s'était exprimée d'une voix calme, empreinte d'une pointe de mépris.

— Nous sommes tous d'accord pour dire que le bien-être matériel de l'enfant est de première importance, assura Bigby.

Le ton subtil de sa voix sonnait comme une mise en garde à l'égard d'Ariel.

— Il est clair que M. et Mme Anderson, à l'instar de ma cliente, sont capables de nourrir, loger et éduquer Scott.

— Il y a aussi la question de la situation de famille, contra Ford en se grattant l'aile du nez. En tant que femme célibataire, et active, dites-moi, mademoiselle Kirkwood, combien de temps pouvez-vous consacrer à Scott ?

— Tout le temps dont il a besoin, répondit-elle simplement. Je sais où sont mes priorités, monsieur Ford.

— Peut-être. Mais il se peut que vous n'y ayez pas complètement réfléchi. Comme vous n'avez jamais élevé d'enfant, vous pouvez ne pas être consciente du temps que cela demande. Vous avez une vie sociale, mademoiselle Kirkwood.

Si ses mots et son ton étaient doux, le message était clair. A un autre moment et en d'autres lieux, elle aurait pu s'en amuser.

— Pas aussi active que ce que disent les journaux, monsieur Ford.

— Vous êtes également une femme jeune et séduisante. Je crois qu'il est censé de prévoir qu'un jour ou l'autre, vous allez vous marier. Avez-vous songé à ce que penserait votre futur mari à l'idée d'élever l'enfant d'un autre ?

— Non, dit-elle en croisant nerveusement les doigts. Le jour où j'aimerais assez un homme pour l'épouser, il devra accepter Scott comme faisant partie de moi-même, de ma vie. Sinon, je ne pourrais pas l'aimer.

— Mais si vous avez à faire un choix…

— Basil.

Bigby leva la main mais, malgré son sourire, son regard était sévère.

— Nous ne pouvons pas nous perdre en conjectures. Personne n'espère régler aujourd'hui la question de la garde de Scott. Nous voulons simplement nous faire une idée claire du ressenti de chaque partie. Et de ce que nos clients veulent pour Scott.

— Nous voulons son bien-être, répondit Anderson d'une voix laconique.

— Son bonheur, murmura Ariel. J'ose espérer qu'il s'agit de la même chose.

— Vous n'êtes pas différente de votre frère, lâcha Anderson d'une voix basse et cinglante comme un fouet. Le bonheur, il l'a brandi sous le nez de notre fille jusqu'à ce qu'elle perde le sens des responsabilités, de son éducation et de ses valeurs. Elle est tombée enceinte à dix-huit ans, s'est mariée à un étudiant sans le sou qui passait plus de temps à faire voler son cerf-volant qu'à s'assurer un métier décent.

Ariel sentit ses lèvres trembler sous l'effet de la douleur. Non, il ne fallait pas qu'elle gaspille sa salive à défendre son frère. Il n'avait pas besoin d'être défendu.

— Ils s'aimaient, dit-elle simplement.

— Ils s'aimaient ! s'écria Anderson, le visage rouge de colère.

C'était la première fois qu'il manifestait publiquement une émotion.

— Pensez-vous réellement que cela suffise ?

— Oui. Ils étaient heureux ensemble. Ils ont eu un magnifique enfant ensemble. Ils ont partagé des rêves ensemble.

Elle luttait pour retenir ses larmes.

— Certaines personnes n'ont pas cette chance, conclut-elle.

— Barbara serait encore en vie si elle était restée loin de lui.

En regardant la vieille dame, Ariel perçut d'autres sentiments que la douleur. Ses mains trapues et noueuses tremblaient légèrement, sa voix s'était brisée. Il y avait en elle un mélange de chagrin et de fureur qu'Ariel reconnut et comprit.

— Jeremy est mort, lui aussi, madame Anderson, répondit-elle calmement. Mais Scott est là.

— Il a tué ma fille, rétorqua la femme.

Ses yeux brillaient comme des braises au milieu de son visage soudain blanc comme neige.

— Non ! s'écria Ariel, choquée d'entendre ces mots, accablée à son tour par le chagrin. Madame Anderson, Jeremy adorait Barbara. Jamais il ne lui aurait fait du mal.

— Il l'a emmenée dans cet avion. Barbara n'avait rien à faire dans ces petits engins. Sans lui, elle ne serait pas montée.

— Madame Anderson, je sais ce que vous ressentez…

La femme bondit à ces mots, le souffle court.

— Ne me dites pas que vous savez ce que je ressens. Elle était ma seule fille. Mon seul enfant.

Puis elle se leva en lançant à Ariel un regard glacial et vibrant de larmes.

— Je ne parlerai avec vous ni de Barbara, ni de son fils, conclut-elle en traversant le bureau à petits pas mesurés dont le bruit était étouffé par l'épaisse moquette.

— Et je ne vous laisserai pas faire de la peine à ma femme.

M. Anderson se leva à son tour, le dos droit et le regard inflexible.

— Depuis le début, les Kirkwood ne nous ont apporté que des malheurs, ajouta-t-il.

Malgré ses genoux qui tremblaient, Ariel se redressa pour lui faire face.

— Scott est un Kirkwood, monsieur Anderson.

Sans un mot, l'ancien colonel tourna les talons et sortit de la pièce.

— Il est compréhensible que mes clients se laissent emporter par leurs émotions.

La voix de Ford était si calme qu'Ariel l'entendit à peine. Elle acquiesça imperceptiblement et se dirigea vers la fenêtre.

Elle n'entendit pas un mot de la conversation que les deux avocats tinrent à voix basse derrière elle. Elle préféra se concentrer sur le flot de voitures qui s'agitaient sans bruit depuis le trentième étage. Elle aurait préféré être en bas, au milieu de l'agitation et de la foule.

Dire qu'elle croyait s'être résignée au décès de son frère ! De nouveau, elle se sentit envahie d'une vaine colère. Elle avait envie de la crier, mais le seul mot qui lui venait à l'esprit était : pourquoi ?

— Ariel.

Bigby posa la main sur son épaule et l'appela de nouveau. Elle tourna la tête. Ford et ses clients étaient partis.

— Venez vous asseoir.

— Non, je vais bien, le rassura-t-elle.

— Non, vous n'allez pas bien.

Elle appuya le front sur la vitre.

— Laissez-moi une petite minute. Dites-moi, Charlie, pourquoi je refuse de voir la dureté ou la laideur des choses avant qu'elles arrivent ? Même quand elles se produisent, je n'arrive pas à les comprendre.

— Parce que vous recherchez ce qu'il y a de meilleur chez l'homme. C'est une belle qualité.

— Ou un mécanisme de défense, murmura-t-elle.

— Cessez de vous faire du mal, Ariel.

Bigby s'était exprimé d'une voix plus tranchante que voulue, mais il eut le plaisir de voir les épaules de la jeune femme se redresser.

— Une autre de vos qualités est de provoquer les émotions. Ne le faites pas avec les Anderson.

Poussant un long soupir, elle continua de regarder la rue en contrebas.

— Ils sont blessants. Nous aurions dû trouver un moyen de partager notre douleur plutôt que de nous accabler. Mais je ne peux rien faire pour eux, murmura-t-elle en fermant brièvement les yeux. Charlie, Scott n'est pas comme eux. Il est tout pour moi. Je ne les ai pas entendus une seule fois prononcer son prénom. C'était comme s'il refusait de lui donner une identité, peut-être parce qu'il ressemble trop à Jeremy.

Elle s'appuya sur la vitre un court instant.

— Je ne veux que ce qui est bon pour Scott, même si ça ne l'est pas pour moi.

— Nous allons aller au tribunal, Ariel, et cela risque d'être très dur pour vous.

— Vous me l'avez déjà expliqué. Ça m'est égal.

— Je ne peux vous donner aucune garantie de résultat.

Elle humecta ses lèvres sèches avant de se tourner vers l'avocat.

— Je le comprends aussi. Je dois me persuader que quoi qu'il arrive, ce sera ce qui convient le mieux à Scott. Si je perds, c'est que je devais perdre.

— Au risque de ne pas me montrer très professionnel, dit-il en effleurant ses cheveux, avez-vous pensé à vous ?

Elle prit en coupe le visage de l'homme et déposa un baiser sur sa joue.

— Je suis une survivante, Charlie, beaucoup plus forte que ce que vous croyez. Concentrons-nous sur Scott.

Mais plusieurs choses inquiétaient Bigby. Ariel était toujours pâle, et ses yeux un peu trop brillants.

— Laissez-moi vous inviter à boire un verre.

Ariel passa les doigts sur sa barbe.

— Je vais bien, dit-elle fermement. Et vous avez du travail.

Tournant les talons, elle saisit son sac à main. Tout ce qu'elle voulait, c'était respirer le grand air et s'éclaircir les idées.

— J'ai besoin de marcher un peu, dit-elle presque pour elle-même. Dès que j'aurai réfléchi à tout ça, je me sentirai mieux.

Arrivée à la porte, elle fit une pause et regarda derrière elle. Bigby était toujours près de la fenêtre, l'air soucieux et inquiet.

— Pouvez-vous me dire si nous avons une chance de gagner ?

— Oui, nous avons une chance. J'aimerais pouvoir être plus affirmatif.

— Cela me suffit, répondit Ariel en ouvrant la porte. Il le faudra bien.

- 6 -

Tout ce que Booth avait écrit ce jour-là était bon pour la poubelle. C'était ce que toute personne sensée aurait fait d'un travail aussi mauvais. Il contempla d'un air maussade la feuille de papier à moitié noircie qui semblait le narguer, ainsi que la pile de feuillets empilés à côté de la machine à écrire. Peut-être que demain, avec un peu de recul, il arriverait à en sauver quelque chose.

A quand remontait son dernier blocage ? Il ne s'en souvenait même plus. Il avait l'impression de graver des mots dans du granit. Il avançait lentement, de façon laborieuse, et le produit fini n'était jamais parfaitement clair et précis. Malgré la sueur qui perlait à son front, ses muscles et ses yeux douloureux de fatigue, il n'avançait pas. Il consacrait dix heures par jour à son scénario, mais la moitié du temps, son esprit était ailleurs. Cela ne lui ressemblait pas, et il se sentait frustré.

Ariel… C'était elle la responsable.

Qu'allait-il faire ? se demanda-t-il de nouveau. Il se passa la main sur son visage d'un geste las. Pourtant, sa lassitude était davantage le fruit de son absence de production que de son manque d'énergie. Jamais une femme n'avait paralysé son esprit aussi longtemps, pas même Liz à l'apogée de leur désastreux mariage. Mais cette femme… Avec un grognement contrarié, il poussa sur le côté la machine à écrire. Cette femme enfreignait toutes les règles. *Ses* règles, celles qu'il s'était forgées pour sa survie personnelle.

Le pire était qu'il voulait simplement être avec elle. Simplement pour voir son sourire, l'entendre rire et l'écouter parler de choses absurdes.

Il avait plus de difficulté à contrôler son désir qui l'assaillait sans relâche. Avec son imagination d'écrivain, il n'avait aucune peine à imaginer la chaleur de la peau d'Ariel sous ses mains, la façon dont sa bouche était prête à prendre et à donner. Il pouvait aussi se projeter mentalement sur la façon dont elle pouvait bouleverser sa vie.

Ils s'apprêtaient à travailler ensemble, et il devait tout faire pour l'éviter. Mais il savait déjà que faire l'amour avec elle était inévitable, si inévitable qu'il devrait en anticiper les conséquences. Plongé dans le calme de son bureau, il ne pensait à rien d'autre qu'à la faire sienne. Ensuite, il faudrait en payer le prix… Qui était mieux placé que lui pour le savoir ?

Les yeux fixés sur la pile de feuilles, il songea qu'il avait d'ores et déjà commencé à payer. Il n'arrivait pas à se concentrer, et son travail en souffrait. Son rythme, habituellement fluide, était inégal. Ce qu'il écrivait était dépourvu de l'éclat inhérent à son style.

Trop souvent, il se surprenait à regarder dans le vide, mais son esprit n'était pas occupé par ses personnages. Trop souvent, il se réveillait avant l'aube après une nuit agitée. Mais ce n'était pas son intrigue qui le tenait en éveil.

C'était Ariel.

Il pensait trop à elle, beaucoup trop pour y trouver du réconfort, lui qui aimait tant son propre confort. Son travail avait toujours été de la première importance pour lui. Et il fallait qu'il le reste. Pourtant, il avait laissé une personne interférer dans ses habitudes, s'introduire dans son esprit.

Il hocha pensivement la tête en allumant une cigarette. Non, il n'avait pas autorisé Ariel à s'introduire dans ses pensées : elle les avait envahies.

La fumée lui brûla la gorge. Il fumait trop, se dit-il en prenant une nouvelle bouffée. Ses jours et ses nuits étaient trop longs. Il tirait trop sur la corde et, parfois, il se demandait pourquoi.

Ce n'était pas par ambition. La gloire ne l'avait jamais intéressé, et l'argent n'avait jamais été sa principale motivation. Le succès, peut-être, dans la mesure où il avait toujours recherché et insisté sur la qualité des projets associés à son nom. Non, c'était plus une question d'obsession : voilà à quoi se résumait sa motivation d'écrivain depuis qu'il avait pris sa plume pour la première fois.

Et lorsqu'un homme avait une obsession, il pouvait facilement en avoir deux. Son regard se perdit sur sa page à moitié vide tandis qu'il pensait à Ariel.

La sonnette de l'entrée retentit deux fois avant qu'il se décide à se lever pour aller répondre. S'il avait été en plein travail, il l'aurait complètement ignorée. Les interruptions, songea-t-il en laissant derrière lui son bureau jonché de papiers, avaient parfois du bon.

— Salut !

Les mains dans les poches, Ariel se tenait devant lui, le sourire aux lèvres.

— Je sais que j'aurais dû appeler d'abord. Je passais près de chez vous et je me suis dit que vous n'étiez peut-être pas trop absorbé par l'écriture d'une scène fabuleuse.

Trêve de bavardages ! se dit-elle en serrant nerveusement ses mains l'une contre l'autre.

— Cela fait des heures que je n'ai pas écrit de scène fabuleuse.

Il l'observa quelques secondes. Il était suffisamment perspicace pour deviner que, derrière son sourire et sa voix enjoués, elle avait des soucis. Une semaine, voire quelques jours plus tôt, il aurait trouvé une excuse et l'aurait renvoyée.

— Entrez.

— Je vois que je suis arrivée au bon moment, dit-elle en lui emboîtant le pas. Dans le cas contraire, j'aurais eu droit à quelques grognements de votre part. Vous n'étiez pas occupé à travailler ?

— Non, je venais de finir.

Elle semblait prête à exploser, constata-t-il. Sa désinvolture ne parvenait pas à masquer un trop-plein d'émotions. Il les voyait dans son regard, dans ses mouvements. Elle gardait les mains enfoncées dans les poches. Etait-elle tendue ? C'était si inhabituel chez elle. Il avait envie de la toucher, de l'apaiser. Mais il n'avait pas besoin des problèmes des autres.

— Vous voulez boire quelque chose ? proposa-t-il.

— Non, enfin… oui, rectifia-t-elle.

Un peu d'alcool l'aiderait peut-être mieux à se calmer que ses deux heures de marche.

— N'importe quoi fera l'affaire, ajouta-t-elle. Quelle belle journée !

Elle s'avança vers la fenêtre. Soudain, elle se revit dans le bureau de Bigby et préféra tourner le dos à la vue.

— Il fait chaud, ajouta-t-elle. Il y a des fleurs partout. Vous n'êtes pas sorti aujourd'hui ?

— Non.

Il lui tendit un verre de vermouth sans l'inviter à s'asseoir. Etant donné sa nervosité, elle aurait été incapable de tenir en place.

— Vous ne devriez pas manquer une journée pareille. Les jours parfaits sont plutôt rares.

Elle plongea les lèvres dans son verre et attendit que ses muscles se relâchent.

— J'avais l'intention d'aller me promener dans le parc avant de venir vous voir.

Elle garda la tête baissée, et il l'observa en silence avant de demander :

— Pourquoi êtes-vous venue ?

Lentement, elle leva les yeux vers lui.

— J'avais besoin d'être avec quelqu'un, et il se trouve que j'ai pensé à vous. Cela ne vous dérange pas ?

Non… Mais il aurait préféré qu'il en soit autrement.

— Pas du tout, répondit-il platement.

Sans réfléchir, il fit un pas vers elle, physiquement et émotionnellement.

— Vous voulez me parler de ce qui vous préoccupe ?

— Oui, dit-elle en soupirant, mais je ne peux pas.

Elle lui tourna le dos et posa son verre. Elle n'arrivait pas à garder son calme. Comment avait-elle pu croire qu'elle en serait capable ?

— Booth, d'habitude, j'arrive à gérer seule mes problèmes. Mais lorsque c'est impossible, j'ai besoin de quelqu'un.

Sans pouvoir s'en empêcher, il se mit à lui caresser les cheveux. Il leva son visage vers le sien, et sans réfléchir, la prit dans ses bras.

Un immense soulagement la saisit tandis qu'elle nouait les bras derrière son cou. Booth était fort, assez pour accepter et comprendre ses moments de faiblesse. Elle avait besoin de son soutien, sans question ni exigence. Son torse était dur et ferme. Il caressait doucement son dos, en silence. Pour la première fois depuis des heures, elle sentit qu'elle s'apaisait. La gentillesse de Booth lui redonnait espoir : ce seul sentiment lui suffisait pour survivre.

Qu'est-ce qui pouvait bien la troubler à ce point ? songea-t-il. A la façon dont elle s'agrippait à ses épaules, il pouvait percevoir son état de panique. Peut-être avait-elle des soucis professionnels. A moins que ce soit plus personnel ? Quoi qu'il en soit, cela n'avait aucun rapport avec lui. Et pourtant... En tenant son corps chaud et vulnérable dans ses bras, il avait le sentiment que tout avait un rapport avec lui.

Il devait à tout prix faire machine arrière. Il huma le parfum de ses cheveux et les embrassa. Baisser la garde n'était pas le meilleur moyen de préserver sa sécurité. Ses lèvres descendirent le long de sa tempe.

— Je voudrais vous aider.

Les mots jaillirent malgré lui.

Les bras d'Ariel l'enlacèrent plus fort. Pour elle, cette phrase signifiait plus, infiniment plus que s'il lui avait dit qu'il l'aimait. Sans le savoir, il venait de lui donner tout ce dont elle avait besoin.

— Vous l'avez déjà fait, répondit-elle en renversant la tête en arrière. Vous le faites encore.

Puis elle leva la main et effleura de ses longs doigts son visage, sa peau couverte d'une barbe naissante et rugueuse. L'amour était quelque chose qui vibrait trop fort en elle pour qu'elle puisse l'ignorer. Elle avait besoin de le partager, non par des mots, mais par des gestes.

Doucement, lentement, elle s'approcha plus près et effleura ses lèvres. A travers ses paupières mi-closes, elle croisa son regard intense.

Le premier, il pencha la tête, sans augmenter la pression de ses lèvres. Il joua avec désinvolture avec sa bouche, aspirant sa lèvre inférieure, traçant le contour de ses lèvres du bout de la langue jusqu'à ce que les frémissements au creux de son ventre envahissent sa poitrine. Il voulait s'imprégner d'elle en tant que femme, en tant que personne. Il voulait découvrir son corps et comprendre les subtilités de son esprit. En sentant qu'elle s'abandonnait, elle se demanda pourquoi il n'entendait pas les cris d'amour qu'elle lui lançait.

Jamais il n'avait jamais tenu dans ses bras une femme capable de tels sentiments et qui ne demandait rien en retour. Lui aussi aurait aimé s'abandonner à elle, mais il savait aussi qu'il ne le pouvait pas. Il n'était pas stupide au point de prendre les mêmes risques une deuxième fois.

Néanmoins, la compassion entraînait la compassion et, faute de mieux, il se sentait capable de soulager Ariel quelques heures de ce qui lui torturait l'esprit. Il caressa ses longs bras.

— Est-ce vraiment une si belle journée ? demanda-t-il.

Elle lui sourit. Ses doigts effleuraient toujours son visage, ses lèvres à quelques millimètres des siennes.

— C'est une journée formidable.

— Allons faire un tour.

Il lui prit la main et l'entraîna vers la porte.

— Merci.

Elle posa la tête sur son épaule. Il n'était pas habitué à ces simples marques d'affection. Le geste lui réchauffa le cœur, et l'invita aussi à la prudence.

— Merci de quoi ?

— De ne pas poser de questions.

Elle s'engouffra dans l'ascenseur, s'adossa contre le mur et soupira.

— Je ne me mêle jamais des affaires des autres, répondit-il.

— Vraiment ? demanda-t-elle, surprise.

— Je n'y arrive pas. Je suis une incorrigible indiscrète, comme la plupart des gens. Les secrets des autres nous passionnent. Et vous êtes pareil ; seulement, vous êtes plus subtile que la plupart des gens.

Il haussa les épaules d'un air indifférent, tandis que l'ascenseur atteignait le rez-de-chaussée.

— Ce n'est pas personnel.

Elle éclata de rire. Puis, passant la lanière de son sac sur son épaule, elle avança comme à son habitude d'un pas rapide.

— Oh, que oui, ça l'est.

Il s'arrêta un instant et croisa son regard pétillant d'humour.

— Oui, reconnut-il. Ça l'est. Mais en tant qu'écrivain, je sais observer, disséquer, et voler aux gens leurs pensées et leurs sentiments sans pour autant m'impliquer au point de leur donner des conseils, les réconforter ou même compatir.

— Vous êtes trop dur avec vous-même, Booth, murmura-t-elle. Beaucoup trop dur.

Il lui lança un regard perplexe. Parmi tous les reproches qu'il s'était faits, celui-ci n'en faisait pas partie.

— Je suis réaliste.

— Dans un sens, oui. Mais vous êtes aussi un rêveur. Tous les écrivains le sont, tout comme les acteurs sont eux-mêmes des enfants. Cela n'a rien à voir avec l'intelligence, le pragmatisme ou l'habileté. Cela fait partie de notre travail.

Elle sortit sur le trottoir, heureuse de sentir la chaleur du soleil.

— J'aime être une enfant, tout comme vous aimez être un rêveur. Simplement, vous ne voulez pas l'admettre.

Il aurait dû se sentir contrarié, mais il eut envie de rire. Aussi loin que remontaient ses souvenirs, personne d'autre qu'Ariel ne l'avait jamais compris. Il ne s'en était jamais plaint.

— Vous êtes convaincue que vous me connaissez très bien.

— Non, mais j'ai un peu creusé la question, et je commence à voir ce qui se cache sous les apparences.

Elle le regarda avec insolence.

— Il est très dur de vous percer à jour, ajouta-t-elle.

— Alors qu'on lit en vous comme dans un livre ouvert.

D'un geste inattendu, il prit son visage en coupe et l'examina attentivement. Il la tenait fermement, comme pour prévenir toute résistance.

— Du moins, c'est ce qu'on dirait.

Mais comment pouvait-il en être certain ? Comment pouvait-on être vraiment sûr de l'autre ?

Elle avait l'habitude d'être observée.

— Il n'y a pas grand-chose en moi qui ne se voie pas.

— C'est sans doute ce qui fait de vous une bonne actrice, dit-il d'un air songeur. Vous vous imprégnez facilement d'un personnage. Mais quand êtes-vous réellement vous-même ?

Décidément, Booth était encore loin de lui faire confiance, comprit-elle lorsqu'il la lâcha.

— Je ne peux pas vous répondre. Peut-être aurez-vous la réponse quand le film sera terminé.

Il acquiesça doucement. La réponse lui convenait : c'était sans doute la meilleure qu'elle pouvait lui offrir.

— Oui. Venez, je vais vous payer une glace. Vous voulez quel parfum ?

— Tout sauf de la vanille, répondit-elle avec enthousiasme. Ce n'est pas un parfum qui convient à une journée aussi belle que celle-ci.

Elle avait raison. C'était une journée magnifique. L'herbe était verte, les fleurs vives et leur parfum puissant. Tout le parc embaumait. Des odeurs de cacahuètes et de pigeons. Des joggeurs en short, des bandeaux de couleur dans les cheveux, les dépassèrent à grandes foulées, le dos dégoulinant de sueur.

Le printemps laisserait bientôt la place à un été précoce. Les arbres étaient pleins de bourgeons, les feuilles avaient abandonné les teintes pâles des dernières semaines pour se parer de couleurs plus hardies. L'ombre s'étendait langoureusement au pied des arbres comme une invitation à se prélasser, tandis que le soleil inondait les allées et les bancs.

Il savait qu'elle choisirait le soleil. En marchant à son côté, il se demanda pourquoi il ne l'avait pas cherché lui-même depuis longtemps. Occupée à lécher sa glace nappée de chocolat et d'éclats de noisette, elle pensait à Scott. Son appréhension avait disparu. Il suffisait qu'elle s'appuie sur quelqu'un, qu'elle puise en lui sa force pour reprendre espoir. De nouveau, ses pensées étaient claires, et sa tension avait disparu. Riant de bonheur, elle se jeta dans ses bras et l'embrassa avec fougue.

— Les glaces me font toujours cet effet, lança-t-elle avant de se laisser tomber sur une balançoire. Et le soleil aussi.

Puis, se penchant en arrière, elle lança ses pieds en avant pour prendre de l'élan. La pointe de ses cheveux frôla le sol. Ils étaient clairs, délicieusement pâles sous les rayons obliques du soleil. Son visage dégagé était éblouissant de beauté. Sa peau était fraîche et colorée lorsqu'elle s'élança de nouveau.

— Vous semblez être experte, déclara-t-il en s'appuyant contre le cadre de la balançoire.

— Absolument. Vous voulez me rejoindre ?

— Je me contenterai de vous regarder.

— C'est ce que vous faites le mieux.

Elle lança de nouveau ses jambes pour prendre plus de hauteur, heureuse des sensations que lui procurait le mouvement.

— Depuis quand n'êtes-vous pas monté sur une balançoire ?

Un souvenir lui revint à l'esprit : il avait cinq ou six

ans. Il revoyait l'uniforme strict et le visage rêche de sa nourrice. Elle le poussait sur la balançoire tandis qu'il lui criait de le balancer plus fort. A cet instant, il avait cru que la vie se résumait à ce mouvement de balancier. Il se surprit à apprécier la façon dont Ariel lui avait avoué aimer être une enfant.

— Au moins un siècle, murmura-t-il.

— C'est trop long.

Frottant les pieds au sol, elle ralentit la balançoire.

— Montez avec moi.

Ecartant une mèche de cheveux de son visage, elle sourit devant son air surpris.

— Vous pouvez vous mettre debout avec moi sur la balançoire, un pied de chaque côté. Elle est assez solide, vous savez… à condition que vous le soyez aussi.

Elle s'était exprimée avec une pointe de défi, et il se renfrogna.

— Vous mettez en pratique vos talents de psychiatre ?

— Et cela fonctionne ? demanda-t-elle avec un large sourire.

De nouveau, elle se moquait de lui. Loin d'être dupe, il saisit la perche qu'elle lui tendait.

— Apparemment, répondit-il en montant derrière elle et en s'agrippant aux chaînes. Jusqu'où vous voulez monter ?

Elle renversa la tête en arrière.

— Aussi haut que vous pouvez !

— Interdiction de crier grâce, prévint-il en s'élançant en avant.

— Aucun risque, DeWitt !

Il balança son corps avec souplesse à mesure qu'ils prenaient de la hauteur. A chaque mouvement, elle percevait tantôt le ciel bleu, parsemé de nuages à travers les feuillages, tantôt le sol brun et vert. Appuyant la tête contre la cuisse ferme et musclée de Booth, elle se laissa envahir par les sensations.

Elle sentait l'odeur de l'herbe humide qui se mêlait à celle de la terre sèche. Le rire des enfants, le roucoulement des pigeons, le bruit de la circulation, elle discernait distinctement chaque son.

L'air avait un parfum de printemps, doux et léger. L'image d'une pastèque lui traversa l'esprit tandis que la brise fouettait son visage. Mais, par-dessus tout, c'était la présence de Booth qui affolait ses sens. C'était lui qu'elle sentait fermement collé à son dos, c'était son souffle qui se détachait de tous les autres bruits. Il dégageait une odeur de sel, de savon et de tabac. Il lui suffisait de tourner la tête pour distinguer ses mains robustes enroulées autour de la chaîne de la balançoire. Elle ferma les yeux pour mieux s'en imprégner. Elle avait l'impression étrange de rentrer chez elle. Heureuse, elle laissa glisser ses mains le long de la chaîne et effleura les doigts de Booth. Le contact chaud de sa peau lui suffisait.

Il avait oublié à quel point il était agréable de faire quelque chose sans raison. En chemin, il avait aussi oublié la pureté de ce plaisir. A présent, il se contentait de le ressentir, sans s'embarrasser des justifications intellectuelles qui l'entravaient si souvent. Comme il avait compris que liberté rimait avec vulnérabilité, il se montrait très prudent. En de rares occasions, lorsqu'il était complètement seul, loin des responsabilités et du travail, il permettait à son cœur et à son esprit de dériver. Mais en cet instant, tout arrivait si spontanément qu'il s'en rendait à peine compte. Acceptant de se détendre, il prit le parti de s'amuser.

— Plus haut ! s'écria Ariel à bout de souffle en se penchant en arrière. Beaucoup plus haut !

— Si je vais plus haut, vous risquez de tomber face contre terre.

— Pas moi. Je retombe toujours sur mes pieds. Plus haut, Booth !

Lorsqu'elle leva vers lui son visage radieux, il se perdit en elle. Il la trouva belle, mais pas de cette beauté froide et distante qu'il avait vue à l'écran. Il n'y avait rien de Rae, rien d'Amanda dans ses traits. Seulement Ariel. Pour la première fois depuis très longtemps, il vit briller une lueur d'espoir. Et il fut pris de panique.

— Plus haut ! cria-t-elle sans lui donner le temps de comprendre ce qui se passait en lui.

Son rire et son enthousiasme étaient contagieux. Ils continuèrent de se balancer jusqu'à ce que leurs bras leur fassent mal. Lorsque la balançoire commença à ralentir, elle bondit lestement au sol et le laissa se balancer seul sur le siège.

— C'était merveilleux, dit Ariel en riant et en tournoyant sur elle-même, les bras déployés. Maintenant, je suis affamée, absolument affamée.

— Vous venez tout juste de manger une glace.

Booth bondit à son tour de la balançoire, à bout de souffle et le cœur battant.

— Ce n'est pas suffisant, répondit Ariel en se tournant vers lui.

Elle croisa les mains derrière sa nuque.

— J'ai envie d'un hot-dog, avec tout ce qui va avec.

— Un hot-dog…

L'idée lui semblait si naturelle qu'il se pencha vers elle pour l'embrasser. Ses lèvres étaient chaudes.

— Vous savez ce qu'ils mettent dedans ?

— Non, et je n'ai pas envie de le savoir. J'ai envie d'y mettre tout ce qu'il y a de plus mauvais pour la santé mais que je trouve délicieux.

Il laissa glisser les mains le long de ses courbes affolantes.

— C'est vous qui êtes délicieuse.

Le sourire d'Ariel changea, se fit plus doux.

— Vous ne m'avez jamais rien dit d'aussi gentil. Embrassez-moi encore, pendant que j'ai encore l'impression de voler.

Il la serra contre son corps tandis que ses lèvres goûtaient les siennes. Il se demanda fugacement pourquoi un baiser aussi doux l'ébranlait autant qu'un baiser passionné, même si l'effet était différent. Il désirait Ariel. Pas seulement son corps, mais son énergie, sa verve et sa joie de vivre.

Lorsqu'il s'écarta, il la vit battre des cils. Ses lèvres s'incurvèrent. Puis il se souvint de sa panique lorsqu'elle s'était présentée chez lui. Si ses émotions étaient aussi vibrantes qu'elles paraissaient, elles ne se limitaient certainement pas seulement à la joie ou à la vivacité.

— Un hot-dog, répéta-t-il en se demandant combien il pouvait apprendre d'elle et combien de temps il lui faudrait pour le faire. C'est votre estomac après tout, mais je suis prêt à vous en offrir un.

— Je savais que vous étiez bon joueur, Booth.

Elle passa un bras autour de sa taille et partit d'un bon pas.

— Mais il m'en faudra deux, ajouta-t-elle.

— Vous avez des tendances masochistes dans votre famille ?

— Non, nous sommes juste gloutons. Parlez-moi des vôtres.

— Je n'ai pas de tendances masochistes.

— De votre famille, précisa-t-elle en pouffant. Ils doivent être très fiers de vous.

Il lui lança un regard surpris et sourit doucement.

— Ce n'est qu'une question de point de vue. J'étais

censé suivre la tradition familiale et faire du droit. Entre vingt et trente ans, je n'étais qu'une brebis galeuse.

— Vraiment ?

Elle sembla lui prêter un intérêt nouveau.

— J'ai du mal à y croire, ajouta-t-elle. J'ai toujours eu un faible pour les brebis galeuses.

— J'aurais pu écrire un livre sur le sujet, déclara-t-il, amer. Mais on peut dire que j'ai été réintégré dans le giron familial ces dernières années.

— Le Pulitzer y a fortement contribué.

— Et l'Oscar ne m'a pas fait de mal non plus, reconnut-il en percevant pour la première fois l'humour de la situation. Toutefois, pour les DeWitt de Philadelphie, le Pulitzer a eu plus de poids.

Sentant l'odeur des hot-dogs, elle l'entraîna vers un vendeur ambulant.

— Vous pourrez ajouter un Emmy Award à la liste de vos trophées, l'année prochaine.

Il sortit son portefeuille tandis qu'elle humait les effluves de saucisse et de pain chaud.

— Vous êtes très sûre de vous.

— C'est la meilleure attitude. Vous en voulez un ?

L'odeur était trop bonne pour qu'il puisse résister. A quand remontait son dernier hot-dog ?

— Je crois que je vais me laisser tenter.

Elle lui décocha un large sourire et, de la main, indiqua au vendeur de préparer un autre hot-dog. Lorsqu'il lui tendit le sandwich, elle commença à sélectionner d'un air gourmand les assaisonnements.

— Vous savez, Booth... *La Rébellion* est un livre majestueux, avec des personnages très attachants, mais il n'est pas aussi passionnant que votre *Mardi brumeux*.

Il la regarda mordre de bon cœur dans son sandwich.

— Je ne cherche pas toujours à divertir lorsque j'écris.

— Non, j'imagine.

Elle mâcha consciencieusement sa bouchée et accepta le soda qu'il lui tendit.

— Je vous parle uniquement de mes préférences. C'est pour cette raison que je fais mon métier. J'aime me divertir et j'en ai besoin.

Il ajouta une fine ligne de moutarde sur son hot-dog.

— C'est pourquoi vous vous contentez de votre petit feuilleton.

Elle lui lança un regard de biais.

— Ne soyez pas désagréable. Il s'agit plutôt d'un divertissement de qualité. Mais si j'étais plus douée pour jongler et faire du monocycle, c'est ce que je ferais.

Après la première bouchée, il s'aperçut que son hot-dog était ce qu'il avait avalé de meilleur depuis une semaine, peut-être même des mois.

— Vous avez énormément de talent.

Il ne remarqua pas le regard surpris qu'elle lui lança en entendant le compliment.

— J'ai du mal à comprendre pourquoi vous ne jouez pas dans des films ou des pièces de plus grande envergure. Travailler pour une série, même hebdomadaire, est un travail ennuyeux et éreintant. Incarner un personnage central dans une série diffusée cinq jours par semaine doit être épuisant et frustrant.

— C'est exactement pour ces raisons que j'y participe, répondit-elle en léchant goulûment une goutte de moutarde sur son pouce. J'ai grandi ici, à Manhattan. Son rythme, c'est mon sang. Savez-vous pourquoi Los Angeles et New York sont situées chacune à un bout du continent ?

— Un hasard géographique.

— C'est le destin, corrigea Ariel. Dans ces deux villes, l'industrie du cinéma tient une grande importance, mais leur rythme ne pourrait être plus opposé. Je deviendrais folle en Californie. Je déteste la paresse. J'aime tourner cette série, car tous les jours, c'est un nouveau défi qui renforce mon énergie. Mais…

Elle termina son hot-dog en soupirant.

— Jouer la même pièce soir après soir est trop facile, trop confortable.

Booth but une gorgée de Coca-Cola, une saveur qu'il avait presque oubliée.

— Cela fait cinq ans que vous jouez le même personnage, objecta-t-il.

— Ce n'est pas la même chose. Les séries sont pleines de surprises. On ne sait jamais quelle orientation les scénaristes vont donner à l'histoire pour améliorer l'audience, ni quelle nouveauté ils vont introduire.

Elle suivit de l'œil une dame entre deux âges qui promenait son caniche.

— En ce moment même, reprit-elle, Amanda est confrontée à l'effondrement de son mariage, à une trahison, à la possibilité d'un avortement et à celle de renouer avec un amour de jeunesse. Elle n'a pas de quoi s'ennuyer. Et même si c'est top-secret, je peux vous dire qu'elle collabore avec la police pour dresser le profil psychologique de l'Eventreur de Trader's Bend.

— Le quoi ?

— On l'appelle comme ça en mémoire de Jack l'Eventreur, précisa-t-elle. Griff, son premier amour, est le suspect numéro un.

— Cela ne vous ennuie pas que tous ces mélodrames se déroulent dans une petite ville, autour de cinq ou six familles interconnectées ?

Ariel s'arrêta pour le regarder.

— Vous connaissez l'œuvre du poète Coleridge ?

— Passablement.

— « La suspension consentie de l'incrédulité », répondit

Ariel en froissant sa serviette avant de la jeter dans une poubelle. Voilà ce qu'il faut pour s'en sortir, dans ce monde. Si vous pensez que quelque chose peut arriver, ça peut arriver. En tant qu'écrivain, vous devriez le savoir.

— Peut-être. Mais j'ai toujours préféré la réalité.

— Pourquoi pas, si ça fonctionne pour vous.

Son haussement d'épaules indiquait qu'elle était prête à toutes les concessions.

— Mais parfois, ajouta-t-elle, il est plus simple de croire aux coïncidences, à la magie ou simplement à la chance. La réalité sans détours est une voie très dure.

— Je m'en suis écarté quelquefois, murmura-t-il.

Soudain, l'idée qu'Ariel Kirkwood l'avait déjà fait sortir des sentiers qu'il empruntait depuis des années lui traversa l'esprit. Où donc les mèneraient les chemins sinueux d'Ariel ? Perdu dans ses pensées, il remarqua à peine qu'ils étaient arrivés devant son immeuble. Son travail l'attendait, ainsi que son intimité et sa solitude. Mais il ne voulait rien de tout cela.

— Montez avec moi.

Sa demande était simple, sa signification claire. Et le désir d'Ariel était grand. Secouant la tête, elle repoussa une mèche de cheveux sur le front de Booth.

— Non, il ne vaut mieux pas.

Il saisit sa main avant qu'elle la retire.

— Pourquoi ? J'ai envie de vous, et vous avez envie de moi.

Si seulement tout était aussi simple, songea-t-elle. Chaque fois qu'elle voyait Booth, son désir de l'aimer grandissait. Mais son intuition lui disait que cette relation risquait d'être compliquée pour chacun d'eux. Booth était trop méfiant, et elle, trop vulnérable.

— Oui, j'ai envie de vous, répondit-elle en remarquant la lueur différente dans ses yeux.

Elle comprit alors qu'elle aurait plus de mal à partir qu'à le suivre.

— Mais si je monte avec vous, ajouta-t-elle, nous allons faire l'amour. Et aucun de nous n'est prêt pour ça, Booth.

— Si vous jouez à attiser mon désir, sachez que ce n'est pas nécessaire.

Debout devant lui, elle dégagea sa main.

— J'aime les jeux, dit-elle calmement. Et j'y joue très bien. Mais pas à ceux-ci.

Il sortit une cigarette et l'alluma d'un coup sec avec son briquet.

— Je n'ai aucune patience pour les mises en scène et les dîners aux chandelles, Ariel.

Il aperçut alors la lueur espiègle dans son regard ; il aurait pu la maudire pour cela.

— Vous avez de la chance, je m'en passe volontiers.

Puis, posant les mains sur ses épaules, elle se pencha vers lui et l'embrassa doucement.

— Je vous laisse penser à moi, déclara-t-elle avant de tourner rapidement les talons.

En la regardant s'éloigner, il sut qu'il ne pourrait rien faire d'autre.

- 7 -

Le travail s'annonçait dur, les journées longues et les nuits courtes. Son corps et son esprit étaient constamment sollicités. Ariel savait qu'elle aimerait chaque minute de ce qu'elle allait vivre.

Les producteurs de la série coopéraient pleinement avec Marshell : la stratégie de la chaîne allait dans leur sens. Le mot, le grand mot, était toujours l'audience. Mais il incombait à Ariel de jongler avec les deux projets et d'apprendre les centaines de pages de script et d'incarner tour à tour Amanda et Rae.

En d'autres circonstances, les scénaristes auraient limité les épisodes mettant en scène son personnage dans la série *Nos vies, nos amours*. Mais c'était impossible : entre Amanda et Griff, la tension était à son comble, et l'Eventreur rôdait dans la ville. Son rôle était primordial dans de nombreuses scènes. Ariel devait donc les tourner dans un délai très court. Elle disposait de trois semaines consécutives pour se concentrer exclusivement sur le film. Si le planning n'était pas respecté, il lui faudrait diviser son temps et son énergie entre Amanda et Rae.

L'idée de se lever à 5 heures du matin pour travailler dix-huit heures d'affilées ne l'enchantait guère. Mais ce rythme, aussi impitoyable fût-il, était presque naturel pour elle. Il lui permettait aussi d'oublier le procès avec les grands-parents de Scott, fixé pour le mois à venir.

Et puis il y avait Booth. L'idée même de travailler avec

lui l'excitait. Ce contact quotidien s'annonçait stimulant. La compétition professionnelle et leur coopération l'aideraient à garder un esprit alerte. Les étapes de préproduction lui avaient permis de vérifier que Booth était aussi intimement impliqué dans le film que n'importe quel membre de l'équipe et que son autorité était indéniable.

Au cours des réunions parfois hystériques, il restait calme et s'exprimait peu. Mais lorsqu'il prenait la parole, personne n'osait le contredire. Ce n'était pas une question d'arrogance ou de pouvoir, comme Ariel avait pu le constater. Simplement, Booth DeWitt s'abstenait de commentaires, sauf quand il savait qu'il avait raison.

Peut-être deviendraient-ils plus proches à mesure que le film avancerait, songea Ariel. Des émotions, voilà ce qu'elle voulait lui offrir et ce qu'elle attendait de lui. Le temps était certes un élément primordial dans leur relation. Tout comme la confiance, qui semblait leur faire défaut le plus.

Parfois, elle avait le sentiment que Booth la regardait avec trop d'impartialité et l'éloignait d'elle avec trop de facilité.

Elle était dans une impasse. Mieux elle interprétait le rôle de Rae, plus Booth s'éloignait d'elle. Elle le comprenait, sans pouvoir toutefois rien y changer.

Le décor du plateau était élégant, l'éclairage tamisé et séducteur. Assis autour d'un petit guéridon de style rococo, Rae et Phil partageaient une bisque de homard et du champagne. Ariel portait une robe de soie bleu marine moulante. Des diamants et des saphirs scintillaient à son cou et à ses oreilles. La présence d'un vigile armé dans le studio était la preuve vivante que l'on n'utilisait pas de copies dans une production signée Marshell.

Ce dîner tardif et intime se déroulait en réalité à 8 heures du matin en présence de l'équipe de techniciens au grand complet. Prenant une gorgée de soda tiède dans une flûte, Ariel eut un rire grave et se pencha vers Jack.

Elle savait ce qu'elle devait exprimer dans cette scène : de la sensualité brute sous une fine couche de sophistication. Elle devait le faire passer à travers ses gestes, ses regards, ses sourires, sans recourir au dialogue. Il s'agissait de jouer un rôle dans un rôle. Rae était son personnage, mais Rae n'apparaissait jamais sans masque. Ce soir, elle incarnait une féminité douce et chaleureuse qui n'était qu'une façade. C'était le travail d'Ariel de restituer cette impression et de montrer l'habileté de Rae à jouer ce rôle. Si l'actrice jouée par Ariel n'était pas assez intelligente, l'effet sur le personnage de Phil ne serait pas efficace. La relation entre elles deux était vitale, elles se nourrissaient l'une de l'autre, et ce faisant, toute l'histoire reposait sur elles.

Rae voulait Phil, mais le spectateur devait comprendre qu'elle le désirait autant physiquement que pour les relations professionnelles qu'il pouvait lui apporter. Pour le conquérir, il fallait qu'elle se fasse désirer. L'ambition et l'habileté conjuguées à la beauté formaient une combinaison fatale. Rae possédait tout cela et savait s'en servir. C'était le travail d'Ariel de montrer la dualité de sa nature, mais avec subtilité.

La scène devait se terminer dans la chambre à coucher, mais cette partie du film serait tournée ultérieurement. Pour l'heure, la tension et la séduction avaient atteint un tel paroxysme que Phil comme les spectateurs étaient complètement sous le charme.

— Coupez !

Chuck se massa le cou et resta silencieux. Les acteurs comme les techniciens qui avaient remarqué le geste du directeur restèrent sur le qui-vive. La scène ne lui plaisait pas, et il en cherchait la raison. Anxieuse, Ariel décida de ne pas se laisser happer par la tension. Elle avait pourtant besoin d'un certain stress pour incarner Rae. Le soda et la nourriture devant elle firent gargouiller de manière embarrassante son estomac. Ils en étaient déjà à la quatrième prise. D'un œil distrait, elle regarda un assistant remplir son verre et remplacer son assiette.

— C'est dégoûtant, n'est-ce pas ?

Ariel leva la tête et vit Jack Rohrer qui lui adressait une grimace. Elle relégua le personnage de Rae dans un coin de son esprit et lui sourit.

— Je n'ai jamais eu autant envie d'un café et d'un bagel de toute ma vie.

— S'il te plaît, ne me parle pas de vraie nourriture.

— Plus féline, lança Chuck brusquement en se tournant vers Ariel. C'est comme cela que je vois Rae : un chat noir au poil lisse et brillant avec des griffes manucurées.

Ariel sourit à cette évocation. Oui, c'était bien Rae.

— Lorsque tu réponds : « Un soir ne sera pas suffisant, je deviens gourmande en te regardant », tu dois pratiquement ronronner.

Elle acquiesça. Oui, Rae devait ronronner cette réplique tout en calculant avec soin sa portée. Ariel avait en tête l'image d'un chat séducteur et malin.

Juste avant le signal de la prochaine prise, elle croisa le regard de Booth. Debout derrière la caméra, il la regardait d'un air sévère. Ses mains avaient beau être enfoncées avec désinvolture dans ses poches, son expression avait beau être calme et posée, elle sentait le mur de tensions qui l'entourait. Incapable de le briser, elle préféra s'en servir pour se remettre dans son personnage.

A mesure que la scène se déroulait, elle oublia le goût tiède du soda, les caméras et les techniciens. Elle concentra toute son attention sur l'homme en face d'elle, qui n'était plus un acteur mais sa prochaine victime. Elle lui sourit en l'entendant parler, un sourire que Booth ne connaissait que trop bien. Aussi séducteur qu'une dentelle noire, aussi froid que de la glace. Aucun homme sur Terre ne pouvait être immunisé contre lui.

Lorsqu'elle arriva à la réplique soulignée par le réalisateur, elle fit une courte pause, puis plongea le doigt dans le verre de Jack avant de s'en humecter les lèvres, puis celles de son partenaire. Ce geste improvisé ô combien sensuel fit grimper en flèche la température sur le plateau. Même si Booth approuvait mentalement le geste et l'intuition d'Ariel, il sentit une boule se former au creux de son ventre.

Elle connaissait bien son personnage, songea-t-il, presque aussi bien que lui-même. Si bien qu'il avait du mal à distinguer les deux femmes dans son esprit. Qui était véritablement l'objet de l'attirance qui le torturait ? La jalousie qui l'avait tenaillé en voyant Ariel dans les bras d'un autre homme, pour qui la ressentait-il ? Dans son scénario, la réalité et la fiction étaient très étroitement liées, et il avait choisi une actrice suffisamment douée pour brouiller les pistes. Maintenant, il se sentait pris au piège. La femme qu'il désirait était-elle l'ombre ou la lumière ?

— Coupez ! Coupez et enregistrez ! C'était fantastique !

Affichant un sourire radieux, Chuck s'approcha d'Ariel et de Jack et les embrassa.

— Nous avons de la chance que la mémoire de la caméra n'ait pas été pleine pour cette scène.

Jack sourit à son tour.

— Tu es vraiment très douée, dit-il en posant une main sur l'épaule d'Ariel. Tellement douée que je vais devoir boire une grande tasse de café et appeler ma femme.

— Dix minutes de pause, annonça Chuck. Préparez-vous pour les scènes d'action. Tu veux un verre, Booth ?

— Oui, merci.

Sans quitter Ariel des yeux, il se dirigea vers eux. Elle n'avait plus rien de félin à présent. Elle semblait plutôt inquiète. Tandis que la boule dans son estomac se dissipait, il dut résister à l'envie de lui caresser la joue. La première sensation était pourtant la plus familière.

— On dirait que vous avez besoin d'un café, vous aussi, dit-il.

— En effet.

De nouveau, Ariel dut faire un effort pour se débarrasser de la personnalité de Rae. Elle rêvait de se détendre complètement, mais elle devait maintenir une certaine tension.

— Vous m'invitez ?

Avec un hochement de tête, il l'entraîna vers une table qui avait été dressée avec du café, des beignets et des biscuits. L'estomac d'Ariel se révolta à l'idée d'absorber de la nourriture, mais elle saisit avec plaisir la tasse en polystyrène que lui tendait Booth.

— Cet emploi du temps est difficile, lâcha-t-il.

Elle haussa les épaules en laissant le café lui enlever l'arrière-goût de soda.

— Pas plus que celui de la série, et même plus léger sous certains aspects. Mais cette scène était difficile.

— Pourquoi ?

L'odeur du café était réelle et solide. Elle arrivait presque à lui faire oublier l'horrible nourriture qu'elle avait été contrainte d'absorber ces deux dernières heures.

— Parce que Phil est intelligent et prudent. Ce n'est pas un homme que l'on peut séduire ou flouer facilement. Rae doit faire les deux, et elle est pressée. Mais vous le savez bien.

— Oui, répondit-il en saisissant son poignet avant

qu'elle porte de nouveau sa tasse à ses lèvres. Vous paraissez fatiguée.

— Seulement entre les prises, répondit-elle en souriant, touchée par sa sollicitude. Ne vous inquiétez pas pour moi, Booth. J'ai l'habitude du stress.

— Il y a autre chose.

Elle songea soudain à Scott. Dès l'instant où elle entrait dans le studio, elle ne devait rien montrer de ses soucis personnels, se rappela-t-elle.

— Vous êtes perspicace, murmura-t-elle. C'est la principale qualité d'un écrivain.

— Vous vous défilez.

Non, elle ne devait pas y penser, pas maintenant, sous peine de ne plus pouvoir se contrôler.

— J'ai quelques problèmes à régler, mais ils n'auront aucune incidence sur mon travail.

Il saisit fermement son menton.

— Rien n'a d'incidence sur votre travail, n'est-ce pas ?

Pour la première fois, elle sentit affleurer la colère.

— Ne me confondez pas avec mon personnage, Booth, ni avec une autre femme.

Elle repoussa sa main d'un geste brusque, puis tourna les talons pour revenir vers le plateau.

Booth lui sut gré de cette manifestation de colère ; il lui était plus facile de croire en des émotions négatives. Adossé contre le mur, il prit une décision. Il allait coucher avec elle, et ce, dès ce soir. Ainsi, il libérerait son corps et son esprit de la tension qui l'habitait. Ensuite, ils géreraient les conséquences, chacun à leur manière.

Pour Ariel, la colère présentait un avantage. Rae était une femme constamment prête à exploser. Elle n'en était que plus insatisfaite, et s'en servait pour nourrir son ambition. Plutôt que de s'en débarrasser — ce qu'elle n'était pas certaine de pouvoir faire —, Ariel s'en servait pour ajouter de la profondeur à son personnage, déjà très complexe. Tant qu'elle collerait à la personnalité exigeante et lunatique de Rae, elle ne sentirait pas ses propres inquiétudes et frustrations.

Même au beau milieu d'une scène, ses sens étaient suffisamment aiguisés pour savoir exactement où se trouvait Booth et ce qui retenait son attention. Elle gérerait cela plus tard. Car plus il lui mettait la pression, mentalement et émotionnellement, plus elle était déterminée à donner le meilleur d'elle-même.

Vers 18 heures, à la fin du tournage, Ariel s'aperçut qu'incarner le personnage de Rae l'avait exténuée. Son corps était endolori par les heures passées debout sous les éclairages. Son esprit vacillait à force de ressasser les répliques. Elle n'en pouvait plus de retenir et de libérer ses émotions. Au bout d'une semaine de tournage, elle avait l'impression d'avoir couru un marathon.

Personne ne lui avait dit que la tâche serait facile, se rappela-t-elle en entrant dans sa loge pour se changer et passer des vêtements de ville. Mais même si cela avait été le cas, quelle importance… Son principal problème était de vouloir mettre en lien sa performance dans le film avec le succès de sa relation avec Booth. Si elle réussissait d'un côté, alors elle réussirait aussi de l'autre.

Ariel retira vivement ses vêtements de scène et se débarrassa du personnage de Rae avec la même impatience. Ce raisonnement était biaisé, songea-t-elle. Car Rae n'était qu'un rôle, même s'il collait de près à la réalité. Tandis que Booth appartenait à la vraie vie, *sa* vie à elle. Et qu'importe qu'elle ait fait le choix de prendre des risques ou de relever un défi : elle ne pouvait pas se permettre de le perdre de vue.

Elle appliqua une généreuse couche de crème sur son visage afin de retirer son maquillage et laisser sa peau respirer. Puis elle s'assit et allongea les jambes sur la coiffeuse. Le court kimono qu'elle avait passé couvrait à peine ses cuisses. Prenant le temps de se détendre, elle défit son élégant chignon et laissa ses cheveux tomber librement sur ses épaules. Puis, avec un soupir de satisfaction, elle renversa la tête en arrière, ferma les yeux et sombra dans un demi-sommeil.

Booth la trouva dans cette position.

La pièce était toujours aussi encombrée. Ariel donnait l'impression de flotter sur une île de quiétude. L'air était imprégné d'odeurs de poudre, de crèmes, et du même pot-pourri au lilas que dans son appartement. Les lumières autour du miroir diffusaient une lueur éblouissante. La respiration d'Ariel était douce et régulière.

En fermant la porte derrière lui, il laissa son regard glisser sur les jambes minces et nues d'Ariel. Le kimono négligemment noué s'écartait de manière suggestive presque jusqu'à la taille. Ses cheveux s'étalaient en désordre sur le dossier du fauteuil, et la courbe de son cou et de ses épaules formait un contraste élégant.

Sans les fards nécessaires devant la caméra, son visage était un peu pâle..., fragile. Booth devina de légers cernes sous ses yeux.

En la voyant dans cette position, il ressentit un désir si violent qu'il en était douloureux. Sans même réfléchir à ce qu'il faisait, il verrouilla la porte puis s'assit sur l'accoudoir d'un fauteuil, alluma une cigarette et attendit.

Ariel s'éveilla lentement. Elle avait l'habitude de s'endormir vite et de se réveiller progressivement. Avant même d'être sortie de son demi-sommeil, elle sut qu'elle avait récupéré. Sa sieste n'avait pas duré plus de dix minutes. Si elle avait été plus longue, elle se serait réveillée vaseuse ; plus courte, elle aurait été tendue. Avec un soupir de contentement, elle s'étira. Elle sentit alors qu'elle n'était pas seule. Intriguée, elle tourna la tête et aperçut Booth.

— Salut !

Il ne vit aucune trace de colère dans son regard, pas plus que de froideur ou de rancœur dans sa voix. Même son inquiétude semblait avoir disparu.

— Vous n'avez pas dormi longtemps.

Sa cigarette s'était presque consumée jusqu'au filtre sans qu'il s'en aperçoive. Il l'écrasa dans un cendrier.

— Même si je ne connais personne qui puisse dormir dans cette position, ajouta-t-il.

— Pour une sieste de dix minutes, je peux dormir partout, répondit-elle en bandant tous ses muscles avant de se détendre. J'avais besoin de recharger les batteries.

— Un bon repas vous fera du bien.

Elle posa la main sur son estomac.

— Oui, vous avez raison.

— Vous avez à peine touché à votre plat au déjeuner.

Il n'était pas surprenant qu'il l'ait remarqué. Mais qu'il le souligne l'était plus.

— En temps normal, je me serais gavée. Mais manger de la bisque de homard au petit matin m'a coupé l'appétit. Je préfère de loin les bagels. Ou un bol de céréales.

— A quoi ?

— Au chocolat et aux vitamines.

A contrecœur, elle posa les pieds au sol. L'échancrure de son décolleté s'accentua et elle rabattit les pans de son peignoir d'un air absent.

— Nous en avons terminé pour la journée, n'est-ce pas ? Il n'y a pas de problème ?

— Nous avons terminé, acquiesça-t-il. Mais il y a un problème.

Elle laissa en suspens la brosse à cheveux qu'elle tenait dans la main.

— Quel genre de problème ?

— Personnel.

Il se leva et lui prit la brosse des mains.

— Tous les jours de la semaine, expliqua-t-il, je vous ai regardée, je vous ai écoutée, je vous ai sentie. Et tous les jours, je vous ai désirée.

Il passa lentement la brosse dans ses cheveux, en une longue et douce caresse. Dans le miroir éclairé, leurs regards se croisèrent. Comme Ariel ne bougeait pas, il passa de nouveau la brosse puis épousa la courbe de son épaule de sa main libre.

— Vous m'avez demandé de penser à vous. C'est ce que j'ai fait, continua-t-il.

Elle était à fleur de peau. Ses émotions étaient toujours à fleur de peau. Et elle n'y pouvait rien.

— Tous les jours de la semaine, déclara-t-elle d'une voix déjà rauque, vous m'avez regardée et écoutée être quelqu'un d'autre. Peut-être désirez-vous une autre personne.

Sans la quitter des yeux, il approcha sa bouche de son oreille.

— Mais je ne regarde personne d'autre à présent.

Elle sentit son cœur bondir dans sa poitrine.

— Demain…

— Au diable, demain !

Il reposa la brosse et obligea Ariel à se lever.

— Et hier aussi.

Son regard était si intense, si ardent qu'elle sentit sa bouche s'assécher. Dire qu'elle avait essayé d'imaginer son visage en proie aux émotions. Il lui montrait à présent son désir, et elle était sur le point d'y succomber.

Si seulement elle ne l'aimait pas… Mais elle l'aimait. Elle oublia toute prudence, tandis que ses lèvres partaient à la rencontre de celles de Booth. Il y avait un temps pour réfléchir et un autre pour ressentir. Il y avait un temps pour se refuser et un autre pour s'abandonner librement. Il y avait un temps pour la raison et un autre pour l'amour.

Elle mit dans ce baiser tout ce qu'elle possédait, tout ce qu'elle ressentait, qu'elle pensait et qu'elle espérait. Son corps répondit à l'appel de son cœur lorsqu'elle enlaça Booth, s'offrant à lui sans conditions. Le sol trembla et l'air se figea. Elle écarta les lèvres et sa langue caressa la sienne au rythme des battements désordonnés de son cœur.

Ariel avait un corps tonique mais doux ; sentir le sexe dur de Booth contre elle exacerba sa féminité. Elle s'abandonna au plaisir qui coulait dans ses veines comme du vin chaud. Lorsqu'il la serra plus fort, elle se sentit fondre encore plus, comme dans un rêve. Pourtant, tout était bien réel.

Booth n'avait jamais rencontré de femme comme elle, si libre, avec des émotions si tumultueuses et puissantes. Il s'attendait à de la passion mais… ce qu'il découvrait était infiniment plus violent, et la palette de ses sentiments était si intense, douce…, irrésistible.

Lorsqu'il avait observé Ariel sur le plateau, il avait voulu la faire sienne. Lorsqu'il était entré dans la loge et qu'il l'avait trouvé endormie, son désir l'avait submergé. A présent, envahi d'émotions sur lesquelles il ne parvenait pas à mettre de mots, il avait besoin d'elle comme jamais dans sa vie. Malgré lui.

Mais il était trop tard… Trop tard pour elle, trop tard pour lui. Les mains dans ses cheveux, ses pensées étaient diluées dans un kaléidoscope de sensations.

La crème qu'Ariel avait utilisée dégageait une légère odeur de citron, mais ses cheveux avaient ce parfum sensuel qu'il connaissait bien. Le tissu du kimono bruissa lorsque ses mains l'écartèrent pour partir à la rencontre de sa peau. Son corps était plus doux que dans un rêve, et si mince qu'il eut peur de lui faire mal. Puis elle se cambra et se pressa contre sa main, et ce fut sa force qui l'excita. Avec un bruit de gorge qui ressemblait plus à une capitulation qu'à un triomphe, il enfouit son visage contre sa poitrine.

Comme dans un rêve éveillé, elle ressentait le besoin urgent de sentir la peau de Booth contre la sienne. Lentement, d'un geste fluide, elle fit glisser son pull vers ses épaules, jusqu'à ce que plus aucun obstacle ne vienne entraver l'exploration de son corps, que rien n'empêche sa peau sensible d'aller à la rencontre de celle de Booth.

Elle n'opposa aucune résistance lorsqu'il l'entraîna avec lui sur le canapé encombré d'objets de toutes sortes. Les mains derrière sa nuque, elle attira de nouveau sa bouche contre la sienne. Le goût du désir aiguisa ses sens et fit naître de nouvelles étincelles.

Elle n'était plus aussi passive à présent, plus aussi malléable, tandis qu'elle se cambrait voluptueusement sous lui. L'agression soudaine de ses lèvres fut bien accueillie. Leur baiser se prolongea, plus profond. Leurs mains entamèrent un ballet sophistiqué.

Sous sa paume, il sentait les battements frénétiques du cœur d'Ariel. Lorsqu'il posa ses lèvres sur sa poitrine, il la sentit frémir longuement. Le désir insensé de l'absorber tout entière s'empara de lui. Du bout des lèvres, il entreprit de goûter les saveurs de son corps. A certains endroits, il était chaud, à d'autres, doux et humide, mais partout, il s'agissait d'Ariel.

Les lumières étincelaient dans la pièce, reflétées par le miroir de la loge. Il se lança dans une exploration approfondie et intense du corps d'Ariel. La courbe de son épaule le fascinait. La peau à l'intérieur de son poignet était si délicate qu'il pouvait presque entendre le sang circuler dans ses veines. Partout où ses mains se posaient, il sentait battre son pouls. Elle était si généreuse. Et cela suffisait à lui faire perdre la tête.

Plus il la touchait et la goûtait, plus elle faisait de même. S'il devenait exigeant, elle répondait de la même manière, se pliant à son rythme. Ou peut-être était-ce le contraire ? Elle le caressait de ses longs doigts élégants, et il comprit ce que voulait dire être au bord de la folie, aux portes du paradis.

Elle ne voulait rien de lui qu'il ne puisse lui donner, qu'il s'agisse des caresses pleines de tendresse qui la bouleversaient ou des étincelles de désir qui la tourmentaient. Le seul contact de ses cheveux contre sa peau suffisait à l'exciter. Leurs corps étaient humides à force de lutter pour se contrôler, de lutter pour faire durer le plaisir. Elle savait que le plaisir seul était superficiel ; mais combiné à l'amour, il était tout.

Au même instant, ils surent tous deux qu'ils ne pouvaient plus attendre. Ils ôtèrent avec impatience les dernières barrières de vêtements. Elle s'offrit alors à lui, et la folie et le paradis ne firent plus qu'un.

Elle aurait pu soulever des montagnes. Son corps vibrait de sensations qui l'emplissaient de joie. Dans les bras de Booth, elle sentait vibrer chaque fibre de son corps. Les paupières fermées, elle pouvait compter les battements de cœur de son amant sous sa paume. Dans l'univers intime et liquide où ils étaient plongés, Booth n'était ni calme ni détaché. Elle ouvrit les yeux et lui sourit. Leurs mains étaient enlacées. En était-il conscient ? Booth la désirait, elle, et seulement elle.

Il éprouvait une immense satisfaction. Rassasié, épuisé, il était allongé sur Ariel, conscient uniquement de sa chaleur et de la minceur de son corps. Il n'avait jamais rien expérimenté de tel. Ce relâchement total, cette absence totale de tension. Il n'avait pas l'énergie d'analyser ses sentiments. C'était mieux ainsi. Avec un grognement de pur plaisir, il enfouit son visage dans le cou d'Ariel qui rit doucement.

— Tu trouves ça drôle ? murmura-t-il.

Elle laissa glisser ses mains le long du dos de son amant avant de les poser sur sa taille.

— Non, je me sens bien. Très bien même. Et toi aussi.

Il se hissa sur un coude pour mieux la regarder. Une lueur espiègle dansait dans ses yeux. Du bout des doigts, il dessina une ligne sous sa mâchoire, là où sa peau était si merveilleusement sensible.

— Je ne sais toujours pas ce que je vais faire de toi.

Elle repoussa une mèche du front de Booth et la regarda tomber de nouveau.

— Dois-tu toujours tout intellectualiser ?

De ses doigts, il effleura le visage de la jeune femme, à la manière d'un aveugle cherchant à deviner les traits d'une personne.

— Oui, toujours.

Elle réprima un soupir et préféra lui sourire. Puis elle saisit son visage en coupe et l'embrassa franchement.

— Je mets au défi ton intellect.

Sa réponse le fit rire, et elle en profita pour rouler sur lui et inverser la position. Puis elle se pencha en avant et enfouit son nez dans le cou de son amant. Il sentit des papiers se froisser dans son dos au milieu d'un amas de vêtements.

— Sur quoi suis-je couché ?

— Oh ! diverses choses !

Il tira une poignée de dépliants de dessous sa hanche gauche.

— On t'a déjà dit que tu étais un peu désordonnée ?

— C'est arrivé.

Il jeta un coup d'œil absent au tract sur le martyre des bébés phoques avant de le laisser tomber par terre. Puis il extirpa un autre bout de papier de sous son épaule droite. Il s'agissait d'un centre d'urgence pour femmes battues. Sa curiosité en éveil, il se contorsionna un peu et découvrit une brochure de la SPA.

— Ariel, tu peux me dire ce que signifie tout ça ?

Elle mordit une dernière fois son épaule, puis y posa la joue. Booth tenait dans la main plusieurs dépliants froissés.

— C'est en quelque sorte un hobby.

— Un hobby ! s'écria-t-il en la prenant par le menton. Mais lequel ?

— Tous.

— Tous ?

Il lorgna de nouveau les tracts en se demandant combien étaient encore coincés sous son corps.

— Tu veux dire que tu es activement impliquée dans tous ces organismes ?

— Oui, plus ou moins.

— Ariel, personne n'aurait le temps de le faire.

— C'est une fausse excuse. Le temps, on le trouve. Ces bébés phoques, tu sais ce que l'on fait d'eux, et comment ?

— Oui mais…

— Et ces femmes qui ont été maltraitées ? Lorsqu'elles arrivent dans ces refuges, elles n'ont plus d'amour-propre, plus de soutien émotionnel ou financier. Il y a aussi…

— Attends une minute.

Il laissa les papiers glisser au sol afin de pouvoir la prendre par les épaules. Elles étaient si frêles, songea-t-il soudain. Ariel dégageait une telle force qu'il en oubliait à quel point son corps était délicat.

— Je comprends tout cela, assura-t-il, mais comment

peux-tu t'investir dans toutes ces causes tout en vivant ta vie et en pensant à ta carrière ?

— Il y a vingt-quatre heures dans une journée, répondit-elle en souriant. Je n'aime pas en gaspiller une minute.

Voyant qu'elle était parfaitement sérieuse, il secoua la tête en signe de désespoir.

— Tu es une femme remarquable.

— Non.

Elle se pencha vers lui et déposa un baiser sur son menton légèrement creusé par une fossette.

— J'ai juste beaucoup d'énergie, expliqua-t-elle.

— Tu pourrais penser à ta carrière, souligna-t-il. Dans six mois, tu figureras en tête du box-office. Ton succès ne pourra pas être remis en cause.

— Peut-être. Mais ce n'est pas ça qui me rendra heureuse.

— Pourquoi ?

Les voilà revenus à leur point de départ, songea-t-elle en soupirant. Les doutes, la méfiance. Elle s'assit, ramassa son kimono et l'enfila en silence. La chaleur qu'ils avaient partagée s'était transformée en glacier à une vitesse stupéfiante.

— Parce que j'ai besoin de plus.

Insatisfait de sa réponse, Booth lui prit le bras.

— Plus de quoi ?

— Plus de tout ! s'écria-t-elle avec une virulence qui le laissa pantois. J'ai besoin de savoir que je fais de mon mieux, dans tous les domaines de ma vie. Tu penses vraiment que je suis si limitée ?

L'éclat qui brûlait dans le regard de Booth l'intrigua.

— Ma remarque souligne plutôt ton absence de limites.

— Professionnellement parlant, répliqua-t-elle. Mais

je suis avant tout une personne. J'ai besoin de savoir que j'ai touché, que j'ai aidé quelqu'un.

Elle passa une main nerveuse dans ses cheveux.

— J'ai besoin de savoir que je me soucie des autres. Le succès n'est pas une simple petite statue dorée que l'on pose sur une étagère, Booth.

D'un geste brusque, elle ouvrit la porte de son armoire et sortit ses vêtements.

Lorsque Booth se leva à son tour, les papiers sur lesquels il était couché bruissèrent.

— Tu es en colère, dit-il.

— Oui, oui et oui !

Le dos toujours tourné, elle fouilla dans un tiroir à la recherche de sous-vêtements. Dans le miroir, Booth apercevait son visage crispé.

— Pourquoi ?

— C'est ta question préférée, rétorqua-t-elle en lançant le kimono au sol avant d'enfiler un T-shirt à manches courtes.

— Je vais te donner une réponse, mais je ne suis pas certaine que tu l'apprécies. Tu m'assimiles toujours à elle.

Au moment où ses paroles le frappèrent de plein fouet, Booth commençait également à s'habiller.

— Même après ce qui vient de se passer entre nous, tu persistes à me comparer à elle.

— Tu as peut-être raison.

Elle le contempla quelques instants avant d'enfiler son jean.

— Ça fait mal de l'entendre.

Il resta immobile tandis que ces mots le transperçaient de part en part. Il ne s'attendait pas à une réponse aussi simple, aussi sincère. Il n'avait pas prévu non plus sa propre réaction.

— Je suis désolé, murmura-t-il.

Puis, s'approchant d'elle, il posa une main sur son bras et attendit qu'elle lève les yeux vers lui. Il y lut sa douleur : c'était la deuxième fois qu'il en était responsable.

— Je n'ai jamais été un homme particulièrement bon, Ariel.

— Non, reconnut-elle. Mais j'ai du mal à croire qu'une personne aussi intelligente que toi puisse être aussi bornée.

Il attendit que sa propre colère se déchaîne et, voyant qu'elle n'arrivait pas, il regarda Ariel d'un air navré.

— Peut-être est-il plus simple de dire que tu ne faisais pas partie de mes projets.

— Je pense que c'est assez clair.

Elle entreprit de brosser méthodiquement ses cheveux. La douleur et la colère menaçaient de prendre le pas sur sa sérénité. Jamais il ne lui vint à l'esprit que la fierté pouvait les réconcilier.

— Je t'ai déjà dit que j'avais tendance à me lancer tête baissée dans tout ce que j'entreprenais. Je comprends aussi que tout le monde n'avance pas au même rythme. Mais un jour où l'autre, tu verras que je ne suis pas le personnage que tu as créé, ni même la femme dont tu t'es inspiré.

— Ariel.

Elle se raidit lorsqu'il la saisit par les épaules.

— Ariel, lâcha-t-il en inclinant le front vers le sommet de sa tête.

Pourquoi désirait-il autant ce dont il s'était volontairement coupé ?

— Je sais que je vais te blesser de nouveau, dit-il d'une voix calme. Je suis voué à te faire du mal si je continue à te voir.

Elle soupira puis se détendit. Pourquoi lutter contre l'inévitable ?

— Oui, je sais.

— Et le sachant, sachant ce que tu peux faire à ma propre vie, je n'ai pas envie d'arrêter de te voir.

Elle couvrit la main de Booth de la sienne.

— Mais tu ne sais pas pourquoi.

— Non, je ne sais pas pourquoi.

Elle se blottit contre lui et le serra contre elle. Ils restèrent enlacés quelques instants, la tête d'Ariel sur son épaule, les mains de Booth autour de sa taille.

— Invite-moi à dîner, demanda-t-elle avant de lever la tête vers lui en souriant. Je meurs de faim. J'ai envie d'être avec toi. Voilà deux choses bien concrètes. Il nous suffira de prendre le reste comme il vient.

Booth avait eu raison de croire qu'elle était remarquable. Il pressa ses lèvres contre son front.

— D'accord. Qu'est-ce qui te ferait plaisir ?

— Une pizza avec des champignons, répondit-elle aussitôt. Et une bouteille de chianti bon marché.

— Une pizza…

— Une énorme pizza, avec des champignons.

Il la serra contre lui en riant doucement. Il n'était plus certain de pouvoir la laisser partir.

— Ça me paraît un bon début.

- 8 -

A 7 heures du matin, installée dans un fauteuil de maquillage sous une grande cape blanche, Ariel répétait son texte. Un homme de petite taille, maniéré et un peu dégarni, commença à déposer du fard à joue sur son visage. D'une oreille distraite, elle écoutait l'activité bourdonnante qui régnait sur le plateau. Une personne réclama à grands cris du gel. Une autre laissa tomber un câble qui heurta le sol avec un bruit sourd. Imperturbable, Ariel poursuivait sa lecture.

La scène qui l'attendait était difficile, avec un passage qui ressemblait dangereusement à un soliloque. Si elle ne trouvait pas le bon rythme, si le ton de sa voix n'était pas parfait, toute l'atmosphère serait gâchée.

Malheureusement, son état d'esprit ne l'aidait pas à se concentrer.

Elle venait de passer un autre dimanche merveilleux en compagnie de Scott qui s'était terminé dans les larmes au moment du départ. Elle savait depuis longtemps qu'elle avait des hauts et des bas émotionnels ; elle s'y était résignée. Pourtant, elle ne parvenait pas à chasser son abattement ni cet empoisonnant sentiment de culpabilité.

Lorsqu'elle avait raccompagné Scott à Larchmont, chez les Anderson, l'enfant s'était accroché à elle. De grosses larmes roulaient silencieusement sur ses joues. C'était la première fois depuis la mort de ses parents qu'il faisait une scène à la fin de leur week-end. Les Anderson avaient accueilli d'un air sombre le chagrin de leur petit-fils, les lèvres serrées d'impatience et le regard accusateur.

Après avoir consolé l'enfant, Ariel s'était demandé sur le chemin du retour si ce n'était pas elle qui, inconsciemment, avait provoqué la scène. A force de trop vouloir le petit garçon, l'encourageait-elle à aller vers elle ? Elle le gâtait peut-être trop, en reportant sur lui l'amour qu'elle avait éprouvé pour son frère et la peine occasionnée par son décès.

Elle avait passé une nuit agitée, l'esprit torturé par ces questions. Le lendemain, elle n'avait toujours pas trouvé de réponses. Dans quelques semaines, elle allait devoir vivre avec la décision d'un juge qui ne voyait en Scott qu'un mineur et non un petit garçon débordant d'imagination. Un juge, même expérimenté, même juste, était-il capable de percer le cœur d'un enfant ? Encore une question qui risquait de l'empêcher de dormir.

Pour l'heure, elle devait mettre ses problèmes personnels de côté. Son rôle dans le film était plus qu'un travail : c'était une responsabilité. Les acteurs comme les techniciens attendaient qu'elle fasse de son mieux. Son nom dans le contrat garantissait qu'elle donnerait le meilleur d'elle-même. De plus, songea-t-elle en massant ses tempes douloureuses, ce n'était pas en s'inquiétant qu'elle aiderait Scott.

— Si tu n'arrêtes pas de gigoter, ma chérie, tu vas gâcher tout mon travail.

Elle sourit au maquilleur en s'adossant à son siège.

— Désolée, Harry. Suis-je belle ?

— Presque exquise.

L'homme fit la moue en touchant ses sourcils. Leur courbe naturelle, songea-t-il avec l'œil admirateur d'un professionnel, ne nécessitait presque aucune intervention.

— Pour cette scène, il faut que tu aies un teint de porcelaine. Encore un peu ici…

Elle resta sagement assise tandis qu'il appliquait plus de couleur sur ses lèvres.

— Et arrête de froncer les sourcils, ajouta-t-il. Tu gâches mon travail.

Surprise, elle croisa son regard. A défaut de contrôler ses pensées, elle pensait maîtriser ses expressions. Quelle idiote ! songea-t-elle, avant de se rappeler qu'elle devait laisser ses problèmes à la porte du studio. C'était la règle numéro un du métier.

— Promis, le rassura-t-elle. Je ne veux pas être accusée de détruire une œuvre d'art.

— Tu ne changeras jamais, entendit-elle soudain. Tu potasses toujours jusqu'au dernier moment.

— Stella !

Ariel décocha à son amie le premier vrai sourire de la journée.

— Que fais-tu ici ? ajouta-t-elle.

— J'ai pris une journée de congé.

Stella se laissa tomber sur le siège à côté d'elle.

— J'ai donné ton nom et usé de mes charmes pour entrer, expliqua-t-elle en cillant. Cela ne t'ennuie pas si j'assiste au tournage ce matin ?

— Bien sûr que non. Quelles sont les nouvelles, à Trader's Bend ?

— L'excitation, l'amour, et encore l'excitation.

Avec un sourire espiègle, Stella rejeta sa lourde masse de cheveux en arrière.

— Maintenant que Cameron essaie de faire chanter Vikki à propos de ses dettes de jeu, que l'Eventreur vient de revendiquer sa troisième victime et que la relation entre Amanda et Griff commence à frémir, les courriers et les appels téléphoniques ne tarissent plus. La rumeur dit que le magazine *Tube* veut consacrer une double page à la série. C'est une consécration.

Ariel lui lança un regard interrogateur.

— Nous ferions la une du magazine ?

— C'est en tout cas ce que dit le téléphone arabe. Tu sais, je suis allée au marché aujourd'hui. Arrivée au rayon frais, une dame nommée Ethel Bitterman m'a fait une leçon de morale sur ma réputation et sur la loyauté au sein de la famille.

Ariel retira sa cape de protection en riant et révéla une robe bain de soleil couleur framboise. Voilà ce dont elle avait besoin, comprit-elle. Ce sens de la camaraderie et de la famille.

— Tu m'as manqué, Stella.

— Toi aussi. Mais dis-moi…

Le regard de son amie glissa sur la robe qui, bien que discrète et féminine, était un appel au sexe.

— Comment te sens-tu dans le rôle d'une mauvaise fille, pour une fois ?

Le regard d'Ariel s'éclaira.

— C'est merveilleux, mais c'est dur. C'est le rôle le plus difficile de ma carrière.

Stella lui sourit en passant ses ongles sur sa manche.

— Tu as toujours dit que c'était moi qui m'amusais le plus.

— J'avais sans doute raison, riposta Ariel. Mais c'était aussi vite dit. Je ne me rappelle pas avoir travaillé aussi dur pour composer un personnage.

Stella la dévisagea attentivement.

— Pourquoi ?

— Parce que Rae joue toujours un rôle. C'est comme essayer d'endosser une demi-douzaine de personnalités pour en faire une seule personne.

— Et cela te dévore, conclut Stella.

— On peut dire ça. Un jour, je me sens complètement épuisée et, le lendemain, totalement électrisée…

Ariel posa son script. Si elle ne connaissait pas maintenant son texte, elle n'y parviendrait jamais.

— Dans tous les cas, si jamais j'ai le choix, après ce film, j'aimerais jouer dans une comédie drôle et déjantée.

— Et que penses-tu de Jack Rohrer ? demanda Stella en extirpant de son sac un bonbon sans sucre au citron. Tu aimes travailler avec lui ?

— Je l'aime bien. Mais avec lui, ce n'est pas une partie de plaisir. Il est perfectionniste, comme tout le reste de l'équipe d'ailleurs.

— Et l'illustre Booth DeWitt ?

— Il a l'œil sur tout, murmura Ariel.

— Y compris sur toi.

Stella concentra son attention sur son amie.

— Du moins, c'est ce qu'il a fait ces dix dernières minutes.

Ariel n'avait pas besoin de tourner la tête : elle le savait déjà. Elle pouvait presque se le représenter mentalement, debout à l'écart des accessoiristes et des éclairagistes qui s'affairaient sur le plateau. Il se tenait en retrait pour ne pas déranger, mais tout le monde ressentait sa présence. Et celle-ci suffisait à maintenir la pression et à rester alerte.

Elle savait aussi qu'il l'observait avec un mélange de méfiance et d'acceptation. Mais son rêve le plus cher était que ces deux sentiments se muent en confiance. Et la confiance en amour.

Booth vit Ariel rire avec Stella. Il remarqua le mouvement animé de ses mains et la légère inclinaison de sa tête, signe de son profond intérêt pour la conversation. Ariel s'impliquait toujours pleinement. Les soucis qui la troublaient quelques minutes auparavant semblaient oubliés. Mais qu'est-ce qui la tourmentait tant et pourquoi ? Elle, si encline à tout partager, pourquoi ne parlait-elle pas de ce qui la préoccupait ?

Il aurait dû lui être reconnaissant de le tenir à l'écart de ses problèmes, songea-t-il en allumant une cigarette. Pourquoi se sentirait-il concerné, après tout ? Il savait très bien que la façon la plus efficace d'être vulnérable était de partager les problèmes de l'autre.

A côté de lui, un machiniste vaporisait une élégante composition de fleurs fraîches. Le chef éclairagiste demanda une dernière vérification de la luminosité. Un micro à perche fut mis en place. Booth se demanda ce qu'Ariel avait fait de son week-end.

Il avait voulu le passer avec elle, mais elle lui avait dit qu'elle était occupée, et il n'avait pas insisté. Si jamais il l'enfermait, il risquait de perdre lui-aussi sa liberté. C'était un piège dans lequel il ne voulait pas tomber. Mais il se rappelait encore de la sensation de paix qui l'avait gagnée lorsqu'il était resté couché près d'elle dans sa loge, une fois leur passion assouvie.

Ce n'est pas qu'elle ait, à proprement parler, le don de l'apaiser : elle dégageait trop d'énergie. Mais elle avait le pouvoir de calmer les tensions de son esprit.

Il voulait lui parler de nouveau, la toucher, faire encore l'amour avec elle. Et il voulait échapper à ses propres désirs.

— Tout le monde en place ! cria l'assistant-réalisateur en traversant le plateau, vérifiant au passage que rien ne traînait.

Booth s'appuya contre le mur, les pouces nonchalamment enfoncés dans les poches. Il ne s'asseyait jamais.

Ils s'apprêtaient à tourner une longue scène, ce matin. Les autres parties seraient filmées plus tard sur les pelouses d'une propriété de Long Island. L'élégante réception en plein air qu'ils filmeraient sur place était la première grande fête que donnait Rae depuis son mariage avec

Phil. Ensuite, à l'abri des murs et en privé, viendrait leur première grande dispute.

Rae donnait l'impression d'être en sucre filé. Mais ses paroles étaient aussi toxiques que du venin. Et pendant que la fureur et le poison suintaient de son être, pas un de ses cheveux n'avait bougé. La couleur délicate de ses joues ne changeait pas. Le travail d'Ariel consistait à ce que son personnage garde son sang-froid tout en prononçant des paroles virulentes.

Tout reposait sur le regard. Les gestes de Rae n'étaient qu'une façade ; son sourire, un mensonge. La glace et le feu devaient fuser de ses yeux. Son jeu devait rester discret. Ariel devait lutter constamment pour ne pas révéler ses propres émotions. Si elle avait dû se battre contre quelqu'un avec des mots, elle les aurait criés, elle aurait hurlé avec violence. Mais Rae se contentait de les prononcer d'une voix traînante, presque paresseuse. Et Ariel en souffrait.

Voilà ce à quoi la vie de Booth avait ressemblé, songea-t-elle. Ou tout du moins en était-elle le reflet. Mais c'était bien sa douleur, ses erreurs, sa souffrance qu'il racontait. Et Ariel était piégée à l'intérieur. Si elle-même en souffrait, comment se sentait-il en la regardant ?

Rae lança à Phil un regard lourd d'ennui tandis qu'il l'agrippait par les bras.

— Je ne le ferai pas, tempêta-t-il, les yeux étincelants de colère tandis que ceux de Rae restaient aussi froids et impassibles que l'eau d'un lac.

— Tu ne feras pas quoi ? demanda-t-elle d'un air dédaigneux.

— Tu ne « choueras » pas ce rôle, répondit Jack, les yeux fermés.

Ariel sentait toute la tension de la scène lorsque le

réalisateur cria « Coupez ! », mais ce n'était pas vraiment un soulagement. Elle voulait surtout en finir.

— Jouer ce rôle, rectifia Jack en détachant chaque mot.

— Pourtant, il va falloir que tu comprennes que je peux et que je vais « chouer » ce rôle si je le décide.

Jack décocha un large sourire à Ariel.

— Bonne élocution.

Elle tapota gentiment sa joue.

— Oui, mais la tienne va s'améliorer, Jack. Entraîne-toi.

— En place ! cria le réalisateur.

Pour la troisième fois de la matinée, Ariel passa les portes-fenêtres d'un pas furieux en faisant voler ses jupes derrière elle.

Les acteurs recommencèrent la scène, s'immergeant dans leurs personnages en faisant abstraction des nombreuses coupures dues aux changements d'angle de la caméra.

A la fin de la scène, Rae devait éclater de rire, prendre le verre de scotch de Phil des mains, en boire une gorgée avant de lui lancer le contenu au visage.

Prise dans le personnage, Ariel prit le verre, avala une gorgée du thé tiède qui imitait l'alcool puis, avec un sourire glacial, vida son contenu dans une élégante composition florale. Jack, à qui le changement de scénario n'avait pas échappé, lui arracha le verre des mains et le lança à travers la pièce.

— Coupez !

Reprenant ses esprits, Ariel regarda fixement le réalisateur.

— Oh ! mon Dieu, Chuck, je ne sais pas ce qui m'a prise. Je suis désolée.

Une main sur le front, elle contempla le bouquet pour faire l'inventaire des dégâts.

— Non, tout va bien !

En riant, le réalisateur la serra sans ménagement dans ses bras.

— C'était parfait ! s'exclama-t-il. Mieux que parfait ! J'aurais dû y penser moi-même.

Puis il rit de nouveau et la serra si fort qu'elle entendit ses os craquer.

— Elle aurait fait ça, exactement ça.

Un bras autour des épaules d'Ariel, Chuck se tourna vers Booth.

— Qu'en penses-tu, Booth ?

— Oui.

Il n'esquissa pas un geste, se contentant de hocher la tête.

— Garde la scène comme elle est.

Puis il fixa son regard froid sur Ariel. Il aurait dû l'écrire ainsi, songea-t-il. Lancer le contenu du verre au visage de Phil était un comportement trop trivial pour Rae. Beaucoup trop humain.

— On dirait que tu la connais mieux que moi maintenant, lâcha-t-il.

Ariel poussa un soupir et serra la main de Chuck avant de s'avancer vers Booth.

— Serait-ce un compliment ?

— Une simple remarque. Les techniciens se préparent pour les gros plans, murmura-t-il avant de reporter son attention sur elle. Je ne te donne pas carte blanche, Ariel, mais je suis prêt à te donner un peu de latitude quant à l'interprétation de ton personnage. Et Chuck semble être de mon avis. Tu comprends Rae.

Elle hésitait entre l'amusement et la contrariété. Comme toujours lorsqu'elle avait le choix, elle opta pour la première solution.

— Booth, si je devais interpréter un champignon, il me faudrait comprendre ce champignon. C'est mon travail.

Il lui sourit, reconnaissant qu'elle lui simplifie autant la tâche.

— Je t'en crois capable.

— Tu ne m'as jamais vue dans cette publicité où je joue une prune juteuse et mûre ?

— Je devais être en voyage à l'étranger.

— C'est un classique. Encore plus que ma scène sous la douche pour les shampoings Fresh Wave. Bien sûr, dans les deux cas, la sensualité était ce qui sous-tendait ces deux spots.

— J'ai envie de rentrer avec toi ce soir, déclara Booth d'une voix tranquille. J'ai envie de rester avec toi toute la nuit.

— Oh !

Pourrait-elle s'habituer un jour à sa façon si simple de dire des choses incroyables ?

— Et lorsque nous serons seuls, murmura-t-il en regardant fixement une petite veine battre au creux de son cou, j'enlèverai tes vêtements un à un afin de caresser chaque centimètre de ta peau. Ensuite, je veux pouvoir contempler ton visage lorsque nous ferons l'amour.

— Ariel ! Prête pour ces gros plans ?

— Comment ?

Un peu étourdie, elle marmonna quelques mots sans quitter Booth des yeux. Elle pouvait presque sentir ses larges mains sur elle, sentir son haleine virile se mêler à la sienne.

— Pour l'instant, ils peuvent avoir ton visage, dit-il d'une voix rauque, encore plus excité par la réaction d'Ariel qu'il l'aurait imaginé. Mais ce soir, il est à moi.

— Ariel !

Brutalement ramenée à la réalité, elle tourna les talons pour revenir vers le plateau. Elle lui lança par-dessus l'épaule un regard mi-amusé, mi-perplexe.

— Tu es un homme imprévisible, Booth.

— Est-ce un compliment ?

— Le plus beau des compliments, répondit-elle en souriant.

La matinée se poursuivit ainsi, heure après heure, réplique après réplique, scène après scène. Bien que le film soit tourné par séquences, Ariel commençait à le voir prendre forme. Comme il était destiné à la télévision, le rythme était soutenu, mais elle y était habituée. Et comme il était dirigé par DeWitt et Marshell, les exigences étaient fortes. Mais les siennes aussi.

La chaleur des éclairages était étouffante. Il fallait changer d'humeur, de costumes, se laisser poudrer et polir. Encore et encore. Puis il fallait rester assise et attendre pendant les changements de décors ou les pannes. La vocation se nichait là, quelque part entre la tension et l'ennui.

Ariel le comprenait très bien, et elle désirait tout cela. Même après la dixième prise où Rae pédalait sur un vélo d'appartement tout en s'entretenant avec son agent à propos d'un nouveau scénario, elle prenait toujours autant de plaisir à jouer.

Les muscles douloureux, elle descendit enfin de la bicyclette et essuya son visage trempé de sueur.

— Pauvre petite, sourit Stella tandis qu'un machiniste tendait à Ariel une serviette-éponge. Rappelle-toi que l'on ne nous a jamais fait travailler aussi dur sur le tournage de *Nos vies, nos amours*.

— Rae devait être une accro du fitness, marmonna Ariel en étirant son dos. On dit qu'il faut être conscient de son corps. Je le suis maintenant.

Elle se pencha en gémissant vers sa jambe pour soulager une crampe.

— Consciente de tous les muscles de mon corps qui n'a pas fait d'efforts depuis cinq ans, grogna-t-elle.

— C'est dans la boîte, déclara Chuck en lui tapotant amicalement la hanche lorsqu'elle passa devant lui. Tu peux aller prendre un bain chaud.

Ariel réprima une réponse cinglante. Elle se contenta de saisir les deux extrémités de sa serviette et de lui tirer la langue.

— Tu n'as jamais eu aucun respect pour les réalisateurs, affirma Stella. Allez, viens, ma fille, je vais te tenir compagnie en échange. Ensuite, j'ai un rendez-vous galant.

— Vraiment ?

— Oui, avec mon dentiste. J'y suis d'abord allée pour une simple visite de contrôle, et nous avons fini par parler de l'hygiène buccale autour d'un plat de *linguine*.

— Seigneur, répondit Ariel en poussant la porte de sa loge. Il n'a pas perdu de temps.

— Non, *je* n'ai pas perdu de temps.

Stella eut un rire qui témoignait à la fois de son plaisir et de son stress.

— Oh ! Ariel ! lança-t-elle. Il est tellement gentil, et si sérieux avec son travail. Et…

Son amie s'interrompit, le temps de s'avachir sur le canapé encombré d'Ariel.

— Je me souviens d'une conversation que nous avons eue il y a quelques semaines à propos de l'amour, ajouta-t-elle. Nous avons parlé d'émotions, quelque chose comme ça.

Elle leva la main comme pour balayer la phrase exacte et n'en garder que l'essentiel.

— Aujourd'hui, j'ai l'impression qu'avant de m'être allongée dans ce fauteuil et de plonger dans ses yeux bleus si clairs, je n'ai pas vraiment vécu.

— C'est formidable.

Ariel oublia quelques instants ses muscles endoloris et la coulée de sueur dans son dos.

— C'est vraiment formidable, Stella.

Son amie fouilla son sac pour prendre un autre bonbon au citron. Ses réserves ayant disparu et connaissant Ariel, elle se dirigea vers la coiffeuse, ouvrit un tiroir et succomba devant les chocolats enrobés de sucre.

— J'ai entendu dire que les gens amoureux avaient le pouvoir de repérer les autres personnes amoureuses.

Elle lança un regard de biais vers Ariel, qui était occupée à retirer son justaucorps.

— Pour appuyer ma théorie, j'ai l'impression que tu es tombée amoureuse de Booth DeWitt.

— Bien deviné pour un premier essai, répondit Ariel en enfilant un pantalon de survêtement et un T-shirt.

Stella croqua dans un bonbon, l'air soucieux.

— Tu as toujours aimé les rôles difficiles.

— Oui, il semble qu'ils m'attirent.

— Qu'est-ce qu'il ressent pour toi ?

— Je n'en sais rien.

Ariel retira avec soulagement les dernières traces de maquillage. D'un geste théâtral, elle lança une autre partie de Rae dans la poubelle.

— Je ne pense pas qu'il ait des sentiments pour moi, conclut-elle.

— Ariel…

Stella brûlait de lui donner des conseils, mais son affection et sa loyauté pour son amie la freinaient.

— Tu sais ce que tu fais ?

— Non, répondit aussitôt Ariel. Pourquoi le vouloir ?

Stella éclata de rire en se dirigeant vers la porte.

— Tu as raison, ma question était stupide. Au fait… je voulais te dire à quel point je t'ai trouvée brillante aujourd'hui. J'ai travaillé avec toi semaine après semaine pendant cinq ans, et aujourd'hui, tu m'as bluffée. Lorsque ce film va sortir, ta carrière va littéralement décoller.

Etonnée, ravie et, peut-être pour la première fois, un peu inquiète, Ariel s'assit sur le bord de la coiffeuse.

— Merci.

— De rien.

Puis, se glissant dans le personnage de Vikki, Stella envoya à Ariel un baiser du bout des doigts.

— Au plaisir de te revoir dans quelques semaines, grande sœur.

Une fois la porte fermée, Ariel resta immobile quelques instants. Etait-elle vraiment prête à voir sa carrière décoller si vite ? Elle se souvenait qu'après sa seconde audition, P. B. Marshell lui avait tenu des propos similaires. Mais Ariel avait davantage pensé au film dans son ensemble qu'à sa propre carrière. Elle connaissait Stella, et ce compliment ne s'adressait qu'à elle. Pour la première fois, elle sembla prendre conscience des répercussions possibles de ce rôle. Celui-ci pouvait faire d'elle une star.

Elle réfléchit à cette idée.

L'argent. Elle n'en avait pas besoin. L'éducation qu'elle avait reçue lui avait appris à le voir comme un moyen et non comme une fin. Ces trois dernières années, sa situation financière avait été plus que satisfaisante et lui permettait de combler ses besoins comme ses envies.

La célébrité. Elle ne pouvait pas dire qu'elle la laissait indifférente. Elle éprouvait toujours le même plaisir à signer des autographes et à parler à ses admirateurs. Pourvu que cela ne change pas ! Mais la célébrité était une question de paliers, et plus on montait haut, plus le prix à payer était élevé. Plus un acteur avait d'admirateurs, moins il avait de vie privée. Il fallait qu'elle y réfléchisse avec soin.

La liberté artistique… C'était le seul véritable avantage. Pouvoir choisir ses rôles et non être choisie. La gloire et un compte en banque bien garni n'étaient rien comparés à cette liberté. Si Rae pouvait la lui donner…

Mais rêver à l'avenir ne pouvait rien changer, songea-t-elle en soupirant. Pour l'instant, elle devait mener sa carrière et sa vie au jour le jour. Ariel était une femme optimiste et préférait être déçue plutôt que partir perdante. Le sourire aux lèvres, elle ouvrit la porte et faillit entrer en collision avec Booth.

— Tu sembles très heureuse, fit-il remarquer en lui prenant le bras pour l'empêcher de tomber.

— Je le *suis*, répondit-elle en l'embrassant fermement sur la bouche. La journée a été bonne.

Son baiser, pourtant désinvolte, le traversa de part en part.

— Tu devrais être épuisée.

— Non, je le serais si j'avais couru le marathon de New York. Que dirais-tu d'un hamburger géant et d'une énorme portion de frites ?

Booth rêvait plutôt d'un restaurant français et d'une lumière tamisée. Mais après un regard sur le survêtement d'Ariel et son visage rougi par l'effort, il se ravisa.

— C'est parfait, mais c'est toi qui m'invites cette fois.

Elle passa un bras sous le sien.

— D'accord. Tu aimes les milk-shakes à la banane ?

L'expression perplexe de Booth traduisait clairement sa réponse.

— Je crois que je n'en ai jamais bu.

— Je suis sûre que tu vas adorer, promit-elle.

Ce n'était pas aussi mauvais qu'il l'avait imaginé et le hamburger était copieux. Rassasiés, ils revinrent à l'appartement d'Ariel à la nuit tombée. Dès qu'elle ouvrit la porte, les chatons l'encerclèrent.

— Seigneur, on dirait qu'ils n'ont pas été nourris depuis une semaine.

Ariel se pencha vers eux et les prit dans ses bras pour les embrasser.

— Je vous ai vraiment manqué, bande de voyous, ou bien venez-vous juste réclamer votre dîner ?

Avant de comprendre ce qui lui arrivait, Ariel avait déjà mis les deux chatons dans les bras de Booth.

— Tu peux t'en occuper ? demanda-t-elle l'air de rien. Je dois nourrir Butch aussi.

Puis elle se dirigea d'un pas léger vers la cuisine avec Butch, le chat à trois pattes, sur les talons. Booth, encombré de deux chats qui miaulaient tout leur soûl, n'eut pas d'autre choix que de la suivre. L'un d'eux, Keats ou Shelley, en profita pour grimper sur son épaule.

— Je suis étonné que tu n'aies pas une portée de chiots.

Elle rit en voyant le chaton jouer avec les cheveux de Booth.

— Ce serait fait si le propriétaire n'était pas aussi strict. Mais je suis en passe de le convaincre. En attendant…

Elle disposa au sol trois généreux bols de croquettes.

— … c'est l'heure de dîner.

Elle saisit en gloussant le chaton perché sur l'épaule de Booth. Le deuxième avait déjà sauté au sol. En quelques secondes, les trois chats s'étaient jetés sur leur gamelle.

— Tu vois ? dit-elle en retirant quelques poils de la chemise de Booth. Pour très peu de temps et de frais, ils font de merveilleux compagnons pour tous ceux qui travaillent chez eux.

Booth prit son visage en coupe et sourit malgré lui.

— Non.

— Non quoi ?

— Non, je ne veux pas de chat.

— Mais je n'avais pas l'intention de te donner mes chats. En plus, tu es plutôt du genre à avoir un chien.

— Vraiment ?

Il l'enlaça.

— Oui. Un joli petit cocker qui dormirait près de ta cheminée.

— Je n'ai pas de cheminée.

— Tu devrais. Mais avant que tu y remédies, le chiot pourrait se rouler sur un tapis près de la fenêtre.

Il saisit sa lèvre inférieure entre ses dents et l'aspira doucement.

— Non.

— Personne ne devrait vivre seul, Booth. C'est déprimant.

Les battements du cœur d'Ariel s'étaient accélérés et son souffle s'était fait plus court.

— J'ai l'habitude d'être seul. J'aime cette façon de vivre.

Elle aimait le contact rugueux de ses joues contre sa peau.

— Tu as dû avoir un animal de compagnie quand tu étais enfant, murmura-t-elle.

Il se souvenait du labrador crème à la langue tombante qu'il adorait quand il était enfant. Il n'y avait plus pensé depuis des années. Il sentit son cœur fondre. Non, elle n'allait pas l'entraîner sur cette voie.

— Quand j'étais enfant, j'avais le temps et le cœur de m'occuper d'un animal de compagnie.

Lentement, il glissa les mains sous son pull et lui caressa le dos.

— Aujourd'hui, je préfère consacrer mon temps libre à d'autres choses.

Mais elle venait de poser les bases, songea-t-elle en souriant. Avancer à pas de loup avant de battre en retraite était le secret du succès de sa campagne.

— Je dois prendre une douche, dit-elle en se dégageant. Je suis encore toute collante de la dernière scène.

— J'ai adoré te regarder aujourd'hui. Les muscles de tes cuisses sont fascinants, Ariel.

Elle lui lança un regard amusé.

— Les muscles de mes cuisses me font surtout très mal. Et pour tout te dire, si je devais pédaler des kilomètres comme je l'ai fait aujourd'hui, ce ne serait pas sur un vélo d'appartement.

— Non, dit-il en rassemblant ses cheveux en arrière pour l'attirer de nouveau vers lui. Tu ne pourrais pas te satisfaire de pédaler sur place.

Il effleura doucement ses lèvres et se dégagea lorsqu'elle voulut approfondir le baiser.

— Je vais te frotter le dos, déclara-t-il.

Elle sentit de longs frissons parcourir tout son corps, comme s'il était déjà passé à l'action.

— Mmm, quelle bonne idée ! Je suppose qu'il faut que je te prévienne, lâcha-t-elle en sortant de la cuisine. Je prends des douches chaudes, très chaudes.

Lorsqu'ils entrèrent dans la salle de bains, il glissa les mains sous son pull et caressa son corps mince et souple.

— Tu crois que je vais pouvoir le supporter ? demanda-t-il.

— Je pense que tu es assez dur, riposta-t-elle d'un air espiègle en commençant à défaire les boutons de sa chemise. Pour un scénariste, bien sûr.

D'un seul geste, il lui ôta son pull et lui mordilla l'épaule.

— Je dirai que tu es plutôt douce, dit-il en caressant ses côtes jusqu'à la taille, pour une actrice.

— Bien vu, murmura Ariel d'une voix haletante, tandis qu'il desserrait les liens de son pantalon.

— J'ai envie de te toucher, dit-il sans cesser de la caresser, même si tu n'as qu'un petit corps, avec des membres longs, et pas de hanches. Ta peau est très douce, susurra-t-il tandis que ses mains s'égaraient au bas de son dos, puis plus loin.

Lorsqu'ils furent tous les deux nus, elle tremblait de la tête aux pieds. Mais pas à cause du froid. A tâtons, elle ouvrit les robinets. L'eau coula à grands flots, éclaboussant les carreaux et montant en gros nuages de vapeur vers le plafond. Ariel ferma les yeux pour s'imprégner de la chaleur et de la sensualité de l'instant.

Booth était fasciné par la capacité d'Ariel à goûter de nouvelles expériences. Avec elle, rien n'était jamais ordinaire, songea-t-il en venant la rejoindre dans la cabine. Elle ne savait pas ce qu'était l'ennui. Tout ce qu'elle faisait ou disait était unique, et par là même, excitant.

Tandis que l'eau déferlait sur eux, il l'enlaça par-derrière, son dos collé à sa poitrine. Il avait de l'affection pour elle, comprit-il, comme rarement il en avait éprouvé dans sa vie.

Elle leva le visage vers le jet et, incapable de résister, s'abandonna à toutes les sensations qui l'assaillaient. Elle se contentait de la présence de Booth, tout près d'elle, du réconfort de ses bras. Et d'aimer. Peut-être que d'autres avaient besoin de plus — de sécurité, de mots, de promesses. Peut-être qu'un jour, elle aussi y aspirerait. Mais pour l'heure, elle se sentait comblée. Se tournant vers Booth, elle souda ses lèvres aux siennes.

La passion s'empara d'elle rapidement cette fois, comme si elle avait attendu ce moment pendant des heures ou des jours. Peut-être même des années. Elle arriva si vite que ce simple baiser la laissa haletante. Elle se hissa sur la pointe des pieds pour se mettre à son niveau. Elle glissa des doigts avides dans ses cheveux et s'agrippa à lui comme si sa vie en dépendait. Il l'enlaça étroitement et sa bouche chercha aussi la sienne.

Vibrante de plaisir, elle s'offrit à lui.

Booth n'avait jamais connu de femme plus généreuse

qu'elle. Comment pouvait-elle être aussi confiante, aussi à l'aise ? songea-t-il en se délectant de toutes les saveurs de sa bouche. Sans hésitation, elle lui donnait son corps. Mais son esprit aussi était en harmonie avec le sien. Instinctivement, il savait qu'elle pensait plus à ses besoins à lui, à son plaisir qu'au sien. Et ce faisant, elle éveillait en lui une tendresse depuis longtemps endormie.

— Ariel…, murmura-t-il en couvrant son visage de baisers. Avec toi, j'ai envie de choses oubliées. J'ai presque envie d'y croire de nouveau.

— Ne réfléchis pas, dit-elle en lui répondant par des baisers à la fois apaisants et aguicheurs. Cette fois, ne réfléchis pas du tout.

Mais il le fallait pourtant, songea-t-il. Car sinon, il l'aurait prise trop rapidement, trop brutalement. Cette fois, il allait lui rendre une partie de ce qu'elle était prête à lui donner. Prenant un peu de savon au creux de sa main, il entreprit de lui savonner le dos. Il crut l'entendre ronronner de plaisir et sourit.

Bercée par le bruit de l'eau et entourée de vapeur, Ariel sentait tous ses sens s'aiguiser. Les mains savonneuses de Booth glissaient voluptueusement sur son corps humide et sa peau sensible. Sous ses lèvres, la peau de Booth était souple et chaude. A travers ses paupières mi-closes, elle pouvait voir la mousse onctueuse l'envelopper avant de disparaître sous la puissance du jet.

La main de Booth glissa entre leurs deux corps et trouva son sexe. Le plaisir fut si intense qu'elle cria de surprise avant d'onduler langoureusement. Puis il partit explorer d'autres lieux tandis que ses lèvres humides et brûlantes s'égaraient sur ses épaules et son cou. L'odeur citronnée du savon lui fit tourner la tête.

— Elles te font toujours mal ? demanda Booth en massant l'arrière de ses cuisses.

— Comment ?

Flottant dans un nuage, elle s'appuya contre lui, les mains solidement accrochées à ses épaules.

— Non, je n'ai plus mal.

Booth glissa une langue humide au creux de son oreille et la sentit frémir.

— Tes cheveux brillent comme de l'or lorsqu'ils sont mouillés.

Elle sentit l'odeur du shampoing et les doigts de Booth masser son cuir chevelu avec dextérité. Rien n'aurait pu l'exciter plus.

Lentement, langoureusement, il lui lava les cheveux tandis que les vaporeuses bulles de shampoing glissaient le long de ses bras. Booth reconnaissait cette odeur fraîche et tentante qui l'enveloppait chaque fois qu'il était près d'elle. Il se délectait de l'intimité que ces effluves leur apportaient. Puis il s'avança pour que le jet les atteigne tous les deux et efface de leurs corps toute trace de mousse et de savon.

Et pendant qu'ils étaient debout, chauds, humides et enlacés, il se glissa en elle. Tout lui paraissait si naturel, comme s'ils étaient amants depuis des années. Mais il était excité comme s'il ne l'avait jamais touchée.

Elle planta ses ongles dans ses épaules, l'entendit gémir tandis qu'elle s'abandonnait en lui demandant plus. Jamais il n'avait pris une femme avec autant de tendresse. Soudain, il sentit monter en lui un incroyable élan de liberté.

- 9 -

Depuis deux semaines, la vie d'Ariel ressemblait à des montagnes russes. Le temps qu'elle passait avec Booth était fait de hauts, de bas, de courbes et de surprises, avec parfois des accélérations. Heureusement, elle avait toujours aimé les manèges et préférait de loin les plus rapides et les plus vertigineux.

Elle ne s'était pas trompée en affirmant à Booth qu'il était imprévisible. Il n'était pas non plus facile à vivre, mais elle le prenait comme il était.

Parfois, il se montrait incroyablement tendre à son égard, manifestant alors un romantisme et une affection qu'elle n'attendait pas de sa part. Il lui avait envoyé un bouquet de fleurs champêtres le matin au studio. Il avait organisé un pique-nique dans son appartement un jour de pluie et lui avait servi du champagne dans des gobelets pendant que le tonnerre grondait.

Puis, à d'autres moments, il se repliait sur lui-même et devenait inaccessible. Dans ces cas-là, elle savait d'instinct qu'il ne fallait pas insister.

Il pouvait se montrer extrêmement colérique et impatient. Peut-être était-ce le contraste entre ces traits de caractère et l'humour et la gentillesse dont il faisait preuve parfois qui avaient eu raison du cœur d'Ariel. Elle aimait tout dans cet homme, et c'était à lui qu'elle voulait appartenir. Cet homme sombre, colérique, tendre malgré lui, était celui qu'elle attendait depuis toujours.

A mesure que le tournage avançait, et malgré les moments où Booth s'isolait, ils devenaient plus proches. Leur relation grandissait, mais sans la simplicité qu'elle recherchait. Pour elle, l'amour était un sentiment très simple.

Le jour où il l'accepterait — et elle ne doutait pas un seul instant que cela arrive —, ce sentiment n'en serait que plus fort. Elle attendait un amour absolu : elle voulait qu'il se donne à elle, corps et âme.

Son seul regret était de ne pas pouvoir lui parler de Scott. Plus la date du procès avançait, plus elle en ressentait la nécessité. Pourtant, comme elle avait besoin de son réconfort, de retrouver grâce à lui son assurance ! Mais bien que tentée, jamais elle n'envisagea de lui en parler. La façon dont elle s'était engagée à défendre et à protéger son neveu ne regardait qu'elle.

L'avenir lui apparaissait de manière morcelée. Booth, Scott, sa carrière. Il lui fallait toute sa foi pour croire qu'à la fin, elle réussirait à réunir les trois.

Après une longue et intense matinée, elle accueillit une panne de matériel et la longue pause qui s'ensuivit comme une récompense. Pour la première fois depuis des semaines, elle allait pouvoir regarder *Nos vies, nos amours* et renouer avec la vie d'Amanda et les habitants de Trader's Bend.

— Tu ne vas pas regarder la télévision pendant une heure ! protesta Booth en l'accompagnant dans le couloir.

— Mais si. C'est comme si je retournais chez moi.

Elle secoua le sac de bretzels dans ses mains.

— En plus, j'ai des provisions, ajouta-t-elle.

— Dès que la table de mixage sera réparée, tu auras un long après-midi de travail devant toi.

Tout en avançant, il lui massait l'épaule. Même si

elle ne le montrait pas souvent, elle paressait stressée et parfois même un peu perdue.

— Tu ferais mieux de t'allonger et de faire une petite sieste.

— Je ne fais jamais la sieste.

En poussant la porte de sa loge, elle renversa une pile de magazines. Sans un regard pour les journaux éparpillés, elle se dirigea vers le petit poste de télévision installé dans le coin de la pièce.

— Il me semble t'avoir trouvée un jour, les pieds sur la table et les yeux fermés, répliqua Booth.

— C'est différent.

Elle actionna la télécommande jusqu'à tomber sur la chaîne qui l'intéressait.

— Je n'ai fait que recharger les batteries ce jour-là. Je ne suis pas prête pour ça, Booth.

Les yeux agrandis par l'excitation, elle tournoya sur elle-même.

— Les choses se passent vraiment bien, tu ne trouves pas ? ajouta-t-elle. Je le sens. Même après toutes ces semaines, la tension reste palpable. C'est certainement un signe que le film va être spécial.

— J'avais quelques réticences à l'idée de faire un film pour la télévision.

Il prit quelques tracts sur le canapé et les posa sur la table.

— Je n'en ai plus, reprit-il en lui tendant la main. Et oui, le film va être très spécial. Tout comme toi.

Comme toujours, cette déclaration aussi subtile qu'inattendue la toucha droit au cœur. Elle prit alors la main de l'homme qu'elle aimait et la porta à ses lèvres.

— Je vais savourer le moment où tu rempoteras cet Emmy Award.

— Et le tien ?

— Peut-être, dit-elle en riant. Peut-être.

Elle tourna la tête en entendant la musique du générique de la série.

— Ça commence. Nous voilà de retour à Trader's Bend.

Elle se laissa tomber sur le canapé en entraînant Booth avec elle. Après avoir ouvert le sachet de bretzels, elle s'absorba complètement dans le feuilleton.

Elle ne le visionnait pas comme une actrice ou un critique, mais comme une simple spectatrice. Elle se détendit et se laissa prendre au jeu de l'intrigue et de ses rebondissements. En se voyant à l'écran, elle ne cherchait pas les défauts ou la qualité de son interprétation. A l'écran, ce n'était pas Ariel qu'elle voyait, mais Amanda.

— Ce n'est pas à toi de me dire ce que je veux, dit Amanda à Griff d'une voix basse et vibrante. Tu n'as pas le droit de me donner des conseils, et encore moins d'entrer chez moi sans y avoir été invité.

— Ecoute, répliqua Griff en lui prenant le bras avant qu'elle tourne les talons. Tu fonces droit dans le mur. C'est évident.

— Je ne fais que mon travail, opposa-t-elle d'un ton glacial. Pourquoi ne pas aller faire le tien et me laisser seule ?

— C'est la dernière chose que j'aie envie de faire.

Un gros plan sur le visage de Griff montra son combat intérieur pour se contrôler. Lorsqu'il reprit la parole, sa voix était plus calme, mais empreinte de sa fougue habituelle.

— Bon sang, Mandy, tu connais cette affaire sur l'Eventreur presque aussi bien que la police. Tu sais bien que tu ne dois pas rester seule chez toi. Si tu ne me laisses pas te venir en aide, pars au moins chez tes parents quelque temps.

— Chez mes parents ?

Amanda passa une main nerveuse dans ses cheveux.

— Tu me demandes d'aller chez mes parents, sachant que Vikki s'y trouve ? Tu me crois capable de le supporter ?

— D'accord, d'accord.

Frustré, Griff tenta de l'attirer vers lui, mais elle se dégagea violemment.

— Mandy, s'il te plaît, je m'inquiète pour toi.

— Il ne faut pas. Et si tu désires réellement faire quelque chose pour moi, va-t'en. Je dois dresser le profil psychologique du tueur avant de voir le lieutenant Reiffler demain matin.

Griff enfonça les poings dans les poches.

— Ecoute, je vais rester dormir sur le canapé. Je jure de ne pas te toucher. Mais je ne peux pas te laisser seule ici.

— Je ne veux pas de toi ! cria-t-elle en perdant son sang-froid. Je ne veux plus te voir, tu comprends ? J'ai besoin d'être seule.

Il la contempla longuement tandis qu'elle refoulait ses larmes, le dos voûté.

— Je t'aime, Mandy, déclara-t-il d'une voix à peine audible.

Mais son regard trahissait ses sentiments.

La caméra fit alors un gros plan sur elle et sur le lourd sanglot qui roulait sur sa joue.

— Non, murmura-t-elle en lui tournant le dos.

Griff l'enlaça par-derrière.

— Si, tu le sais. Il n'y a jamais eu d'autres femmes que toi. Lorsque tu m'as quitté, j'ai failli en mourir. Mandy, j'ai besoin de toi dans ma vie. J'ai besoin des projets que nous avions faits ensemble. Nous avons une seconde chance. Il nous suffit de la saisir.

Le regard perdu dans le vide, Amanda posa une main sur son ventre où l'enfant de Cameron grandissait en silence, un enfant que Griff n'accepterait jamais, mais qu'elle devait garder.

— Non, il n'y a pas de seconde chance, Griff. S'il te plaît, va-t'en.

— Mais nous sommes faits l'un pour l'autre, murmura-t-il en enfouissant son visage dans ses cheveux. Mandy, nous avons toujours été faits l'un pour l'autre.

Pour son salut, et pour le sien, il fallait qu'il parte. Un éclair de douleur traversa son regard, puis elle reprit le contrôle de ses émotions.

— Tu as tort, répondit-elle platement. C'était hier. Aujourd'hui, je ne veux plus que tu me touches.

— Je ne peux plus me traîner à tes pieds, répondit-il en se détachant d'elle.

Puis il se dirigea vers la porte.

— Je ne le ferai plus jamais, ajouta-t-il.

Lorsque la porte claqua derrière lui, Amanda s'effondra sur le canapé, le corps recroquevillé, avant d'enfouir son visage dans un oreiller et de fondre en larmes. La caméra se déplaça lentement vers la fenêtre où l'ombre d'une silhouette se dessinait derrière les rideaux fermés.

— Eh bien, chuchota Booth au moment de la publicité, on dirait que cette femme a des problèmes.

— Oui, et bien d'autres l'attendent, répondit Ariel en s'étirant. C'est le principe des séries : dès qu'un problème est réglé, trois autres viennent le remplacer.

— Va-t-elle donner une chance à Griff et revenir avec lui ? demanda-t-il.

Elle sourit. Booth avait vraiment envie de connaître la suite, songea-t-elle, ravie.

— Regarde le feuilleton demain.

Il lui lança un regard inquisiteur.

— Mais tu connais la suite.

— Je serai muette comme une carpe, affirma-t-elle d'un air hautain.

— Vraiment ?

Il la prit par le menton pour l'obliger à le regarder.

— Voyons cela.

Il pressa fermement ses lèvres contre les siennes, mais celles d'Ariel restèrent scellées. Se laissant prendre au jeu, il déploya ses doigts sur son visage qu'il caressa doucement. Le plus délicatement du monde, il dessina le contour de sa bouche. Lorsqu'il mordilla la commissure de ses lèvres, il la sentit fondre et l'entendit soupirer. Sans effort, il y glissa la langue pour mieux la titiller.

— Tu triches, dit-elle.

— Oui.

Comme il se sentait bien avec elle ! Il avait presque cessé de se demander combien de temps leur relation allait durer. La fin, qui lui semblait inévitable, devenait chaque jour un peu plus floue.

— Je n'ai jamais respecté les règles.

— Vraiment ?

Sa soudaine agression le prit au dépourvu. Sans comprendre ce qui se passait, il se retrouva sur le dos, le corps d'Ariel contre le sien.

— Dans ce cas précis, tous les coups sont permis, expliqua-t-elle.

Son baiser fougueux le laissa sans voix. Le temps qu'il reprenne ses esprits, elle avait déjà déboutonné sa chemise et caressait voluptueusement son torse.

— Ariel…

Mi-amusé, mi-outré, il saisit son poignet mais la main libre d'Ariel s'était égarée vers le bas de son ventre. Ce qui lui restait d'amusement, de protestation et de raison, s'évanouit aussitôt.

— Je ne suis jamais rassasié de toi, dit-il d'une voix rauque.

Saisissant à pleines mains ses cheveux, il défit l'élégant chignon que la coiffeuse avait mis des heures à confectionner.

— Je m'y efforce.

Elle l'embrassa à pleine bouche et lui retira sa chemise. Puis elle l'entraîna à travers des collines et des vallées avec une telle rapidité et une telle ardeur qu'il ne put que la suivre. Aussi loin que remontaient ses souvenirs, il avait toujours contrôlé chaque aspect de sa vie. Il ne faisait confiance à personne d'autre que lui pour se laisser guider. Mais à présent, il parvenait à peine à la suivre. L'énergie et la fougue d'Ariel, qu'il avait si longtemps admirées, avaient eu raison de sa volonté. Pourquoi parvenait-il soudain à briser si facilement les règles qu'il s'était fixées ? Puis, comme elle lui avait déjà demandé, il cessa de réfléchir.

Les sentiments : voilà ce qu'elle avait attendu si impatiemment, si désespérément. Les émotions avaient fini par le rattraper. Elle s'en imprégna tandis qu'ils irradiaient de lui et sentit alors le lien qui les unissait. Submergée de bonheur, elle faillit fondre en larmes.

Il l'aimait, songea-t-elle. Peut-être ne le savait-il pas encore, peut-être ne le découvrirait-il pas avant plusieurs jours ou plusieurs semaines. Mais c'était là. Son envie de pleurer se transforma en envie de rire. Ce fut avec cette joie et cet entrain qu'elle l'accueillit en elle.

Un peu plus tard, hors d'haleine, Booth était allongé sur le dos, immobile, tandis qu'Ariel était blottie comme un chat sur sa poitrine.

— Tout ça pour m'empêcher de connaître la suite du script ? plaisanta-t-il.

Elle gloussa en enfouissant le nez dans son cou.

— Je ne reculerai devant rien pour protéger la série. Aucun sacrifice n'est trop grand.

— Sachant cela, je pense que je vais te demander de me dévoiler l'identité de l'Eventreur, dès ce soir.

Il l'aida à se redresser avant de l'examiner. Son chemisier de soie était déboutonné et avait glissé sur son épaule. Son pantalon gisait en boule au sol. Ses cheveux étaient emmêlés de manière provocante.

— L'habilleuse et le maquilleur vont te maudire, déclara-t-il.

— Ça en valait la peine.

Rabattant les pans de son chemisier, elle entreprit de se rhabiller.

— Je leur dirai que j'ai fait une sieste.

Il rit doucement et tira sur une mèche de ses cheveux.

— Ce que tu as fait ne laisse aucun doute. Tes yeux ne mentent jamais.

— Vraiment ?

Elle enfila avec précaution son pantalon. D'un air absent, elle tenta d'en effacer les plis puis se tourna vers Booth.

— Pourtant, pendant toutes ces semaines, poursuivit-elle, tu n'as rien remarqué.

Elle continua à fixer son visage soucieux.

— Tu es un homme perspicace, affirma-t-elle, et je n'ai jamais été très douée pour cacher mes sentiments. Je ne fonctionne pas comme cela.

Il la regardait sans comprendre.

— Je t'aime, dit-elle simplement en souriant.

Le visage et le corps de Booth demeurèrent impassibles. Il ne répondit rien.

— Ne me regarde pas comme si je venais de te menacer avec une arme ! s'écria-t-elle.

Elle s'avança vers lui et lui caressa la joue.

— Se laisser aimer est une chose facile, donner de l'amour est un peu plus difficile, pour certains. S'il te plaît, contente-toi de prendre ce qui t'est donné. Gratuitement.

Il était désorienté : il n'avait jamais rien ressenti de tel auparavant. Et cette nouveauté l'inquiétait.

— Il n'est pas raisonnable de donner à tout-va, Ariel, surtout à quelqu'un qui n'est pas prêt à recevoir.

— Et garder pour soi ce que l'on a besoin de donner est encore plus stupide. Booth, ne peux-tu pas me faire confiance, juste maintenant, assez pour accepter mes sentiments ?

— Je l'ignore, murmura-t-il.

Il se leva, bouleversé par les émotions et les désirs contradictoires qui le déchiraient de l'intérieur. Il voulait s'éloigner d'elle aussi vite que possible. En même temps, il rêvait de la prendre dans ses bras et de ne jamais la laisser partir. Il ressentait la douleur de la panique et la douceur du plaisir.

— Que tu en sois capable ou non, mes sentiments sont là, poursuivit-elle. Je n'ai jamais su contrôler mes émotions, Booth. Je suis navrée.

Avant qu'il puisse répondre, quelqu'un frappa vigoureusement à la porte.

— Ariel, tu es attendue sur le plateau dans quinze minutes.

— Merci.

Il devait réfléchir, songea Booth. Etre logique… Etre prudent…

— Je t'envoie le coiffeur, déclara la personne derrière la porte.

— D'accord.

Elle lança à Booth un sourire timide.

Dès qu'il fut parti, elle contempla son reflet dans le miroir. Tout autour, les lumières brillaient d'un éclat terne et lugubre.

— Qui t'avait dit que ce serait facile ? demanda-t-elle à voix haute.

Un quart d'heure plus tard, Ariel était de retour sur le plateau. Elle paraissait presque aussi calme et détendue que lorsqu'elle l'avait quitté une heure plus tôt. Malgré la réaction de Booth, à laquelle elle s'était à moitié préparée, elle se sentait plus légère et plus à l'aise depuis qu'elle lui avait avoué ses sentiments. Elle n'avait fait que dire à voix haute ce qu'elle ressentait, partagé avec lui ce qui ne pouvait pas être changé. En général, elle pensait que la dissimulation était une perte de temps. Elle traversa le studio d'un pas léger et souple.

Avant même de voir les gens agglutinés et d'entendre leurs voix excitées, elle sentit la tension qui régnait sur le plateau. Aussitôt, elle songea à Booth. Mais ce n'était pas lui qu'elle aperçut en traversant le faux mur du salon sur le plateau.

C'était Elizabeth Hunter.

Elle n'était qu'élégance et froideur, et sa féminité délicate rehaussait son incroyable beauté. Un sourire moqueur étirait ses lèvres tandis qu'elle allumait une cigarette très fine. Sans effort, elle prenait la pose, comme si les caméras étaient braquées sur elle. Ses cheveux brillaient doucement, d'une blondeur pâle et froide. Son teint était si parfait que son visage paraissait sculpté dans le marbre.

A l'écran, elle était charismatique, désirable et inaccessible. Dans la vraie vie, elle semblait l'être tout autant. Tous les hommes devaient rêver de faire fondre la glace pour découvrir dessous la fougue et la passion. Mais si cette femme était réellement comme Rae, songea Ariel, ils seraient inévitablement déçus. Dévorée de curiosité, elle s'approcha du groupe.

— Comment pourrais-je rester à l'écart, Pat ? demanda Liz en levant avec grâce une main vers la joue de Marshell.

Une rangée éblouissante de diamants et de saphirs étincelait à son annulaire.

— Après tout, continua-t-elle, ne suis-je pas directement concernée par ce film ?

Elle eut une moue provocatrice, si caractéristique de son personnage.

— Ne me dis pas que tu vas me renvoyer.

— Non, bien sûr, Liz.

Marshell affichait un air gêné et résigné.

— Personne ne savait que tu étais à New York.

— Je viens tout juste de terminer le film de Simmeon en Grèce.

Elle leva de nouveau la fine cigarette et laissa tomber d'un air détaché les cendres au sol.

— J'ai pris le premier vol.

Puis elle regarda par-dessus l'épaule de Marshell. Son regard n'était ni hostile ni sombre. C'était celui d'un prédateur. Ariel aperçut alors Booth.

Il se tenait légèrement à l'écart du groupe qui s'était formé autour de Liz, comme s'il se mettait de nouveau à distance sans s'exclure complètement. Il croisa le regard de son ex-femme sans ciller. Cette fois, Ariel était bien incapable de deviner ses pensées.

— Je n'ai pas été autorisée à lire le scénario, poursuivit-elle sans quitter Booth des yeux. Mais j'ai eu vent de quelques bribes. Je suis impressionnée, à vrai dire. Et un peu vexée que tu ne m'aies pas proposé le rôle.

Le regard de Marshell se durcit, mais il resta diplomate.

— Tu n'étais pas disponible, Liz.

— Et tu ne convenais pas pour le rôle, ajouta Booth froidement.

— Ah, Booth, tu as toujours le bon mot.

Liz souffla un nuage de fumée dans sa direction et sourit.

Ariel connaissait bien cette expression. Elle l'avait vue dans d'innombrables films où apparaissait l'actrice. Elle-même s'en servait pour jouer Rae. C'était le sourire d'une sorcière s'apprêtant à découper une chauve-souris. Spontanément, Ariel se dirigea vers Booth pour le défendre. Le regard de Liz se posa sur elle et ne la quitta plus.

Cet examen n'était pas des plus agréables. Il n'était pas vraiment hostile, mais froid. Ariel étudia Liz à son tour. L'actrice lui laissa une étrange sensation de vide. Et elle eut pitié d'elle.

— Il est facile de comprendre que c'est Rae, déclara Liz en levant sa cigarette pour signifier qu'elle n'en voulait plus.

Une petite femme au visage ridé la lui enleva aussitôt des mains.

— Non.

Inconsciemment, Ariel lui renvoya le même sourire glacial.

— Je suis Ariel Kirkwood. Rae n'est qu'un personnage.

— Bien entendu, répondit Liz d'un air hautain qu'Ariel avait vu dans des dizaines de scènes. Mais pour ma part, j'essaie toujours de m'imprégner du personnage que je joue.

— Et vous vous en sortez à merveille, reconnut Ariel avec sincérité. Quant à moi, je me limite à incarner mon personnage uniquement sous les projecteurs, mademoiselle Hunter.

Seule une lueur fugace dans son regard témoigna de sa contrariété.

— Vous ai-je déjà vue ailleurs, ma chère ?

Son ton condescendant était on ne peut plus perceptible. De nouveau, Ariel sentit envers l'actrice un élan de compassion.

— C'est possible.

Booth n'aimait pas les voir ensemble. Non, vraiment pas. Il avait éprouvé un certain plaisir à ne rien ressentir en voyant de nouveau Liz. Rien. Ni colère, ni frustration. Ni même du dégoût. Cette absence de réaction avait été aussi apaisante qu'un baume. Jusqu'à ce qu'Ariel arrive sur le plateau.

Face à face, on aurait dit deux sœurs. Leur ressemblance était accentuée par la coiffure, le maquillage et les vêtements d'Ariel, qui imitaient le style de Liz. Booth y voyait énormément de similitudes. Mais en y regardant de plus près, énormément de contrastes également. Et il ignorait ce qui l'ennuyait le plus.

Qu'importe la façon dont elle était habillée : Ariel dégageait une chaleur naturelle, ainsi qu'une véritable douceur. Même à plusieurs mètres d'elle, il pouvait ressentir ses émotions. Mais n'était-ce pas de la pitié qu'il apercevait dans son regard ? A l'égard de Liz ? Songeur, il alluma une cigarette. Dire qu'il s'était extirpé des griffes de l'une pour tomber sous le charme de l'autre ! Soudain, il sentit le sol se dérober sous ses pieds. Ce sentiment n'était-il pas très proche de l'amour ?

— Commençons, ordonna-t-il d'un ton sec.

Liz lui décocha de nouveau un regard en coin.

— Ne vous dérangez pas pour moi, déclara-t-elle. Je saurai me montrer discrète.

Puis elle alla s'asseoir en bordure du plateau sur une chaise, les jambes croisées. Un homme à la carrure imposante, la petite femme et un très jeune homme se postèrent debout derrière elle.

Ariel sentit monter en elle une bouffée d'adrénaline. La scène qu'ils s'apprêtaient à tourner était celle sur laquelle elle avait auditionné. Ariel avait le sentiment que cette scène, plus qu'une autre, concentrait toute la personnalité de Rae, ses intentions, son essence. Elle n'était pas certaine que Liz Hunter apprécierait, mais… Ariel pourrait juger du succès de sa performance à la réaction de la visiteuse.

Liz regarda la scène avec une moue d'ennui. Le dialogue

ne reprenait pas mot pour mot ce qui s'était passé entre Booth et elle des années plus tôt, mais elle en connaissait la teneur. Qu'il aille au diable, songea-t-elle, furieuse. Mais son visage demeura impassible. Elle le maudissait autant pour sa mémoire que pour son talent. Booth tenait là sa vengeance.

Même si elle espérait que le film fasse un bide, elle était trop intelligente pour le croire. Il valait mieux ne pas trop y compter. D'ailleurs, elle était bien assez maligne, assez expérimentée, pour faire en sorte que le film travaille pour elle et non contre elle. Si elle s'y prenait bien, le travail de Booth pouvait lui apporter des heures et des heures de publicité. Ce qui rééquilibrait les choses… jusqu'à un certain point.

Liz n'était pas femme sujette à beaucoup d'émotions, mais la plus aiguisée d'entre elles était la jalousie. Et c'était cette jalousie qui la rongeait tandis qu'elle restait assise en silence à regarder le jeu de cette Ariel Kirkwood. Elle tapota nerveusement l'accoudoir de sa chaise du bout de son ongle impeccablement verni. Elle était suffisamment orgueilleuse pour se considérer plus belle, mais la différence d'âge était visible. Le temps qui passait était un sujet qui la hantait.

Tout comme le talent. Elle grinça des dents pour s'empêcher de hurler. Ses performances, les honneurs et les récompenses qu'elle avait reçus ne lui suffisaient pas. Surtout lorsqu'elle était confrontée à une femme belle, tout aussi talentueuse qu'elle, et plus jeune. Qu'ils soient maudits tous les deux ! pesta-t-elle pour elle-même en tapant plus fort du doigt. Le jeune homme posa alors sur son épaule une main qui se voulait apaisante, mais elle se dégagea brusquement.

Liz sentit la jalousie se muer en fureur. Ce rôle aurait dû être à elle ! Si elle avait dû jouer Rae, elle aurait donné d'autres dimensions au personnage. Elle avait bien plus de talent que cette Ariel Kirkwood ! Elle était plus belle, plus célèbre et plus sexy. Elle sentit un battement sourd marteler ses tempes lorsque Ariel commença à introduire habilement une sensualité froide dans la scène.

Liz croisa alors le regard de Booth et faillit s'étouffer de rage. Il se moquait d'elle. Il riait, même si les plis de sa bouche étaient lisses et son expression calme. Il allait le payer, jura-t-elle en baissant lentement les yeux. Pour ça, et pour tout le reste. Elle allait veiller à ce que lui et son actrice sans talent paient tous les deux.

Booth connaissait suffisamment son ex-femme pour lire dans ses pensées. Il aurait dû se sentir heureux, ce qui serait probablement arrivé il y a seulement quelques semaines. Maintenant, il ne ressentait pour elle qu'un léger dégoût.

Il reporta ensuite son attention sur Ariel. De toutes les scènes du scénario, celle-ci était sans doute la plus difficile. Il s'était lui-même trop bien cristallisé dans le personnage de Phil à travers ces quelques répliques. Et sous ses yeux, sa Rae n'était que trop réelle. *Ariel* la rendait trop réelle, rectifia-t-il en rêvant d'une cigarette. Dans cette courte scène de sept minutes, qu'il faudrait beaucoup plus de temps pour tourner, il était impossible de distinguer Ariel de Rae et Rae… de Liz.

Ariel lui avait avoué qu'elle l'aimait. Avec un sentiment d'inconfort proche de la panique, il la contempla. Comment était-ce possible ? Une fois dans sa vie, il avait cru les mots d'amour murmurés par une femme. Mais Ariel… Il n'avait jamais connu personne comme elle.

L'aimait-il ? Une fois déjà, il avait cru être amoureux. Mais quel qu'ait été ce sentiment, ce n'était pas de l'amour. Il avait été fasciné par la grande beauté de Liz, son grand talent, et le sexe froid, très froid, qu'elle lui avait offert.

Non, il ne connaissait pas l'amour, pas au sens où Ariel l'entendait. Non seulement il ne le comprenait pas, mais il ne voulait pas, songea-t-il. Il n'aspirait qu'à préserver sa tranquillité et sa paix.

Pourtant, en observant la scène qui se tournait sous ses yeux, il n'éprouvait ni l'une ni l'autre.

— Coupez ! Coupez et enregistrez !

Chuck massa d'une main lasse sa nuque pour apaiser ses tensions.

— Beau travail, ajouta-t-il.

Poussant un long soupir, il se dirigea vers Ariel et Jack.

— Beau travail, vous deux. Nous avons terminé pour aujourd'hui.

Soulagée, Ariel se détendit progressivement. Puis elle entendit le bruit d'un applaudissement étouffé et tourna la tête.

Liz se leva avec grâce de sa chaise.

— Fabuleux ! s'exclama-t-elle avant de lui décocher un sourire aussi éblouissant que calculé.

Elle regarda Ariel.

— Vous avez du potentiel, ma chère, déclara-t-elle. Je suis certaine que ce rôle va vous ouvrir plusieurs portes.

Ariel identifia l'attaque et l'encaissa vaillamment.

— Merci, Liz, répondit-elle en défaisant délibérément son chignon pour libérer ses cheveux et se débarrasser très vite de Rae. C'est un rôle difficile.

— Vous avez donné le meilleur de vous-même.

Tout sourire, Liz toucha légèrement l'épaule d'Ariel.

Elle avait dû jouer parfaitement son rôle, songea Ariel, ravie.

Liz rêvait de lui arracher ses superbes cheveux. Elle préféra se tourner vers Marshell.

— Pat, j'ai très envie d'aller dîner. Nous avons beaucoup de choses à nous dire.

Elle glissa son bras sous le sien et tapota sa main.

— C'est moi qui invite, mon cher.

Jurant intérieurement, Marshell acquiesça. La meilleure façon de la faire sortir en évitant une scène était de partir avec elle.

— Avec plaisir, Liz. Chuck, je veux une revue de presse complète demain matin à la première heure.

— Au fait, se ravisa Liz en passant à côté de Booth. Je ne crois pas que ce petit film puisse vraiment nuire à ta carrière, mon chéri.

Elle passa un doigt le long des boutons de sa chemise avec un rire glacial.

— Et puis, l'un dans l'autre, je me sens plutôt flattée. Sans rancune, Booth.

Booth contempla son superbe sourire insensible.

— Sans rancune, Liz. Vraiment.

Les doigts de l'actrice se raidirent brièvement sur le bras de Marshell.

— Oh ! Pat, je dois te parler de ce merveilleux jeune acteur que j'ai rencontré à Athènes…

— Sauve-toi par les coulisses, murmura Jack à Ariel. Si j'étais toi, j'éviterais de lui tourner le dos.

— Elle m'a l'air triste, répondit Ariel pensivement.

Jack eut un grognement cynique.

— C'est une tarentule.

Puis il posa une main sur l'épaule d'Ariel.

— Laisse-moi te dire quelque chose. Cela fait des années que je fréquente ce milieu. J'ai travaillé avec de nombreuses actrices, mais tu es époustouflante. Et cela ne peut que la faire grincer les dents.

— Et c'est triste, répéta Ariel.

— Mieux vaut mettre un mouchoir sur ta compassion, prévint-il. Tu risques de te brûler.

Après une tape amicale sur son épaule, il quitta le plateau.

Ariel se laissa tomber avec bonheur sur une chaise. Les lumières étaient éteintes, et il faisait plus frais. La plupart des machinistes étaient partis, à l'exception de trois hommes qui, dans un coin, parlaient de poker. Penchant la tête en arrière, elle vit Booth approcher.

— C'était éprouvant, lâcha-t-elle. Comment te sens-tu ?

— Bien. Et toi ?

— Un peu vidée. Il ne me reste que quelques scènes à tourner, mais aucune de cette envergure. La semaine prochaine, je redeviens Amanda.

— Et qu'en penses-tu ?

— L'équipe de la série est comme ma famille. Ils me manquent.

— N'oublie pas que les petits finissent par quitter leur nid.

— Je sais. Je le ferai quand l'heure sera venue.

— Nous savons toi et moi que tu ne signeras pas de nouveau contrat avec la série.

Booth sortit une cigarette et l'alluma machinalement, avalant la fumée sans la goûter.

— Que tu sois prête à l'accepter ou non, ajouta-t-il.

Consciente de la tension qui l'habitait, elle se raidit à son tour.

— Tu mélanges de nouveau tout, dit-elle d'une voix calme. Combien de temps va-t-il te falloir pour me voir telle que je suis, sans ombres ?

— Je sais qui tu es, affirma-t-il. Mais j'ignore encore quoi faire.

Elle se leva. Peut-être à cause du stress de la scène, ou de la tristesse qu'elle avait éprouvé en voyant Liz Hunter souffrir à sa manière, elle s'exprima sur un ton cassant qu'il ne lui connaissait pas.

— Je vais te dire ce que tu ne veux pas. Tu ne veux pas que je t'aime. Tu ne veux pas endosser la responsabilité de mes sentiments pour toi.

Booth était capable de gérer les conflits sans efforts.

— Peut-être. Mais tu savais à quoi t'en tenir dès le départ.

— Toi aussi.

Avec un petit rire, elle lui tourna le dos.

— C'est toi qui me conseilles de changer, alors que tu es incapable de le faire de ton côté. Laisse-moi te dire quelque chose, Booth.

Elle pivota brusquement pour lui faire face, vibrante comme à son habitude.

— Mes sentiments m'appartiennent. Tu n'as pas le droit de me les dicter. La seule personne à qui tu puisses imposer ton point de vue, c'est toi.

— Il n'est pas question d'imposer quoi que ce soit.

Il ne voulait plus de sa cigarette, finalement. Il l'écrasa à moitié dans un cendrier et la laissa se consumer.

— Simplement, je ne peux pas te donner ce que tu désires.

— Je ne t'ai rien demandé.

— Tu n'as pas besoin de le faire.

A présent, Booth était en colère, très en colère, sans vraiment savoir à quel moment il avait franchi la limite.

— Dès le début, gronda-t-il, tu m'as attiré à toi, et tu as éveillé des sentiments que je m'étais juré de ne plus jamais ressentir. Je me suis fait une promesse, et je veux bien être maudit si je tombe de nouveau dans le panneau. Je ne veux rien changer à ma vie. Je ne veux pas…

— Prendre le risque d'un nouvel échec, conclut Ariel.

Les yeux de Booth étincelaient dangereusement, mais sa voix était calme, très calme.

— Regarde bien où tu mets les pieds, Ariel. Les os fragiles cassent facilement.

— Et ils se ressoudent.

Soudain, elle se sentit trop lasse pour discuter, trop lasse pour réfléchir.

— Il va falloir que tu trouves tes réponses tout seul, Booth. Comme je l'ai fait de mon côté. Je ne suis pas navrée de t'aimer, ni même de te l'avoir dit. Je suis juste désolée que tu ne saches pas accepter un cadeau.

Les mains enfoncées dans les poches, il la regarda s'éloigner. Le plateau était plongé dans l'obscurité. Non, il ne pouvait pas accepter ce présent. Mais pourquoi avait-il l'impression étrange d'avoir refusé quelque chose qu'il avait passé sa vie à chercher ?

- 10 -

La mer était un peu agitée. De petits moutons d'écume parsemaient les flots, paraissant bondir au-dessus des vagues avant d'être avalés pour apparaître de nouveau. Plus haut, le ciel était d'un bleu profond, mais des nuages sombres venus de l'est s'amoncelaient dangereusement. Le vent qui soufflait de l'océan était annonciateur de pluie. Booth estimait qu'il avait deux heures devant lui avant d'être rattrapé par la tempête, une heure avant d'être forcé de rejoindre la côte pour l'éviter. Une fois à terre, il savait qu'il trouverait une chaleur étouffante et moite. Sur l'eau, la brise qui fouettait son visage et gonflait ses voiles avait un parfum d'été, de sel et de tempête. La joie intense qu'il ressentait chaque fois qu'il prenait la mer libérait son esprit et faisait naître des frissons sur sa peau. La main sur le gréement, il se laissa porter par le vent.

Booth était vêtu d'un simple bermuda et de mocassins bateau. Il ne s'était pas rasé depuis deux jours. Ses yeux s'étaient habitués aux reflets du soleil sur les flots, et ses mains au cordage rugueux.

Mais cette fois, sa joie n'avait pas eu la force attendue. Depuis des jours, il naviguait aussi longtemps que le soleil brillait dans le ciel et que le temps le permettait. La nuit, il travaillait jusqu'à épuisement.

Etait-il en train de fuir ? Etait-ce vraiment ce qu'il était venu chercher ? Peut-être, songea-t-il en filant sur les vagues. Il avala une gorgée de bière et laissa son goût amer remplir sa bouche. Peut-être fuyait-il, mais sa présence n'était plus requise sur le plateau. Finalement, il s'était rendu à l'évidence qu'il n'arrivait plus à travailler en ville. Il avait besoin de prendre un peu de distance par rapport au film, à la pression et à sa quête de perfection.

Mais tout n'était que mensonge.

Rien de tout cela ne l'avait chassé de Manhattan. Il avait surtout besoin de s'éloigner d'Ariel, et de l'effet qu'elle avait sur lui. Et, par-dessus tout, de ses sentiments pour elle. Pourtant, la distance n'avait pas effacé l'actrice de ses pensées. Il lui en fallait peu pour penser à elle, et beaucoup pour ne pas le faire. Mais Ariel avait beau hanter ses pensées, il était certain d'avoir fait le bon choix. Penser à elle le dévorait de l'intérieur, mais la voir, la toucher, l'aurait rendu fou.

Non, il ne voulait pas l'aimer, songea-t-il avec rage. Il ne pouvait pas gérer toutes les émotions qu'elle était capable de susciter. Booth avala une autre gorgée de bière avant de contempler les flots d'un air renfrogné. Il n'était pas capable d'aimer Ariel en retour. Toutes ses émotions étaient tournées directement et exclusivement vers son travail. Il se l'était promis. A l'intérieur de son être, là où se nichaient les plus beaux sentiments d'une personne pour une autre, Booth se sentait totalement vide.

Pourtant, son corps, son esprit, son âme, souffraient de ne pas être avec elle.

Qu'elle aille au diable ! jura-t-il en tirant sur le gréement. Il lui en voulait de le bousculer, de le malmener, et de ne rien attendre de lui. Si seulement elle l'avait supplié, si elle avait exigé quelque chose de lui, il aurait pu refuser.

Il était si simple de dire non. Mais elle s'était contentée de donner, jusqu'à ce qu'il soit si plein d'elle qu'il se perde lui-même.

Il avait du travail, se rappela Booth en commençant à

tirer de bord pour rejoindre la côte. Le bateau bondit en avant, poussé par le vent. Ajustant les voiles, il se concentra sur ses gestes. Il devait se servir de ses muscles, et non de son cerveau. Il devait s'empêcher de penser jusqu'à ce qu'il soit en mesure d'écrire de nouveau.

Il prévoyait de se réfugier dans le travail le reste de l'après-midi. Il passerait la soirée à écrire, jusque tard dans la nuit, jusqu'à ce que son esprit soit complètement vide et inapte à réfléchir à qui ou à quoi que ce soit. Il était prêt à rester physiquement loin d'Ariel jusqu'à ce qu'il cesse de penser à elle. Puis il reviendrait à New York et reprendrait le cours normal de sa vie. Sa vie avant elle.

Le tonnerre gronda, menaçant, lorsqu'il amarra le bateau.

Ariel regardait les éclairs déchirer le ciel. La nuit ressemblait à un miroir sombre qui se brisait brusquement avant de se recomposer. Mais la pluie n'était pas encore arrivée. La tempête de chaleur qui menaçait depuis le début de la soirée avançait vers Manhattan. Ariel l'attendait avec impatience. Vêtue d'une longue chemise, elle se tenait debout près de la fenêtre et la regardait venir.

Un peu plus tôt, ses voisins s'étaient assis sur le perron, s'éventant, transpirant et se plaignant de la chaleur. Pas elle. Avant la fin de la nuit, la pluie balaierait toute trace de moiteur. Mais pour l'heure, et malgré le tissu de la chemise qui lui collait au dos, elle appréciait cette langueur estivale et la violence du ciel.

La tempête arrivait par l'est. Peut-être Booth voyait-il déjà la pluie qu'elle attendait. Etait-il en train de travailler, indifférent aux grondements du tonnerre ? Ou était-il comme elle, debout, occupé à contempler les fureurs du ciel ? Quand allait-il revenir ? *Lui* revenir ?

Car il allait le faire, songea-t-elle, très sûre d'elle. Elle espérait simplement qu'il reviendrait avec les idées plus claires. Le sourire aux lèvres, elle sentit les premières bourrasques souffler par la fenêtre et caresser sa peau. La réaction de Booth l'avait blessée, puis l'avait mise en colère. Mais c'était du passé. Peut-être avait-elle oublié à ce moment-là que pour Booth, contrairement à elle, l'amour n'était pas un présent infini. Ce sentiment était pour lui synonyme de limites, de risques et de souffrances.

Pourquoi était-elle surprise de découvrir qu'elle était capable de souffrir aussi violemment qu'elle pouvait être heureuse ? songea-t-elle en prenant appui sur le rebord de la fenêtre. Elle avait envie de Booth physiquement et émotionnellement, mais il était à des kilomètres : il avait pris ses distances avec elle et avec ses sentiments.

Elle n'avait pas été surprise de constater son absence les derniers jours du tournage. Les scènes les plus importantes étaient déjà dans la boîte. Elle n'avait pas été non plus étonnée d'entendre Marshell lui annoncer vaguement que Booth s'était retiré dans sa résidence de Long Island pour écrire et naviguer. L'homme qu'elle aimait lui manquait, elle se sentait vide, mais elle était trop indépendante pour se lamenter de ne pas le voir pendant quelques jours. Il avait besoin de solitude. Une part d'elle le comprenait, assez pour l'empêcher de souffrir.

N'avait-elle pas passé presque toute la nuit à peindre après la visite de Liz Hunter sur le plateau ?

Elle jeta un regard vers la toile chaotique, maculée de taches bleues et écarlates. Elle ne garderait pas le tableau dans son salon très longtemps, décida-t-elle. Il était trop chargé de colère, trop dérangeant. Dès qu'elle aurait mis de l'ordre dans ses sentiments, elle l'enfermerait dans un placard.

Tout le monde avait sa façon de gérer ses émotions les plus sombres. Booth se repliait sur lui-même tandis qu'elle s'en libérait avec violence. Mais tout finirait par se résoudre. Il suffisait d'attendre un peu.

C'était ce qu'elle se disait aussi lorsqu'elle pensait à Scott. Le procès était prévu pour la fin de la semaine. Là encore, une solution serait trouvée, mais elle refusait d'en envisager plus d'une. Scott *devait* venir vivre avec elle. Les doutes qui l'avaient assaillie autrefois sur la légitimité de sa demande, du besoin de Scott d'être avec elle, s'étaient envolés. Plus le temps passait, plus le petit garçon devenait taciturne au contact des Anderson. Les visites d'Ariel se terminaient par d'interminables câlins tandis qu'il la suppliait de rester avec elle.

Scott ne subissait pas d'abus et ne souffrait pas de négligence. C'était une simple question d'amour, d'amour inconditionnel qu'elle éprouvait naturellement pour lui, contrairement aux grands-parents de l'enfant. Quelles que soient les épreuves qu'ils aient à traverser, elles appartiendraient bientôt au passé. Il y avait des moments de la vie qui exigeaient de se concentrer sur l'avenir et non sur le présent. C'était dans cet état d'esprit qu'elle vivait les interminables journées qui séparaient le tournage du procès. Sans Booth.

Elle ferma les yeux tandis que la pluie commençait à crever les nuages. Vivement que la nuit soit passée !

La pluie commençait à tomber lorsque Booth s'éloigna de son ordinateur. Il avait abattu plus de travail que ce qu'il espérait, mais son inspiration s'était tarie. Il savait qu'il valait mieux ne pas insister. Il laisserait passer une heure, peut-être même un jour ou deux. Mais elle reviendrait, et avec elle, le fil de son histoire.

Même s'il ne parvenait plus à écrire, il était moins de minuit et il ne trouvait pas le sommeil. L'orage avait lavé le ciel, et il aurait préféré être de nouveau sur son bateau à naviguer au clair de lune. En massant sa nuque raide, il se rappela qu'il n'avait pas dîné. Un bon repas et au lit !

Le silence l'enveloppa lorsqu'il traversa la maison en direction de la cuisine. Etrange, songea-t-il. Il n'avait jamais remarqué à quel point il pouvait être dense, à quel point une maison pouvait être vide lorsqu'elle n'était habitée que par une seule personne. Bizarre aussi que quelques mois plus tôt seulement, il ait pu apprécier cette atmosphère, et même y aspirer. Mais là encore, c'était avant Ariel. Sa vie semblait se diviser en deux. Avant elle, et après elle. Ce qu'il avait beaucoup de mal à admettre.

Sans trop d'enthousiasme, il sortit du réfrigérateur un plateau de charcuterie. Machinalement, il se fit un sandwich, trouva une pêche mûre et se versa un verre de lait. Ce repas solitaire lui parut si peu attrayant qu'il envisagea de tout jeter à la poubelle.

Il se ravisa et emporta le plateau dans sa chambre. Il avait surtout besoin de bruit, songea-t-il. De quelque chose qui occupe son esprit sans trop solliciter son cerveau. Il alluma la télévision, puis zappa machinalement.

En temps normal, il aurait ignoré le talk-show tardif au profit d'un vieux film. En entendant le rire de Liz Hunter, il se figea. Il hésita quelques secondes, mais sa curiosité était piquée au vif. Peut-être allait-il trouver l'émission divertissante, après tout ? Il prit le plateau, le posa sur la table de nuit et s'allongea.

Il avait lui-même été invité plusieurs fois à participer à cette émission. Même si la formule ou la couverture médiatique laissait à désirer, il comprenait très bien les nécessités de toucher le public. C'était une émission très regardée, habilement ficelée, et le présentateur connaissait son métier. Avec ses airs d'adolescent charmeur, il était à la fois capable de tirer aux célébrités des aveux inattendus et de retenir l'attention des téléspectateurs.

— Bien sûr, c'était terriblement excitant de tourner en Grèce, déclara Liz en se penchant un peu plus près du présentateur, tandis que ses yeux bleu glacier brillaient froidement sous les éclairages. Et travailler avec Ross Simmeon était une formidable expérience.

— N'ai-je pas entendu dire que Simmeon et vous étiez en froid ? demanda Robert MacAllister avec un large sourire qui semblait inviter son interlocuteur à se détendre et à passer aux aveux.

Le présentateur savait y faire.

— En froid ? s'étonna Liz en battant innocemment des cils.

Elle était beaucoup trop expérimentée pour tomber dans le piège. Elle croisa très haut les jambes et sa robe scintilla sur tout son corps.

— Eh bien, non. Je ne sais pas d'où vous tenez cette information.

— Cela doit avoir un rapport avec ces trois jours où vous avez refusé de vous présenter sur le tournage.

Avec un petit haussement d'épaules désapprobateur, MacAllister s'adossa à sa chaise.

— Un léger désaccord sur le nombre de répliques que contenait une scène capitale du film, ajouta-t-il.

— C'est insensé.

Maudit Simmeon et tous ceux qui parlaient trop ! pesta-t-elle.

— J'ai attrapé une insolation, expliqua-t-elle en lui renvoyant un sourire éblouissant. Mon médecin m'a prescrit un traitement et m'a recommandé de prendre quelques jours de repos. Evidemment, il y a eu quelques moments tendus, comme dans tous les films importants, mais je serais prête à retravailler dès demain avec Ross…

Ou même avec le diable, semblait insinuer le ton de sa voix.

— A condition que le bon script se présente, conclut-elle.

— Et qu'allez-vous faire à présent, Liz ? Vous venez de remporter toute une série de trophées. Cela doit être difficile de faire les bons choix.

— Il est toujours difficile d'apporter la bonne touche de magie à ce que l'on fait, répliqua-t-elle avec un mouvement gracieux de la main.

La bague à son doigt capta aussitôt la lumière et scintilla de mille feux.

— Le bon scénario, le bon réalisateur, le bon partenaire, ajouta-t-elle. J'ai eu tellement de chance, surtout depuis *Rendez-vous de minuit.*

Booth posa son sandwich à moitié entamé et faillit éclater de rire. Il avait écrit ce scénario pour elle et avait fait d'elle une star. Il l'avait propulsée tout en haut du box-office. La chance n'avait absolument rien à voir là-dedans.

— Vous avez remporté un Oscar avec ce rôle, indiqua Bob. Le scénario était évidemment brillant.

Il lui décocha un sourire en coin.

— Vous êtes d'accord avec moi sur ce point, insista-t-il.

C'était l'ouverture qu'elle attendait et vers laquelle elle avait poussé le présentateur.

— Naturellement. Booth DeWitt est probablement, non, certainement *le* plus grand scénariste de son temps. Indépendamment de nos problèmes personnels, nous nous sommes toujours respectés professionnellement.

— Je connais bien vos problèmes personnels, répondit Bob d'un air triste. Mais que pensez-vous de son dernier travail ?

— Oh !

Liz sourit, puis porta une main à sa gorge avant de la poser sur ses genoux.

— Je suppose que son contenu n'est un secret pour personne, n'est-ce pas ?

Là encore, le présentateur rit doucement, avec plus de retenue.

— Je suis certaine que le script de Booth est merveilleux, assura-t-elle prudemment. Ils le sont tous. Celui-ci est, comment dire, partial, mais c'est tout à fait naturel. D'après ce que je sais, il est courant pour un écrivain de révéler certains éléments de sa vie personnelle… à sa manière. D'ailleurs, je suis allée sur le plateau la semaine dernière. Pat Marshell est le producteur et Chuck Tyler le réalisateur.

— Mais…, lâcha Bob en voyant qu'elle hésitait à poursuivre.

— Comme je l'ai dit, il est toujours difficile d'apporter la bonne dose de magie.

Elle sema les premières graines de fiel en souriant.

— Et Booth n'a jamais travaillé pour le petit écran auparavant. La transition serait difficile pour n'importe qui.

— Jack Rohrer est à l'affiche.

Bob lui donna aimablement matière à poursuivre sur sa lancée.

— Oui, le casting est excellent. Jack est absolument merveilleux dans *Double jeu*. Il a vraiment pu se donner à fond avec ce scénario.

— Mais avec celui-ci…

— Eh bien, je suis une grande admiratrice de Jack Rohrer, répondit Liz, comme si elle évitait de répondre à la question. Je pense qu'il est capable de tirer du bon de n'importe quel rôle.

— Et que pensez-vous de la vedette du film ? s'enquit Bob en croisant les mains.

Liz semblait prête à mordre, ce qui était parfait pour l'Audimat.

— L'actrice est une fille charmante. Je ne me souviens plus très bien de son nom, mais j'ai cru comprendre qu'elle jouait dans une série télévisée. Booth aime parfois se livrer à certaines expériences, plutôt que faire appel à des acteurs connus.

— Comme il l'a fait avec vous.

Liz plissa légèrement les yeux. Elle n'appréciait ni le ton, ni le sens que le présentateur donnait à leur conversation.

— On peut dire ça, reconnut-elle.

Sa voix haut perchée indiquait le contraire.

— Mais vraiment, lança-t-elle, avec le potentiel du projet, il aurait dû choisir les acteurs les plus talentueux. Naturellement, c'est un avis personnel. J'ai toujours pensé que les acteurs devaient se donner du mal — et Dieu sait que j'en ai bavé — et ne pas être engagé à cause de… comment dire, un simple caprice personnel ?

— Vous pensez que Booth DeWitt s'est entiché d'Ariel Kirkwood ? C'est bien son nom, n'est-ce pas ?

— Oui, je crois bien que c'est ça. Quant à votre autre question, je pourrais difficilement vous répondre.

Elle lui lança de nouveau un sourire charmeur.

— Surtout à l'antenne, Bob.

— Sa ressemblance physique avec vous est étonnante.

— Vraiment ? répondit Liz, soudain glaciale. Je préfère penser que je suis unique, même si, bien sûr, je suis flattée que l'on cherche à m'imiter. Naturellement, je souhaite bonne chance à cette fille.

— C'est très aimable de votre part, Liz, d'autant qu'il semblerait que l'intrigue soit moins clémente que vous à l'égard du personnage censé vous représenter.

— Ceux qui me connaissent ne prêteront aucune attention à une vision déformée des choses, Bob. Somme toute, je suis impatiente de voir le produit fini.

Elle avait lâché cette réponse d'un air ennuyé, presque comme si elle réprimait un bâillement.

— Dans l'éventualité que le film soit diffusé un jour, bien sûr, lâcha-t-elle.

— Pourquoi dites-vous cela ? Y aurait-il des problèmes ?

— Rien dont je puisse parler en tout cas, répondit-elle à contrecœur. Mais vous savez autant que moi qu'il peut se passer beaucoup de choses entre le tournage d'un film et sa projection.

— Vous n'allez pas intenter un procès, n'est-ce pas, Liz ?

Le rire de l'actrice sonna faux.

— Ce serait donner à ce film beaucoup trop d'importance.

Bob grimaça face à la caméra.

— Eh bien, sur ces mots, nous allons faire une petite pause. Ensuite, James R. Lemont viendra nous rejoindre pour nous parler de son nouveau livre, *Hollywood Secrets*. Vous connaissez bien le sujet, n'est-ce pas, Liz !

Bob lui fit un clin d'œil, puis l'écran afficha la première page de publicité.

Adossé contre les coussins de son lit, Booth avait définitivement délaissé son repas. Il alluma une cigarette et souffla la fumée vers le plafond. Il était en colère, comme en témoignait cette boule qui le rongeait de l'intérieur. Les attaques de Liz contre le film n'étaient pas même subtiles, songea-t-il. Peut-être était-elle parvenue à duper un certain nombre de téléspectateurs, mais pas les plus avertis. Son ex-femme avait fait de son mieux pour envoyer des flèches empoisonnées, avant de se ridiculiser elle-même.

Malgré tout, il était en colère, et ce sentiment était dû aux attaques contre Ariel. Délibérées, calculées et, malheureusement pour Liz, trop flagrantes. D'ordinaire, elle avançait à pas feutrés, et elle était intelligente. Mais la jalousie était la seule chose capable de lui faire perdre prise.

Car il était évident qu'elle était jalouse d'Ariel, songea-t-il. Elle l'aurait été de n'importe quelle actrice jeune, belle et talentueuse. Ajouté au fiel qu'elle allait devoir avaler à cause du film, et Liz pouvait devenir aussi enragée que l'éventail limité de ses émotions le lui permettait. Ses remarques désobligeantes étaient sa façon à elle de prendre sa revanche.

Il se leva et éteignit brutalement la télévision avant de faire les cent pas dans la chambre. Liz allait parler du film, et d'Ariel, dans toutes les interviews, dans toutes les soirées où elle serait invitée, dans le but de nuire aux deux. Bien entendu, les dommages ne pouvaient pas être très sérieux, mais cette idée ne fit rien pour apaiser sa mauvaise humeur. Personne n'avait le droit de tirer à vue sur Ariel, et le fait de savoir que Liz le faisait à travers lui, à cause de lui, ne faisait qu'empirer les choses.

S'il le voulait, il pouvait participer à la promotion du film et contrer les attaques de Liz. Mais cela ne ferait qu'ajouter de l'huile sur le feu. La meilleure façon de calmer la tempête que Liz essayait de déclencher était de garder le silence. Frustré, il marcha vers la fenêtre. La mer grondait au loin. Ariel avait-elle vu l'émission ? se demanda-t-il. Et si tel était le cas, comment avait-elle réagi ?

Allongée dans son hamac au milieu des coussins, un bol de pop-corn frais sur le ventre, Ariel écoutait Liz Hunter parler. Tout en mangeant, elle sourit lorsque Robert MacAllister rappela à Liz que le nom de la jeune actrice dont ils parlaient était Ariel Kirkwood.

Pauvre Liz, elle ne faisait que s'enliser, songea-t-elle. Le fait d'avoir été dans la peau de Rae pendant plusieurs semaines lui permettait de remarquer divers petits détails. Comment Liz tapotait l'accoudoir de sa chaise, comment elle serrait les lèvres, l'éclair qui avait traversé son regard, signe de colère mais aussi de désespoir. Plus elle parlait et plus on voyait qu'elle était déstabilisée.

Elle aurait mieux fait de se taire… S'abstenir de tout commentaire, hausser indifféremment les épaules, voilà qui aurait été mieux. Elle avait mal calculé son coup, soupira-t-elle.

Car Ariel Kirkwood ne pouvait pas faire de l'ombre à Liz Hunter, songe-t-elle, le regard tourné vers le plafond. Personne ne pouvait retirer son talent à une célébrité comme elle. Dommage qu'elle ne l'ait pas compris. C'était Booth qu'elle cherchait à blesser, c'était évident. Elle voulait le faire payer d'avoir utilisé Rae pour faire tomber les masques. Liz n'avait-elle pas vu aussi à quel point son ex-mari s'était montré honnête avec le personnage qui le représentait ?

De nouveau, elle se tourna vers le visage de Liz qui mangeait tout l'écran. Elle aperçut une légère ligne de mécontentement entre ses deux sourcils. Etait-elle la seule à l'avoir remarquée en raison de sa proximité avec elle ? Car elle connaissait bien Liz, elle la connaissait sur le bout des doigts. A cette idée, un frisson désagréable courut dans son dos.

Elle s'allongea de nouveau, éteignit le son du téléviseur et se laissa bercer par la pluie. Au léger crépitement sur le rebord de la fenêtre, elle en déduisit que l'orage était presque passé. Booth avait certainement dû voir l'émission. Et si jamais ce n'était pas le cas, il en connaîtrait le contenu très bientôt. Il devait être en colère. Elle imaginait très bien son regard dur et le pli sévère de sa bouche. Ariel était elle-même en proie à une mauvaise humeur qui menaçait de prendre le pas sur ses autres sentiments.

Mais la colère était inutile, avait-elle envie de dire à Booth. Il devait savoir qu'il avait ouvert une brèche lorsqu'il avait écrit ce scénario. Et elle-même l'avait élargie un peu plus en acceptant le rôle. Elle espérait simplement qu'une fois calmé, il comprendrait que Liz Hunter avait fait plus de bien que de tort au film.

Lorsque le téléphone sonna, elle se pencha pour décrocher. Grâce à des années d'expérience, elle parvint à garder son équilibre et à ne pas tomber du hamac. Se balançant dangereusement, elle saisit le téléphone et l'amena à elle.

— Allo ?

— Quelle sorcière !

Ariel se laissa tomber sur les coussins en riant.

— Salut, Stella !

— Tu as regardé l'émission de MacAllister ?

— Oui.

— Ecoute, Ariel, cette femme ne fait que se ridiculiser. Toute personne sensée ne peut que le voir.

— Dans ce cas, pourquoi es-tu en colère ?

Elle entendit Stella prendre une profonde inspiration.

— Je l'ai écoutée parler et te souhaiter bonne chance.

Stella marmonna quelque chose dans sa barbe, puis commença à parler si vite que les mots se bousculèrent les uns derrière les autres.

— Quelle hypocrite ! s'indigna son amie. Je pense qu'elle préférerait plutôt te voir face contre terre et te planter un couteau dans le cœur.

— Une lime à ongles, plutôt.

— Comment peux-tu trouver la force de plaisanter ?

Parce que dans le cas contraire, elle se mettrait à hurler.

— Comment peux-tu prendre ses propos au sérieux ?

— Ecoute, Ariel…

Stella semblait avoir du mal à se contrôler.

— Je connais ce genre de femmes, lança-t-elle. Je

joue ce rôle depuis cinq ans. Elle ne reculera devant rien pour arriver à ses fins. Dire que tu fais confiance à tout le monde !

— A certaines personnes plus que d'autres.

L'inquiétude et la loyauté de son amie l'amusaient.

— Stella, je ne suis pas complètement stupide.

— Loin de moi cette idée ! Mais tu es naïve. Tu crois vraiment que l'enfant qui t'arrête dans la rue pour te demander de faire un don collecte réellement de l'argent pour un orphelinat.

— Mais c'est peut-être le cas, marmonna Ariel. Et je ne vois pas ce que cela a à voir avec…

— Cela a à voir avec tout ! s'écria Stella d'une voix qui ressemblait à un rugissement. Je me fais du souci pour toi. Je m'inquiète chaque fois que je t'imagine marchant tranquillement le soir sans penser à tous les fous qui arpentent les rues.

— Allons, Stella, si j'y pensais trop, je ne sortirais plus de chez moi.

— Eh bien, pense à ça : Liz Hunter est une femme vindicative, qui a le bras long. Elle peut causer ta perte. Surveille tes arrières, Ariel.

Qui le savait mieux qu'elle ? songea-t-elle. Elle incarnait son personnage depuis des semaines.

— Si je te le promets, tu arrêteras de l'inquiéter ?

— Non, soupira son amie, légèrement apaisée. Mais tu peux toujours le faire.

— Je te le promets. Tu te sens mieux maintenant ?

— Je ne comprends pas comment tu fais pour ne pas te mettre en colère.

— Pourquoi le ferais-je ? Tu t'en charges si bien pour moi.

Stella poussa un long soupir.

— Bonne nuit, Ariel.

— Bonne nuit, Stella, et merci.

Après avoir raccroché, elle se balança doucement dans le hamac. En contemplant le plafond, elle mesura sa chance. L'amitié était une chose précieuse. Avoir quelqu'un prêt à prendre votre défense, à sortir les griffes pour vous, était réconfortant. Elle était entourée de vrais amis, et elle avait un travail qui la rémunérait très bien pour quelque chose qu'elle aurait été prête à faire gratuitement. Elle avait l'amour inconditionnel d'un petit garçon et dont elle aurait la garde dans quelques semaines si tout se passait comme elle l'espérait. Elle avait tant de choses.

Allongée de tout son long à compter tous les bonheurs dont elle jouissait, elle pensa à Booth. Et elle eut mal pour lui.

Deux jours plus tard, Ariel reçut une visite surprise. Depuis qu'elle avait renoué avec le rôle d'Amanda, c'était son premier jour de vacances. Et elle le passait à faire quelque chose qu'elle commençait rarement et finissait encore moins : du ménage.

Vêtue d'un vieux short effrangé et d'un débardeur, elle s'assit sur le rebord de la fenêtre et se pencha pour nettoyer l'extérieur des vitres. Le volume de la radio était si fort que les vibratos des violons de *Schéhérazade* faisaient trembler les vitres. De temps en temps, un voisin lui criait de baisser le son. Ariel s'arrêtait alors de travailler, ce qui ne lui demandait aucun effort, et lui répondit en criant à son tour.

L'important était de rester occupée. Si elle s'accordait un moment de répit, du temps pour réfléchir, elle allait devenir folle. Le procès était prévu pour le lendemain. Et cela faisait deux semaines complètes qu'elle n'avait plus vu Booth. Elle frotta la vitre jusqu'à ce qu'elle brille.

Une étrange sensation dans son dos, comme si l'on

venait d'effleurer sa nuque, l'obligea à tourner la tête. En contrebas, debout sur le trottoir, se tenait Booth. Une vague de soulagement déferla en elle. Même si elle l'avait voulu, elle n'aurait pu retenir le sourire qui illumina son visage.

— Salut !

Levant la tête vers elle, Booth sentit un désir si grand qu'il vacilla.

— Qu'est-ce que tu fabriques ?

— Je lave les vitres.

— Tu pourrais te casser le cou.

— Non, je suis bien accrochée.

Elle sentit alors un des chatons se frotter contre ses jambes. Elle sursauta, se cambra et prit appui sur ses genoux pour ne pas tomber.

— Tu montes ? demanda-t-elle.

— Oui.

Dans les escaliers, Booth se rappela la promesse qu'il s'était faite. Il ne fallait pas qu'il la touche, pas une seule fois. Il lui dirait ce qu'il était venu lui dire, il ferait ce qu'il était venu faire, puis il partirait. Il ne voulait surtout pas coucher avec elle et réamorcer de nouveau le cycle sans fin des attentes, des désirs et des rêves. Il venait de passer deux semaines à se désintoxiquer d'elle.

En atteignant le palier, il y croyait presque. Puis elle ouvrit la porte.

Elle tenait un chiffon mouillé dans une main. Son visage était nu, sans maquillage, et si ses joues étaient roses, c'était uniquement dû au plaisir de le voir et aux efforts qu'elle venait de fournir. Ses cheveux étaient retenus par un ruban. L'odeur de l'ammoniaque lui piqua le nez.

Il brûlait de la toucher, juste une fois. Alors il serra les poings et les fourra dans ses poches.

— Je suis heureux de te voir.

Ariel s'appuya contre la porte et l'examina attentivement. Les gens ne changeaient pas en deux semaines, songea-t-elle en comparant les traits de son visage avec ceux qu'elle avait à la mémoire. Il était égal à lui-même, juste un peu plus bronzé par le soleil. L'amour déferla en elle comme une avalanche.

— Tu as navigué.

— Oui, un peu.

— Ça t'a fait du bien, ça se voit.

Elle recula d'un pas, sachant à sa posture tendue qu'il refuserait de saisir sa main si jamais elle la lui tendait.

— Entre, ajouta-t-elle.

L'appartement était chaotique. Lorsque Ariel faisait du ménage, c'était du sol au plafond, et rien ne lui échappait. Les tiroirs étaient vidés, les tables débarrassées. Les meubles et les fenêtres brillaient. Il n'y avait pas un seul endroit où poser le pied, encore moins où s'asseoir.

— Désolée, dit-elle en suivant son regard. Je suis un peu en retard dans mon ménage.

Chaque seconde passée debout à côté de lui, et à des kilomètres de lui, faisait monter la pression.

— Tu veux boire quelque chose ?

— Non, merci. Tu es occupée, je vais faire vite.

Il voulait en finir rapidement parce qu'il souffrait physiquement de ne pas pouvoir toucher ce qu'il désirait encore… et de toujours désirer ce qu'il était convaincu ne pas pouvoir avoir.

— Je suppose que tu as regardé l'émission de MacAllister l'autre soir.

— C'est de l'histoire ancienne, répondit-elle.

Elle s'assit dans le hamac, les jambes dans le vide et les doigts croisés.

Les mains toujours dans les poches, Booth se balança d'une jambe sur l'autre.

— Et tu en penses quoi ?

Elle haussa les épaules.

— Elle a un peu massacré le film, mais…

— Elle t'a un peu massacrée, *toi*, rectifia-t-il, les yeux plissés.

Voyant qu'il était en colère, elle décida de prendre les choses avec légèreté.

— Je ne saigne pas.

Il l'étudia quelques instants, l'air soucieux. Ariel semblait moins inquiète que lui, et il était de son devoir de lui faire comprendre la gravité de la situation.

— Elle ne s'est pas arrêtée là, Ariel.

Il s'approcha d'elle pour mieux la dévisager.

— Elle a eu un petit entretien avec le producteur de ta série, puis avec les responsables de la chaîne.

— Avec *mon* producteur ? Mais pourquoi ? demanda-t-elle, perplexe.

— Elle veut qu'ils te renvoient. Ou plutôt, qu'ils mettent fin à ton contrat.

Stupéfaite, elle ne répondit rien, mais il la vit blêmir. Le chiffon qu'elle tenait dans les mains glissa sans bruit au sol.

— Elle est d'accord pour participer en tant qu'invitée à la série, à condition que tu n'en fasses plus partie. Comme ton producteur l'a poliment éconduite, elle est allée frapper plus haut.

Ariel réprima un frisson d'horreur. Non, pas maintenant, pas pendant le procès, songea-t-elle en boucle. Elle avait besoin de la stabilité de ce contrat pour Scott.

— Et ?

Il ne s'était pas attendu à voir ses lèvres pâles et ses yeux écarquillés. Une femme avec son caractère aurait dû être en colère, enragée. Elle aurait dû exploser. Il aurait même pu comprendre s'il l'avait vue éclater de rire, secouer la tête ou hausser les épaules. Elle avait suffisamment d'assurance pour cela. Du moins le pensait-il. Mais ce qu'il lut dans son regard n'était que de la peur.

— Ariel, quelle importance crois-tu avoir pour la série ?

Elle déglutit péniblement avant de répondre.

— Amanda est un personnage très apprécié. Je reçois des kilos de lettres, dont la plupart sont adressées à Amanda et non à moi. Dans mon dernier contrat, j'ai obtenu une augmentation sans même avoir à négocier.

Elle se tordit nerveusement les mains. Tout était si logique. Elle avait envie de crier.

— Tout le monde peut être remplacé, lâcha-t-elle. Dans une série, c'est la règle numéro un. Vont-ils me laisser partir ?

— Non.

L'air soucieux, il s'avança vers elle.

— Je suis surpris que tu le penses, ajouta-t-il. Tu es primordiale pour l'audience. Et avec la sortie du film cet automne, la série ne peut qu'en tirer profit. D'un point de vue pratique, ta présence jour après jour est beaucoup plus profitable pour la chaîne qu'une apparition éphémère de Liz.

En l'entendant pousser un long soupir, il réprima son envie de la prendre dans ses bras.

— La série signifie-t-elle donc tellement pour toi ? demanda-t-il.

— Oui, elle signifie beaucoup.

— Pourquoi ?

— C'est ma série, répondit-elle simplement. Mon personnage.

La panique céda la place à la colère.

— Si jamais je pars, expliqua-t-elle, ce sera parce que je l'ai décidé, ou parce que le rôle ne me convient plus.

Laissant libre cours à sa rage, elle saisit un petit vase jaune sur la table à côté d'elle et le lança avec violence à travers la pièce avec les fleurs qu'il contenait. Le verre se brisa en mille morceaux, et les fleurs s'éparpillèrent au sol.

— J'ai donné cinq années de ma vie à cette série, tempêta-t-elle.

A mesure que sa respiration se calmait, elle contempla les éclats de verre et les boutons de fleurs cassés.

— Elle est importante pour moi, déclara-t-elle en se tournant de nouveau vers Booth. En ce moment, pour de nombreuses raisons, elle est vitale.

Elle serra très fort le bord du hamac et s'obligea à se détendre.

— Comment l'as-tu appris ? demanda-t-elle.

— C'est Pat qui me l'a dit. Il y a un certain consensus en ce qui te concerne. Nous avons cru bon que tu sois au courant de ce qui se tramait.

— Merci.

Toute sa colère s'était évanouie. Elle se sentait plus soulagée, plus légère.

— Je suis navrée que Liz se sente sous pression au point de vouloir me faire perdre mon travail. Mais j'imagine qu'elle va faire machine arrière à présent.

— Tu es trop intelligente pour le croire.

— Elle ne peut rien me faire, vraiment. Et chaque fois qu'elle essaie, elle ne fait qu'empirer les choses pour elle.

Lentement, délibérément, elle décroisa les doigts.

— Chaque interview qu'elle donne n'est que de la publicité gratuite pour le film.

— Si elle peut t'atteindre d'une façon ou d'une autre, elle le fera. J'aurais dû y réfléchir avant de te choisir pour jouer Rae.

Elle posa les mains sur les bras de Booth en souriant.

— Tu es inquiet pour moi ? J'aimerais que ce soit le cas, ne serait-ce qu'un peu.

Il aurait dû battre en retraite immédiatement. Mais il

avait désespérément besoin de ce contact. De ses mains sur ses bras. S'il était prudent, très prudent, il pourrait s'en contenter.

— Quels que soient les ennuis qu'elle puisse t'attirer, je me sens responsable.

— C'est la chose la plus ridicule, arrogante et égocentrique que j'aie jamais entendue. Et cela te ressemble tellement. Tout ce qui est toi m'a manqué, Booth.

Elle l'attira à elle et, inévitablement, il désira se perdre en elle. Au moment où elle leva la main vers son visage, il pencha ses lèvres vers les siennes. Le premier baiser suffit à lui faire oublier tout ce qu'il s'était promis durant son absence.

Elle gémit au contact de ses lèvres. Elle avait l'impression d'avoir attendu des années ce frisson familier. Avide de son contact, elle attira Booth à elle, et le hamac se balança sous le poids de leurs deux corps enfin réunis.

Leurs gestes n'étaient plus du tout tendres, mais impatients. Sans un mot, ils s'exhortaient de se dépêcher, de se toucher : ils avaient laissé passer beaucoup trop de temps. Leurs vêtements tombèrent un à un. Peau contre peau, ils se jetèrent avec fougue l'un sur l'autre.

Le hamac se balançait, semblable au mouvement des vagues qui amenaient avec elles un vent de liberté. Booth se sentait libre de pouvoir être de nouveau près d'elle. Et cette sensation frisait la folie. Il ne pouvait plus s'arrêter de la caresser. Il ne pouvait empêcher sa bouche de dévorer chaque parcelle de sa peau. Il avait faim d'elle. Ses vœux d'abstinence étaient depuis longtemps oubliés. La peau d'Ariel était chaude et douce sous ses doigts. Sa bouche était brûlante, semblable à de la soie.

Dès l'instant où il avait commencé à l'embrasser, Ariel avait cessé de réfléchir. Elle n'avait pas besoin de son intellect, mais de ses sens. La peau de Booth avait le goût du sel. Dans la moiteur de cet après-midi d'été, son odeur virile l'attirait comme un aimant. Son désir avait une fougue qu'elle n'avait jamais sentie chez lui auparavant. Elle frissonna de se sentir désirée avec une telle passion.

Une passion qui était aussi le reflet de la sienne. Les mailles du hamac s'enfoncèrent dans son dos lorsque Booth pressa son corps contre le sien. Pendant un court instant, elle sentit chaque fil, puis cette sensation fit place à une autre.

Booth plongea les doigts dans les cheveux d'Ariel et maintint sa tête en arrière pour mieux explorer sa bouche. Sa respiration était haletante, et il ne la quittait pas des yeux. Pas un seul instant.

Les yeux d'Ariel restèrent grands ouverts, rivés aux siens lorsqu'il la pénétra. Il voulait la regarder, il avait besoin de savoir que son désir à elle était aussi intense que le sien. Et ce fut ce qu'il vit dans le tremblement de ses lèvres. Il l'entendit murmurer son prénom entre deux soupirs. Puis il vit ses yeux se voiler de plaisir. Voilà ce qu'il pouvait lui donner, songea-t-il en enfouissant son visage dans ses cheveux. Il voulait tout lui donner.

— Ariel…

Dans un recoin de son esprit, il comprit qu'ils avaient tous les deux atteint le point de non-retour. Il prit son visage en coupe et écrasa ses lèvres afin de savourer son cri au paroxysme du plaisir.

Le balancement du hamac s'apaisa doucement pour finir dans un doux bercement. Ils étaient dans les bras l'un de l'autre, la tête d'Ariel posée au creux de son épaule. Une longue mèche de cheveux barrait son torse humide.

— J'ai pensé à toi, murmura Booth, les yeux fermés.

Il sentait les battements de son cœur ralentir progressivement, mais il la serrait toujours aussi fort.

— Je n'ai jamais cessé de penser à toi, ajouta-t-il.

Elle ouvrit les yeux et lui sourit. Elle n'attendait rien de plus de sa part.

— Dors avec moi quelques instants.

Elle déposa un baiser sur son épaule avant de reprendre sa position.

Depuis des jours et des nuits, elle ne pensait qu'aux lendemains. Le moment était venu de ne penser qu'à l'instant présent. Longtemps après que Booth se fut endormi, elle resta éveillée, bercée par le lent mouvement du hamac.

- 11 -

Ariel était assise sur un petit banc de bois à l'extérieur de la salle d'audience. Le couloir grouillait de monde qui entrait et sortait, mais personne ne prêtait attention à une femme seule vêtue d'un tailleur couleur crème, le regard dans le vide.

La première journée d'audience était terminée, et elle ressentait un curieux mélange de soulagement et de tension. La machine était lancée, elle ne pouvait plus revenir en arrière. Un peu plus loin, une porte s'ouvrit, et une foule de personnes en sortit. Ariel ne s'était jamais senti aussi seule de sa vie. Bigby l'avait pourtant prévenue.

Pendant l'audience, il n'y avait pas eu de surprises. Malgré le jargon juridique, la première journée avait essentiellement servi à poser les bases. Mais pour Ariel, ces questions préliminaires étaient terriblement limpides. Les rouages avaient commencé de tourner. Peut-être que maintenant, le rythme allait s'accélérer.

Pourvu que tout se termine rapidement ! songea-t-elle en fermant brièvement les yeux. Elle était tendue en pensant au lendemain. Mais son soulagement lui venait de son absolue certitude qu'elle faisait ce qui était juste.

Bigby sortit de la salle d'audience, sa serviette dans une main. Il lui tendit l'autre.

— Laissez-moi vous offrir un verre, dit-il.

Ariel lui sourit et mêla ses doigts aux siens en se levant.

— D'accord. Je veux bien du café.

— Vous vous en êtes bien sortie aujourd'hui.

— Je n'ai pas fait grand-chose.

Il ouvrit la bouche, puis se ravisa. Peut-être n'était-il pas nécessaire de lui dire combien elle avait fait en étant simplement elle-même. La fraîcheur, l'inquiétude de son regard, le ton de sa voix avaient formé un contraste saisissant avec la posture raide et les visages fermés des Anderson. Un juge aux affaires familiales digne de ce nom était influencé par bien d'autres choses que les faits et les chiffres.

— Continuez comme cela, conseilla-t-il en serrant doucement sa main tandis qu'ils remontaient le couloir.

Aucun des deux ne remarqua l'homme au costume sombre avec des lunettes en écaille qui les suivait.

— Dites-moi un peu comment vous allez, en dehors du procès, demanda-t-il.

Discrètement, Bigby la guidait vers les portes comme il guidait ses pensées.

— Ce n'est pas tous les jours que je représente une future star, commenta-t-il joyeusement.

Ariel éclata de rire. La vague de chaleur qui montait des trottoirs la frappa de plein fouet. En ce milieu d'été, New York était une ville chaude, humide et moite.

— C'est ce que je suis ?

— Vous faites la une de *Tube*, et on a parlé de vous dans l'émission de MacAllister.

Elle lui lança un regard interrogateur, auquel il répondit par un sourire.

— Je suis impressionné, ajouta-t-il.

— Vous lisez *Tube*, Charlie ?

Elle comprit qu'il faisait son possible pour l'apaiser, et à ce jeu, il était très fort. Elle glissa un bras amical sous le sien.

— Je dois reconnaître que la publicité ne peut pas faire de mal à la série, au film, ou même à moi, conclut-elle.

— Dans cet ordre ?

Ariel haussa les épaules.

— Cela dépend de mon humeur.

Non, elle n'était pas dépourvue d'ambition. L'article dans *Tube* l'avait même ravie.

— J'ai fait un bout de chemin depuis les publicités pour les shampoings, et je ne regrette pas les heures passées debout couverte de mousse.

Ils entrèrent dans une cafétéria où la température chuta brutalement de quatre degrés. Ariel soupira de soulagement en frissonnant.

— Donc, professionnellement, tout va bien, lâcha Charlie.

— Je n'ai pas à me plaindre.

Ariel se glissa sur la banquette et retira ses chaussures.

— Il y a un casting pour *Chapitre deux* la semaine prochaine. Cela fait trop longtemps que je ne suis pas montée sur les planches.

Pendant que Bigby prenait le menu, l'homme au costume sombre prit place sur la banquette juste derrière Ariel.

— Vous ne vous arrêtez jamais, n'est-ce pas ?

— Je ne peux pas m'en empêcher. J'ai un bon pressentiment concernant la garde de Scott, peut-être parce que j'ai le vent en poupe sur le plan professionnel. Tout va bien se passer, Charlie. Bientôt, Scott sera avec moi, et le film de Booth va être un véritable succès.

L'avocat la fixa par-dessus ses lunettes en souriant.

— Vous croyez en la puissance de la pensée positive.

— Pourquoi pas, si ça marche !

Les coudes sur la table, elle appuya le menton sur ses mains.

— Toute ma vie, j'ai cherché à atteindre des buts sans

vraiment comprendre que je ne les fixais que pour moi. Aujourd'hui, ils sont presque à ma portée.

Bigby leva les yeux vers la serveuse avant de les reporter sur Ariel.

— Vous voulez un morceau de tarte avec votre café ?

— Vous me forcez la main. De la tarte aux myrtilles alors.

— Deux parts, demanda Bigby à la serveuse. En parlant de Booth DeWitt…

— Etions-nous en train de le faire ?

Il croisa le regard amusé d'Ariel.

— Il me semble que vous l'avez fait il y a quelques semaines. Vous avez dit que c'était un homme qui fuyait les relations et les actrices.

— Vous avez très bonne mémoire, et un sacré esprit de déduction.

— Il est assez facile d'assembler les morceaux, surtout après la performance de Liz Hunter l'autre soir à la télévision.

— La performance ? répéta Ariel en souriant à moitié.

— Un acteur peut généralement percer à jour ses congénères. Et un avocat tient beaucoup d'un acteur.

Il fit une pause et croisa les mains sur la table en Formica.

— Liz Hunter a mis DeWitt sur la sellette il y a quelques années.

— Ils se sont fait beaucoup de mal. Vous savez, les gens sont parfois attirés par les pires personnes pour eux.

— Vous parlez en connaissance de cause ?

Le regard d'Ariel resta très calme.

— Booth est la bonne personne pour moi. Sous de nombreux aspects, il me rend la vie difficile, mais c'est l'homme qui me convient.

— Qu'est-ce qui vous rend si sûre de vous ?

— Je suis amoureuse de lui.

Lorsque la serveuse apporta la tarte, Ariel ignora le café et se concentra sur la pâtisserie.

— Je vous adore, Charlie, dit-elle après la première bouchée.

Il leva des sourcils incrédules en contemplant la fine part de tarte devant laquelle elle s'extasiait.

— Il ne vous en faut pas beaucoup.

— Vous êtes cynique. Mangez.

Bibgy saisit une fourchette qu'il essuya d'un air absent à l'aide d'une serviette en papier.

— Au risque de mettre les pieds dans le plat, DeWitt n'est pas le genre d'homme avec lequel je vous imagine.

— Vraiment ?

— Il est si sérieux, si austère, comme le prouvent ses scénarios. Et vous êtes…

— Excentrique ? suggéra-t-elle en s'apprêtant à savourer la prochaine bouchée de gâteau.

— Non.

Bigby prit une capsule de lait dans un bol au milieu de la table.

— Vous êtes tout sauf excentrique. Mais vous êtes pleine de vie et de joie. Je ne veux pas dire que vous n'affrontez pas les difficultés lorsqu'elles se présentent, mais vous ne semblez pas chercher les problèmes. Contrairement à DeWitt.

— Peut-être les attend-il pour ne pas se laisser surprendre. Certaines personnes réagissent ainsi pour se protéger. Je pense que Booth et moi avons beaucoup à apprendre l'un de l'autre.

— Et qu'en pense Booth ? Mais ma question est peut-être déplacée.

— Non, elle ne l'est pas, Charlie, répondit-elle d'une voix absente en se rappelant l'air sombre de Booth lorsqu'il était arrivé chez elle, et l'intensité avec laquelle il lui avait fait l'amour.

Très lentement, Booth s'était détendu. Puis il s'était endormi dans ses bras, étroitement serré contre elle, comme s'il avait besoin de s'accrocher à elle. A elle ou au sentiment de paix qu'elle dégageait ? Quelle importance…

— C'est dur, pour lui, murmura-t-elle. Il voulait rester seul, il voulait mener sa vie d'une certaine façon. Je suis venue bouleverser tout ça. Il a besoin de plus de temps, d'espace.

— Et vous, de quoi avez-vous besoin ?

Elle leva les yeux vers l'avocat et comprit que sa réponse ne lui avait pas plu. Il s'inquiétait pour elle, comprit-elle, touchée. Elle posa sa main sur la sienne.

— Je l'aime, Charlie. Cela me suffit pour l'instant. Je ne sais pas si ça sera toujours le cas, mais on ne peut pas contrôler ses émotions. Ou plutôt, *je* n'y arrive pas, précisa-t-elle.

— Cela veut-il dire que lui en est capable ?

— Jusqu'à un certain point. Je ne veux pas le changer, même de cette façon. J'ai besoin de l'équilibre qu'il m'apporte, et j'ai besoin de l'aider à se débarrasser des ombres qu'il traîne derrière lui. D'une certaine façon, c'est la même chose avec Scott. J'ai besoin de la stabilité qu'il apporte à ma vie, à la façon dont Scott et les enfants en général peuvent nous recentrer. En fait, j'ai désespérément besoin que l'on ait besoin de moi.

— Booth est-il au courant pour Scott et pour le procès ?

— Non.

Elle versa du sucre dans son café, mais ne le but pas.

— Je ne pense pas qu'il soit juste de lui faire part d'un problème qui existait déjà lorsque nous nous sommes rencontrés. J'ai le sentiment qu'il faut que je le gère seule. Lorsque tout sera réglé, j'en parlerai à Booth à ma manière.

— Il se peut qu'il n'apprécie pas, souligna Bigby. Lors de notre entrevue avec les Anderson, Ford a soulevé un point intéressant : certains hommes ne peuvent pas ou ne veulent pas s'occuper des enfants d'un autre homme.

— Je ne le crois pas de la part de Booth. Mais si c'était le cas, je devrais le gérer aussi.

— Et si vous deviez faire un choix ?

Au début, elle ne répondit rien, luttant contre la douleur que cette éventualité avait suscitée.

— Si vous devez choisir entre deux personnes qui vous aiment, répondit-elle calmement, vous choisissez celle qui a le plus besoin de vous. Scott n'est qu'un enfant, Charlie.

L'avocat tapota sa main.

— Je voulais juste vous l'entendre dire. Mais une fois encore, au risque de ne pas vous paraître très professionnel, je ne connais pas un homme au monde capable de vous tourner le dos, à vous ou à Scott.

— C'est pour ça que je vous adore.

Elle marqua une pause.

— Charlie, pensez-vous vraiment que ce serait déraisonnable de commander une autre part de tarte ?

— Oui.

— Parfait.

Elle fit signe à la serveuse.

— Il faut bien que je sois décadente, une fois dans ma vie.

La vie d'Amanda était comme une Cocotte-Minute. En parcourant une dernière fois son texte, Ariel était reconnaissante de toutes les tensions que vivait son personnage. Elles l'aidaient à mieux affronter la réalité. Toute la matinée, elle était restée au tribunal, et le lendemain, elle était attendue à la barre. C'était un rôle pour lequel elle ne pouvait pas répéter. Mais la bonne impression avec laquelle elle avait quitté le palais le premier jour ne s'était pas estompée, pas plus que son optimisme. C'était plutôt cette pauvre Amanda qui continuait à avoir des problèmes qui ne seraient jamais complètement résolus. Ainsi allait la vie dans les séries télévisées.

Le reste de l'équipe était sur le point de revenir de leur pause-déjeuner. Ariel était seule dans le studio d'enregistrement, avachie sur un lit froissé. Au cours de cette scène, Amanda allait être réveillée par un bruit de verre brisé. Seule et sans défense, elle allait affronter l'Eventreur de Trader's Bend. Elle ne pouvait faire appel ni à son intelligence ni à ses compétences professionnelles pour se protéger d'un tueur psychopathe.

Déjà vêtue de son costume de scène, une chemise de nuit unie couleur pervenche, elle continua de réciter son texte à voix basse tout en remuant paresseusement les jambes. Elle se sentait un peu coupable d'avoir englouti une deuxième part de tarte.

— Voici donc le rythme effréné des séries quotidiennes.

Absorbée par la scène captivante entre Amanda et le psychopathe, elle laissa tomber le scénario en poussant un cri. Les pages tombèrent sur son ventre tandis qu'elle portait une main angoissée à sa gorge.

— Booth ! J'espère que tu as pris des cours de secourisme parce que mon cœur est prêt à lâcher.

— Je le ferai repartir.

Plaçant une main de chaque côté de sa tête, il se pencha pour l'embrasser, doucement, lentement, consciencieusement. Surprise par le contact de ses lèvres autant que par sa soudaine apparition, elle resta immobile, absorbée par son baiser. Il y avait quelque chose de différent en lui, mais avec sa tête qui tournait et son cœur qui battait à tout rompre, elle était incapable de réfléchir.

Lui savait. En se redressant sur le lit et en prolongeant

son baiser, il comprit ce qui était différent. Il l'aimait. Le matin, il s'était réveillé seul dans son lit et l'avait cherchée. Il avait lu un article dans le journal et avait aussitôt imaginé comment elle en aurait ri. Il avait vu une jeune fille avec un ballon rire en traînant sa mère vers le parc et il avait pensé à Ariel.

Il avait vu que le ciel était d'un bleu intense, que la ville était frénétique et pleine de surprises, que la vie était joyeuse. Quel idiot d'avoir résisté à Ariel et à tout ce qu'elle lui offrait !

Elle était sa seconde chance… Non, rectifia-t-il : elle était sa première chance de vrai bonheur. Il n'était plus prêt à laisser ses mauvais souvenirs lui interdire ce bonheur et le couper d'elle.

— Comment vont les battements de ton cœur ? murmura-t-il.

Elle poussa un long soupir et ouvrit doucement les yeux.

— Tu peux décommander l'ambulance.

Il détailla son costume si sage et si séduisant.

— Tu faisais la sieste ?

— J'étais en train de travailler, corrigea-t-elle d'un air hautain. Le reste de l'équipe est parti déjeuner. Je ne reprends pas avant 13 heures.

Elle repoussa une mèche sombre de cheveux qui tombait en désordre sur le front de Booth, débarrassé de toutes ses tensions, remarqua-t-elle aussitôt en souriant.

— Que fais-tu ici ? Généralement, tu te débats pour écrire des phrases brillantes à cette heure de la journée.

— Je voulais te voir.

— C'est gentil.

Elle s'assit et noua ses mains autour de son cou.

— Très gentil, ajouta-t-elle.

Il en faudrait si peu, songea-t-il en la serrant contre lui. Quelle allait être sa réaction lorsqu'il lui dirait qu'il avait cessé de résister, que rien ne pouvait le rendre plus heureux que de l'accueillir dans sa vie ? Ce soir, songea-t-il en enfouissant le nez dans son cou. Ce soir, lorsqu'ils seraient seuls, lorsqu'il n'y aurait personne pour les déranger, il le lui dirait. Et il ferait sa demande.

— Tu peux rester un peu ?

Elle se sentait merveilleusement bien sans trop savoir pourquoi, mais elle s'en moquait.

— Je vais rester jusqu'à ce que tu aies terminé, puis je t'enlèverai pour te ramener à la maison avec moi.

Elle gloussa de plaisir, et le scénario fit un bruit de papier froissé sous son corps.

— Ton texte, la prévint-il.

— Je le connais. Il s'agit d'une scène dramatique et cruciale pleine de danger.

— Et de sexe ? demanda-t-il en lorgnant le lit.

— Non !

Elle le bouscula et s'assit sur ses genoux.

— Amanda tourne et retourne dans son lit. Elle fait un mauvais rêve. Là, l'image à l'écran disparaît en fondu, puis on la voit. Elle marche dans le brouillard, seule et perdue. Elle entend des bruits de pas derrière elle. Gros plan sur son visage. Elle a peur. Et puis…

Elle releva d'une main ses cheveux, tandis que sa voix prit un ton dramatique.

— Devant elle, elle aperçoit une silhouette dans le brouillard.

Elle agita la main comme pour dissiper un rideau de fumée.

— Doit-elle courir vers elle ou s'enfuir ? poursuivit-elle. Le bruit de pas derrière elle s'accélère, elle est à bout de souffle. Un rayon de lune, pâle, angoissant, perce les nuages. Elle aperçoit Griff devant elle, qui lui tend la main, qui l'appelle d'une voix lointaine et désincarnée.

Il l'aime, elle désire aller vers lui. Mais les bruits de pas se rapprochent. Et lorsqu'elle se met à courir, la lame aiguisée et cruelle d'un couteau luit dans la nuit.

Elle le saisit par les épaules et fit semblant de s'évanouir dans ses bras. Il lui sourit, puis tira doucement sur ses cheveux. Elle ouvrit les yeux.

— Et ensuite ?

— L'homme en veut plus.

Elle se rassit et posa le scénario à côté d'elle.

— Incapable de crier, elle entend une vitre se briser. Amanda se réveille en sursaut dans son lit, le visage luisant de sueur, le souffle court.

Tandis qu'elle mimait la scène, il se demanda si elle était consciente de l'intelligence de son jeu.

— Avait-elle rêvé ou avait-elle bien entendu un bruit ? poursuivit-elle. Apeurée, mais impatiente d'en avoir le cœur net, elle se lève.

Ariel sortit du lit, son regard anxieux tourné vers la porte comme l'aurait fait Amanda. Machinalement, elle repoussa ses cheveux en arrière et tendit la main vers l'interrupteur de la lampe de chevet.

— Peut-être était-ce le vent. Peut-être était-ce un rêve, mais Amanda sait qu'elle ne pourra pas se rendormir tant qu'elle n'aura pas vérifié par elle-même. Une musique grave accompagne la scène, tandis qu'elle ouvre la porte de la chambre à coucher. Pub.

— Ariel ! s'écria Booth, exaspéré, en lui prenant la main pour la ramener vers le lit.

Docilement, elle se planta devant lui.

— Maintenant, tu vas découvrir comme entretenir ton parquet ciré.

Il la pinça très fort.

— C'est l'Eventreur, affirma-t-il.

— Peut-être, répondit-elle en battant innocemment des cils. Ou peut-être pas.

— C'est l'Eventreur, insista-t-il, très sûr de lui. Et notre intrépide Amanda décide de descendre. Comment fait-elle pour ne pas devenir la cinquième victime ?

— La sixième, corrigea Ariel. Moi, je le sais, mais c'est à toi de le découvrir.

D'un mouvement brusque, il l'enlaça et la fit tomber à genoux en riant.

— Tu peux me faire tout ce que tu veux, me torturer, je ne dirai rien ! s'écria-t-elle.

Puis elle le regarda droit dans les yeux en souriant. Elle était si belle, si pleine de vie qu'il en eut le souffle coupé.

— Je t'aime, Ariel.

Il sentit son corps devenir mou. Son beau sourire s'évanouit. Elle ouvrit de grands yeux et se figea, comme si quelqu'un quelque part avait coupé les vannes pour empêcher son sang de circuler dans ses veines.

— Drôle de façon de me forcer à te dévoiler l'intrigue, dit-elle après quelques instants de silence.

Elle aurait aimé se lever, mais elle n'avait pas la force de résister à la douce pression de la main de Booth sur son épaule.

— Je t'aime, Ariel, répéta-t-il en oubliant ses belles intentions de lui dire ces mots avec délicatesse et en privé. Je pense que je t'ai toujours aimée, comme je t'aimerai toujours.

Il prit son visage dans ses mains et soutint son regard empli de larmes.

— Tu es tout ce que j'ai toujours désiré, et tout ce que je craignais d'espérer. Reste avec moi.

Il effleura ses lèvres et la sentit trembler.

— Epouse-moi, ajouta-t-il.

Elle agrippa sa chemise, puis enfouit son visage au creux de son épaule et inspira profondément.

— J'espère que tu es sûr de toi, murmura-t-elle. J'espère que tu es absolument sûr de ton choix parce qu'avec moi, tu n'auras pas un moment de répit. Je ne te laisserai jamais partir. Avant de me refaire ta demande, souviens-toi de cela. Je ne crois pas aux querelles ou aux conflits insolubles. Avec moi, c'est pour toujours, Booth.

Il l'obligea à le regarder. Et dans ses yeux, elle vit brûler le feu de la passion. Et de l'amour.

— Tu as raison, répondit-il en étouffant son rire sous ses lèvres. Je veux t'épouser rapidement.

Il ponctua ses propos par un autre baiser.

— Et dans l'intimité. Dans combien de temps prévoient-ils de tuer Amanda afin que nous puissions jouir d'une lune de miel digne de ce nom ?

Personne ne l'avait jamais prise de court. Mais Booth lui parlait de mariage et de lune de miel !

— Voyons voir. Une fois que Griff sauve Amanda des griffes de l'Eventreur, elle perd le bébé et tombe dans le coma. Les scènes tournées à l'hôpital pourraient être…

— Ah, ah !

Avec un sourire à demi satisfait, il déposa un baiser sur le bout de son nez.

— Ainsi, reprit-il, Griff la sauve de l'Eventreur, ce qui le raye de la liste des suspects.

— Tu es un monstre ! s'écria Amanda, furieuse.

— Estime-toi heureuse que je ne sois pas un espion envoyé par une autre chaîne. Tu as été si facile à convaincre.

— Je vais te montrer si je suis facile à convaincre !

Sur ces mots, elle se jeta sur lui. Déstabilisé, il tomba à la renverse sur le lit. Ainsi, il l'aimait. Cette pensée la bouleversa tellement qu'elle s'effondra sur lui en riant.

Avant qu'il puisse réagir, ils entendirent des bruits de pas dans l'escalier.

— Ariel ! Ariel, tu ferais mieux de jeter un coup d'œil à ceci…

Stella s'arrêta net en apercevant Ariel et Booth enlacés sur le lit et hilares. Elle cacha le journal dans son dos en étouffant un juron.

— Désolée, dit-elle avec un sourire contrit.

Elle dut faire appel à toutes ses ressources pour ne rien laisser paraître de son immense malaise et de son inquiétude.

— J'aurais pu frapper si vous aviez fermé la porte.

Elle désigna de sa main libre le faux mur.

— On va refaire la scène, d'accord ? ajouta-t-elle.

Dès qu'elle aurait mis le feu à ce journal, songea-t-elle en reculant d'un air morose.

— Ne pars pas !

Sans lâcher la main de Booth, Ariel se leva d'un bond.

— Je vais te faire un grand honneur, déclara-t-elle en serrant les doigts de Booth. Ma sœur, aussi méchante soit-elle, doit être la première à savoir.

— Absolument, répondit Stella.

— Stella…, lâcha Ariel en avisant la lueur d'inquiétude dans le regard de son amie. Que se passe-t-il ?

— Rien. Je viens de me souvenir qu'il fallait que je parle à Neal de quelque chose, c'est tout. Il faut que je le trouve avant que…

Mais Ariel s'approchait déjà d'elle.

— Pourquoi voulais-tu me voir, Stella ?

— Pour rien du tout.

Elle lui lança un avertissement du regard.

— Ça peut attendre, ajouta-t-elle.

L'air sévère, Ariel tendit la main, paume vers le haut. Stella serra très fort le journal dans ses doigts.

— Ariel, ce n'est pas le bon moment. Je pense qu'il vaudrait mieux que tu…

— Je pense qu'il vaut mieux que je le voie *maintenant.*

— Comme tu voudras.

Stella jeta un coup d'œil par-dessus l'épaule d'Ariel en direction de Booth. Puis elle lui tendit le journal.

Un numéro de *Celibrity Explorer*, constata Ariel, contrariée. Les tabloïds grattaient toujours les fonds de tiroir. Un sourire amusé aux lèvres, elle contempla les gros titres aguicheurs.

— Vraiment, Stella, si c'est tout ce que tu trouves à lire à l'heure du déjeuner, je suis déçue.

D'une main désinvolte, elle ouvrit en grand le journal. Conscient de la tension qui l'habitait, Booth la vit se raidir.

LE COMBAT DÉSESPÉRÉ D'UNE REINE DE LA TÉLÉVISION POUR RÉCUPÉRER SON ENFANT

Sous le titre en caractères gras s'étalait une image floue d'Ariel assise sur l'herbe dans Central Park avec le visage de Scott dans ses mains. Elle se souvenait vaguement de cet instant qui remontait à leur dernier dimanche passé ensemble. Horrifiée, nauséeuse, elle n'entendit pas Booth se lever et venir vers elle.

Elle ressentit une douleur vive dans l'estomac, comme si l'on venait de lui décocher un coup de poing violent. Même la piètre qualité de l'image ne parvenait pas à masquer la ressemblance frappante entre Ariel et l'enfant qui lui souriait. Le lien de parenté ne faisait aucun doute. En apercevant le gros titre, Booth eut des envies de meurtre.

— Qu'est-ce que ça veut dire ? gronda-t-il.

Bouleversée, Ariel leva les yeux vers lui. Il ne fallait pas que Scott voie cela, se répétait-elle. Il ne fallait pas que cette histoire lui porte atteinte. Mais comment était-ce arrivé ? D'où venait la fuite ? Les Anderson ?

Elle rejeta aussitôt cette idée. Ils désiraient encore moins de publicité qu'elle.

Cette photo, qui l'avait prise ? Quelqu'un l'avait suivie, conclut-elle. On l'avait suivie et on avait trouvé Scott, découvert le procès. Puis on avait étalé sa vie dans cet article racoleur. Mais qui ?…

Liz Hunter. Ariel serra les doigts autour du journal. Bien sûr, c'était elle. Elle, mieux que personne, savait de quoi elle était capable. Liz n'avait pas pu l'atteindre sur le plan professionnel : elle avait donc changé de stratégie.

— Ariel, je t'ai demandé ce que tout cela voulait dire.

Ariel se tourna brusquement vers Booth. Il allait falloir qu'elle digère toute cette horreur avant de pouvoir lui expliquer. Le visage de Booth était empreint de colère et de méfiance.

— J'aimerais te parler en privé, dit-elle d'une voix relativement calme. Dans ma loge.

Tandis qu'Ariel se tournait pour partir, Stella posa une main impuissante sur son épaule.

— Ariel, je suis désolée.

— Non, ça va aller. Nous parlerons plus tard.

Tout en longeant les couloirs du studio, Ariel s'efforça de raisonner logiquement. Mais la seule pensée qui lui venait à l'esprit était cet horrible titre et cette photo un peu floue. En pénétrant dans sa loge, elle se dirigea directement vers la cafetière.

— Je ne m'attendais pas à une telle publicité… J'ai été tellement prudente.

— Oui, on peut le dire.

Booth enfonça les mains dans les poches.

Au ton de sa voix, elle pinça les lèvres, saisie d'un désagréable frisson.

— Je sais que tu te poses des questions. Je…

— En effet, répondit-il en saisissant violemment le

journal sur la coiffeuse. Es-tu en procès pour la garde d'un enfant ?

— Oui.

Il sentit une douleur sourde l'envahir.

— Dire que je te faisais confiance.

— Non, Booth.

Elle se tourna vers lui puis s'interrompit, tiraillée entre des émotions contradictoires, bouleversée par les questions qui se bousculaient dans sa tête. L'heure de faire un choix était-elle venue ? Et allait-elle devoir le faire, alors que tout ce dont elle avait besoin était presque à portée de main ?

— S'il te plaît, laisse-moi t'expliquer. Laisse-moi réfléchir à la façon dont je peux le faire.

— Tu es en procès pour la garde d'un enfant, répéta-t-il.

Il se souvint alors de la tension qu'il avait décelée en elle de temps en temps. Il brûlait de mettre le journal en charpie.

— Tu as un enfant, et tu ne m'as rien dit. Comment veux-tu que je te fasse confiance ?

Confuse, elle passa la main dans ses cheveux.

— Booth, l'affaire était déjà très engagée bien avant notre rencontre. Je ne pouvais pas te mêler à cela.

— Je vois, déclara-t-il d'un ton amer. Comme l'affaire était engagée, elle ne me regardait pas. Il semblerait que ta vision de la confiance soit à deux vitesses, Ariel. Une pour toi et une pour les autres.

— Ce n'est pas vrai, s'insurgea-t-elle, déstabilisée. Je n'ai jamais voulu que les choses se passent ainsi.

Sa voix puis ses mains se mirent à trembler.

— J'avais peur, Booth. Je ne voulais pas que cela se sache. La chose la plus importante pour moi était que personne ne touche à Scott.

Booth attendit, essayant de garder son calme tandis qu'elle essuyait la première larme.

— C'est son prénom ?

— Oui. Il n'a que quatre ans.

Booth se détourna pour ne pas se laisser détruire par son chagrin.

— Et son père ?

— Il s'appelait Jeremy. Il est mort.

Booth ne lui demanda pas si elle l'aimait. C'était inutile. Elle avait aimé un autre homme, songea-t-il. Et elle avait donné naissance à un enfant. Pouvait-il l'accepter ? Les mains à plat sur la coiffeuse, il laissa libre cours à ses émotions. Oui, il le pouvait. Cela ne changeait rien à elle, ni à lui. Et pourtant… pourtant, elle ne lui avait rien dit. C'était ça qui faisait toute la différence.

— Qui s'occupe de l'enfant en ce moment ? demanda-t-il sèchement.

— Ses grands-parents. Scott… n'est pas heureux avec eux. Il a besoin de moi, Booth, comme j'ai besoin de lui. J'ai besoin de vous deux. S'il te plaît…

Sa voix n'était plus qu'un murmure.

— Ne me demande pas de choisir. Je t'aime. Je t'aime énormément, mais lui n'est qu'un petit garçon.

— Choisir ?

Booth sortit son briquet puis le lança sur la coiffeuse avant de tirer la première bouffée de sa cigarette.

— Bon sang, Ariel, tu me crois insensible à ce point ?

Elle attendit que les battements de son cœur s'apaisent avant de répondre.

— Tu es prêt à nous accepter tous les deux ?

Il souffla un nuage de fumée. Sa colère affleurait dangereusement.

— Tu as tenu l'enfant loin de moi. C'est ça le problème.

Mais je peux difficilement me détourner d'un enfant qui fait partie de toi.

Elle tendit la main vers lui.

— Booth…

— Pourquoi ne m'as-tu rien dit ? répéta-t-il. Pourquoi ?

— Essaie de me comprendre. Je voulais seulement le protéger. Il a déjà traversé beaucoup d'épreuves, et je craignais qu'en parlant à quelqu'un du procès, il y ait des fuites, comme aujourd'hui.

Elle désigna le journal d'un air impuissant.

— Il n'y a rien que tu ne saches pas sur ma vie, Ariel, répondit Booth. Mais tu t'es bien gardée de me faire part de quelque chose d'aussi vital pour toi. Pendant tout ce temps, presque depuis la première minute, tu m'as demandé de te faire confiance. Et maintenant que je suis décidé à le faire, je découvre que tu n'as pas confiance en moi.

— J'ai fait de Scott ma priorité. Il avait besoin que quelqu'un le fasse.

— Je peux le comprendre, mais je ne m'explique pas comment tu as pu l'abandonner.

— L'abandonner ? demanda Ariel stupéfaite en regardant Booth fixement à travers ses larmes. Je ne comprends pas.

— Moi qui croyais te connaître ! explosa-t-il. Je le croyais, comme je croyais que j'étais tombé amoureux de toi alors que je m'étais juré de ne plus jamais me laisser guider par mes émotions. Comment as-tu pu abandonner ton enfant ? Comment peux-tu avoir un enfant et ne rien me dire ?

— Abandonner mon enfant ? répéta-t-elle, hébétée. Non, il ne s'agit pas du tout de cela.

— Bon sang, Ariel, tu as laissé d'autres personnes élever ton enfant. Et maintenant que tu as décidé de le récupérer, que tu vis quelque chose d'aussi sérieux qu'une demande de garde, tu le fais dans ton coin. Comment peux-tu m'aimer, comment peux-tu me demander de te faire confiance et ne rien me dire ?

— J'avais peur de me confier. Tu ne comprends pas à quel point Scott pourrait être affecté s'il savait…

— Ou comment *toi*, tu pourrais être affectée, l'interrompit-il en désignant le journal.

Elle retint son souffle, pouvant à peine contrôler une bouffée de rage. Mais peut-être méritait-elle ses accusations.

— Je m'inquiète surtout pour Scott, répondit-elle d'une voix monocorde. Une demande de garde peut difficilement porter atteinte à ma réputation. Pas plus qu'un enfant illégitime. Sauf que Scott n'est pas mon fils. C'est celui de mon frère, Jeremy.

Il se tourna vers elle, stupéfait. Il ne comprenait plus rien. Derrière sa confusion apparaissaient des larmes qui n'avaient rien à faire dans les yeux d'Ariel. Ils étaient faits pour la joie, non pour le chagrin.

— Cet enfant est ton neveu ?

— Mon frère et sa femme sont morts l'hiver dernier.

Elle ne pouvait pas aller vers Booth, pas maintenant : il ne paraissait pas prêt. Mais elle non plus.

— Ses grands-parents, les Anderson, ont été désignés comme tuteurs. Mais l'enfant n'est pas heureux avec eux.

Ainsi, ce n'était pas son enfant, songea-t-il de nouveau, mais celui de son frère. Il analysa sa réaction et s'aperçut que cette nouvelle n'enlevait rien à sa tristesse ou à sa colère. Peu lui importait que l'enfant soit ou non le fils d'Ariel : elle lui avait caché cette partie essentielle de sa vie.

— Je pense que tu devrais commencer par le début, dit-il en détachant chaque mot.

Elle ouvrit la bouche mais, avant qu'elle puisse commencer à parler, quelqu'un frappa à la porte.

— Téléphone pour vous, Ariel, dans le bureau de Neal. C'est urgent.

Ravalant sa frustration, elle quitta précipitamment la pièce. Elle avait tant à expliquer. A Booth comme à elle-même. Elle se massa les tempes en prenant le téléphone.

— Allô.

— Mademoiselle Kirkwood ?

— Oui, c'est moi.

Elle fronça les sourcils en reconnaissant la voix de M. Anderson.

— Scott a disparu.

- 12 -

Ariel resta muette de stupeur. Quelques secondes passèrent, mais des pensées par milliers traversèrent son esprit, se bousculant et se mêlant entre elles. Dans ses veines, son sang se figea. Sa main serrait si fort le combiné qu'elle en était douloureuse.

— Mademoiselle Kirwood, je viens de vous dire que Scott avait disparu.

— Disparu ? répéta-t-elle dans un souffle.

Ce mot charriait trop d'images, toutes plus terrifiantes les unes que les autres. Pour ne pas céder à la panique, elle enfonça profondément ses ongles dans la paume de sa main. Elle devait être en mesure de parler et d'écouter avec attention. Mais sa voix trembla lorsqu'elle ajouta :

— Depuis combien de temps ?

— Depuis 11 heures ce matin. Ma femme croyait qu'il était parti jouer avec le fils de la voisine. Lorsqu'elle l'a appelé pour venir déjeuner, elle a découvert qu'il n'y avait pas mis les pieds de la matinée.

11 heures… Ariel regarda sa montre avec terreur. Il était presque 14 heures. Scott avait disparu depuis trois heures déjà. Où pouvait bien aller un petit garçon pendant tout ce temps ? N'importe où. A son échelle, ce temps écoulé était une éternité.

— Vous avez appelé la police ?

— Evidemment.

La voix d'Anderson était sèche mais tendue par la peur.

— On a cherché dans tout le voisinage, interrogé les gens. Nous avons fait tout ce qui était en notre pouvoir.

Qu'entendait-il par là ? Elle répéta cette phrase dans sa tête, sans en prendre la mesure.

— Oui, bien sûr.

Sa propre voix lui sembla lointaine.

— Je viens tout de suite, ajouta-t-elle.

— Non. La police vous recommande de rentrer chez vous et d'y rester au cas où Scott chercherait à vous contacter.

Ainsi, ils lui demandaient de rentrer chez elle sans rien faire alors que Scott avait disparu !

— Je dois venir. Je peux être chez vous dans trente minutes.

Son murmure s'était mué en plainte désespérée.

— Je pourrais vous aider à le chercher. Je pourrais…

— Mademoiselle Kirkwood, la coupa Anderson en inspirant profondément. Scott est un enfant intelligent. Il sait où vous vivez, il connaît votre numéro de téléphone. Dans un moment comme celui-ci, il vaut mieux se rendre à l'évidence : c'est avec vous qu'il veut être. S'il a la possibilité d'entrer en contact avec quelqu'un, ce sera avec vous. S'il vous plaît, rentrez chez vous. Si jamais on le retrouve, je vous appellerai immédiatement.

S'il a la possibilité d'entrer en contact avec quelqu'un, ce sera vous, se répéta-t-elle mentalement plusieurs fois.

— Très bien. Je vais rentrer chez moi et j'attendrai.

Elle regarda le téléphone d'un air hébété et raccrocha comme dans un état second. Heureusement, elle arrivait encore à marcher. Elle se dirigea vers la porte et prit appui contre le mur.

Il fallait qu'elle tienne bon. Scott allait avoir besoin d'elle lorsqu'on le retrouverait. Il aurait une multitude d'histoires et d'aventures à lui raconter, surtout s'il avait la chance de monter dans une voiture de police. Il voudrait tout lui dire dans les moindres détails. Le téléphone allait certainement sonner dès qu'elle passerait le pas de sa porte. L'enfant avait dû s'égarer en sortant de la maison, et la police allait le retrouver à quelques rues de chez lui, voilà tout. Ariel devait se dépêcher de rentrer chez elle pour ne pas rater l'appel de la police. Mais elle avait les jambes en coton et pouvait à peine avancer.

Booth contemplait la photo d'Ariel et de Scott en broyant du noir lorsqu'il entendit la porte s'ouvrir. Il se tourna, le journal toujours dans la main. Mais les questions qui se bousculaient dans sa tête s'évanouirent dès l'instant où il vit Ariel. Sa peau était blanche comme un linge. Jamais il n'avait croisé un regard aussi vide de toute sa vie.

— Ariel…

Il la rejoignit en deux enjambées avant même d'avoir fini de prononcer son prénom.

— Que se passe-t-il ?

— Booth.

Elle posa une main sur son torse chaud et fort. En sentant les battements de son cœur contre sa paume, elle comprit qu'elle vivait un cauchemar.

— Scott a disparu. Personne ne sait où il est. Il a disparu.

Il la saisit fermement par les épaules.

— Depuis combien de temps ?

— Trois heures.

La première vague de peur vint balayer le choc de la nouvelle.

— Mon Dieu, personne ne l'a vu depuis trois heures. Personne ne sait où il est !

Lorsque le corps d'Ariel se mit à trembler, Booth resserra son étreinte.

— La police est prévenue ?

— Oui, oui, elle le cherche.

Elle agrippa très fort sa chemise.

— Ils ne veulent pas que j'aille chez les Anderson. Ils veulent que je rentre chez moi et que j'attende au cas où… Booth.

— Je t'accompagne.

Il repoussa les cheveux qui tombaient devant son visage. Ses caresses, le ton de sa voix étaient censés l'apaiser.

— Nous allons aller chez toi et attendre qu'ils appellent. Ils vont le retrouver, Ariel. Tous les jours, des enfants s'égarent.

— Oui.

Elle se raccrocha à cette idée, ainsi qu'à la main de Booth. Il disait vrai. N'avait-elle pas dû tenir Scott sous étroite surveillance pour ne pas qu'il se perde lorsqu'elle l'emmenait au parc ou au zoo ?

— Scott est souvent dans la lune. Il a dû s'éloigner un peu trop. La police va bientôt m'appeler. Je dois rentrer au plus vite.

— Je t'accompagne, déclara Booth en prenant fermement sa main, tandis qu'elle scrutait la pièce d'un air désorienté. Tu vas te changer. Pendant ce temps, je vais prévenir l'équipe que tu ne peux pas tourner cet après-midi.

— Me changer ?

Perplexe, elle contempla sa tenue et s'aperçut qu'elle portait toujours la chemise de nuit d'Amanda.

— D'accord, je me dépêche. On peut m'appeler d'une minute à l'autre.

Elle essaya de se dépêcher, mais ses mains tremblaient trop. Elle devait enfiler son jean, mais elle était trop confuse pour coordonner ses mouvements. Puis ses doigts tremblèrent sur les boutons. Ses tempes battaient si fort qu'elle était incapable de réfléchir. La sensation de nausée qui l'avait envahie l'aidait au moins à se concentrer sur quelque chose de concret tandis qu'elle bataillait pour lacer ses chaussures.

Bientôt, Booth fut de retour. Lorsqu'elle se tourna vers lui, il sentit sa panique.

— Prête ?

— Oui.

Elle avança péniblement vers lui. Des images de Scott, perdu, effrayé, dansèrent devant ses yeux. Mais il y avait pire, bien pire : elle imaginait Scott montant dans la voiture d'un inconnu, un inconnu dont le visage n'était qu'une ombre. En sautant dans un taxi, elle eut envie de crier.

Booth prit sa main glacée dans la sienne.

— Ariel, tu n'es pas du genre à imaginer le pire. Réfléchis.

Il posa sa main libre sur sa jambe et tenta de la réchauffer.

— Il existe un millier de raisons valables pour expliquer sa disparition. Il a peut-être trouvé un chien, ou courut après un ballon. Peut-être a-t-il découvert des cailloux fascinants qu'il est parti cacher dans un endroit secret pour les observer.

— Oui.

Elle essaya d'imaginer toutes ces possibilités. Elles ressemblaient beaucoup à Scott. Mais l'image de la voiture de l'inconnu continuait de la hanter. Scott n'avait pas peur des gens, chose qu'elle avait toujours admirée chez lui. Aujourd'hui, cette idée l'emplissait de terreur. Elle enfouit son visage contre l'épaule de Booth en essayant de se convaincre que le téléphone sonnerait dès qu'elle ouvrirait la porte de chez elle.

Lorsque le taxi s'arrêta, elle tira brusquement sur la poignée, bataillant pour ouvrir la portière. Elle monta ensuite deux à deux les marches du perron avant même que Booth ait eu le temps de payer le chauffeur.

Le silence de son appartement l'accueillit comme une

accusation. Elle regarda fixement le téléphone dans l'espoir qu'il sonne. Puis elle jeta un coup d'œil à sa montre et s'aperçut qu'il s'était passé moins d'une demi-heure depuis l'appel des Anderson. C'était trop court pour qu'il y ait du nouveau, songea-t-elle en faisant les cent pas. Ou trop long pour un petit garçon seul.

Elle devait faire quelque chose ! Réfléchissant à toute vitesse, elle chercha quelque chose à quoi se raccrocher. Elle avait toujours su trouver une solution, dans n'importe quelle situation. Mais il n'y avait ni réponses à donner, ni décisions à prendre. Il n'y avait que l'attente. Lorsqu'elle entendit la porte se fermer, elle pivota brusquement. Elle leva les mains puis les laissa tomber d'un air impuissant.

— Seigneur, Booth, je me sens tellement impuissante ! Il doit bien y avoir quelque chose à faire, n'importe quoi.

Sans un mot, il s'avança vers elle, la prit dans ses bras et la laissa s'accrocher à lui. Dire qu'il avait fallu qu'elle vive quelque chose d'aussi effrayant pour qu'il comprenne qu'elle avait besoin de lui autant que lui d'elle. Tous ses doutes, toute sa colère, s'étaient évanouis. Aimer était beaucoup plus simple que ce qu'il croyait.

— Assieds-toi, Ariel.

Il l'entraîna vers un fauteuil.

— Je vais te servir un verre.

— Non, je…

— Assieds-toi, répéta-t-il d'une voix ferme. Je vais faire du café et te chercher un sédatif.

— Je n'ai pas besoin de sédatif, protesta-t-elle.

Il hocha la tête. Tant qu'elle serait en colère, elle ne pouvait pas s'effondrer.

— Dans ce cas, je vais faire du café.

Dès qu'il entra dans la cuisine, elle se leva de nouveau. Impossible de rester assise, et encore moins calme. Elle n'aurait jamais dû accepter de rentrer chez elle pour attendre. Elle aurait dû insister pour aller chercher Scott elle-même. Rester ici était inutile. Mais si jamais il appelait et qu'elle n'était pas là pour répondre… Oh ! Seigneur ! Elle pressa les deux mains sur son visage et lutta pour ne pas s'effondrer. Quelle heure était-il ?

En regardant sa montre, elle sentit monter un sanglot.

— Ariel.

Booth arriva avec deux tasses de café, chaud et fort. Il la vit trembler. Des larmes inondèrent ses joues.

— Booth, où peut-il bien être ? Il n'est qu'un tout petit garçon. Il ne craint pas les étrangers. C'est ma faute parce que…

— Arrête.

Il s'était exprimé d'une voix douce, mais son intervention coupa court à sa culpabilité. Il lui tendit une tasse et attendit qu'elle la saisisse à deux mains avant de lâcher l'anse. Le café menaça de déborder. Elle s'assit de nouveau.

— Parle-moi de lui, proposa Booth.

Elle contempla le café quelques instants, comme si elle n'avait aucune idée de ce qu'elle buvait ni de comment la tasse était arrivée là.

— Il a quatre ans, presque cinq. Pour son anniversaire, il veut un petit chariot jaune. Il a une imagination débordante.

Elle souleva la tasse, prit une gorgée et se brûla la langue, ce qui l'apaisa un peu.

— Scott aime se raconter des histoires. Tu peux lui donner une boîte en carton, il va imaginer un vaisseau spatial, un sous-marin, une tombe égyptienne. Mais il les voit vraiment, tu comprends ?

— Oui.

Booth vint la rejoindre sur le canapé. Il posa une main sur la sienne.

— Lorsque Jeremy et Barbara sont morts, il était

complètement perdu. Ils formaient une famille formidable. Ils étaient si heureux.

Elle regardait fixement les gants de boxe suspendus derrière la porte. Les gants de Jérémy. Ils seraient à Scott un jour. Elle sentit son estomac se nouer et poursuivit.

— Il tient beaucoup de son père. Il a le même charme, la même curiosité. Les Anderson, qui sont les parents de Barbara, n'ont jamais accepté Jeremy. Ils ne voulaient pas qu'il épouse leur fille, et la voyait rarement après son mariage. Et puis… il y a eu cet accident, et ils ont été nommés tuteurs de Scott. Je voulais m'en occuper, mais il semblait naturel qu'il aille vivre chez ses grands-parents. Ils avaient une maison, un jardin. Ils formaient un couple. Mais…

Elle lança un regard désespéré vers le téléphone.

— Mais ?

— Les Anderson ne peuvent pas comprendre un enfant comme Scott, capable de se prendre pour un archéologue et d'aller creuser un trou dans le jardin.

— N'importe qui pourrait être contrarié à cette idée, lâcha Booth en souriant timidement.

— Mais il ne le ferait pas s'il avait un bac à sable ou si quelqu'un lui disait qu'il se trouvait dans un désert. Il est constamment puni à cause de son imagination au lieu d'avoir quelqu'un pour la canaliser.

— Tu as donc décidé de te battre pour lui.

— Oui, répondit-elle en humectant ses lèvres sèches.

Avait-elle attendu trop longtemps ?

— Mais ce n'est pas tout, sinon, je n'aurais pas lancé une procédure. Les Anderson ne l'aiment pas, ils se sentent juste responsables de lui. Je ne peux pas supporter l'idée que Scott puisse grandir sans l'amour qu'il est en droit de recevoir.

Où était-il, Seigneur ? Où était-il ?

— Cela n'arrivera pas.

Booth l'attira à lui et embrassa les larmes au coin de ses yeux.

— Lorsque tu auras obtenu sa garde, nous veillerons à ce que cela n'arrive pas.

Elle s'écarta doucement sans rompre le contact pour autant.

— Nous ?

— Scott ne fait-il pas partie de ta vie ? demanda-t-il d'un air étonné.

— Si, mais…

— Alors il fait aussi partie de la mienne.

Ses lèvres tremblèrent. Elle ouvrit la bouche, hésitante.

— Sans autres questions ?

— J'ai perdu beaucoup de temps à me poser des questions. J'ai compris que parfois, elles étaient inutiles.

Il pressa les doigts de la jeune femme contre ses lèvres.

— Je t'aime, ajouta-t-il.

— J'ai si peur, Booth, dit-elle en posant la tête contre son torse.

Puis vint un flot de larmes, semblable à un barrage qui cède. Booth la laissa pleurer, laissa passer les violents sanglots chargés de chagrin et de peur. Il la laissa s'accrocher à lui et puiser toute la force dont elle avait besoin. L'écrivain en lui savait reconnaître les moments où les belles phrases étaient vaines. Il demeura silencieux.

Les pleurs pouvaient aider Ariel, songea-t-il en lui caressant les cheveux. Ils permettaient d'apaiser sa peur sans y mettre de mots. Pendant qu'elle sanglotait, il pria du fond du cœur que le téléphone sonne. Mais rien ne vint.

Tant d'émotions l'avaient épuisée. Désorientée, étourdie, Ariel reposait dans les bras de Booth, consciente uniquement de cette boule d'angoisse qui lui vrillait les entrailles, signe que quelque chose de vital était en péril.

— Quelle heure ? murmura-t-elle en regardant par-dessus l'épaule de Booth l'appareil à travers ses paupières gonflées par les larmes.

— Il est presque 4 heures, répondit-il à contrecœur.

Il détestait le sursaut convulsif de son corps pressé contre le sien. Il pouvait lui dire un millier de choses pour la réconforter. Mais toutes étaient inutiles.

— Je vais refaire du café, déclara-t-il.

Ariel réagit mollement en entendant frapper à la porte. Elle n'était pas d'humeur à recevoir de la visite. Elle préféra ignorer les coups répétés. Seule la sonnerie du téléphone était importante à ses yeux.

— Je vais m'occuper du café, déclara-t-elle.

Elle s'obligea à se lever.

— Je ne veux voir personne, ajouta-t-elle.

— Je m'en occupe.

Booth s'avança vers la porte, déjà prêt à s'interposer devant l'importun et à lui faire bouclier avec son corps. Il tomba nez à nez avec une jeune femme coiffée d'un bandana et vêtue d'une salopette maculée de peinture. Il aperçut alors le petit garçon.

— Excusez-moi. Cet enfant errait à quelques rues d'ici. Il m'a donné cette adresse. Je me demandais si…

— Qui êtes-vous ? demanda Scott à Booth. C'est la maison d'Ariel ici.

— Je m'appelle Booth. Ariel t'attend depuis un moment, Scott.

L'enfant lui sourit, révélant de petites dents blanches. Des dents de bébé, songea Booth. Il n'était rien de plus qu'un grand bébé.

— J'aurais dû arriver plus tôt, mais je me suis un peu perdu. J'ai vu Bobbi en train de peindre sa véranda. Elle m'a dit qu'elle pouvait m'accompagner.

Booth posa la main sur la tête de Scott. Ses cheveux étaient doux comme ceux d'Ariel.

— Nous vous sommes très reconnaissants, mademoiselle… ?

— Freeman, Bobbi Freeman.

Elle se tourna vers Scott en souriant.

— Pas de problème. Il s'est peut-être perdu un peu, mais je suis certaine qu'il sait ce qu'il veut. Il semblerait qu'il réclame une certaine Ariel et un sandwich au beurre de cacahuète. Bon, il faut que je retourne à ma peinture. Au revoir, Scott.

— Au revoir, Bobbi, répondit l'enfant en bâillant. Ariel est ici ?

— Je vais la chercher, répondit Booth.

Il laissa Scott grimper dans le hamac puis se dirigea vers la cuisine. Il croisa Ariel sur le pas de la porte et lui retira les deux tasses des mains.

— Quelqu'un demande à te voir, annonça-t-il.

— S'il te plaît, Booth. Pas maintenant, répondit-elle en fermant les yeux.

— Je ne pense pas qu'il se contente de cette réponse.

Quelque chose dans le ton de sa voix la contraint à rouvrir les yeux. Elle sentit son cœur s'emballer, puis elle se rua dans le salon. Un petit garçon blond se balançait joyeusement dans le hamac avec deux chatons sur les genoux.

— Scott ! s'écria-t-elle.

Ariel traversa la pièce en deux enjambées et le serra très fort dans ses bras. Elle éprouva la chaleur réconfortante de son petit corps et poussa un cri de joie. Les cheveux ébouriffés de Scott frottèrent sa joue. Elle pouvait sentir les derniers effluves de savon qui se mêlaient à la sueur de la journée et à l'odeur des bonbons qu'il cachait toujours au fond de ses poches. Riant et pleurant à la fois, elle se laissa tomber au sol avec son précieux fardeau.

— Scott, oh, Scott, tu n'es pas blessé ?

Une bouffée de peur s'empara de nouveau d'elle. Elle s'écarta pour examiner son visage, ses mains et ses bras.

— Tu n'as mal nulle part ? demanda-t-elle.

— Non.

Un peu vexé par la question, Scott se tortilla nerveusement.

— Je n'ai pas encore vu Butch. Où est-il ?

— Comment es-tu arrivé ici ? s'enquit Ariel en le reprenant dans ses bras.

Elle embrassa ses petites joues rondes, son petit nez droit et sa petite bouche.

— Où étais-tu, Scott ?

— Dans le métro, répondit-il avec un large sourire. J'ai pris le métro tout seul. Je voulais te faire une surprise.

Stupéfaite, elle le contempla longuement.

— Tu es venu de chez tes grands-parents tout seul ?

— J'ai économisé de l'argent.

Il fouilla ses poches et exhiba fièrement ce qu'il lui restait de monnaie : quelques pennies, deux pièces de vingt-cinq cents et quelques bonbons.

— J'ai marché jusqu'au métro, mais c'est beaucoup plus long qu'en taxi. C'est moins loin en voiture, conclut-il avec sa logique de petit garçon. J'ai acheté tout seul mon ticket, comme tu m'as montré. J'ai faim, Ariel.

— Une minute.

Horrifiée à l'idée qu'il ait pu voyager seul, sans défense dans le métro, elle saisit ses deux bras.

— Si je comprends bien, tu as marché jusqu'à une bouche de métro, puis tu es venu jusqu'ici.

— Je ne me suis perdu qu'une seule fois, lorsque j'ai demandé de l'aide à Bobbi. Mais je n'ai pas eu peur du tout.

Les lèvres de Scott tremblèrent, puis ses traits se tordirent, et il enfouit son visage contre elle.

— Je n'avais pas peur, répéta-t-il.

Tout ce qui aurait pu arriver à l'enfant lui traversa l'esprit. Ariel serra le petit corps plus fort en remerciant le ciel.

— Bien sûr, tu n'avais pas peur, murmura-t-elle en refoulant ses émotions. Tu es si courageux, si intelligent. Tu as trouvé ton chemin. Mais tu sais, dit-elle en lui faisant face, tu n'avais pas le droit de venir jusqu'ici tout seul.

— Mais j'avais envie de te voir.

— Je sais. Moi aussi, j'ai tout le temps envie de te voir.

Elle l'embrassa de nouveau, pour le plaisir de sentir la chaleur de sa joue.

— Mais tu es parti sans le dire à tes grands-parents, expliqua-t-elle, et ils sont très inquiets. Moi aussi, je me suis fait du souci, ajouta-t-elle en repoussant les cheveux de Scott. Il faut me promettre de ne plus jamais recommencer.

— Je ne recommencerai plus, répondit-il en frottant ses yeux avec ses petits poings. Cela a pris beaucoup de temps et j'ai faim, et je me suis perdu, et j'ai mal aux jambes. Mais je n'ai pas eu peur.

— Tout va bien, maintenant.

Elle se redressa en le soulevant dans ses bras.

— Je vais te préparer à manger, ajouta-t-elle, puis tu pourras te reposer dans le hamac. D'accord ?

Scott renifla contre son cou.

— Je peux avoir du beurre de cacahuète ?

— Bien sûr.

Booth contempla leurs deux visages tournés vers lui. Scott aurait pu être le fils d'Ariel, songea-t-il avec étonnement. Surpris, il ressentit le besoin de prendre lui-même l'enfant dans ses bras.

— J'ai vu un sandwich au beurre de cacahuète dans la cuisine. Je me suis dit que ça devait être le tien.

— Génial ! s'écria Scott en sautant des bras d'Ariel et en sautillant.

— Je pourrais l'étriper ! Oh ! Booth, murmura-t-elle en le sentant l'enlacer. N'est-ce pas merveilleux ?

A la nuit tombée, Scott s'était endormi en serrant contre lui un chien en peluche usé qui appartenait autrefois à son père. Le chat à trois pattes montait la garde sur l'oreiller à côté de lui. Ariel était assise sur le canapé à côté de Booth en face du grand-père de Scott. Le café posé sur la table basse était froid. Comme à son habitude, M. Anderson se tenait droit comme un piquet ; ses vêtements étaient impeccables. Mais son regard était empreint d'une inquiétude qu'Ariel ne lui avait jamais vue avant ce jour.

— Pendant cette escapade, il aurait pu arriver n'importe quoi à Scott, lâcha l'homme.

— Je sais, répliqua Ariel en glissant sa main dans celle de Booth, reconnaissante de son soutien. Je lui ai fait promettre de ne plus jamais recommencer. Votre femme et vous deviez être morts d'inquiétude. Je suis navrée, monsieur Anderson. Je me sens en partie coupable parce qu'il m'est arrivé de laisser Scott acheter les tickets de métro.

L'homme secoua la tête et garda le silence quelques instants.

— C'est un garçon intrépide, assez intelligent pour savoir quel métro prendre et à quelle station descendre.

Il reporta son attention sur Ariel.

— Il brûlait d'envie d'être avec vous.

En temps normal, ces propos lui auraient fait chaud au cœur. Mais aujourd'hui, ils ne firent que la bouleverser un peu plus.

— Oui. Les enfants ne mesurent pas toujours les conséquences de leurs actes, monsieur Anderson. Scott ne pensait qu'à venir ici, sans jamais imaginer ces heures de panique ni les dangers qu'il aurait pu rencontrer. En arrivant ici, il était épuisé et apeuré. J'espère que vous ne le punirez pas trop sévèrement.

Anderson inspira profondément, les mains à plat sur ses cuisses.

— J'ai compris quelque chose aujourd'hui, mademoiselle Kirkwood. Je n'aime pas cet enfant.

— Oh ! non, monsieur Anderson…

— S'il vous plaît, laissez-moi terminer. Je ne l'aime pas et cette idée ne me fait pas plaisir.

Il s'exprimait d'une voix hachée, détachée. Il parlait comme un vieillard, songea Ariel. Non en raison de son âge, mais de son attitude.

— De plus, j'ai compris que sa présence dans notre maison était un stress permanent pour ma femme. Il nous rappelle quelque chose que nous avons perdu. Je n'ai pas l'intention de justifier mes sentiments, ajouta-t-il sèchement. Cet enfant est mon petit-fils : je suis donc responsable de lui. Toutefois, je suis un vieil homme et je ne vais pas changer. Je ne veux pas de cet enfant, alors que vous, oui.

Hébétée, Ariel le regarda se lever.

— J'informerai mon avocat de mes intentions, conclut-il.

— Monsieur Anderson ! s'écria Ariel en se redressant à son tour. Vous savez que je veux Scott, mais…

— Je ne veux pas de lui, mademoiselle Kirkwood.

Les épaules en arrière, Anderson la regarda droit dans les yeux.

— C'est aussi simple que cela.

Et aussi triste aussi.

— Je suis désolée.

Que pouvait-elle dire d'autre ?

Anderson hocha simplement la tête avant de partir.

— Comment peut-on éprouver de tels sentiments à l'égard d'un enfant ? demanda Ariel après quelques instants de silence.

— A l'égard d'un enfant ou à vis-à-vis d'eux-mêmes ? répliqua Booth.

Ariel se tourna vers lui, un peu perplexe.

— Oui, tu as sans doute raison.

— Je suis expert en la matière. Mais contrairement à eux…

Il l'attira de nouveau à lui et l'enlaça tendrement, la tête d'Ariel posée sur son épaule.

— … quelqu'un s'est introduit dans ma vie et m'a aidé à le comprendre.

— Est-ce le rôle que j'ai joué ? demanda-t-elle en riant.

Elle pouvait enfin tourner la page de cette journée et passer à autre chose. Scott dormait paisiblement dans son lit en compagnie des chatons. Il pouvait rester là maintenant. Il n'y aurait plus d'adieux déchirants.

— Ainsi, je me suis introduite dans ta vie ?

— Tu peux te montrer très tenace, répondit-il en tirant ses cheveux en arrière pour mieux capturer ses lèvres. Grâce au ciel.

— Je dois te prévenir : lorsque je m'introduis quelque part, je n'en sors plus.

Il la prit sur ses genoux pour mieux planter son regard dans le sien.

— Laisse-moi le découvrir par moi-même.

— Ça ne va pas être facile pour toi, tu sais…

— Quoi donc ?

— Vivre avec moi, si tu décides de m'épouser.

— Si ? demanda-t-il, étonné.

Incapable de lui résister, elle lui caressa le visage.

— Je te laisse une dernière chance de t'en sortir.

L'air sérieux, elle posa les deux mains sur les joues de Booth.

— Le plus souvent, je cède à mes impulsions, qu'il s'agisse de manger, de dépenser de l'argent ou de dormir. Je préfère vivre dans le chaos plutôt que dans l'ordre. Je ne fais rien dans les règles. Et à travers moi, tu risques d'une façon ou d'une autre de t'impliquer dans une multitude de causes.

— Ce dernier point reste encore à voir.

— Je ne t'ai pas encore effrayé ?

— Non, répondit-il en l'embrassant tendrement.

Dans la pièce, les ombres s'allongeaient sans qu'ils s'en aperçoivent.

— Et je ne le serai pas. Moi aussi, je peux me montrer tenace.

— Rappelle-toi que tu vas devoir supporter un enfant de quatre ans. Très vivant.

— Tu sous-estimes ma résistance.

— Ne crois pas ça, répondit-elle avec un rire de gorge. Je vais te rendre fou avec ma désorganisation.

— Tant que tu n'entres pas dans mon bureau, riposta-t-il, tu peux tout transformer en terrain vague.

Folle de joie, elle enroula les mains autour de son cou. Il pensait tout ce qu'il disait, songea-t-elle. Et aujourd'hui, elle avait Booth *et* Scott. Avec eux, sa vie prenait un nouveau sens. Et elle était impatiente de découvrir ce qu'il allait advenir.

— Je vais gâter Scott, murmura-t-elle au creux de son cou. Ainsi que tous nos enfants.

Il s'écarta doucement, un sourire amusé aux lèvres.

— Qu'entends-tu par « tous » ?

— Choisis un chiffre.

Son rire emplit alors la pièce, telle une brise libre et fraîche.

Passions

Le 1er janvier

Passions n°441

Liaison interdite - Barbara Dunlop

Série : «Secrets à la Maison-Blanche»

En ce soir d'investiture du président des Etats-Unis, Cara, plus que jamais, devrait se concentrer sur sa mission d'attachée de presse de la Maison Blanche. Mais, hypnotisée, elle ne parvient pas à détacher son regard de Max Gray, le célèbre et séduisant reporter. Et comment le pourrait-elle, après leur nuit de passion, leur étreinte fiévreuse ? Jamais, auparavant, Cara n'avait ressenti un désir aussi brûlant, aussi impérieux, aussi délicieux ! Hélas, elle travaille pour le gouvernement, secoué par un grave scandale, et lui est journaliste : Max, elle le sait, lui est désormais interdit...

Une attirance inavouable - Michelle Celmer

Rowena est dans tous ses états. Alors qu'un scandale éclate à la Maison Blanche, son père, sénateur, lui demande d'accueillir chez eux un aristocrate anglais en mission diplomatique. Seulement voilà, Colin Middlebury est loin d'être l'homme âgé qu'elle s'était imaginé ! Bien au contraire... Et depuis qu'elle a croisé son regard, elle n'a qu'une seule envie : sentir ses bras puissants l'enlacer. Aussi doit-elle absolument se ressaisir : n'est-elle pas une femme responsable, mère d'un petit garçon ? Sans compter que, elle se l'est juré : elle n'aura plus jamais de relation avec un homme qui, comme tous les autres, se servirait d'elle pour s'attirer les bonnes grâces de son père...

Passions n°442

Une proposition si troublante - Cat Schield

Frémissante, enivrée, bouleversée. Ming ne se reconnaît plus. Pourquoi sent-elle soudain de l'électricité pétiller sous sa peau, tandis que le parfum de l'eau de toilette de Jason Sterling l'enveloppe ? Et pourtant, elle doit se rendre à l'évidence : sa seule présence fait jaillir en elle un désir impérieux. Mais elle doit se raisonner : Jason est son meilleur ami, depuis toujours. De l'amour, entre eux ? Impossible. Une nuit de plaisir ? Inconcevable. D'autant plus que, généreux et loyal, il a décidé de l'aider dans le projet qui lui tient à cœur plus que tout au monde. Si bien que tomber amoureuse de lui la condamnerait à un choix cornélien : renoncer à ses rêves, ou bien le perdre à jamais...

Tendre tentation - Stacy Connelly

Si Darcy est venue s'installer dans le petit village de Clearville, c'est pour prendre un nouveau départ, et les relations sentimentales ne font pas partie de ses projets. Alors pourquoi se sent-elle aussi troublée devant Nick Pirelli ? Au départ, elle ne cherchait pourtant qu'à l'aider : quoi de plus attendrissant qu'un père célibataire désemparé incapable de choisir des barrettes pour sa fillette ? Sauf que, dès qu'elle a posé les yeux sur cet homme aux cheveux couleur d'ébène, elle a senti son cœur s'emballer... Alors, si elle veut conserver la paix qu'elle est venue chercher à Clearville, elle va devoir s'efforcer de contenir ses émotions. D'autant qu'elles ne sont pas réciproques, à en juger par la rapidité avec laquelle le beau Nick s'est esquivé après leur rencontre...

Passions n°443

Amants d'un été - Catherine Mann

Saga : «Un serment pour la vie»

Hillary est enchantée : le mystérieux inconnu qui occupe le siège voisin dans son vol pour Chicago a un effet incroyable sur elle. Hypnotisée par ses yeux verts, séduite par son visage viril, bercée par sa voix profonde et chaude, elle se sent fondre sous son charme. A tel point qu'elle en arrive presque à oublier sa situation difficile et les raisons de son déplacement ! Pourtant, quelque chose en lui éveille un peu sa méfiance. D'abord, son visage, qui lui semble curieusement familier. Et, ensuite, leur rencontre parfaite. Un peu trop, peut-être, pour être le fruit d'un simple hasard ...

Pour une vie avec toi - Victoria Pade

Lorsqu'un inconnu à la beauté ténébreuse surprend Natalie dans sa boutique de décoratrice, elle sent monter en elle une soudaine envie d'être courtisée, désirée, aimée. Mais, très vite, ce sentiment fait place à de la colère. Car cet homme n'est autre que Cade Camden, l'un des héritiers du clan Camden qui a jadis lésé sa famille pour s'enrichir. Et il ose faire appel à elle pour rénover sa maison... Non, malgré ses yeux turquoise qui l'ensorcellent, pas question de céder à cette attirance insensée ! Comment pourrait-elle oublier les torts que les Camden ont infligés à ses parents et à ses grands-parents ? Seulement voilà, dans sa situation, peut-elle se payer le luxe de refuser ce travail ?

Passions n°444

Dans les bras d'un Fortune - Allison Leigh

Wyatt Fortune l'invite à un dîner romantique ? Sarah-Jane, stupéfaite, frissonne devant cet homme blond au sourire irrésistible. Oui, elle a senti son regard insistant la suivre pendant toute la soirée, mais de là à imaginer qu'il s'intéresserait à elle, une simple serveuse... Et dire que, quelques heures plut tôt, en arrivant à cet élégant réveillon de la Saint-Sylvestre pour y travailler, elle était persuadée que l'année se terminerait sans surprise ! Mais dans les yeux de Wyatt, célibataire convoité et membre d'une très riche famille, brillent des étincelles de désir. Elle les voit. Et ne peut lui résister. Car même si ce qu'elle est en train de vivre n'est qu'un rêve, autant aller jusqu'au bout. Et y croire, pour un soir...

Enivrantes promesses - Stella Bagwell

Même si Laramie Jones est l'homme le plus séduisant qu'elle ait jamais rencontré - des yeux d'un mélange incroyable de bleu et de noisette, un corps musclé, une voix si sensuelle – Leyla l'a décidé : entre eux, il ne se passera jamais rien. Car Laramie est aussi le directeur du ranch dans lequel elle vit et travaille depuis peu, et elle ne peut pas se permettre de perdre son poste et de se retrouver à la rue avec Dillon, son petit garçon. Et puis, l'amour est un piège : n'a-t-elle pas été trahie et abandonnée, il y a quatre ans, enceinte et sans ressources ? Seulement voilà, elle est très vite envahie par des émotions surprenantes qui la submergent chaque jour un peu plus. Comme l'envie de s'abandonner au plaisir sous les caresses aussi délicieuses qu'interdites de Laramie. Ou le souhait de le voir passer plus de temps avec Dillon, qui l'adore déjà...

Passions n°445

Pour le sourire de Connor - Maureen Child

Nicole n'en revient pas. Comment s'est elle retrouvée, par cette belle nuit d'été, dans le jacuzzi de Griffin King, son si beau et si troublant voisin ? Et dire qu'elle s'était juré de garder ses distances avec cet homme à la sulfureuse réputation ! Mais déjà elle noue ses bras autour de son cou, ses lèvres effleurent sa bouche... Une nuit, une nuit seule, s'entend-elle lui murmurer. Oui, c'est ce qu'elle veut, rien de plus : une aventure sans lendemain. Et pourtant... en est-elle vraiment sûre ? Car la tension qui vibre entre eux, elle le pressent, est bien plus que de la pure attraction. Hélas, inutile de rêver : Griffin n'est pas le genre d'homme intéressé par les serments d'amour éternels. Encore moins par les femmes seules avec des enfants. Comme elle et son petit Connor...

Le vertige d'une rencontre - Helen Lacey

Fiona Walsh, intriguée par le regard du charmant inconnu qui se tient devant elle, ressent une douce attirance vibrer entre eux. Seulement, dès que Wyatt Harper se présente à elle, ses illusions s'évaporent en un instant. Car Wyatt lui annonce une nouvelle qui va bouleverser sa vie : Cecily, l'enfant à qui elle a donné naissance il y a quatorze ans, et qu'elle a dû abandonner, l'a retrouvée et a besoin d'elle. Le monde se met soudain à tanguer autour de Fiona. Sa petite fille, qu'elle croyait perdue à jamais, lui revient ! Et cette fois, elle se le jure, elle ne la quittera plus jamais. Et si cela signifie que le beau Wyatt va désormais faire partie de sa vie, puisqu'il est l'oncle adoptif de Cecily, tant pis : pour le bien de sa fille, elle saura étouffer les émotions...

Passions n°446

Lorsque Maddie et Jordan, deux jumelles au physique aussi semblable que leurs caractères sont opposés décident d'échanger leur vie pour quelques semaines, elles sont bien loin de se douter que le changement sera si... radical.

Au jeu du plaisir - Cara Summers

A peine endormie dans le spacieux lit de sa sœur à New-York, Maddie fait un rêve torride, où un homme aux mains aussi douces qu'habiles la conduit vers le plaisir, encore et encore. Des sensations si intenses et si réalistes que, malgré ses efforts pour retenir encore un peu cet homme qui semble posséder les clés de son corps, elle finit par se réveiller. Et découvre, stupéfaite, que l'amant de ses rêves est allongé à ses côtés. Tout à fait réel, et encore plus désirable...

Au jeu de la volupté - Cara Summers

De son côté, Jordan se réjouit à la perspective de quitter son existence de citadine stressée et de découvrir de nouveaux horizons, bien plus sauvages, au Nouveau-Mexique. Mais son excitation touche à son comble lorsqu'elle découvre le détail que sa sœur lui a caché : quelqu'un l'attend. Et pas n'importe qui : Cash Landry, l'homme le plus sexy qu'elle ait jamais vu. Un fantasme vivant avec lequel elle est censée passer les trois prochaines semaines...

A paraître le 1er novembre

Best-Sellers n°585 • suspense

Jamais je ne t'abandonnerai - Antoinette Van Heugten

Son enfant est innocent. Elle le sait comme seule une mère peut en avoir la certitude. Pour défendre Max, elle aura tous les courages.

Que se passe-t-il ? Danielle Parkman ne reconnait plus son fils. Plus du tout. Pourtant, elle n'imagine pas un instant que la terrible maladie dont Max souffre ait pu transformer le petit garçon tendre et attentionné qu'il était en adolescent au comportement inquiétant. Certes, l'autisme est un mal étrange mais, quoiqu'en disent les médecins, elle seule connaît le cœur de son enfant. Et elle a confiance en lui.

Jusqu'au jour où Max est accusé du meurtre d'un patient hospitalisé dans le même établissement que lui. Sous le choc, Danielle est aussitôt assaillie par un terrible doute : se pourrait-il qu'elle se soit trompée ? Non, c'est impossible. Max n'a fait de mal à personne. Par chance, l'avocat Tony Sevillas, le seul qui semble la croire, fait tout pour défendre sa cause : avec lui, Danielle est prête à braver la peur et le doute pour que la vérité triomphe. Et jamais, jamais, elle n'abandonnera Max.

Best-Sellers n°586 • suspense

L'inconnu de Home Valley - Karen Harper

Une famille à chérir, un champ de lavande à cultiver, et la prière pour la guider. Ella connaît son bonheur de vivre auprès des siens, dans la paisible communauté amish de Home Valley, Ohio. Aussi est-ce avec une certaine inquiétude qu'elle voit arriver chez elle un *ausslánder*, un étranger que ses parents ont accepté d'héberger à la demande du FBI. Cible de dangereux criminels contre lesquels il va témoigner, Andrew devra vivre caché sous l'identité d'un amish jusqu'au jour du procès.

Face à cette intrusion dans son univers, Ella se sent perdue. Car si elle est prête à aider Andrew, elle pressent aussi que ce dernier représente une menace pour sa communauté. Pour sa communauté, et pour son cœur, si elle en croit le trouble qui s'empare d'elle chaque fois qu'elle pose les yeux sur lui. Une crainte qui ne fait que se confirmer, lorsque la violence fait soudain irruption dans la vallée, la contraignant à fuir en compagnie du seul homme qu'il lui est interdit d'aimer…

Best-Sellers n°587 • thriller

Le couvent des ombres - Lisa Jackson

La cathédrale de La Nouvelle-Orléans… Au pied de l'autel gît le corps sans vie d'une jeune novice vêtue d'une robe de mariée jaunie. Autour de son cou, un collier de perles écarlates…

Camille, sa petite sœur adorée, est morte. Si seulement Valerie avait pu convaincre sa cadette de quitter ce couvent austère et angoissant, Camille serait vivante aujourd'hui !

Bouleversée, révoltée par ce meurtre, Valerie Renard, une ex-policière, décide de mener sa propre enquête, parallèlement à celle de Rick Bentz et Ruben Montoya, les inspecteurs chargés de l'affaire. Car Valerie le sait : le couvent Sainte-Marguerite n'est pas la paisible retraite que tout le monde imagine, et tous ceux qui y résident, du séduisant père Frank O'Toole à la sévère mère supérieure, semblent avoir quelque chose à cacher. Camille elle-même avait une vie secrète, des zones d'ombre que Valerie ne soupçonnait pas.

Une découverte qui pourrait faire d'elle, si elle découvrait la vérité, la prochaine proie du tueur.

Best-Sellers n°588 • roman

Retour au lac des Saules - Susan Wiggs

A présent que sa fille a quitté la maison, Nina Romano s'apprête à réaliser son rêve de toujours : racheter et rouvrir l'auberge du lac des Saules. Aussi est-elle furieuse d'apprendre que le domaine vient d'être vendu à Greg Bellamy, qu'adolescente elle aimait en secret. En secret, car Greg, le fils de riches propriétaires de la région, était d'un autre monde que le sien. Inaccessible et hautain, il l'avait fait souffrir, et à présent, de retour après un divorce mouvementé, il parvenait encore à lui voler sa part de bonheur…

Pourtant, quand il lui propose de s'associer avec lui, Nina hésite, déchirée entre sa méfiance envers ce rival déloyal, et son attirance pour un Greg encore plus séduisant qu'autrefois…

Best-Sellers n°589 • roman

Le parfum du thé glacé - Emilie Richards

Alors qu'une tempête menace les rivages coralliens de la presqu'île de Happiness Key, cinq femmes vont mettre à l'épreuve leur amitié et, en chemin, découvrir l'amour.

La vie amoureuse de Tracy Deloche, ancienne jet-setteuse, traverse une sérieuse zone de turbulences… Mais heureusement pour elle, elle a le soutien complice de quatre de ses amies, qui louent les petits pavillons qu'elle possède en bord de mer. Il y a la pétulante Wanda, toujours prête à rire, qui régale tout le monde de ses pâtisseries décadentes. Mais aussi Janya, la jeune et superbe Indienne qui, malgré un mariage arrangé compliqué, rêve de devenir mère. Ainsi qu'Alice, la courageuse Alice, qui élève seule sa petite-fille bientôt adolescente. Sans oublier Maggie, l'ex-policière et discrète fille de Wanda, dont la vie sentimentale chaotique n'a rien à envier à celle de Tracy.

Et tandis qu'histoires d'amour et de famille s'enchevêtrent avec tumulte, une tempête tropicale se prépare, rabattant en rafales secrets et surprises vers les rives de Happiness Key. Pour les cinq amies, c'est l'occasion de découvrir qu'elles ont plus que jamais besoin les unes des autres…

Best-Sellers n°590 • roman

Coup de foudre à Icicle Falls - Sheila Roberts

Avec consternation, Samantha découvre que la chocolaterie familiale, installée à Icicle Falls depuis des générations, est au bord de la faillite : la gestion fantaisiste et les dépenses mirobolantes du précédent directeur ont eu raison des finances de l'entreprise à laquelle elle est passionnément attachée. Pour l'aider à redresser la situation, Samantha ne peut guère compter sur ses deux sœurs, certes aimantes mais totalement incompétentes en la matière, ni sur sa mère, incapable d'accepter la réalité. Aussi n'a-t-elle qu'un seul espoir : convaincre le directeur de la banque de la soutenir. Sauf que le directeur en question, Blake Preston, est un arrogant play-boy totalement insensible. Et bien trop beau pour se donner la peine d'aider une jeune femme comme elle…

Best-Sellers n°591 • historique

Les secrets d'une lady - Nicola Cornick

Londres, novembre 1814.

Lady Merryn Fenner mène une double vie. Aux yeux de tous, elle est une lady comme les autres, une femme délicate et raffinée qui fréquente les salons et les salles de bal. Qui pourrait croire que sous ses dehors fragiles se cache une femme bien différente qui ne craint pas de travailler en sous-main pour le détective Tom Bradshaw, un homme au passé louche ? Ce travail, elle ne l'a accepté que pour une seule raison : trouver les preuves qu'elle cherche. Douze ans plus tôt, en effet, son frère a été tué en duel par Garrick Farne, un homme qu'elle aimait en secret. Or, elle a aujourd'hui toutes les raisons de croire qu'il s'agissait en réalité d'un assassinat. Un crime qu'elle veut absolument voir puni.

Best-Sellers n°592 • historique

Le clan des MacGregor - Nora Roberts

Glenroe, Ecosse, 1745.

Dix ans se sont écoulés depuis que, par une nuit glacée, Serena a vu les soldats anglais faire irruption dans le fief des MacGregor à la recherche de Ian MacGregor, son père, injustement accusé de meurtre. Dix ans qui n'ont rien effacé de la terreur qu'elle a éprouvée alors, et de l'horrible humiliation subie par Fiona, sa mère, violée par un officier lâche et cruel. Lors de cette nuit tragique, Serena est devenue une autre : la petite fille douce et innocente qu'elle était a brusquement connu la haine et la soif de vengeance, et s'est juré de ne jamais pardonner…

Depuis dix ans, pas un Anglais n'a franchi le seuil du manoir familial. Aussi est-ce avec une hostilité farouche que, sur ordre de son père, Serena accueille Brigham Langston, le fier et impétueux comte d'Ashburn, à qui son frère aîné doit la vie. Un aristocrate anglais qu'elle considère comme son pire ennemi, mais qui va la contraindre à un impossible choix…